国土大铝

ALUMINUM CHINA

张力 著

作家出版社

一

雪。窗台上、人身上、机器上，浮着一层厚厚的白色，而那堆成山似的"雪"，在四十度高温的车间里，洁白得像梦。五岁的小男孩惊呆了，这惊呆，混乱了漫长的童年。

一位雪人似的叔叔走了过来，热乎乎的大手捧着苏向北的小脸蛋，像捧着圆圆的西瓜，扎扎实实地在"西瓜"上亲了一口。苏向北摸了一把脸，手上沾着细沙似的"雪"，不凉，更惊奇的是，也不融化。

他盯着手指上雪白的沙粒，希望它永远沾在手上。

那是他第一次触摸氧化铝粉。

他懵懂地随爸爸走着，脚轻抬轻落，怕抖落鞋子沾的氧化铝粉。青草、洋槐和马路牙子都蒙着淡淡的"雪"，轰隆隆的机车声像低空飞过的飞机余音，他感觉特高级。

那是爸爸生命的尾声，死亡如同乌云正游荡在不远的天空。在时光的肆无忌惮里，爸爸的拥抱短暂而仓促。此去经年，无论身处何地，苏向北总感觉身上有洗不掉的氧化铝粉，虽然洁白，却也酸楚、刺痛、凄凄惨惨。当命运裹挟着他飞过松林、矿山，飞过海洋、国界，成长复成长，忘却复忘却，直到变成另一个他。

童年模糊了，淡出了记忆底片。

一个大雪纷飞的清晨，曼哈顿朦胧的街头，鸭子们穿街而过，踩在雪白的"地毯"上，咋咋呼呼的像一群快乐的美国小姐。"雪"从记忆深处飘浮而来，突破昏沉的梦境，肆无忌惮地主宰了苏向北的黎明。短暂的画面重叠中，他似乎看到了儿时的自己和高大的爸爸，如同无声电影的开端和结尾，只有安静的黑和白，之后便是安静的虚无。

他突然意识到：爸爸带他参观铝厂那个遥远的夏天，或许已预示了一切。

女友莫瑞说他有了别人羡慕的一切，若再申请绿卡，便完美了。

苏向北在梦和现实中来回切换，一部分是感激，一部分是慷慨，一部分是去他妈的。

"回去，我要回国。"

"岂不是飞蛾扑火？"这不是莫瑞的原话，她是从普朗森教授的课堂上借来的。

普朗森教授是世界知名的经济学专家，对铝工业有特殊研究。分析金融危机对世界的冲击时，重点讲了中国。"金融危机就是世界经济的一次重新洗牌，仅仅几年时间，许多国家的经济便彻底垮掉了。比如中国的铝工业，亏损企业竟达十之八九，铝及相关企业的下岗员工达百万之多。他们的氧化铝、电解铝的制造成本是美国的二至四倍。同学们即便有丰富的学识，回国也是飞蛾扑火。"

普朗森咄咄逼人的眼睛带着远古烟熏火燎进化的遗迹。激情时，他就像个精神病人，在神秘莫测的痉挛中不再用温和的布道口气，而是着了魔似的挥舞着教授的大棒，仿佛这次金融灾难与他的大棒有关。

大门还是那个门，却又似乎不是那个门。小时候爸爸带他来白鹭铝业公司，那时的门高大、宏伟，巨石叠起的门廊似乎比五层楼都高。而今的门，破旧、衰败，透着穷困潦倒的气息。

人事处在办公楼的九楼，一位脸圆得苹果似的女孩接待了他。小苹果似乎不相信报到的男生，抱怨说今年好不容易招来了二十位大学生，已走了十八位，苏向北是第十九位，还有一位因阑尾手术正在住院。

"以你美国双硕士的资历，完全可以到国资委或中石油就业，如果只想了解企业亏损情况，我劝你现在就走。"人力资源处孙处长坦诚地提醒苏向北，毕竟谁都不想走弯路。

"我不像好人？"苏向北幽默的言语逗笑了孙处长和小苹果。

"为什么来我们公司？"

苏向北似乎被问住了，对啊，到底为什么，爱国吗？或者受了普朗森教授的刺激？又或者因为爸爸曾是这里的员工？是或都不是？时间的分量无比沉重，比人们能负荷的所有重物都重。此时，苏向北满怀感慨，却无法倾吐。

"来大名鼎鼎的白鹭铝业工作，还要问为什么吗？这可是中国有色工业鼻祖级企业啊！"

孙处长很尴尬，内心不由涌起一股温暖的波澜。金融危机爆发几年来，公司业绩下滑，严重亏损，大批员工下岗，在岗的也只能发一半工资。至于人才外流，简直像溃堤的洪水，拦都拦不住。

"欢迎，总经理办公室正缺人，你明天到总经办上班吧。"

"我学冶金的，想到矿山。"

孙处长翻着苏向北的简历，努力掩饰内心的震动。"你是学冶金的，可也是学金融的，把双硕士的学生放到矿山，人才浪费。"

"我不觉得待在办公室比玩矿石更高级。"

大凡喝点洋墨水的人都这般另类吗？孙处长自觉可以参透任何学子的欲求，可他盯着苏向北，像盯着没有灯光又没有月色的黑夜，很茫然。

孙处长暗自打赌，这小伙子在矿山待不满一周。从人力资源的角度看待生活，生活便如同一杯水：永远是半空，半满，半满，半空。而这位叫苏向北的年轻人看到的是满还是空呢？

人啊，你意欲何为？

办理完入职手续，走在白鹭铝业的工厂里，苏向北感慨万端。当年爸爸带他参观铝厂，给他看高高的烟囱、金字塔般的赤泥堆、漫长的运输带，还有那银光闪闪的铝锭……他被工厂的宏伟震蒙了，觉得爸爸特了不起。

正因如此，他怎么也不相信被人从地里挖出来的泥鳅一样的人是爸爸。悲痛欲绝的妈妈想把他拉到爸爸身边，可他死也不向前。幼小的他觉得那不是爸爸，不应该是爸爸，根本不可能是爸爸。

最终，六岁的他因盲目和决绝错过了瞻仰爸爸遗容的机会。

二十年过去了，他依然在问，那个从塌方的矿坑里扯出来的人，为什么是爸爸。但这又是一个怎样的问题呢？

为了再度成为那个满怀疑惑的孩子，他需要体验怎样的愚蠢和罪孽，怎样的幻灭与悲伤，怎样的谬误与荣光？或许事情正如二十年前的表述，爸爸是劳模，为挖矿意外身亡。

或许事情本应如此，只是他的心灵需要再次体味绝望，再次陷入无底深渊，再次自责——才能为亡父祭献迟来的孝敬。

这是特殊的一天，像第一次坐在大学教室里，也像第一次收到美国大学的录取通知书。作为白鹭铝业公司员工的身份，他想让爸爸知道，自己是个不错的儿子。或许每个童年丧父的人都掩藏着巨大的忧伤，虽然求知欲让他们变得澄澈优雅，而那份哀愁，则时常在午夜梦境里游荡——虽不成形状，却足以泪湿面庞。

出了公司，苏向北便乘出租车去了凤凰山。凤凰山的左面是白鹭山。白鹭山被开采了三十多年，是白鹭铝业的大粮仓，只可惜存量不足了。

坐在车里，苏向北望着远处的山峰，夕照洒在山顶，金黄与青绿杂染，竟透着一股悲凉。"那是什么山？"

"那个啊，"司机斜了一眼镏金的山顶，"就是凤凰山了。"

苏向北大脑里快速编织着已编织了二十年的情节：为挖矿石打了一条隧道，爸爸随同事深入地底，被泥土掩埋……

凤凰山植被繁茂，绿意盎然，土地肥沃的山坡被农民开发成了菜地。苏向北四处瞭望，找不到事发地点，找不到那三具泥人摆放的地方了。二十年来，他总被一股力量拉扯，被一团气流裹挟，而今站在这里，却什么感觉都没了。

一切都变了。

凤凰山看护所就是几间平房，白墙围得四四方方，铁栅栏松松垮垮地掩着。大黑狗扯着粗粗的链子，转着圈地冲苏向北吼叫。一位看起来有六十多岁的老先生走了出来。

"大爷，这都是您的菜地吗？"苏向北明明看到了墙上白鹭铝业的标记，故意调侃。

"是，放眼望去，全是朕的江山。"老先生倒背着双手，骄傲地望着远方。

苏向北被老先生逗乐了，不由双手抱拳深鞠一躬："敢问皇上，这山下可有矿石？"

"有个鸟！"老先生看了看作揖的年轻人，脸突地一沉，"只有冤魂！"

苏向北惊呆了，盯着脚下的泥土，怀疑听错了。可再看老先生时，老先生仿佛后悔口误，尴尬地笑了。无论苏向北再问什么，他都闭口不答，索性在狗的狂吠中，起驾回宫了。

老先生的话似乎把苏向北丢进了幽黑的隧道，沉入孤独、失败和自责的矿井里……他好像变成了在塌方矿道里挣扎的工人，无声地呜咽，感受到了动物般的悲伤和绝望。

山风吹过，玉米、黄瓜的叶子随风摇摆，而后便渐渐停息，好像什么也没有发生过。夕阳慢慢沉落，白茫茫的云雾降到山顶。苏向北不由感慨，这风景就是现实与幻想、已知与未知的界线。他终于意识到，任何景观，如果不从某种情感、某种记忆、某种职业的角度观察，根本不具任何价值。

苏向北暂住白鹭酒店，明天就可以搬到公司提供的单身公寓。白鹭酒店位于公司的家属区，和银铝酒店并肩而立。为了招揽顾客，两家酒店各出奇招，银铝酒店打折，白鹭酒店就送优惠券，银铝酒店聘请乐队，开设音乐专场，白鹭酒店就举办了白鹭铝业历史照片展。

苏向北正因为这场照片展而办理了入住手续。

照片都是从退休员工手里收集的，共两百多张。有 1949 年建厂的奠基照，有多位国家领导人来公司视察的工作照……一幅幅，一帧帧，极其珍贵，颇具史料价值。黑白照、彩色照，以及艺术处理的车间照，摆满了大厅的西墙。

苏向北穿行在照片拼接的历史里，仿佛穿行在时间隧道。

白鹭铝业公司是国家第一批重点工业。新中国成立前后，国家积贫积弱，有色工业约等于无，铝工业更是空白。军工发展急需用铝，飞机、舰船等国家重点建设项目也离不开铝——白鹭铝业便适时而生，迅速而决绝地扛起了中国铝工业发展的大旗，成为有色工业的主力军。一时流传着"无白铝，不军工"的口头禅。"白铝"就是白鹭铝厂的简称，2000 年上市后才更名为白鹭铝业公司。2008 年的金融危机，严重冲击了白鹭铝业，不得不减员增效，一次减掉了一万多人，而剩余的五万员工无论怎么加班加点，也阻止不了氧化铝和电解铝价格狂跌，利润空间一再缩小，部分生产线不得不关停。这可是有着六十多年历史的白鹭铝业的第一次。

铝工业的寒冬到了。

一种微妙的感觉，类似羞愧惶恐的心情搅扰着苏向北，仿佛这一帧帧照片都与他有关。他细细看着，解读着公司的历史。突然一张贴在上排的黑白照片，让苏向北心头一震——三位穿着工作服的年轻人相互架着胳膊，冲镜头笑着，而中间那位正是爸爸典明。苏向北怕看错了，不由伏到照片上，想看个仔细。照片下的注解是："矿山突击队，从左至右分别是宋照、典明、文应物，典明为挖矿献身，追认为劳模。"

苏向北急忙用手机拍了下来，似乎怕照片上的爸爸也像二十年前那样突然消失，突然别他而去。

他仿佛迎面遇到了爸爸，爸爸年轻帅气，冲他笑着——苏向北鼻子酸楚，努力克制着汹涌的波澜。

谁能揭开父与子的心灵之谜呢？艺术家善于将肉体与灵魂融为一

体，医学家长于阐释肌体的结构和性能，但对于血缘这种根深蒂固的秉性，任谁都无能为力。生为人子的天性无法使苏向北清醒，他颤抖地抚摸着照片上的爸爸。

"难得，小青年学英模啊！"苍老的声音在苏向北身后响起，"不过，那冤死的英模，不学也罢。"

苏向北仿佛被子弹射中了胸膛，周身透着冷气，连骨头都颤抖了。回头看那六十多岁的老伯时，他已步出了大堂，钻进停在门口的出租车里。

老伯身上有种遗世独立的气质。

实际上，最糟糕的永远在身后，无论是时间的身后还是空间的身后——这一点，苏向北从不怀疑。疼痛的瞬间和思念的瞬间重合时，新的征程就开始了。

如果凤凰山上的老先生闭口不言是在掩饰失口，那这位老伯的话肯定不是玩笑。苏向北一阵忐忑，意识到自己不再是那个六岁的小孩子了，身上有什么东西开始滑落，像发着高烧，头脑里急速翻卷着旋涡。莫名的恐惧袭击了他，那种处于危险时刻的恐惧，海外求学时领教过几次，被三个黑人抢劫时，他品尝过恐怖的滋味，但从不像此刻这般令人眩晕、胆寒、杀气逼人。

苏向北激动万分，这或许是命运蓄意制造的结果。命运的轮回又把他送到了白鹭铝业。他深深嘘出一口气来，半是顿悟，半是遗憾。杂乱的感觉纠缠着他，昏头昏脑，像个醉鬼，踉跄地扑到门口的石狮子上。

天灰沉沉的，风中带着一股潮湿的味儿，出租车很快消失在蛛网似的街道上。路灯亮起，铝城的夜透着苍凉的感觉……时间不知不觉流逝，无论苏向北怎样焦灼、忐忑、挣扎，浓雾和着夜的黑，铺天盖地，掩饰了所有的欢乐与悲凉。

回望过去茫无涯际，他无法凭感觉衡量时间，就像无法凭感觉衡量父爱。他情绪低落——为自己伤心，也为世界上所有像爸爸这样的可怜人伤心。此刻，他真想随便投入什么人的怀抱大哭一场。

苏向北决绝地返回祖国，不惜和莫瑞分手。莫瑞觉得他的感情越来越不能解释了，冷漠而近乎无情。情人间吵架不一定动嘴——在莫瑞看来，两人总是在争执，即使看书或安静地坐着。争吵也无声地进行，彼此看向对方的眼神，都充满了征服的火药味……最终，都败了。

莫瑞说得没错，或许从那时起，滚烫的毒药已流进了他的血管。难道爸爸真的是冤死的?

二

苏向北和莫瑞同在北京地质大学。大一时，苏向北青涩得像诗歌青年，文雅中透着飘逸与洒脱，白嫩的娃娃脸，吸引了许多学姐学妹。可那时的苏向北像纯正的"三好学生"，业余时间总泡在图书馆，用书本遮挡了滚滚秋波。

莫瑞的同室闺蜜博容容心生抱怨，她已多次向隔壁班的苏向北示好，可他像顽石，冰火不侵。

"对付顽石，不能用冰火，应该用利剑，一剑可破。"莫瑞英勇侠义，决心帮闺蜜拿下这枚顽石。温暖的预感和模糊的责任，线团似的缠住了莫瑞。她想拂去心中的不安，故作轻松，掂量着要不要透露自己的偷技。

莫瑞的曾爷爷是闻名天下的江洋大盗，上世纪三四十年代，率徒子徒孙纵横华夏，浪迹天涯，让人闻风丧胆，最终死在淞沪战役中。爷爷子承父业，身手也极为利索，而立之年后便收手做了良民，兢兢业业地从民政局局长的交椅上退休。莫瑞的那点技艺也是爷爷闲来无事，炫技般教小孙女水里夹肥皂、火里取瓷片。或许是 DNA 的关系，莫瑞上手极快，如果混迹江湖，凭盗窃的小技艺，也能混得盗亦有道。

操场有篮球比赛，莫瑞给博容容小露身手。果然三五分钟就拿到了两部手机，再三五分钟，又把手机还了回去。

博容容佩服得五体投地，恳请莫瑞设局，搞定苏向北。

图书馆熙来攘往，苏向北刚选好书，莫瑞向博容容飞了个媚眼，把苏向北的手机塞给了她。

两位女生假装阅读，与苏向北隔着四张书桌。苏向北专心阅读，一个小时过去了，竟没发现手机丢了。

突然，苏向北讲着电话出了借阅室，两位女生惊讶得像暴怒的白鼠——原来偷的是替换下来的旧手机。

莫瑞从苏向北的书桌路过时，把旧手机顺在了苏向北打开的书本下。

第二次苏向北便没这么幸运了，刚从食堂出来，手机就转手到了博容容手里。博容容特地请莫瑞吃红烧肉。

菜刚上来，苏向北的电话就打来了。博容容急忙整理发型，补了粉底和口红。

莫瑞怀揣着看戏的心情，希望这场即兴表演高潮迭起。

苏向北来取手机时，博容容竟慌乱得口吃起来，简直大煞风景。

"谢谢你捡到手机。"

"不……不……谢……"

"要不，这顿饭我请？"苏向北觉得不回馈点什么，过意不去。

"不……用……用。"博容容脸红得像发高烧，舌头一直不利索，简直智商缩水。

"这饭是我请的，下次你专门请她吧。"莫瑞忙替闺蜜布局，"她叫博容容，微信是……"

莫瑞立马将微信号写在了餐巾纸上，一种说不清是痛苦还是欢乐的体验，搅动着她的心。她感觉对不起爷爷，她曾向爷爷发誓，永远不露这项"祖传"的技能。

苏向北接过餐巾纸迟疑地离开了。

莫瑞突然觉得他的背影像扛着一座大山，神似漫画里苏格拉底的背影，这刹那的感铭，实乃千金难求，至尊至贵……苏向北除了那张纸片之外，唯一的行李便是潜藏的爱情。莫瑞甩了甩头，驱赶了心头的妄念。

大学被称为爱情的摇篮，但它仅仅是山寨摇篮，很多时候摇荡着幼稚和无知。校园的风散发的青春的味道，既能治愈受伤的心灵，也能让心灵流血，治愈和伤害是爱情的同谋，也是青春的同谋。

博容容终于收到苏向北的邀约，激动得一夜没睡好，课也听得昏昏沉沉。

苏向北慷慨地在地亚西餐厅订了桌位。博容容不由感慨苏向北的真诚和善意，主观地扩大了苏向北对她的感觉，以为苏向北如此破费，全因为爱。

博容容是个不错的姑娘，长得也算标致。但这次，她像所有情窦初开的女孩——想多了。

她早早赶到地亚西餐厅，现场伴奏的钢琴声、优雅的环境、制作间飘来的咖啡香……浪漫和温情的气息，浸透了博容容的全身，心情从内而外蓬蓬勃勃。

苏向北点完菜，微笑着给紧张的博容容斟上红酒。博容容便像彻底投降的俘虏，认为坦白就会赢得红利，于是把莫瑞两次偷手机、设局让他请客的计谋吐了个干干净净。当然，最后还是吞吞吐吐地向苏向北表白了，并替莫瑞辩解，以证明自己对苏向北爱恋之深。

显然，一顿可口的美味，就让她把苏向北当成了知心爱人。而苏向北仅仅因为新买的六千元的手机失而复得，才如此破费。

博容容此后多年都为这天的生涩、痴傻、愚蠢而心痛不已。不过，她也不必过于自责，让女人成熟的从来都是冷漠的男人。最终她会明白失去钱财是小痛，失去情人也是小痛，而失去勇气就失去了人生。

其实，现在的痛比未来的痛更容易面对，因为时间的深谋远虑更具有毁灭性，时间会嘲笑所有的伤痛。

苏向北实属难得地咽下了红酒，脸在酒精的滋润下，越发难以辨认是晴是阴。苏向北申辩自己没那么好，博容容完全被蒙骗了。而博容容却觉得这正是苏向北谦虚的品性，越发喜爱了。

幸亏桌布足够大，完全遮住了她双腿的颤抖。

博容容激动得可以赴汤蹈火，而苏向北则懊恼得想逃之夭夭。

苏向北闷头闷脑喝水，用水杯遮住尴尬的脸，细品水的滋味似的喝了很长时间，也思索了很长时间。他埋头吃饭，手里的餐叉沉似鱼叉，手指在颤抖。他只是浅尝辄止，每一口咽得都很吃力。他擦了擦嘴，犹豫地想说点什么。

恰在此时，手机响了，他抓起手机，到大厅讲了一通电话，随后在吧台结了账，健步向餐桌走来……博容容的心跳像擂鼓。

"我妈妈突然到学校了，我得回去。"

"一起去吧？"

"不用不用。"苏向北摆手间，已退出好几步。优雅的转身，宛如模特舞台上的转体，帅到心疼——博容容却也只剩下心疼了。

静寂中，蜡烛的火苗像红丝绵，摇曳不定。玻璃上结了一层朦胧的水雾，模模糊糊地映出了装潢高雅的大厅。以前只在小说里读到过这样的情节，只是被放鸽子的总是男生。博容容尴尬地待在那里，不知该走还是该留。她以为任谁都看到了她的悲剧，事实上，没人在意她，甚至冲她微笑的服务生，也不在意结了账的客人。

博容容的心仿佛幽幽的深洞，东西掉下去便无声无息。她非常清楚自己既得不到他的爱情，也得不到他的友情——他将是自己永远的痛、永远的伤痕。

其实，博容容又想多了，在随后一系列轰轰烈烈的恋爱中，她似乎每次都爱得死去活来，但最终还是幸福地恋爱着。

在苏向北看来，打破博容容的白日梦，最好的办法就是果断地撤离，不留一点念想。

莫瑞火冒三丈，不为博容容被放了鸽子，而因为博容容竟将偷盗之事全部出卖了！

"你有毛病啊！什么脑子！"莫瑞双手叉腰，简直想给博容容两巴掌。可博容容根本不明白莫瑞为何发这么大火。在博容容看来，真正受伤的是自己，应该愤怒、应该哭泣的是自己才对。

从此博容容和苏向北再无瓜葛，而苏向北每每见到莫瑞，总是捂住衣袋，怕莫瑞顺走手机、钱包之类的，这让莫瑞又好气又好笑。

为什么古人没有通过仰望夜空而发现地球是椭圆的呢？夜空深蓝的弧面，像巨大水晶球的内壁，穹顶上闪烁着明亮的星星。午夜的校园十分寂静，风中有槐花的味道。莫瑞担心苏向北散布她善于偷盗的消息，还好，他并没那么下贱。

白鹭铝业公司五万多员工，三十一个处级单位，2007 年利润七十九亿，2014 年便降到了零点八亿，若氧化铝、电解铝、水泥等价格继续下跌，公司的生产将难以为继。公司人心惶惶，如履薄冰。

比干铝业集团是白鹭铝业公司的上级单位，一道道加急令，要求白鹭铝业努力降本增效，确保公司赢利。

比干集团成了金融危机的重灾区，对突然而至的灾难，一半天才一半蠢材，似乎联手黔驴技穷，找不到有效的应对策略。然而，空话煮不了米饭，上级的命令就像镜子上的雾，模糊了事实。日益恶化的形势，啪啪地打碎了所有人的美梦。

苏向北到矿山处上班了。矿山处有三个地盘：白鹭山、麻雀山和凤凰山。白鹭山和麻雀山开采了六十个年头，矿石已存量不多，而凤凰山矿石铝硅比不达标，公司不得不高价购买外地民矿的矿石。

虽然铝的价格狂跌，可原材料的价格却一直在上涨，同等质量的铝矿石竟比几年前翻了一倍——这场寒流逼死了一批铝企业。当然，钢铁和煤矿等多种行业同样遭受着寒流的扫荡。

危急关头，只能努力开采矿石，尽量减少外购。

矿山处从没接收过像苏向北这么大牌的学生。钱处长请示人力资源，人力资源的孙处长告诉他：按照苏向北自己的意愿，他想去哪儿就去哪儿，反正也待不了一个月。

苏向北如愿到了矿山一科，这是他爸爸所在的单位。苏向北当然隐瞒了这层关系，他随了母姓，无人怀疑他的身份。

矿山一科地处山区。李城书科长让苏向北全副武装地穿上工作服、套上笨重的工作鞋。李科长亲自开车，在矿道里跑了十多公里，沿途介绍开采情况。苏向北认识了正在施工的工友们，他们个个灰头土脸，衣服上的矿土厚厚的，颜色和矿道融为一体，若不是头灯亮着，很难辨认他们是人还是矿石。

李科长介绍他是自愿来矿山工作的海归学子，矿工们简直把他当成了英雄。苏向北热情地和他们握手，内心翻滚着热流，眼泪在眼眶里打转。

原来，爸爸就是在这种地方工作的，也是在这种地方献身的。

一路穿过黑黑的矿道，蹚过坑坑洼洼的积水，呼吸着夹杂了粉尘的气体。李科长以为会吓跑苏向北，没想到，苏向北不但不懊恼，反而更兴奋、更满意了。

无论动机如何，苏向北正竭力享受着类似回家的感觉。他声明自己喜欢矿山作业，同事们用脚指头想，也觉得这不是真的。

李科长不喜欢苏向北，他本能地以为苏向北会争夺他的科长位置。身边放着这么个定时炸弹，说不定年底考评，领导找个借口把自己免了，让苏向北上位。

李科长担忧的没错，毕竟人首先关注自己的利益。可苏向北不像要离开的样子，也不像不热爱工作的态度。他随工人深入矿区，了解矿石的品位，查阅资料，掌握矿石的分布情况。

苏向北惊愕白鹭山矿石的品质之差，难怪美国氧化铝的成本比中国低很多。阿肯色州三水铝土矿的铝硅比要比白鹭山的高出好几倍。打个比方，美国的矿石像七十二度原酱白酒，而白鹭山的矿石就是兑了几倍水的低度白酒。

普朗森教授说得没错，就铝资源来说，美国甩出中国几条街。

李科长不给苏向北任何工作，仿佛他是个自由人，一切随他所欲，想去矿区就随车进隧道，想在办公室喝茶就公子哥似的晃荡。他想以冷处理的方法消磨苏向北的积极性，从而败坏他的形象。

苏向北根本不在乎别人怎么待他。他钻进档案橱，一本本翻阅着矿山一科的工作记录。黑暗来临，月亮像牛奶一样白，挂在蓝色的天空上，微弱的灯光给窗玻璃笼罩上温暖的橘黄色，远方传来夜鸟的叫声。

近三十年的工作笔记塞在落满灰尘的档案房，无人问津。苏向北借熟悉业务，认真翻阅着，仿佛那里真有课堂上学不到的东西。

他终于发现了爸爸的字迹，1994 年 5 月 23 日，爸爸做了最后一笔工作记录，第二天便发生了"5·24"事故，但恰恰 5 月 24 日、25 日、26 日的工作日记被撕掉了。

那三天记录了什么？为什么日记被撕掉呢？

三

大二放寒假前，苏向北突然拦住回宿舍的莫瑞。"还我手机，不然我就在学校广而告之。"

"你就断定是我偷的？"

"你为博容容，故意整我。"

莫瑞不由笑了，向前逼近一步，猛甩长发，脸伸到苏向北面前。"博容容正和模特帅哥恋得火热，早把你忘到爪哇国了。你还真把自己当回事了。去广而告之吧，老姐坦荡荡！"

可苏向北将书包、衣服、课桌翻遍了，没有手机。

他断定莫瑞偷了，因为他们曾在图书馆擦肩而过。

晚上，苏向北翻来覆去睡不着，失眠的他以为床铺不平整，整理褥子时，发现手机安静地睡在褥子下。原来前一晚看电视剧时睡着了，电已耗干的手机滑了下去。

冤枉了别人，自然心怀歉意。对美女有歉意就是对良心有歉意，对良心有歉意就是对冲动有歉意，终于有一天，他拦住了莫瑞。"手机找到了，向你道歉，请你喝杯饮料吧。"

苏向北没敢请她吃饭，莫瑞性格活泼，率真敢为，他怕两人相坐，说不定会弄出什么幺蛾子。

苏向北的邀请宛若缭绕的青烟，给莫瑞一种曼妙的感觉，还有些许冒险的味道。她用一半脑子思索就会发现，有些事远不像读小说那么简单。她仿佛被什么蛊惑了，身不由己地去喝那杯莫名其妙的冷饮。

他们来到学校附近的冷饮店，发现来这里的大都是情侣。莫瑞要了一杯薄荷冷饮，苏向北要了一杯柚子茶，还点了些干果。苏向北多次向服务员提示要餐巾纸，可服务员一直忙着招待其他桌子的客人，总也照顾不到这边。当服务员再次漠然走过，一沓厚厚的餐巾纸被莫瑞放在了桌子上。服务员没发现衣袋空了。苏向北惊愕得眼白都瞪出来了，随后满是欣赏、赞叹，甚至崇拜莫瑞的身手了。

莫瑞一脸淡然，仿佛什么也没发生过，那桀骜不驯的样子，也玄妙得出奇。

也是从这一刻起，苏向北看莫瑞的眼神多了些光彩，而莫瑞也发现这个男生极具深挖的内涵。自此，他们在校园里总是有意无意地偶遇，在大课堂上也会有意无意地坐在一起。

莫瑞渐渐发现苏向北那不带一丝坏心眼的脸微微一笑，就算是个傻瓜，也会欢喜起来。扑过来的蝴蝶总是很多，而苏向北依然用书本和冷漠屏蔽了风景。

莫瑞庆幸运气不错，一副走大运的样子。

苏向北感觉自己的心像煎饼被反复烘烤，然后平摊在莫瑞的碗里，被她侠义、豪爽的欲望吞噬着，还生怕坏了她的胃口。他注视着她，脑子总是一下子蹦到未来——他们带着一双儿女登摩天轮、坐过山车，莫瑞吵吵嚷嚷地和孩子们抢冰淇淋。

莫瑞找了个理由搬出博容容的宿舍，因为她发现博容容虽然被季立功狂追，但内心依然惦念着苏向北。莫瑞做贼心虚，不敢向博容容表明自己在和苏向北交往。

大四时，博容容隐约感觉到莫瑞的秘密，一把夺过莫瑞的手机，屏保果然是帅气十足的苏向北。

当时她们正在食堂吃午饭，博容容把筷子啪地拍在桌子上，目光像刀子扎向对方，一个深呼吸之后，转身走了。从此，再也没搭理过莫瑞。无论博容容还是莫瑞，都像卸下了千斤重负，一种轻松感扑面而来。毕竟这是教室，打开门，走出去，人人都是生活的宠儿。

莫瑞和苏向北一起去美国读书后，两位好闺蜜从此各自安好，彼此音绝。

人啊，你意欲何为？

这二十年前的残缺的工作笔记成了从天而降的闪电，把苏向北劈成了无数碎片。他突然明白了与莫瑞分手的缘由，嘲笑了莫瑞关于任性、自私的无端指责。这笔记灼伤了他、扒光了他，又安抚了他。

苏向北轻轻抚摸着撕后的残纸，像抚摸着自己久不愈合的伤口，毕竟人们很少挠不痒的地方。他异常悲愤，气愤难平，跌跌撞撞地走到窗前，冷汗淋漓，好像淋了透雨。所有的猫在夜里都是黑的，通往过去的矿道也许血迹斑斑。

放眼望去，被掏空的白鹭山林木茂盛，郁郁葱葱。

如果山也有感觉的话，那被掏空的疼痛是不是像自己呢？苏向北发现沉溺在不幸中竟有一股异样的感觉——不用担心生不逢时，不用担心生而无憾，也不用担心前路迷茫，因为悲伤不断把他逼回到六岁时的矿难。

父亲去世之后，他认定自己生活在一个疯癫的世界里，认定再多的清水也洗不掉妈妈脸上的泪痕。

对他来说，认识这个世界是从 1994 年的矿难开始的。此时，他像冲出夜幕的中了毒箭的野兽，愤怒地扑向自己的对手，但那罪恶的猎人并没有出现……苏向北感觉五脏六腑都成了铅块，拖着他向深渊坠去，而深渊又迷人又恐怖。

苏向北随矿工坐车进隧道，挖矿石、装车……可车在驶出来时，却偏偏把他忘记了。他不得不步行挪完五公里隧道。工作人员在食堂打饭，可几次轮到他时，鸡蛋没了、菜没了，连咸菜也是几天前剩下的。即便这样，吃泡面的苏向北顶多幽默地调侃一下，热情依然不减。那忠贞的样子要么像战争年代熬过来的士兵，要么像傻瓜——着实让李科长不踏实。

隔壁办公室的门突然被踢开，门和墙壁猛烈碰撞，铝合金窗也哆嗦了一下。

"妈的，一群刁民、刁民！"李科长气呼呼地骂着，把安全帽扔到桌子上，用力太猛，安全帽咚隆隆滚到地上。

李科长转身看到了苏向北，突然闭了嘴，端起半瓶凉开水，咚咚灌了进去。矿工们出大力流大汗，喝水是保持体力的重要方法。苏向北记得爸爸也是这般狂饮。如今，他也用大玻璃瓶喝水，不光因为出汗很多，更因为这样能离爸爸近些。

李科长放下水杯，盯着苏向北，仿佛他是相貌怪异的外星人。

"小苏，你去罗沟村，帮助处理矿石问题吧。"

"好的。"苏向北像中了头彩，兴奋地跳上了开往罗沟村的面包车。苏向北只有让自己行动起来，才能阻止泪水汹涌而出。

"傻×！"焦躁不安的情绪像夏天的苍蝇纠缠着李科长，他觉得苏向北来矿山工作，简直是脑子进了泥沙。

李科长从一名没有学历的矿工，一步步升为科长，赶走了好几位竞争者。现在，苏向北成了新的敌手。敌手越强，他的战斗力也越强。他不相信苏向北的微笑那么温暖，不相信他与矿石打交道的欲望那么饱满，也不相信那包容大度的背后，没有扎心的目的。毕竟矿石不是美女，矿山也不是金山。

李科长偷偷审视着苏向北——偷偷观察某人竟然是一件非常有趣的事。那小子话不多，所以显得出众。李科长想知道那小子在想什么、在干什么、目的何在……这谜题在李科长心里扎了根，困扰着他，让他不安，甚至失眠。

李科长脾气暴躁，有点儿神经质，老是纠结工作中的琐碎，不懂得在有生之年应该放眼更广阔的世界。这也难怪，毕竟总在地道里工作，黑暗见得太多，而沐浴阳光的机会又总是太少，毕竟书读得不多，而与智慧人为伍的机会更少。

罗沟村是运输矿石的必经之路，几十年来，这千把人的小村子，享受了很多白鹭铝业的福利。每每村里提出资助的请求，比如建学校、幼儿园，白鹭铝业均慷慨资助。许多适龄村民，也被招收为白鹭铝业的正式员工。可以说公司和罗沟村相处得十分"和谐"。

前两天，罗沟村的村民却突然在路上设了铁栅栏，由几位七十多岁的老人轮班把守，把十五辆矿石车堵在路上。外地的车辆都可通行，只拦白鹭铝业的车，仿佛白鹭铝业是多汁的甜瓜，不啃上一口就是对甜瓜不敬。

公司领导不得不惊动了区政府，希望出面调停，于是警察便应时出动了。可警察无论怎么劝说，那些白发老人石头般不为所动。任谁都看得出，这是罗沟村预谋已久的计划，竟然要白鹭铝业投资一千万，用以改善村庄建设。

白鹭铝业为了降低成本，下岗了一万多员工不说，还忍痛削减员工工资。许多还房贷的员工压力重重，怨声载道。在此危难时刻，省一分钱就赚一分钱，不要说一千万，就是一百万，公司也不可能答应。

警察们不疼不痒地说服，甚至有些人以为这么大的国企拿出一千万不过举手之劳。或许白鹭市的个别领导也有这种想法，所以罗沟村才如此张狂地知法犯法。

堵路敲诈很伤员工的感情，白鹭铝业作为新中国较早的企业，六十多年上交国家的利润足够建上百个同等规模的公司。可当公司跌入低谷，生产难以为继、员工收入不保时，不但无人帮扶，却还遭受无理盘剥。

车队和村民僵持着，十五辆装满矿石的卡车排成了一道特别的风景线，而公司的生产线正等米下锅，情势十分焦灼。

苏向北望着长长的车龙，孩子们在车队间钻来钻去，牧归的羊群在车边穿行，小媳妇边嗑着瓜子边看热闹——而那一千万像游荡在天上的乌云，某个幸运时分，会飘然落在村长的梦里。

苏向北突然想拍张车队和羊群的照片发给莫瑞，但又一想，莫瑞早就不在意他了，更不会在意他灰头土脸地与羊群为伍。

货车被堵了三天，公司领导交涉不下来。求钱心切的村民们轮番值班，盯着司机，怕他们砸开铁栅栏强行离开。毕竟司机是汽车公司的人，与白鹭铝业只是雇佣关系。司机们干着急也没办法，索性躲到树下，要么睡觉，要么打牌，排解无奈的时光。

苏向北和司机们聊天，了解情况。正忙着出牌的张师傅不相信这毛头小子是来处理事端的，"去去，哪来哪回吧，这可不是你散心的地方，让钱处长来，他们只认钱"！

这年头，每个人都强调身份认同，科长、处长、官二代、富二代……不管身上有什么特质，大肆宣扬，仿佛不弄出一个耀眼的标签，就不配做人。

苏向北围着罗沟村转了一圈。罗沟村不大，两条东西主大街，十条南北胡同，水泥铺主路，红砖铺辅路，路边的花坛里栽种着月季、长寿花和木槿花，各种健身器材架设在村中心的广场上。一群小男生正在踢足球。

苏向北看着孩子们踢球，不时为孩子们加油鼓劲。有个男孩被妈妈喊走了，苏向北便补了空缺。苏向北踢得机巧，喊得也起劲，还不时弄个假摔，逗得孩子们哈哈大笑。

苏向北出了一身汗，孩子们也被汗抹花了脸。苏向北建议休息一会儿，请孩子们吃雪糕、喝饮料，想吃什么牌子的到旁边的超市随便取。

孩子们乐疯了，买了雪糕、可乐、果汁等。苏向北和孩子们一起干杯、一起狂吹，称他们是最优秀的童子军，长大了一定会有出息。孩子们被甜言蜜语和雪糕彻底征服了。

"你们谁的爸爸官最大？"

几乎所有男孩子同时指向了站在苏向北右手边的小眼睛守门员。"他爸爸官最大，全村的人都听他爸爸的，我的狗见了他爸爸都不敢叫。"

苏向北吃一块雪糕的工夫就摸清了村长的住址和家庭情况。孩子们还想再玩一场足球，苏向北借口有重要任务，和孩子一一握手，郑重告别。孩子们第一次享受到被当成大人的待遇，感觉很不错。

一位白白胖胖的老奶奶正坐在门口剥蒜，苏向北一脸愁容地坐在旁边的石台上。笔直的街道，没有开端，没有尽头，却有鲜花、有微风，还有远方的山影。若不是重任在身，苏向北还真感到自己身处画卷中。

村庄是人群的集合体，本身并无好坏之分，但它内含一种力量，用好了，正能量极大，用坏了，破坏力也极强。

"这蒜又大又肥，真好啊。"苏向北像第一次见到大蒜，赞赏着。

"告诉你，这蒜能包治百病，"老奶奶看了看坐过来的年轻人，"你小小年纪就成了铝厂的人？"

苏向北苦笑着点了点头，一身灰土的工作服成了他的名片。

"你爸爸干什么的？"

苏向北指了指白鹭山。

老奶奶不明白，向前伸了伸头，想听个仔细。

"二十年了。矿难，死了。"

老奶奶一脸愕然，疑惑地盯着苏向北。"二十年了？是5月？"

"5月24日，奶奶，您怎么知道？"苏向北很诧异，不由感慨这世间真有通灵之人。

"我可忘不了，那天是我丈夫生日，我想做顿好饭，在地里摘菜时，突然地震似的晃了一下，可吓得不轻。"

"地震？"

"后来才听说是地下爆炸了，死了三个人。可怜的孩子，你妈好吗？"

苏向北被老奶奶的话震蒙了，出神地幻想着当时的画面。老奶奶怜惜地拍了拍苏向北的肩膀，满含歉疚，仿佛爆炸是她搞的。

苏向北觉得脑袋像坚硬的干果，被挤碎了，全身感到一阵奇妙的战栗——他痴迷地觉得自己来找老奶奶纯属命运的安排。

"爸爸去世后，妈妈受刺激，精神失常，一直住在精神病院里。"

"可怜的孩子，你是怎么长大的？"

"舅舅和舅妈把我带大的，他们对我很好。"

老奶奶一脸悲悯，欣慰地笑着。人生的悲情故事就像拉开引线的手榴弹，一旦扔出去，就有了情感的同盟。苏向北深谙其道。

"你这么小，就开这么大的车了，听说一个月挣两三万呢，有出息。"

"我可没资格开这大车，领导让我来带车队回工厂，可我一点办法也没有。我们厂很困难，工资都开不出来了。"

"你们厂不是很富吗，怎么突然穷了？"

"奶奶，我打个比方，以前铝卖六块钱一斤，现在市场不好，才卖一块钱一斤，可这一块钱根本不够买矿石、修机器、交水电费的，哪有闲钱开工资啊。厂里正等着这批矿石呢，不然就'没米下锅了'。"苏向北望着长长的车队，深深叹了口气，"奶奶，有些人就是糊涂啊，路是不能堵的，咱老祖宗说，断人财路，就是杀人父母。老祖宗还说，人恶人怕、天不怕；人善人欺、天不欺。这些拦路的老先生不是在断子孙的后路吗？他们这样做，后辈要遭殃的。"

对年轻人来说，仇恨很简单，思考很难。但对经历了半个多世纪的老人来说，关于因果报应的说辞总能心领神会。老奶奶不傻，她唯一的心愿就是子子孙孙荣华富贵。

老奶奶瞪着一双活泼的小眼睛，抖擞着这个岁数所有的机灵劲。"孩子，你等着，我给你拿钥匙，这群王八蛋是从我这里偷的锁。"

苏向北暗自高兴，感觉这事有了两成的希望。

老奶奶提着红丝带出来了，将系着红丝带的钥匙塞到苏向北手里。"去，就说吴奶奶给的钥匙，那些老家伙就不敢拦你了。"

苏向北不敢苟同老奶奶的思维，迟疑地不肯离开。

"去吧，快去。"

四

老先生们是很给面子，但就是不买钥匙的账。吴奶奶的名头让他们对苏向北笑嘻嘻的，但铜锁前却始终站着两位白发老人。

就在苏向北亮出钥匙不久，得到消息的年轻人提着木棍从各个胡同涌了出来，把苏向北团团围住。为首的小伙子正是吴奶奶的大孙子罗奎。

"他们怕我奶奶，我可不怕。"罗奎用木棒捣地，其他的小青年也跟着捣地，咚咚的声音震得苏向北骨头疼。

"你再敢动铜锁一下，我立马打断你的手。"随即啪的一声，木棒打在苏向北胳膊上，苏向北急忙捂住胳膊。可又一棒打在铁栅栏上，断成两截，断裂的木棒擦着苏向北的头皮飞了出去，顿时血糊了半张脸。

"拿钱来，就放行。"罗奎气冲霄汉，仿佛是护卫祖国的大英雄，根本不在意苏向北脸上的血。

苏向北抹了一把脸，手上黏糊糊的，顿时脸成了血脸，而手也成了血手，无由地平添了悲情和恐怖意味——仿佛一个血鬼，仿佛下一刻就会成为死人，站着的死人。在村民眼里，血红的他会成为追命者，一个讨债的流血者，一个睚眦必报的冤魂。血不只是对死亡的靠近，更是死亡的宣言。有人吓尿了。

苏向北或许因为血涌大脑，血又涌到了脸上，肾上腺素快速分泌，激情蓬勃而出。他迅速进入角色，像政治家般不浪费任何机会。也或许是看到公司遭受野蛮盘剥，他内心早已狂热不已，胸腔里激荡着莫名的风暴，滋生了摧毁一切粗野和邪恶的欲望。

"我们的头儿说，要钱没有，如果不嫌弃，这十五车矿石就卸给你们村。如果不够，山里还有，矿工正挖着呢，明天还有十五辆车的矿石送来。我们公司人不多，才五万。如果你一棍子夯死我，那五万人不会管，因为他们都不认识我。但你会一辈子关在监狱里，还有可能判死刑。你爸爸也当不了村长了，你家从此没落，基本等于断子绝孙……我们公司可是大型国企，当初是国家领导人亲自指挥兴建的，你先问问这些老人，我说的是不是实话。新中国成立前拦路抢劫的叫土匪、叫恶霸，现在叫什么？你们起好名字了吗？我们国企背后是祖国，国企的一草一木都是国家的。你们和国企作对，就是和祖国作对，你们敲诈白鹭铝业，就是敲诈我们的祖国，敲诈祖国的人就是祖国的敌人、叛徒！难道你们甘愿当祖国的敌人和叛徒吗……西方有些国家想搞垮我们的国企，想搞毁我们的铝工业，难道你们是和他们一伙的吗？你们想和他们联手破坏祖国的铝工业吗？你们愿意背上这样的骂名吗？愿意吗？"

苏向北说得不快，但吐字清晰，有种海浪拍打岩石的节奏。荡漾的激情和演讲的灵感，使他滔滔不绝，而涌出的鲜血又平添了沉重和悲壮——越讲越激动，越讲声音越高。因为血模糊了右眼，他才不得不住口。

围观的村民们非常认同苏向北的话，竭力收缩内心的冰冷和头脑的迷乱，人性温暖的部分渐渐现形，小心翼翼地应答。人越聚越多，连外地的路人也停下来看热闹，不时为苏向北喝彩。

罗奎不过是被宠坏的大男孩，以为逼停车辆就是伟大的壮举，至少是男子汉的英勇行为，总以为天底下除了自己别人都是懦夫。苏向北盯着他，声音越来越高，一步步击溃了他内心虚假的勇敢，握着棍子的手也哆嗦起来。慌乱中，他拿不准自己是天下最勇敢的勇士，还是最愚蠢的傻瓜。

许多村民怕事情越闹越大，躲得远远的，至少不再跟着起哄。闹事的人慢慢被孤立了，许多拿棍棒的人偷偷撤离了。在善良的村民看来，这十几辆矿石车若长久地堵在村里，那可是又丢人又碍事。

刚刚和苏向北踢球的小朋友们也赶来，发现他们的"队员"流血了，不由大惊小怪地喊起来："流血了……杀人了……杀人了……"

孩子们惊慌的叫喊，搅乱了村民的信心。村民们将他们的敏感、反感和恐惧一并化作随声附和的同情，瞬间搅乱了村长的缜密方案。村长本能地认为，国企就是块肥肉，不啃白不啃，然而，不闹点动静，是啃不到肉的。这两年白鹭铝业给的福利渐少，村长便认为那是对他的不敬。

村长曾是一位诗歌青年，曾写出："即使所有的金矿，也不能买到半句优美的诗行。"但大自然就这么生搬硬造，等他成了油腻男，也像那些他曾厌恶的人把事情搞得乌七八糟，教唆村民劫匪一样谋利。

苏向北虽然慷慨陈词，可内心极其恐惧，余光扫射着罗奎手里的木棒，害怕他真的抢过来。他孤军战斗，心中充满无边的无助感。

从本质上说，人不是被时间磨损的，而是被各种各样的灾难磨损的。但这种惊险时刻，苏向北可不想再经历第二次。

恰在这时，吴奶奶提着擀面杖急火火赶来，当发现苏向北脸上全是鲜血时，不由大怒起来，追着大孙子就是一顿臭打臭骂。

"拦人路，不学好，断子绝孙。"

那几个顽固的村民身体里像点燃着一千只火把，充满了呛死人的烟气，而那一千万元的目标，无疑是他们的明灯。现在，苏向北此番理论，使村长家祖孙内讧，村民们窃窃私语，即便他们再大胆，也不敢反驳了。特别是那些白发老者，虽然受人蛊惑，却也懂得自作孽不可活的道理。他们被动员来守护铜锁，原本内心里赞同和蔑视、霸道和怜悯相互交织，有种说不清道不明的飘忽感。

苏向北趁机打开了锁，刚才守护铜锁的老人竟然帮忙推开了铁栅栏。早有眼快的司机跳上卡车，猛按汽笛，那些打牌的、打盹的、闲逛的司机，像军队接到开拔的命令，跳上驾驶室，追随着前一辆卡车，徐徐离开了是非之地。

苏向北并肩站在吴奶奶身边，目送着大车一辆辆过了关卡。最后一辆驶到苏向北身边时，车停了，副驾驶的门打开了。苏向北拥抱了吴奶奶，感觉自己将父母出卖了，抵押给了另一个世界。

"放心，有我在，这路永远不会堵。"吴奶奶拍了拍苏向北的后背，好像在安慰丢了一毛钱的小孙子，挺滑稽也挺温暖。

苏向北抹了把和着血的泪水，跳上卡车，和吴奶奶挥手告别，一时间竟有无数双手，随吴奶奶挥动着。

哪里有流血，哪里就有生活，苏向北感觉要昏倒在生活里了。

矿石车队被堵的当天，公司就成立了处理小组，由营销处郭处长和矿山处钱处长亲自挂帅，两处各抽出一位科长负责具体事项。郭处长和钱处长有事离开，李科长他们也偷懒撤离了。李科长是因讨厌苏向北，不希望这个他认为徒有虚名的人在眼前晃荡，才派他去干出力不讨好的活。李科长叮嘱苏向北看管好车队，别让村民扎了轮胎，也别让司机毁了村民的牛羊。

僵持了三天，再耽误下去就会影响公司生产。公司老总顾嘉庆特地去拜访市长，恳请政府出面帮助解决困局。顾总的车刚刚驶进政府大院，手机响了——十五辆车浩浩荡荡凯旋，而押车的既不是郭处长，也不是钱处长，而是刚毕业的那位海归学生。"并且受了重伤，满脸是血。"

顾总一向波澜不惊，喜怒不形于色，可当听到那学生受了重伤时，不由鼻子一酸，激动地命令道："马上送医院，一刻也别耽误。"

总经理办公室吴主任哪敢怠慢，亲自开车到矿石堆，那里正尘土飞扬地卸车，机车声、火车进厂的轰隆声，击荡着耳膜。吴主任提高嗓门询问，可谁也没看到苏向北去了哪里，并且谁也不知道那受伤的人是什么身份。

吴主任到处寻找，在车辆间钻来钻去。

苏向北正在传达室门口的水龙头那洗着脸和脖子，若不是工作服上一片暗红的血迹，吴主任还真不知他就是要找的人。

"小苏，快上车，去医院。"

苏向北抬起身子，头发上的水和着血线顺着脸滑下来。

"我是总经理办的老吴，快去医院，还在流血呢。"

苏向北也没敢耽误，便跟着吴主任坐进了奥迪车。

吴主任递给苏向北雪白的毛巾，苏向北迟疑了一下，还是按在了头上。可不一会儿，毛巾湿透了，吴主任慌得连忙又按上一条。他也知道，这仅仅是心理安慰。

车子飞也似的驶进白鹭医院，顾总和医护人员早就等在院子里了。苏向北感觉自己像被密密麻麻的红色蜘蛛网缠住了，无论怎么挣扎，都难以脱身。

他终因失血太多，昏迷了。

一年级教室里，美女老师正教着拼音，同学们大声跟读，苏向北突然看到院子里的妈妈，惊讶地喊了出来。

教室的门被推开，妈妈的眼睛湿漉漉的。

苏向北为妈妈来学校而兴奋着，在孩子们眼里，妈妈在众目睽睽下和老师窃窃私语，也是一件很特别或很优待的事。

老师进了教室，快步走到苏向北旁边，把书和文具一股脑地塞进了书包，一手提着书包，一手牵着苏向北。那时的苏向北感觉挺幸运，回头向全班同学做着鬼脸，伸了伸粉红的小舌头。毕竟从此之后，再没有老师这样牵过他的手。

他随妈妈钻进了一辆等候在校门口的灰色面包车。妈妈低泣着紧紧地搂着他，仿佛有人要抢她的孩子。除了司机，车里还有一位坐在副驾驶上的叔叔，那叔叔一脸沉重地和妈妈说着什么，苏向北模糊记得"塌方"一词——这名字很好听，像极了女同桌的名字。

苏向北替妈妈擦掉泪水，可越是擦，那泪水小河似的越没有尽头。其实叔叔并没告诉妈妈实情，只说正在抢救。那叔叔忐忑的语调里，有什么东西触动了这位小学生，他缩在妈妈怀里，像只小猫静静瞪着叔叔，感觉这位叔叔在说谎。

苏向北安静而乖巧，敏感而听话，他想做个乖孩子来安慰妈妈。可他哪里知道，那次颠簸成了生命中没有尽头的出行。

"妈妈，你为什么哭？"或许在苏向北的心里已猜测到爸爸出了事故，可他不想承认。同学的爸爸酒后开车，撞在树上，死了。那是他第一次从同学的嘴里闻到了死亡的味道。

爸爸那么欢乐，昨天晚上还和他下了好几盘跳棋，父子俩各有输赢，惩罚的方式就是弹鼻子。当然，他弹爸爸鼻子的机会总是很多。

今早，厨房的水龙头有些漏水，一滴滴的，仿佛屋檐的雨。

"你别管，我晚上回来再修。"爸爸拍了拍妈妈的肩膀，便上班去了。在苏向北的记忆里，爸爸似乎无所不能，会修自行车、电视机，还会修防盗门和沙发椅。

上山的路上，苏向北远远看到人群集结着，像乌黑黑的苍蝇。苏向北有个心照不宣的执念：倒霉的事不会发生。

苏向北一直不相信那个泥鳅一样的人是爸爸。他的心突然被什么东西撞了一下，瞬间，他觉得自己被撞进了河沟里。爸爸一定活在什么地方，在某个时刻会突然回到家里，继续和他下跳棋。

在爸爸的墓地，他没有哭，拒绝哭，他拒绝那么多人强迫他承认那个死去的人是爸爸。可妈妈一巴掌扇在他脸上，他号啕着，只因为妈妈那么凶，凶得让他不敢靠近。

所以，苏向北必须回国，他不能让爸爸的坟墓没有一点香火——这深层的心愿，他既不能对莫瑞讲，也不能对任何其他人讲。那是他和爸爸的秘密，那是他和爸爸下的一盘没有结局的跳棋——无论逃得多远，终要回到爸爸面前。

爸爸去世后很多日子里，妈妈都没去上班，医院再三催促。有一天，妈妈梳洗得像从前一样漂亮，背着皮包出门了。第二天医院就来了通知，要妈妈在家休息。妈妈总是盯着水龙头发呆，总看着那一滴滴的水珠是如何慢慢由小变大，映着室内的景象，大到承受不住重量，无声坠落。

妈妈长久地盯着，仿佛从水珠里能看到另一个世界，那个世界里有她的丈夫。

妈妈甚至忘记煮饭，苏向北放学回家，发现餐桌上并没有吃的，冰箱也空空的。苏向北将面条和水一起煮在锅里，要么煮得太生，要么煮得太烂。即便忘了放盐，妈妈也喜滋滋地吃着。苏向北抹了把眼泪，将一小撮盐撒在妈妈的碗里，帮她搅了搅，看着她孩子似的邋邋遢遢地吃着。苏向北终于默认了人们的判断：妈妈疯了，精神失常了。

毛毛雨从昏暗低垂的天空不停地飘落，雨水渗进了垃圾桶里，散发着臭味。苏向北提着一兜馒头边走边哭，雨水和着泪水悄悄咽了下去。

舅舅、叔叔等许多亲人一起商议，将妈妈送进精神病院治疗。他们在苏向北的抚养权上，发生了争执。舅舅和舅妈是大学教授，结婚多年未曾生育，他们希望抚养苏向北。但叔叔和婶婶却认为，作为典家的后代，理应由自己抚养。叔叔有个儿子叫典晓江，和苏向北同岁，而那时的苏向北叫典晓河。叔叔和婶婶都认为，放一只羊也是放，放两只羊也是放，无非吃饭时多双筷子。

可农村的叔叔和婶婶想得太简单了，以前典晓江独宠，现在一个鸡蛋要分成两半，一张床要挤两个人。兄弟俩三天一小打，五天一大打。典晓江骂弟弟没爹没娘，而典晓河便用拳头捍卫会下跳棋会挖矿的爸爸，以及能给人看病的妈妈。

其实，谁也理解不了丧父又失去母亲的六岁男孩的心情，他有太多需要忘记又需要珍藏的记忆。那无所不能的爸爸和温柔漂亮的妈妈，突然离开了他，但他不得不回到陌生的学校，不得不生活在陌生的环境。有那么一些时刻，他必须硬生生咽下心底的愤怒、绝望，还有在喉头翻滚的几乎要冲口而出的尖叫。

与堂哥的战斗折磨了他，其实也成就了他。如果没有那些哭泣与抗争，没有那些肉搏与对骂，他又怎能发泄心底的怨气和悲伤，又怎能消解那无尽的泪水和疼痛。

才半年时间，两兄弟各自为对方留下了疼痛的疤痕。他们彼此称对方是混蛋，一个永远不能相信的混蛋。手足之情就是这样，让你得到的同时，也在让你失去。典晓河正式过继给了舅舅，从此更名为苏向北。因为舅舅家在北方，他用这个名字与那些战斗的日子做个了断。

舅舅、舅妈已准备了好长时间了，搞得像王子要来似的。他们试图告诉苏向北，生活的世界并不完美，人们必须接受这个事实。但对在农村生活了半年的苏向北来说，舅舅家几乎相当于另一个完美的星系。

他自豪地说他终于战胜了堂哥，因为他拥有世上最好的舅舅、舅妈，而堂哥没有。这一点，他说得没错。舅舅、舅妈把他当成了自己的孩子，他也把他们叫作爹、娘。

每年寒暑假，苏向北都去看望妈妈。可她不认识自己的儿子，转头望着花坛里的扬水器。一道道水雾飞向高空，画着优美的抛物线落在青草上，那一片片晶莹的水珠，在阳光下闪闪发光。她或许在水珠的闪光里又看到了丈夫，又听到了丈夫的许诺："你别管，我晚上回来再修。"

五

"罗沟村出事了……打人了……村长的儿子……血流满面……连顾总都去医院了……"这消息转卖了好几回，到李科长这里时，完全变了味。

李科长简直慌了神。完蛋了……村长的儿子流血，他们肯定会借机敲竹杠，何止一千万，说不定公司要赔上更多罚金……连矿山处的领导班子也会受处分。

李科长快速整理脉络，确定应急避险方案，启动惯常机制去重构发生的事情。一两分钟后便拿定主意，立马去医院，给村长下跪都可以。

于是他急火火地奔出办公室，坐进面包车。这车是要载矿工们进隧道的。李科长顾不了那么多，火速启动，飞也似的出了矿区。穿戴整齐的矿工们不明所以，茫然相顾。

李科长像载着垂危病人似的急奔医院，一路左冲右突，汽笛长鸣，火急火燎。他坚信，霉运总是不请自来。

到了医院，刚想询问护士，发现总经办的吴主任正在讲电话，便迎上去。吴主任虽不认识李科长，但从他灰头土脸、焦急万分的样子，断定他是矿山处的人，指了指病房，便继续讲电话。

李科长小偷般轻轻推开病房的门，惊得灵魂出窍——床上的人缠着绷带，顾总守在床边。李科长于是轻轻站到床尾，歉意十足地对顾总说："对不起，顾总，是我的错。"

顾总并不认识李科长，没开口，只是看着他。而李科长绝不放过面对顾总的机会。

"是我太大意，不应该让苏向北去罗沟村。苏向北没有处理这种复杂问题的经验，又狂妄又无知，不知轻重。他以为有海归的身份就能和村长抗衡，就可以对村长的儿子施暴，简直愚蠢至极。他破坏了公司的形象，丢了公司的脸面，给公司惹了这么大麻烦，作为他的科长，全是我的责任，我甘愿受罚。"

顾总哑巴似的不说话，目光牢牢地缠着他，这冰冷的如临深渊的凝视中，有种让人无法正视的东西。李科长有些发毛，赶忙移开视线，不知道哪个地方出了差错，不知道哪句话惹得顾总不开心。他志忑地后退一步，谨慎地弯着腰。

恰在这时，吴主任推门进来，低声告诉顾总："罗奎被警察带走了。"

顾总盯着李科长，欣赏猴子表演似的。李科长简直如在梦里，慌乱地一把抓住吴主任的胳膊："那他是谁？"

"苏向北。"

李科长小眼睛眨呀眨的，希望尽快从梦里醒来。顾总严肃地瞪着他，他不由五内俱焚，无处躲避，大汗淋漓。

"原来我听错了，全搞颠倒了，我出去透透气……"这种退让方式也算很恰当了。李科长抹了一把冷汗，恨不得以头撞墙，足智多谋的他，哪承想自己成了自己的掘墓人。

不知伤得重不重？李科长拉住医生询问，医生告诉他脑内没损伤，只是头皮血管丰富，出血太多深度昏迷，需补充血容量。

得知没有生命危险，李科长长舒一口气，悬着的心稍稍安定下来。突然看到钱处长正向大厅走，他可不想再撞枪口上，连忙闪到治疗室。

正在配药的护士瞪了他一眼，他将手指放在嘴上，做了个噤口的动作。等钱处长进了苏向北的病房，他才闪到院子里。

几个孩子拿着喷水管互相喷水打闹，涌出的水流在阳光下闪闪发光，一排白床单在风中飘动，毛茸茸的小黄蜂绕着花圃飞来飞去，嗡嗡作响。有一只落在李科长的胳膊上，他抬手赶跑了。他感觉人一旦倒霉，连蜂都会来欺负。

几分钟后，钱处长来电话，李科长立马跑到走廊里。钱处长吩咐他抽调几个小伙子来医院照顾工伤的苏向北。

"安排好了，他们已在来的路上了。"李科长故意大声汇报，以便让病房里的顾总听见。

白鹭铝业与罗沟村的矛盾发生逆转。罗村长的公子进了拘留所，这可实属意外，简直就是偷鸡不成蚀把米。罗奎打得苏向北头破血流、昏迷住院，那可是不小的刑事案件。

白鹭铝业的班子对罗沟村历年来的纠缠和盘剥相当不满，早就想好好整治他们，苦于没机会。罗沟村的电缆一直接在白鹭铝业的电网上，十多年了，总由白鹭铝业为他们的电费买单。历任老总都想切断电网，可罗沟村以破坏矿山、堵塞交通为手段，威胁国企。

现在，许多人决心借苏向北事件打个翻身仗，彻底灭灭罗沟村的霸气。

人本身就是道德和罪孽的混合体，两者不可分割，互为影子，道德有可能蜕变为罪孽，而罪孽也有可能转变为道德。苏向北深谙辩证，不想成为斗争的砝码，也不想因此扬名。他仿佛正穿过寂寥的森林走向不知何处的远方，仿佛自己既是爸爸，也是那个六岁的小男孩。

医生说苏向北至少得住十天，拆了缝线后再出院。而钱处长建议住一两个月，制造舆论，争取扼住罗沟村的咽喉。

钱处长亲自安排护理苏向北，一应饮食起居，全是高规格。大家讨论的各种报复方案，苏向北一直昏昏沉沉，虽听得模模糊糊，却也略知大概。

第二天上午，罗村长带着村委会一班人，浩浩荡荡来看望苏向北，海参、鲍鱼、鱼翅等各种礼盒摆了半屋子。

罗村长向苏向北鞠躬道歉，表示接受一切惩罚，那殷切样，简直像卑微的奴隶。但在苏向北看来，人数多寡与诚意无关，礼物贵贱也不能张显品格优劣。比起病态的张扬炫耀，苏向北认为收敛和低调更有魅力，众目睽睽下的道歉，则更像走过场，苍白而虚伪，单薄而浮夸。

苏向北要和罗村长单独谈谈，于是遣散了众人，包括护理他的同事们。

"罗村长，您家公子好霸气，可以子承父业了。"

"那小子太张狂，不知轻重，没见过世面，是我把他惯坏了。"

"伤残鉴定委员会已鉴定过了，'故意伤害他人身体，致人重伤的，处三年以上十年以下有期徒刑'，罗村长掂量过没有，把我伤成这样，您的儿子能判几年，两年、三年？至少也判一缓一吧。"

罗村长紧张得大气不敢出，觉得下颌也沉重起来，很难开口说话。

"即便您有钱托关系、请律师，低三下四地求警察、求法院，但在很长一段时间，你们家再难安宁了。并且，您托关系，白鹭铝业公司也不会闲着，您能保证一定能赢吗？"

"您说得对！"罗村长冷汗淋漓，一夜未眠的他，也是翻来覆去想这些问题。懊悔像大山，无须假设就挺立在面前，不管走向哪条路，都会伤及家庭。

"您儿子不会在看守所也那么跋扈吧？"

"那小子吓坏了，一直在哭。"

"这几年你们村从白鹭铝业捞了不少好处，也为难过很多干部和职工。从过去的积怨来说，无论怎么处罚都不为过，新账旧账一起算，不知罗村长该怎么付呢？"

罗村长脸像猪肝，又难看又羞愧，无数假设在内心深处你推我搡。他强颜苦笑、毕恭毕敬地听苏向北训话，不由佩服这位比自己儿子大不了几岁的年轻人。

"罗村长，我们第一次见面，这次我给您个面子，当然也是给您家老太太面子，我不想让老人看到孙子进监狱。先让罗奎在看守所待一周，吃点苦头，对他有好处。一周后，我会提出刑事和解。"

"太谢谢了，您大人大量、高抬贵手，救了我们一家，今后一定知恩图报。"

"我也有条件，从此以后，你们罗沟村必须完全配合白鹭铝业，不准再有半点为难。听说你们村用电全由白鹭铝业买单，从现在开始，我建议你们村改了这个盘剥的毛病。白鹭铝业现在很困难，工人只能拿一半工资，机关干部还要再降薪。现在再揩油，实在说不过去。罗村长能同意吗？"

"好，这事我发起的，由我做主结束。我给您立字为据！"

"不用字据，我想用您的品格担保，我信您！"

罗村长惊呆了，他已多年没谈论过品格了，或许写诗那会儿曾拿月亮和白雪比作品格，但那已很久了。他原本是来道歉的，却成了向苏向北效忠的了，原本以为天底下的一切只为私利，这才发现，五十年的认知都错了。

"您带钱了吗？"

"带了，三十万，二十万先给您，十万交医疗费，够不够，不够我让人再去取。"罗村长从皮包里抽出装着钱的塑料袋，放在床尾。

"用不了这么多，我即刻出院，您马上去办理出院手续，估计三四千元就够了。我不要您一分钱，这些礼盒也拿走。您派一辆车把我的弟兄们送到矿山，顺便把我送回公寓。"

"那怎么能行，医生说您得至少住十天，伤口还得换药、拆线呢？"

"我在这里住着，怕人趁机闹出更大的是非。您告诉医生给我带足药，我回去吃。"

罗村长又忐忑又惊喜又诧异，这么年轻的小伙子竟然如此沉稳干练、深谋远虑又品性纯良，他的每个字似乎都是一口珍馐，值得细细品尝。他不由感慨万端，感激涕零，眼睛红红地退了出去。

"喂，接着。"苏向北提起装着三十万元的塑料袋扔了出去，罗村长一弯腰抱在怀里，一脸的唏嘘。他觉得如果重新活一次，一定要活成苏向北的样子。

白鹭医院紧靠着一片森林，森林随山势铺向山顶。从窗口望出去，森林呈现一片深浅不一的绿色，从明亮的黄绿，颜色逐渐加深，直到墨绿，生机勃勃，又充满玄机。苏向北住了一晚上，输了一千毫升鲜血和两瓶消炎药就出院了。

当天下午，罗村长便带着电工和白鹭铝业相关负责人，一起重新理顺了输电线路——罗沟村啃了白鹭铝业十多年的嘴，终于被堵上了。每一位成功的男人后面，都是他自己，同样，每一位失败男人的后面，也是他自己。罗村长终于发现，有些人自带光环，而有些人只能借助别人的光环，才能看清自己。

白鹭铝业正疯传着苏向北在罗沟村如何胸藏文墨、舌灿莲花，不但征服了路人、年轻人和老人，甚至连罗沟村的小孩子都为他喝彩。可当听说被打昏迷的苏向北只住了一天就出院了时，无不惊诧，不懂苏向北到底是什么路数。

星星无声地挂在空中，总被人误解，但这却是一件平常的事。流血的疼痛相当私密，无须招惹别人的共鸣。

苏向北很想爸爸，不知遇到这事，爸爸会怎么处理？

苏向北无疑成了白鹭铝业的英雄，领导们从他的档案里发现，他的父母都是大学教授，原来优秀师出有因。

公司领导班子要对苏向北奖励，奖励多少好呢，似乎又没有准确的标准。公司效益好的时候，曾对科技贡献者奖励过五十万，而现在是非常时期，形势大不如从前。常委会上，有人提议奖励三十万元，也有人提议五万，还有人断定无论多少，苏向北都不会要，因为罗村长的钱，他一分也没要。但要不要是他个人的事，奖不奖励是公司对特殊贡献者的态度。

公司常委会经过一番讨论，决定奖励十二万。

苏向北之所以急火火出院，还有更重要的原因，他不想惊动爹娘，不想让他们心急火燎。作为孝子，他一向报喜不报忧。他断定现在的所有悲哀与疼痛，都会在时光的碾压中慢慢消解。

苏向北到底年轻，输了一千毫升血后，身体恢复很快，时常戴着能遮住绷带的帽子泡图书馆。

钱处长在公寓楼下传达室等着苏向北，传达室的王师傅忙不迭地夸苏向北懂礼貌、爱学习，人缘极好。钱处长听着，内心乱乱的，感觉这位王师傅是个属于过去的人。

钱处长随苏向北进了公寓，他是代表公司领导来送奖金的。

钱处长将银行卡放到桌子上。"公司奖励你所做的贡献，共十二万，希望你笑纳。"

钱处长以为苏向北会拒绝这笔钱，一则在公司混，无名小辈最好高姿态、高风格，只有这样，才有升职的可能；二则对他施暴者的钱都不收，怎么会收公司的钱呢？再就是作为刚入职的员工，至少应该拿出一部分意思意思领导，或者把奖金上交，让矿山处的领导班子重新分配。

出乎意料，苏向北拿起银行卡，问道："密码？"

"噢，六个6。"

苏向北毫不客气地将银行卡放在钱包里。钱处长有些蒙圈，好久没说一句话。苏向北静静看着他。钱处长意识到自己的失态，忙笑着说："公司领导要我和你谈谈，是否想到总经办或其他部门工作。"

"不想，还没在矿山待够呢。"

钱处长一向擅长洞察人心，他觉得这小伙子倒像个特工，能吃一切苦，能干任何事，可这是企业，不是军队，不需要特工。矿山不是土得掉渣，这里本身就是全公司最渣的地方。

他这种大城市长大的年轻人，如此心甘情愿地待在最渣的矿区，不怪才怪。

有的人天性像狗，只崇拜那些踢打他的人——别人踢打得越厉害，崇拜得便越忠贞。钱处长觉得狗的理论适应所有下属，至今没发现例外。虽然拥有八百多人的矿山处是公司最小的二级单位，但在操纵下属方面，钱处长却觉得自己可以在整个白鹭铝业独占鳌头。

"明白了……我还想听一听你的意见，你觉得怎么处罚李科长好呢？"

苏向北知道李科长曾冒失地向顾总告过黑状。钱处长处罚李科长，也不是为苏向北打抱不平，而是为了给顾总一个交代。

钱处长此番咨询苏向北，无非是想拿苏向北当挡箭牌。

"李科长很好，为什么要处罚他，他是听了错误信息，才做了错误判断。如果因为这点小事就处罚，那天下还能找到好人吗？再说了，李科长管理矿山一科很有一套。如果真罚了他，那是不是显得领导也太矫情了？"

这话虽合情合理，但一经苏向北之口，就变得富有创造性且带着一股狂热劲，还处处蕴含着双关语和暗示。钱处长听得心惊胆战又心服口服，内心的那点小算盘竟然被苏向北摸得透透的。虽然李科长曾为难他，甚至折磨他，他却依然宽宏大量地替李科长开脱。即便钱处长想借机惩罚一向看不顺眼的李科长，也没了可能。

钱处长带着十二万奖励屈尊前来，还要征求他对处分李科长的意见，钱处长感觉自己的信心和权威被苏向北打折处理了。

钱处长曾试着和他聊矿石、冶炼等问题，但和他聊天，就好像同乒乓球冠军打球，他一阵猛扣，让自己输得干脆彻底、心服口服。

自己二十六岁时还是个毛毛躁躁的操作员，和苏向北差之千里。钱处长不由料定这年轻人的前途可不是白鹭铝业公司能承载的，有口才、有胆略、有担当，关键是有能力、有品格。

在见到苏向北之前，他觉得苏向北不过是一只小小鸟，只会在笼子里扑腾着而已，不像人们说的那么传奇。此刻，他已不再这么想了。

钱处长走出单身公寓，不由回头望了望，仿佛那里有他放不下的美女。他启动车子时，一股悲凉从脚底升起，或许是嫉妒，又或许是羡慕。他想一笑了之，但没有笑出来，只觉得嗓子黏糊糊的。

六

得知是苏向北保住了自己的官职，聪明的李科长立刻视苏向北为亲哥们，一日三餐几乎都亲自安排，确保苏向北的营养。

罗村长和李科长争抢着给苏向北送好吃的，煲鸡汤、清蒸鱼或者虾仁水饺，苏向北总是邀请左邻右舍的单身哥们一起分享，有时也喊着传达室的王师傅。

休病假的这段时间，苏向北搞社会调研似的，主动和社区的人聊天，特别是那些年过半百的老职工。聊铝厂的历史——回忆那些光荣的或悲伤的故事。人们都有表达的欲望，也有被尊重的需求。

狐狸到处转悠，必定有打算。苏向北一面自嘲，一面继续狐狸似的游走。

十多天来，苏向北听到很多有趣的故事，也掌握了很多重要信息。中午时分，苏向北走进拉面馆，选了个靠窗的位置，点了碗牛肉拉面，便静静望着对面的东区纯净水销售店。一位年轻人扎着围裙，正在从卡车上卸水桶，双手各提一只，干得极其卖力。

胖乎乎的大姐将牛肉拉面放在苏向北面前。"大姐，那小伙子是谁？"

"他啊，叫林海洋，名牌大学毕业，也不过在这里扛水桶。"

无仗可打的将军，会由英雄变成普通人，大学生也是。苏向北若有所思地看着，面凉了，他也没吃几口。毕竟他就不是来吃饭的。

林海洋开着电动三轮车送水去了，苏向北才起身离开。苏向北到处游荡，有那么一刻，他内心就像一把枯叶燃烧的火，激起了蓬勃的骚动，但很快枯叶烧尽了，火也熄了。

白鹭铝业有自己的火车，运输矿石、煤、铝、水泥等。黄昏时分，天地雾蒙蒙的，浮着一层淡淡的霾。苏向北沿着铁轨旁边的水泥路慢慢走着，心情沉重。一位长发披肩的姑娘傲慢地扫了他一眼，好像他是无生命的石碴子，但就在擦肩而过时，她却优雅地笑了。

或许所有的美好都是一场精心安排的误解。

苏向北想起了莫瑞，不知她现在怎么样了，在美国是否开心。

在临别的机场，莫瑞抚摸着他的脸，她的手总能给他一种幸福的肉感。"你这么英俊，五官单独看或许很平常，可组合成面庞竟那么出众，一看就经历过跌宕的人生，拥有异乎寻常的强者气质。若和女孩擦肩而过，她们要么回头再看你一眼，因此喜欢上你，要么会怕你，因为她们达不到你的高度。无论谁嫁给你，她肯定是世上最幸福的女人。我祝福你们。"

苏向北已不再相信她的话，因为一道无形的国境线，就把她的言语切得粉碎。

沿着铁轨走有别样的感觉，有种小心谨慎又漫不经心的味道。苏向北跳到枕木上，铁轨、枕木、石子，以及空饮料瓶和钢笔帽，让他迷乱的心稍稍专注于脚下。突然火车在身后撕心裂肺地尖叫着，提示人们"我来了，快闪开"。

苏向北急忙退到铁轨外，沉重、笨拙而庞大的绿皮列车老牛喘粗气似的开过来，那粗糙而艰难的模样就像那个过往的时代，也像那个时代正老去的一切。

突然，一位五十多岁的男人从灌木丛钻出来，像只茫然的羔羊站在铁轨上，而背后的火车正在加速，或已然加速。苏向北浑身一激灵，号叫着奔过去，那几步的时间，只听到狼嚎一般的撕裂："危……险……"

苏向北扑上去，一股强烈的风撕扯着他的头皮，他扑倒中年男人，重重地摔在石子堆上。

良久，苏向北发现自己没死，被他压在身下的男子也没死。人们聚拢过来，俯视着他们，苏向北觉得自己成了被老鼠咬破的面粉袋子，又丑陋又无辜。

这中年男子显然失去了自我安排生活的能力，想让火车来安排生死。中年男子双目失神，一语不发，似乎不明白这是人间还是鬼界，围过来的是人还是阴魂。

苏向北被人拉起来，这才发现丢了一只鞋。远处铁轨外侧，躺着压断的半截鞋头，而那正是他的。帽子不知飞到哪里了，头上的绷带也散开了，他重新缠了绷带，将末端塞进头发里。

他感觉自己要死于激烈的心跳了，虚汗淋漓、头晕目眩。其实，他的胸膛里灌满了泪水，而那泪水已溢出了眼眶，差点就死了，差一点点……在脚抽出鞋子的片刻，他感受到了一股拉扯的力量，死亡的力量。

躺在石子上的中年男子，他的脸孔让人害怕，他的鼻子颤抖着，下嘴唇被意外咬得血迹斑斑，他的眼睛混浊湿润，脸比印象中的任何一张脸都要苍白。

这位试图自杀的男子，在熟人的搀扶下，离开了。

苏向北坐在石子上，低着头，任泪水雨点般落到石子上。

有位好心的大姐找来一只塑料拖鞋，还给了他半包餐巾纸。他没说道谢的话，如果泪水也有感激意味的话，那她已得到了不少。

苏向北感觉自己有刘备式的人格，总是把波动的情绪变成泪水，热泪盈眶或抽抽搭搭，并从哭泣中获得心灵的平和。老娘曾告诉他："哭吧，孩子，一定要哭出来。"

长大后才知道，老娘是最疼他的、最理解他的。他正是在一次次哭泣中，矫正内心深处的畸形与荒唐，变得越来越坚强，也越来越理性。

苏向北左脚皮鞋、右脚拖鞋地挪回了公寓。因为怀揣着对危险的后怕，他浑身颤抖，似乎随时都可能跌倒。好在是傍晚，好在是看脸时代，人们不太在意双脚是否规矩。

2015年春节，白鹭铝业一点也没有新年的喜庆气氛。氧化铝和电解铝的价格无底线地下降，如果再不止跌，运转了六十多年的生产线就要关停。金融危机——不管什么时候听到这个字眼，铝城人的心里就充满了各种可能性。

许多技术专家纷纷离职，仅春节前后就有七十多人递交了离职申请，甚至有十多位经验丰富的中层管理人员，也跳槽去了民企。而民企设备新、效能高，以农民工为主力，人工成本极低。更主要的是，民企没有国企肩负的诸多社会责任，在污水处理、废料排放等方面的支出也远低于国企。

金融危机以来，国企像负重的老黄牛，艰难前行，而民企则像没有缰绳的牛犊，有夜草可以啃，有墙脚可以挖。

自降薪以来，员工情绪不稳，偷盗事件频发，要么偷废钢铁去换钱，要么将小设备廉价出手。总之，人心浮躁，人气萎靡。

公司领导班子甚是着急，于是命宣传部、工会、团委等部门，加强形势宣传，增强员工信心，以达到凝聚人心、众志成城、共渡难关的目的。

苏向北上班的第一天，就被叫到矿山处的工会办公室。胡主席亲切询问苏向北的健康，并把公司的红头文件递给他。

这是公司党政工联合举办的"爱我白铝、攻坚破难、奋勇前进"演讲比赛的通知，要求各单位派一人参加。

"我们矿山因地处山区，环境差，工作条件艰苦，高学历、高素养的人都不想来矿山工作，有门路的人又托关系离开了，导致矿山人才奇缺。所以，矿山无论参加任何比赛，从来都是倒数第一，实在太丢脸了。你口才好，有智慧，特别是有能力，我们想派你代表矿山处打一场翻身仗，你觉得如何？"

大学的时候，苏向北曾多次参加过演讲、演出、辩论之类的活动，他深知很多时候只要口才好、气势大、声调足，即使肚子里没那么多底货，也能骗得掌声。但现在的他，不想再小学生似的把时间浪费在这类活动上。因为不管怎样慷慨激昂，都不过是岁月的一张便笺，是形势的一抹涂鸦，雨淋之，风吹之，时光也会淡忘之。

苏向北迟疑着，胡主席以为他身体还没恢复，于是亲切地劝导。"你不必坐班，可以查阅任何资料，想用什么书，工会去买，一切为写好演讲稿服务，要讲出我们矿山攻艰克难的精气神。若有什么困难，跟我说，我来办。"

苏向北大脑紧急旋转，突然发现这是个天赐的好机会，可以借机到公司档案处查阅机密档案。

"好吧，我参加，但请胡主席替我办理进出档案处的通行证，我要写点实货，用事实说话，我可不想浮夸地糊弄自己。"

胡主席满面放光，仿佛看到"矿山处"三个字被钉在演讲比赛一等奖的光荣榜上，印在了红头文件上。在他看来，有苏向北出马，赢得胜利就像日出一样可靠。

苏向北狐狸似的到处游荡时，曾在档案处门口徘徊很久，几次要进去查阅资料，都被工作人员礼貌地赶了出来。

此番机会来得轻而易举，如有神助。他像一颗脱离了轨道的行星，终于找到了属于自己的太阳。

上午八点，东区纯净水销售店刚刚开业，大门口就围了一群看热闹的人，美女的吵闹声在马路对面都能听到。

"我妹妹生日，你送一把杂草就拉倒了？你好意思拿出手！你不嫌丢脸，我都替你害臊！"美女手持鲜花在铝合金门上抽打着，花瓣和绿叶四处乱飞，像绽放的烟花，落在看热闹人的身上。

美女将空枝气愤地扔到地上，用脚狠狠地踩，仿佛这样就能彻底踩扁对方。"我告诉你，林海洋，从今天起，我妹妹和你彻底分手，你别想踏进我家半步。你也不照照镜子，一个送水工还能娶我妹妹，真是癞蛤蟆插上羽毛，硬充外国鸟。呸！"

美女冲林海洋重重地唾了一口，拉起她妹妹的手就要走。而她妹妹，一位瘦脸黝黑的姑娘，却挣脱姐姐的手，静静地看着林海洋，神情严肃，任谁都以为她是不想分手的。可她却从容地摘下金耳环、金戒指和金手镯，一个个扔在地上，伴随着清脆的落地声，响亮地唾了一口，骄傲地挤出人群，走了。

女孩永远都不知道命运会给她带来怎样的不期而遇，所以，总想等待更好的。但岁月最终会一股脑地没收所有牌局，最后的赌注只能是自己。

"哼，就凭这些小东西就想骗个媳妇？你也太天真了。"姐姐发泄完最后的狠话，转身去追妹妹了。

或许这对姐妹的美德不多，但正值芳龄，就足够去设想美好的未来了。但男人一旦娶这种女人为妻，那就像拥有一个永远愈合不了的伤疤……男人只能每日每夜跪在尘土里，与她们辩理是一件难事，教导她们向善是一件错事，而奢望纯朴安宁的生活便也成了邪恶的事。

围观的群众哑着嘴，低声议论着。

初恋是一个人的兵荒马乱，哪个男人没经历过这种狼藉呢。谁都有满腹的话要说，可对面已没有要听的人。

苏向北想起自己分手的跌跌撞撞、踉踉跄跄，一切源于无缘，与钱无关、与权无关，也与祖国无关。过了安检，莫瑞被挡在白线以外，苏向北内心里依然想对她喊：你可不可以等我？等我幡然醒悟，等我醍醐灌顶，等我功德圆满，或等我缝好伤口……来娶你。

有的人把分手搞得炮火连天，有的人把失恋弄得冰天雪地，毕竟是一个人的伤感，何必外人观展。苏向北挤进人群，弯腰捡起耳环、戒指和手镯，走进店里，放在柜台上，对一直低头擦灰尘的林海洋说："我要买一箱纯净水。"

围观的群众发现女主角走了，戏不好看了，便懒散地各干各的去了。

苏向北付了钱，林海洋搬着一箱水往外走，"您的车停在哪儿"？

"我没车。"

林海洋略一沉思，放下箱子。"那您留个地址，我给您送过去。"

苏向北发现林海洋反应机敏，思路清晰，并且极有胸怀，虽被人堵门大吵，却还能坦然应对工作。

苏向北努力按压着内心的波澜，不动声色地留下了地址，便离开了。每个男孩都盼着被真爱制服，被真爱挟持，被带往忠诚的彼岸，可等来的往往是贪婪的女盗匪，被偷得四壁皆空。正如所有人的出生都是血腥的，爱情似乎也一样。

晚上苏向北回家时，王师傅叫住了他。林海洋不但送来了水，还有一副桶装水的支架，并留下一封信。

先生：

　　您好，谢谢您上午善意的举动。无以回报，送您一副桶装水支架。建议您今后用桶装水，一则省钱，二则不会制造垃圾，三则桶装水流通快，更新鲜。我的电话是：139……如有需要，即便午夜我也会给您送水！

　　再次感谢！

林海洋

3月9日

　　苏向北在房间里走来走去，是欢喜？是悲哀？无从分辨，一种无法言明的感情支配着他。他打开窗子，城市的灯火辐射到夜幕上，灿烂又没落，辉煌又油腻。灵难静，心难安，他不是想林海洋的信，而是想更久远的画面，那时他六岁，而林海洋才两岁，他们的爸爸同时被埋在地下了。

　　人啊，你意欲何为？

七

　　苏向北俨然成了白鹭铝业的知名人物，当他拿着介绍信走进公司档案大楼时，工作人员像接待明星似的，为他营造了宾至如归的感觉——没有什么档案不能翻阅，也没有什么秘密不能探究。

　　苏向北想查看1994年4月至7月白鹭铝业公司、那时叫白鹭铝厂的党委常委会纪要、厂长办公会纪要、1994年厂报《铝业日报》的合订本……

　　其实，苏向北只想看领导对"5·24"矿难的定性和描述，但又怕目标太明确，所以将范围扩大为4月至7月。

　　1994年5月24日发生了什么呢？苏向北翻开了那天的《铝业日报》，"法国总理巴拉迪尔1994年5月24日在国民议会讲话时表示，在是否恢复核试验问题上，'法国不受任何国际条约的束缚'"。

苏向北反反复复查看，连一句话也不放过，可就是没有"5·24"事故的只言片语。不但24日的报纸没有，25日、26日，以及整个五月末的报纸，都没涉及矿难的报道。直到6月6日，事发之后的第十三天，《铝业日报》头版推出长篇通讯《英雄是这样铸就的！》，作者沈乐。

苏向北立刻检查同期的党委常委会和厂长办公会的会议纪要，果然在5月24日到6月6日之间所有的纪要，都没有涉及矿难的文字。

为什么重大伤亡事故竟封锁这么久？

苏向北带着疑问阅读《英雄是这样铸就的！》。记者沈乐显然是一位写报告文学的好手，把歌颂雷锋或黄继光式的形容词，全堆积到典明、林杰、周忠琪身上。林杰就是林海洋的爸爸，而周忠琪牺牲时才十九岁。

关于矿难过程的叙述，长篇通讯和党委常委会议纪要如出一辙："为了完成'大干一百天，科技促生产'的目标，三位英雄加班加点，冒险寻找矿脉，突遇暴雨天气，矿道进水塌方……"

塌方后的爸爸经历了什么，是一击殒命，还是挣扎了很久？黑暗里的他们，炸药雷霆万钧，将山石击毁，爸爸的嘴里是否出现苦涩的味道，是否预见了旅途的终点，是否感到凄凉、绝望，是否曾像一根枯木，脸埋在泥土里，被人扒地瓜似的扒出来……

爸爸去世后，小小的苏向北总盼着妈妈从噩梦的抽泣中醒来，但醒来的妈妈却又掉进自己疯狂的深井里。苏向北突然意识到，翻阅这些资料，就像观看人生旅程的缩影，还不曾咀嚼生活的细节，生活已一去不返……

白鹭铝厂党委以红头文件形式下发的"大干一百天，科技促生产"活动，是从1994年2月5日开始，到5月16日结束，并于5月17日召开了白鹭铝厂"大干一百天，科技促生产"表彰大会，报纸进行了专题报道。

既然活动已结束，这三人却还为完成任务而冒险，显然情理不通、借口勉强——这是疑点之一。

据吴奶奶介绍，当时她感觉到了地震，并伴随着一声沉闷的爆炸，而所有报道都未涉及"地震"或爆炸——这是疑点之二。

吴奶奶到山坡摘菜，如果是暴雨天气，她应该有记忆，或者根本不会冒着暴雨去摘菜——这是疑点之三。

5月24日的《铝业日报》版头显示天气为"阴天"，而《英雄是这样铸就的！》却表明是"暴雨"——这是疑点之四。

随着一天天探查，大祸临头的感觉如此强烈，强烈到使苏向北陷入奇特的瘫痪。显然，这已不是小小的个人悲痛的问题，而是事件本身的问题。爸爸的生命，妈妈被毁掉的一生，以及其他两个破碎的家庭……苏向北仿佛看见爸爸在密密麻麻的文件里浮现出来，满脸泥沙，微笑着向儿子走来……

事发当天，凤凰山矿区值班人员是钱伟伟和刘远方，他们第一时间向上级报告，铝厂各路救险队立刻赶到凤凰山，日夜施救，矿石压迫、泥水淤积……

钱伟伟就是矿山处的钱处长。

钱处长？钱处长？钱处长？苏向北嘀咕着，总感觉哪个地方出了问题，却又不知是什么问题。

儿时，苏向北转学到北京，第一堂课老师讲了个故事。这故事成了苏向北新生活的开始，同时也是过往生活的结束。

古时候有个小村庄，只因听说远方有一个岛，几个敢于冒险的年轻人便建造了一艘船。多少年过去了，没人见过海，更没人见过岛，年轻人受尽嘲弄。终于有一天，天降大雨，淹没了田野和村庄。坚信有岛的年轻人坐上船，顺水而去，最终被搭救了。那些曾嘲笑他们的农夫拒绝乘船，依然爬到房顶，随房屋一起土崩瓦解了。此时，苏向北觉得自己正是唯一敢于坐船的人，虽然这船不是驶向希望，而是驶向过去，钻进历史的黑胡同。

典明、林杰、周忠琪被追认为劳模是一个月以后的事，每人奖励一千元，还向家属发放了大红证书，而上台领奖的正是叔叔典亮。

苏向北没有停歇，立刻到白鹭省地方志馆查阅资料。好在地方志馆用身份证即可通行。他检索到 1994 年 5 月 24 日白鹭省下辖十九个地级市的天气情况，其中十五个地市阴天，四个地市微雨，无一处是中雨或大雨。

他们果然撒谎！想用雨水渗漏掩盖炸药爆炸的事实！

地方志馆窗帘紧闭，顽强的阳光透过帘幕，给档案抹上了一层独特而美丽的金黄。外面的街道十分安静，仿佛整个世界都在午睡，只有翻腾历史的人不知疲惫。

苏向北偏爱生命中诸如此类的安静时刻，无论在家里，还是在大学的图书馆，以及那些属于他自己的夜晚。莫瑞也深知他这一点，尽管苏向北的寂静与沉思曾令莫瑞紧张，但苏向北无法不让自己静思，无法放弃孤独与接近无限的体验带来的感悟。莫瑞把他这种独处的习性归结为不幸童年的阴影，她曾决心打破他作茧自缚的牢笼。然而现在，他又亲手把自己关进了更阴暗的牢笼里。

下班时间到了，苏向北合上文件。白鹭城的夜绚丽辉煌，使璀璨的星空显得苍白。远方的山影已布满红光，铺设的电网使每个山头都放出异彩，犹如仙境。苏向北双手插在口袋里，面对云、山、夜空，无声地笑了。

得知苏向北总泡在档案馆里，并且还去了地方志馆，胡主席觉得苏向北似乎用力过猛，但又很欣慰，毕竟这种认真求实精神实在难得。钱处长却不这么认为，似乎觉得苏向北如此挖掘历史，查证资料，不应该单单是为了演讲。他命胡主席不要太放手，至少要审一下苏向北的演讲稿，或者提前试讲一次。

得知胡主席第二天要审查演讲稿时，苏向北还没写一个字呢。这十多天像掉进泥沼里，早把演讲的事忘干净了。他调出了以前在大学里的演讲稿的电子版，以此作为底稿，切换到当下金融危机的形势背景，再充填白鹭铝业的现实，套用大学生演讲套路，两小时后，一篇激情澎湃、文采飞扬、墨笔留香的演讲稿出炉了。大学时这篇演讲稿曾助他得了第一名，这次，只要背诵下来，保前三应该没问题。

胡主席果然拍手称快，赞不绝口，急忙拿着稿件让钱处长审阅。钱处长情绪寡淡，他觉得这种昂扬奋进的模式，似乎不是苏向北的风格。

参加演讲比赛的人较多，组织者进行初选，从三十一位演讲者中选出十五位进行最后角逐。初选只评稿件，把那些涉嫌抄袭、内容空洞和文不对题的演讲稿刷掉。

毫无意外，苏向北进入第二轮比赛。所谓演讲，就是一锅大杂烩，什么食材都可以放，什么调味品都可以添，是文字、是声调、是故事的演变和复始的证明，也是激情的起伏和喧嚣的碰撞。苏向北腻烦、也被腻烦着。

演讲分专家评委和群众评委，有各单位组织的四千多员工现场观摩，接受教育。

出场顺序，苏向北抽了第十三名，这是个诡异的名次。他突然记起，那次大学生演讲比赛时，自己也是第十三个出场。

苏向北根本不在乎演讲的结果，那是矿山处领导们关心的事，而他只在乎这个舞台，这个可以发声的舞台。

演讲稿是给组织者看的，而他将喷薄而出的心声，绝对的，是给某些人听的。

十五位选手聚在会议室，美女主持人叫高诗诗，正在向选手们介绍上台的注意事项。男选手们拥挤在高诗诗身边，那副认真专注的样子像求偶的孔雀。

苏向北默默地坐在窗前的椅子上，显然，既不在乎高诗诗，也不在乎其他任何人，他沉浸在自己的世界里。

高诗诗目光很难离开苏向北。在她眼里苏向北像一艘暂时停泊的船，只要他想，就会鼓满风帆，重新启航，而沿途的风景不过是向他饕餮岁月提供的猎物。

抛弃那些名人光环，即便美国的双硕士是唯一招牌，就足以让许多美女惦念了。这种演讲，无论承认与否，都是单身男女吸引异性的大好机会。

十二号选手张樱递给苏向北一瓶矿泉水，苏向北拧开了盖，还给了张樱。

张樱没接。"给您的，谢谢您！"

张樱红着脸离开了。许多人，包括高诗诗都看到了这一幕。苏向北也莫名其妙，为了掩饰尴尬，他拿起瓶装水，喝白酒似的抿了一口，继续望着窗外，像在默记演讲稿。

张樱为什么说谢谢呢？无论苏向北怎么思索，都不曾认识这个女孩。

演讲开始，选手们一一登台，话剧演员似的展示着奋进青年的形象，克隆着演讲家的风范——要么振臂高呼，诉说这个时代对白鹭铝业的期盼，讲解国企对国家发展的伟大意义；要么慷慨激昂，力图唤醒失落的情绪和斗志……演讲很用力，但缺乏真诚，选手很积极，但少了主人翁般的切身体验。要想感动别人，首先得感动自己；要想征服别人，首先得征服自己。如果为愁而强说愁，那愁便不再是愁，是调料；如果为激情而激情，那激情也不再是激情，而是脸上的"颜料"——苏向北关于演讲的理论简直可以出一本书了。

突然，一个低沉而平缓的女声拉家常似的响起……苏向北不由转向显示器——正是十二号张樱，她别具一格的缓慢和喑哑，立刻让几千人的会场安静下来。

"我是一位普通机械工，在氧化铝厂工作了三年。我祖爷爷是第一批白鹭铝厂的建设者，我父亲和姑姑都是电解铝厂的工人……我们家共有十五位亲人在白鹭铝业工作。祖爷爷经常给我们讲，当初他们十几人挤在窝棚里，粮食不够时，只能吃地瓜干和野菜，但他们是快乐的——因为新中国需要这个工厂，天上飞的每一架飞机都来自他们生产的铝，每一架升空的火箭也是用他们制造的金属。我们非常骄傲，我们爱我们的企业，企业是我们的命根子。但近两年来，电解铝亏损，企业艰难，减员增效，我们家就有六人下岗，而在职的工资也只能发一半。哥哥已订婚的女朋友退了彩礼，原因是我们公司没有前景，工资太低、福利太少。奶奶的心脏出了问题，医生建议安装多个支架，自付费用是个庞大的数字。爸爸感觉生活压力太大，上对不起父母，下对不起子女，前途渺茫，生无可恋。二十多天前，他试图卧轨自杀，想一了百了，在火车驶来的危急时刻，幸亏勇敢的好心人把他扑出了轨道。我理解爸爸，我心疼爸爸，可我减轻不了爸爸的负担，因为如此沉重的生活压力，我能贡献的也仅仅是那份公司给我的待遇。

"我们不能让企业垮掉，不能倒闭。企业倒闭了，我们就一无所有了。我不想失业，我想，我们白鹭铝业的五万员工也不想失业。我们只想活得有尊严，只想活得有价值，只要企业需要，只要企业发展，流汗流血又何足惜，实干苦干都心甘情愿。我不想读这五六页中规中矩的演讲稿，我也不想填满比赛的十分钟。我就想说出埋在心底的话，吐一吐作为年轻人日夜难安的心声。白鹭铝业，我爱你，我们全家都爱你。你要发展、要强大，你要越来越好，你要再次成为国企的骄傲！这就是我的演讲，这就是我的心声。评委们可以给我零分，但我会给我的这份爱心打一百分。谢谢。"

张樱的演讲戛然而止，鞠躬离开，留着空空的舞台。主持人彻底蒙圈了，之前准备的主持词一句也用不上。会场窒息般听不到任何声响，安静得像没有人，可突然，不知谁第一个鼓掌，随后便是雷鸣般的、经久不息的掌声。

苏向北第一次被别人的演讲"骗"下泪水。他和张樱撞了个满怀，他直视着张樱，并被对方的泪光眯了双眼，就像在末日的荒漠上迎面相遇，并欣慰地意识到彼此都不是地球上唯一幸存的人。

张樱在后台痛哭流涕，当然不是为掌声，而是为很多很多没有说出的话。朋友们安抚她，她依然无法平静，并为此感到羞愧。她并不知道，痛苦有各种奇异的迷宫，而人总是在其中转来转去。任何外人的安抚几乎没什么真正的作用，就像石头对落在上面的飞蛾没有感觉，因为思考是自我的，与飞蛾无关。

主持人报了三次苏向北的名字，他才抹掉泪水走上讲台。他明星似的存在，观众都盼着他做出在罗沟村式的演讲，盼着他出类拔萃地表现。

"我被十二号选手的演讲打动了，这是我第一次抹掉眼泪登台。我也不讲准备的稿子了，也想说说真心话。

"我入职还不到半年，我对白鹭铝业没有十二号选手那种深厚的感情。这些天来，我天天泡档案处，查阅我们企业久远的历史，那些辉煌的、英雄的过去，但也看了些悲惨案件，思考着我们应该从惨案中汲取怎样的经验教训？有名人说：要给一个民族定性，与其看他有些什么伟大人物，不如看他是以什么方式纪念和推崇这些伟大人物。我们公司有过许多英雄人物，可我们不但没纪念他们，还忽略了他们，也忘记了我们应尽的义务。我们是不是应该安抚那些英雄的后代，是不是可以通过安抚他们，以鼓励在职员工更积极地、由衷地为企业奉献？是不是因为不忘历史，会使我们的企业更有人性、更有品格、更有向心力？我想，那是肯定的，众人划桨，才能攻坚克难。

"举个例子。1994 年 5 月 24 日，凤凰山发生了一起矿难，我们公司的技术专家林杰遇难，被追认为英模。林杰的儿子 985 大学毕业，财务专业，还是高才生。如此优秀的英模后代却在后勤服务部送水，难道我们企业的人才已富裕到需要 985 大学生送水了吗？我们不是已招不来学生了吗？最近招的二十位大学生，不是只有我和另一位生病的大学生留下来了吗？我们就是这样尊重英模、尊重人才的吗？难道我们只是口头尊重，或者需要疏通某些关系才能得到尊重？又或者，所谓尊重英模、尊重人才，只是我们演戏的幌子？只是我们宣传企业形象的花招？是这样吗？

"我希望我们是有爱心的企业，是有品质的企业，是有向心力、爆发力和蓬勃生命力的企业。如果这样，那就请尊重英模、尊重人才！

"我只讲两部分内容，以上是我讲的第一部分。

"现在讲第二部分：我，完全同意十二号选手张樱的演讲。如果我是评委，我会给她一万分。显然我不是，但我内心的这一万分足以表达我对白鹭铝业的真心、诚心和爱心。

"我爱我自己，也爱我工作的白鹭铝业！

谢谢！"

苏向北简直比十二号选手更奇葩，言语夹着冷笑，目光犹如刀刃。由于他明星式的光环，也由于他敢于批评、讽刺和质问，更能唤起广大民众的心声，更能表达广大民众的心愿，会场的掌声一阵高于一阵，简直是从未有过的狂热与赞同。

苏向北回到后台，从后门闪身离开了。他感觉自己像认真的工匠为临摹一件杰作而精疲力尽。他从台上下来，仿佛进入了没有空气、没有阳光的隧道，与台上的三分钟相比，任何生命都是复杂的，都有演戏的成分。通过这种被装饰的天真和无畏，以玩世不恭的态度，肆无忌惮地勘探，把真相揭露给那些习惯性的睁眼瞎。

苏向北从没感觉自己比别人高贵，但有的时候感觉自己确实是圈子里唯一睁大眼睛的人。

用水写字，是为了消失的写作，而此刻苏向北的演讲却是为了纪念即将消失的记忆而进行的创作。

苏向北夺路而逃，还因为他不想看到十二号选手张樱，冒险救她爸爸时，可没想到他有个漂亮的女儿。

苏向北把掌声和利剑、赞美和挖苦、鼓励和批评，一股脑地丢给了会场，丢给了观众，丢给了评委，也丢给了那些心有余悸的人们。评委里有宣传部长沈乐，听众席上有钱处长，他们的屁股肯定坐得不那么安稳，他们的心跳也肯定不那么平和。

去他猴的！

八

各单位的一把手率团参加"爱我白铝、攻坚破难、奋勇前进"演讲比赛，这或许是国企的一大特色，总是以这种方式加强形势教育。其实，这种活动从根本上说就是三十一位选手的较量，当然也是三十一位一把手的比拼。一把手们借助选手之口为自己歌功颂德，如果能获得头奖，那可是实打实的小政绩，小政绩多了，便也有助于铺实上升的阶梯。

罗沟村事件让苏向北名震"天下"，钱处长并没有分得多少荣誉。至于今天的演讲，钱处长可真寄予不少希望，毕竟修改多次的演讲稿很好地歌颂了他的丰功伟绩。

苏向北上场了，舞台的追光灯照亮了他，那瘦弱而挺胸的姿态，透着不怒而威的气质。钱处长突然觉得这形象似乎有些眼熟，肯定在哪里见过，一时又想不起来——仿佛这会场是为噩梦设计的，这舞台是梦魇开始的地方。人们总是根据听到的陈词滥调生活，而要树立积极的态度，只能靠猜。

许多年来，钱处长总是以擅长猜测领导意图而取胜。

被张樱搅动的会场突然因苏向北安静下来，无论钱处长还是胡主席都能真切地感受到，这是人们对罗沟村演讲的期待。

苏向北钉子般立在麦克风前，刚一开口，钱处长便又有了上次离开苏向北公寓时的体验——一股悲凉从脚底升起，周身发寒。

苏向北像挖掘机，开口就挖到了深埋的"地雷"——"5·24"案件。苏向北竟大鸣大放地拿林杰父子说事。二十年过去了，那已死在岁月里的故事竟然被晒在阳光下，亮在天下人面前。他果然是个危险分子，是个搅扰是非的恐怖分子。许多历史是不能挖的，就像祖坟是不能碰的。许多记忆像断线的风筝，消失了便永远不能追忆。

钱处长忐忑的心神突然被锋利的爪子抓痛了。有种生活是不需要努力就能达到的，那是爬虫的生活。这么多年，为了不被生活奴役，钱处长早已变成了指挥爬虫的人。

苏向北，你要么死，要么滚！

胡主席拿不准苏向北的即兴演讲会得几分，但有一点可以确定，这雷鸣般的掌声绝对是一种赞赏。为了对评委施压，他也随观众猛烈鼓掌，双手能拍多响就拍多响。可胡主席突然看到钱处长脸色铁青、怒发冲冠，急忙收了手，仿佛苏向北的那一万分，变成了一万个巴掌狂扇在自己脸上。

"小苏啊，你可害苦我了，"胡主席关上办公室的门，耐心地教导这位任性的小青年，"那是多大的场合，怎么能信口开河呢？你知道短短的两三分钟，得罪了多少人啊？"

苏向北一脸茫然，仿佛托儿所的小娃娃听不懂阿姨讲的故事，一双求知的眼睛追随着走来走去的胡主席。

"就说那个林海洋吧，他几年前进厂的，那时大学生挤破头往里钻，不要说他是985，就是北大清华……学财务就一定能干财务？白鹭铝业已六十多年了，关系十分复杂。你还是洋墨水喝多了，不了解本土文化。"

"那我还得罪了谁？"

"唉……算了。"胡主席长叹了一口气，一屁股落在椅子上，椅子疼痛地吱扭着。苏向北盯着他，不依不饶的样子。

"得罪了我啊！是我推荐你上讲台的。"

"您没说实话！"

这话像一梭子弹，突然让胡主席惊觉起来。他再也不敢拿苏向北当不识时务的小青年了。胡主席的许多话总是半带着象征，半带着邪恶，一直让听者位于认知的盲点。他看着苏向北凝神的双眸，突然意识到自己说得太多，应该把脱轨的火车拉回正确的轨道。

胡主席端起茶水，放在嘴边，思考良久，然后一口灌了下去。

"实话？就是死话。"胡主席看着苏向北，缓慢地说道，"孩子，我的年龄可能比你爸爸都大。告诉你，企业，也是江湖，要不想死得太快，就得安分点。"

门突然被推开，钱处长微笑着健步走来，那喜洋洋的神态，仿佛得到了升职的好消息。

胡主席和苏向北立刻站起来，钱处长拍着苏向北的肩膀，又亲切地捏了捏他的后脑勺。"听说小苏来了，我也过来唠唠嗑。大才子啊，凡出手，必轰动，厉害，厉害！"

"对不起，钱处长，我太任性了。刚刚胡主席狠狠批评了我。"

"他啊，开口就胡说八道！人家姓胡，对不对？"

"钱处长，祖宗就给了我这点特权！"胡主席卖萌地讨笑着。

"小苏，我整天和一个只操心自己鸡巴好不好看的人一起工作，你说多糟心啊！"

胡主席突然拍着屁股蹦了起来，猴子追自己的尾巴似的打着转，嗷嗷叫着。

钱处长哈哈大笑，苏向北也哈哈大笑，笑出了眼泪。

胡主席自我嘲笑的诈术，似乎在证明他对人生的诚实。凉爽的山风带来了浓郁的秋的气息，白昼不再那么灼热难熬。这怡人的天气莫名地使他沮丧，他想喝酒。

办公室政治就是这样，斗争总是在心底无声地进行。有时候，两个级别相近的领导说说笑笑地出差或开会，好朋友似的笑闹或聊天，但一场醉酒之后，恶意、嫉妒、讽刺等言语都会子弹般的喷射出来，甚至会激烈地干上一架。在整洁的环境里，在和谐的笑声里，总潜伏着某些阴险的东西。

办公室小芒敲了敲着的门，打断三个人的狂笑。"演讲比赛结果出来了，咱矿山处特等奖。"

胡主席高兴地拍了一巴掌写字台，仿佛写字台做错了什么事。

钱处长的脸上掠过一丝不易觉察的阴影，虽然短暂，却被苏向北瞥到了。

"还有一个通知，请钱处长到公司参加关于氧化铝设备的专题会议。"

"开会，就是一小撮人的胡说八道！"钱处长拍了拍苏向北的肩膀，苏向北感觉半块身子被砍掉了似的。

人们不借助于镜子就看不清自己，但童年不幸的人总是因过于敏感而在鼻尖上挂着一面心灵的镜子。苏向北借助于心灵之镜看清了地狱的特色，地雷布满每个角落，而引线总在别人手中。

生命很短暂，也很破烂。以前他用这句话形容爸爸和妈妈的人生，现在却不敢这么想了。生命很短暂，但不能被人蹂躏到破烂。苏向北一阵郁闷，胃里沉甸甸的，仿佛什么重物压在肩上。

开矿遇到了技术问题，苏向北晕晕乎乎地随矿工进了隧道，心却留在了隧道外。他醉眼蒙眬地看着周围，每一样事物都很模糊。湿气使他更加憋闷，灰尘呛了他，安全帽上的头灯亮着。若关掉头灯，他便和黑暗融为一体。几位工友都像萤火虫，靠头灯微弱的红光摸索前行。苏向北感到不安和孤独。

企业，也是江湖。苏向北回公寓时重复着胡主席的话，计算着今天的演讲捅了哪些马蜂窝。不过，拿走意外就像从生活中拿走阳光，便也不再是生活了。

我喜欢意外。

到了公寓楼下，一位五十多岁的中年人远远笑着，苏向北看了看身后，并无其他人，才确定这位陌生人是找自己的。

"苏老师，您好！"

被陌生人称为老师，苏向北莫名其妙。

"我是张樱的爸爸，那天您救了我……今天请您到我家吃顿便饭。"

苏向北惊觉起来，那位沮丧的中年男人似乎不是这般模样，大脑却浮现出张樱递给他瓶装水的神情，她的脸羞涩得像红苹果。

"张师傅，这就不必了，我今晚还有事。"

"有事也得吃饭呀！"张师傅倒很实在，拉着苏向北的袖子就往家走，根本不给苏向北选择的自由。大凡神经质的人，都这般执着吧。

张樱值晚班，并不在家。苏向北松了口气，莫名的轻松感掠过心头，传遍肌肤。

张樱的爸爸和哥哥作陪。酒是说话的借口，几杯酒下肚，看谁都像可以倾吐内心的人。张师傅感谢苏向北救了他，基于知恩必报的品德，便向苏向北掏心掏肺起来。"你们钱处长是极有能力的人，本来是副总的候选人，可因为他任设备处处长时，负责进口的 M 国设备出了问题——他扬言那设备是世界最先进的，可氧化铝的厂长却说设备是垃圾，根本不能顺畅地运转。双方互斗，推脱责任，两败俱伤，他的任职也凉凉了，所以被调到矿山处。"

"M国设备几乎成了废铁，谁也不想沾，也不敢沾。当然钱处长也有钱处长的理由，同样的设备为什么在澳大利亚、印尼用得很好，显然是咱的人太笨。M国来的专家也认为是使用不当，出了故障。总之，这事成了钱处长的坎。钱处长是高磊副总的人，你可别得罪他，他特记仇，一旦得罪他，他会往死里整你。他是曹操式的枭雄，期待他变得友善，比让瞎子复明更难。"

张师傅原是电解铝三厂的科长，去年春天，电解铝厂年足五十岁的员工一刀切，他也被赶回了家。在岗时总设想明天会更好，直到领导用一条规则把他们的路堵死，才知道已无梦可做。因此，张师傅对领导班子满腹抱怨，对许多中层干部也是看不顺眼。最终，这种愤懑情绪渐渐转向对生活的绝望，以致发生卧轨事件。或许因为自杀未遂，他觉得自己和整个世界较量过了。

酒后的张师傅，也似乎有勇气向任何人发起挑战。"我只能说，这个世界充满了卑鄙和邪恶。氧化铝洁白，但那是工人的汗水洗出来的。哈，可谁在乎这些？谁在乎工人？在铝城，工人孤立无援，毫无还手之力。你要让我指出地球上哪里最不公平，我会指向这里！你要让我指出哪些人最忠心，我会拍着胸脯说，我们！"

苏向北不由感慨，人由积极转向消极，由热情转向愤懑，或许一个诱点就够了。但张师傅的这份忠心，是谁也不能怀疑的。

张樱的妈妈少言寡语，安静地给他们炒菜添水。水饺端上桌子时，张樱的妈妈像似无心地问道："苏老师这么优秀，一定有女朋友了吧？"

苏向北的心突地沉了一下，红着脸，借着酒的朦胧，一字一句地说着："有，我的同学，还在美国，可她不想回国，我在说服她。"

这话虽然啰唆、虚假，却明明白白地表达了自己的态度。他一直回避着女孩们巧妙的暗示，她们用词语揭开面纱，如同撩起衣裙一样简单且狡猾。他被女孩的大胆妄为吓住了。男同事总是将那些难以启齿的事情，通过黄色玩笑，达到一种不洁的想象，甚至暗示那隐秘的、羞涩的、交欢的种种画面。而有些中年女工的玩笑更直接、更赤裸，仿佛她们的词典里已没有"淑女"二字，甚至她们根本就不需要词典了。

吃饱喝足，苏向北和张师傅一家告别，正碰上下班回来的张樱。夜色是很好的掩饰，他们彼此没再尴尬，至少张樱不像第一次那般生涩。

"祝贺你，特等奖。"

"也祝贺你，特等奖。"

俩人哈哈着彼此道了晚安。演讲比赛临时设了两个特等奖，此刻，他们俩竟有同盟的味道。

往回走时，苏向北醉意昏沉，情绪低落，心里别扭，一股淡淡的忧伤拂之不去。他心中纳罕，何以突然这般忧虑，根本找不出原因来。他倒在小区的木椅上，仰望着黑黑的树冠和树冠上方的夜空，泪不由流了下来。

"莫瑞，你在干什么呢？"

欲戴王冠，必承其重……爱情的王冠也一样。

他终于不明白是自己甩了莫瑞，还是莫瑞甩了自己。莫瑞虚幻的身影在眼前晃动着，她微笑、和蔼可亲，那形象又神秘又朦胧，又惶恐又美妙。

在钱处长眼里，苏向北成了一颗能燃爆的地雷，或者一颗能开出奇异花朵的种子。但无论是地雷或种子，钱处长都有办法灭掉。

"苏向北是'国宝'级人物，要让他享受'国宝'级待遇。"钱处长暗示矿山五科的王科长，不要给他任何工作，也不要对他有任何纪律约束，他想上班就上班，想玩就玩，甚至想在矿道里结婚都可以。他要让这颗"地雷"因潮湿而失效，让这种奇异的"种子"因缺少阳光而腐烂。

矿山处五科是最痞的地方，有获释的犯人，有从良的"盗匪"和街斗的痞子，总之，是有名的"杂牌军"。

钱处长的世界从不缺个性的人，缺的是能将个性坚持到底的奇才。他认为时光是最好的磨刀石，可以让铁杵磨成针，也可以让铁杵层层锈迹，直到变成废铁。他不晓得苏向北为何敢忤逆他，不过他觉得，只要再耐心些，一定会搞得明明白白。

王科长满心酸楚，盼着苏向北能快快离开矿山处，摆脱钱处长的统治。任谁都看得出，钱处长的冷处理，能消其意志、废其武功、乱其心神，直到其成为普普通通的懒人。

苏向北几战成名，许多单位想借调苏向北，都被钱处长以"将委以重任"为借口，断了对方的念想。

可苏向北依然快快乐乐，翻翻档案，看看书，或找"盗匪"聊天，与"犯人们"打牌，似乎把流放的日子过得有滋有味。但这不是真实的苏向北，或者不应该是真实的苏向北。真实的他应该非常孤独，自建了个囚室，与世隔绝，以至于人们无法探视。他的囚室在心底，他的世界不是钱处长能禁锢的，因为钱处长的触角根本达不到苏向北的深度，甚至够不到囚室的边缘。

在外人看来，苏向北确实在放纵自己，总是不到下班时间，就早早逃走了。不过，一个懂得生活的人，一定能懂得怎样伪装着生活。

人啊，你意欲何为？

九

铝城六街公交车站的椅子上，每天下午五点半，就会有一位六十多岁的大妈，头发花白，衣衫整齐地坐在那里，安静地望向东方，等待载着她儿子的公交车缓缓停下。

人们称她为周大妈，在此上下车的人或这个社区的人都知道她。

与这个弱智且专注的周大妈相比，人们确实有一种行走的幸福，能在漫无边际的地球上找到自己的定位，能在复杂的人际关系中找到可以信赖的感觉。也正因为人们的这种千丝万缕的联系，每天起床，心中会升起十几个愿望。而周大妈的愿望只有一个。

流水似的公交车会下来很多人，然后再上去很多人。

各色男女匆匆从周大妈面前走过，或有人踢了她的脚，踩了她的鞋，她从不在意，依然望向东方。东方是铝城连接矿山的方向。

大妈等了一个多小时，交通的高峰期过了，候车的人渐渐少了，大妈显得孤单而没落。

大妈的丈夫会从社区走出来，大概已准备好了晚餐，来接妻子回家吃饭。

周大伯在妻子耳边嘀咕着："儿子来电话了，他今晚加班，很晚才能回来，要咱们先吃饭。"

很多人都知道这对夫妻的故事，曾有记者采访，还有电视台要拍专题片，都被周大伯拒绝了。他们用二十年的时间，在等待一个永远也不会回来的儿子，他们的儿子就是周忠琪——"5·24"矿难牺牲的最年轻的矿工。

苏向北站在马路对面，远远看着周大妈。她反应迟缓，穿着洗得掉了颜色的暗绿色上衣，花白的头发梳得整整齐齐，那副干净整洁的模样仿佛真的在录制节目。她不过是想讨儿子喜欢。

可儿子已无法感知妈妈的心意了。

人们很难看出这是一位弱智的妈妈，时常有人问路，她会慌乱得像遇到了劫匪，眼神惊恐，表情紧张，嘴唇哆嗦着几欲求救。

这时，会有好心人拦住对方："请饶了她吧，一个可怜的女人。"

或许那人也听说过她的故事，恍然顿悟，拿出手机，偷偷拍下她的照片，而她会焦急地望向东方，似乎儿子马上就要来了。

有人曾把钱塞到周大妈衣袋里，周大妈总是紧张地扔到地上。之后，周大妈的衣服再没有任何衣袋了。

每一位默默陪她坐一会儿的人，忧伤像水一样甘美，人们曾自觉辛苦，但再也不会觉得自己是最倒霉最不幸的人了。

周忠琪还是六个月婴儿时，因感冒发烧，妈妈带他到医院看病。打完针已是午夜，刚出医院，就被急驰而过的摩托车撞倒。周妈妈当场昏迷。摩托车逃走了。也不知过了多久，路过的人听到婴儿的哭声，等把母子俩送到医院时，已失去了抢救的最佳时机。颅内大出血，手术后周妈妈倒是活了过来，只是智商出了问题，相当于三岁的小孩。

周忠琪技校毕业当了矿工。自上班第一天起，妈妈总是在站牌前等着，儿子跳下公交车的那一刻，她会高兴地站起来，紧紧抓着儿子的手，仿佛抓着了全世界。高大的儿子会亲一下妈妈的额头，搂着妈妈的肩膀，一起回家。

雨天如此，雪天也如此。接儿子回家成了妈妈活着的唯一仪式。

可是那年的5月24日，她再也没接到儿子。她慌乱地张望着，每一辆停靠的公交车都没有那个熟悉的身影。几个小时过去了，谁也拉不回她。直到丈夫编了个美丽的谎言，这谎言一讲就是二十年。

"儿子来电话了，他今晚加班，很晚才能回来，要咱们先吃饭。"

有一次周伯伯出了个短差，按计划下午会早早到家，可车在高速上整整堵了八个小时，等他夜里十一点跳下公交车时，发现妻子依然坐在椅子上，痴痴地望向东方。

夜很沉，只有寒风可劲地吹着，细盐似的雪粒漫漫洒洒。周伯伯跳下车，紧紧搂着冻得冰凉的妻子。可妻子还在搜寻着空空的公交车。

苏向北一连好几天都守在不远处，静静望着周大妈。他感觉只有在这里，心灵的沙漠才能活起来，空旷的夜晚才能拥有沉寂的厚重。以前，他最痛恨的莫过于感情的流露，而站在这里，每一刻都热血沸腾，每一刻都渴望行动，渴望打碎什么、冲撞什么，渴望像战士端着冲锋枪奔赴战场。

苏向北想起了妈妈，妈妈已不认识儿子了。在妈妈眼里，坐在身边的儿子，不如一滴下坠的水珠更美，也不如一滴水珠更亲。其实，在妈妈的世界里，水珠里有丈夫的承诺，有对丈夫的思念。在苏向北看来，不知这两个女人有什么不同，但悲伤却是相似的。每个人都会死，但不是每个人都真正活过。她们在自己微弱的记忆里，虔诚地挣扎着。

六点半，周伯伯准时从胡同里出来了，附在妻子耳边说了那句天天重复的谎言，然后拉着妻子的手，慢慢走向他们的晚餐。

微雪中，他们脚步拖沓，行动缓慢。如果苍天能感知，如果苍天有爱，苍天也填不满他们内心的空缺。所谓完美，并不是指没有任何可以添加的物品，而是指没有一丁点可去掉的东西。是的，去掉"等待"，就毁了他们的完美。

苏向北好想大哭一场，可一时没有他号啕的环境。他努力压抑着，把几欲夺眶而出的泪水变成心底的咕噜声。他突然意识到，自己所能做的，只不过为他们无望的等待流下几滴同情的泪水。有时候，他觉得头颅里装的不是脑浆，而是熊熊燃烧的石油。

苏向北在食堂吃了份凉拌菜，上吐下泻。打吊瓶时，突然看到周伯伯在排队挂号。

苏向北远远跟踪着。等周伯伯离开，苏向北咨询了医生，才知道周伯伯得了冠心病，却一直舍不得买高效的药，为了省钱，只吃最便宜的药。

苏向北感觉十指酸痛，痛得泪水荡漾。他一再仰脸向天，可泪水还是肆意涌动着。大雪纷纷扬扬从厚重的天空垂落，落在城市、山谷，也落在苏向北心灵的花园里。他心灵的花园有厚雪，却也有朗月，有孤独的艰涩，却也积聚了温馨的花朵。

清晨，周伯伯打开门，发现院子里放着个包裹，包裹里是十二万元，还有一封信。

"周伯伯，我是周忠琪的朋友，在我最困难的时候，忠琪曾帮助了我。我现在挣了些钱，请您收下这一点点迟到的回报！"

吃过午饭，离下午上班还有一个半小时，好斗逞强的小青年们吆喝玩牌。苏向北伏在桌子上想睡一会儿，有人拍了拍他的肩膀，硬生生把他拉到了牌桌前。

两把牌过后，苏向北隐隐觉察气息不对，工友们多了些战争的焦虑和慌乱。

许多天来，苏向北和他们一起吃饭一起工作，把他们的个性摸得一清二楚，读他们的表情跟读小说一样容易。此刻，他读到的是忐忑、紧张、恐惧。毕竟，任谁心怀鬼胎，脑袋都不灵光。

苏向北提防着，行动上不招惹，言语上不多嘴。突然，两位痞子因小小的悔牌，竟像两只恶犬，先是比拼着音量，之后便比拼着牙齿。外号叫"侃肩"的痞子，一向总被人嘲笑，笨拙得像大猩猩，不过最令人别扭的是他的长相，像是东拼西凑，生拉硬扯到一起的。他虽没有黑猩猩那种悦人的憨厚和蠢萌，却有黑猩猩熏死人的臭气；虽不再年轻，却比年轻的矿工更善于诟骂而非闭嘴，更善于挑起事端而非息事宁人。他有一个神经质的习惯——猛然回头看。他的脑袋在纤细的脖子上显得又大又沉，他是小孩见了会嘲笑、狗见了会狂吠的那种伙计。他总怀疑有人在取笑自己。

苏向北躲得远远的，思索着他们莫名其妙的怒火究竟为了什么。突然，苏向北被绊了一脚，扑到"侃肩"怀里，弄了一身血不说，还被闷头闷脑地揍了两拳。

警察赶到后，在"侃肩"和队友的指证下，苏向北被押上了警车。瞬间，苏向北明白了梦里坠入冰层的含义。

苏向北斗殴被拘的消息瞬间传遍了二十里铝城，英雄、才子的威名扫地，变成了刑事犯。

企业，也是江湖。抓着铁棱的苏向北突然想起了胡主席的话。如今，他用头发丝也能想明白，这一切就是为败坏他而设的局。

回顾整个过程，暴力来得简单而纯粹，证人也异口同声地"眼见为实"。戏做得太足了，伪造得太强硬，似乎模仿了罗沟村事件，只是上次苏向北是受伤者，而今天，他成了施暴者，成了实打实的犯人。

他突然想起钱处长曾到医院和公寓看望过他……好似几年前的事了，好像发生在另一个人身上，发生在另一个时空里。

钱伟伟这名字让苏向北联系起鹦鹉银绿色的光芒——鹦鹉模仿着人的笑声，呼扇着绸缎般的翎毛，讨好地说着甜言蜜语，身居高官似的沉思，富翁般辨析生命的意义。

苏向北也在辨析生命的意义。他突然想起了美国《越狱》里的迈克尔·斯科菲尔德，虽然，自己与迈克尔同样年轻，但绝没有他那样的使命。毕竟自己罪不致入狱。

公安分局的小屋里，苏向北精心数了数墙上的蚊子标本，共二百二十七个，除此以外，因无事可干，所以装出一副坐井观天的蠢相。

他有理由断定，第一位来探视的人，必定会带来"敌人"的意图。

第一位来探视的竟然是高诗诗，公司电视台的美女主持。当看到她出现在走廊里，苏向北竟以为她是来探视其他人的。

"我们演讲选手建立了QQ群，大家知道你是被栽赃的，要我前来了解点真实情况，三十位选手都是宣传员，从网络上先给你正身。"

苏向北突然觉得主持人的江湖也太诗情画意了，如果几条QQ信息就能抗衡蓄意制造的阴谋，那世界也过于甜美了。

苏向北感谢高诗诗的倾情相救，可他不想拖累那些年轻人。每个人的生命，或多或少，都有些深重的部分。苏向北觉得自己没资格让别人替自己背负沉重。

"替我谢谢大家，都是误会，我不会有事的。"

高诗诗不知道谁误会了他，但苏向北这种临危不惧的气质和男子汉的担当打动了她。如果说演讲那天她只是被苏向北的虚名所征服，而今，她却深深被他的气质吸引，这种吸引仿佛踏进了陷阱，再难抽离。

高诗诗的择偶标准很简单——嫁最好的。她对此时生活心存感激，就像携带着违禁品却被海关人员放行了似的感激。虽然天时、地利和美貌都集于一身，而她的头脑也存在着一些严重的违禁品，为达目的，也需不择手段。

高诗诗的表哥在公安分局工作，事发当天，她就拜托他关照苏向北了。

高诗诗主动相助影响了苏向北对现实的感知。他曾坐在小板凳上，望着春雪飞来飘去，他决心把这一天珍藏。夜里，狂风肆虐地在窗外扑打，饿狼般在屋子周围呼啸盘旋，寻找可以钻进来的缝隙。

　　苏向北有大把时间可以思索，他觉得无论用北斗导航还是高德地图，他睡的这张小床和这窗棂都应该搜索得很清楚。他觉得能在这里，纯粹是命运的机缘，是时势的必然。人生就是时势的必然，卵子遇到了哪颗幸运的精子，然后降生在谁家的床上，成长在谁的怀抱，都是幸运的必然。

　　其实，在哪里过夜都无所谓，苏向北觉得自己的一生就是一连串意外事件的拼接。

　　苏向北总让自己忙碌着，因为一有闲暇，这颗浮动的心就波澜起伏，鼓荡着激情和爱欲。多少次都想给莫瑞打电话，向她投降，不再为过去纠结，不再为家国情怀所困。但在公安分局的这一天，内心的骚动却静止了，仿佛冬眠了。

　　高诗诗近乎朋友似的关心，让苏向北受之有愧，但又却之不恭。虽然，她隐露的酥胸像诗中描述的白雪……他的血隐隐沸腾，似乎听到水在流淌、鸟在鸣啭，春天降临了，他的男性气概随之苏醒——事实上，当高诗诗说"我来看你"时，他意识到快乐和忧伤只一步之遥，而一切感情的极致，都与疯狂相连。

　　但，他是苏向北，几次呼吸的时间，他便从迷魂阵里逃脱出来，清醒地意识到，拘留所的空气夹带了卑微的因子。所谓爱情，对我来说，就是顺利地上当受骗——但，那是从前。

　　离开时，无论苏向北怎样客气，高诗诗都觉得距苏向北又近了一步，至少情感上亲近了很多，仿佛成了息息相关的同盟。

　　高诗诗离开不久，警察突然释放了苏向北。

十

矿山处五科的柳哥曾因过失杀人，在监狱里待了七年，从良的他虽然被矿石磨掉了锐性，但在江湖上威名不减。苏向北暗暗资助周忠琪的母亲，为其打雨伞、披雨衣，这些都被在街头混的小兄弟通报给了柳哥。

缝了三针的"侃肩"正优哉游哉地享受长长的假期，等待着钱处长许诺的各种福利。突然，柳哥踢开门，把尖刀往上一丢，直直地插在床头柜上，吓得"侃肩"瞬间缩到了墙角。

"这就去自首……是我酒后自己摔的！"

柳哥双臂交叉在胸前，那淡定而从容的表情，仿佛不是谈论凶杀事件，而是去喝同事的喜酒。

高诗诗正在停车场打电话，突然看到苏向北走出了公安分局，不由惊讶地大喊："喂，你，你，这里！"

冬阳无温度似的灿烂着，苏向北想好好晒晒骨头缝里的潮气，可高诗诗像充足了电的扩音器。

"你怎么出来的？"

"走出来的。"

其实，苏向北也不知道是怎么回事，但他不着急，这事迟早会明白。第六感告诉他，此番"款待"，必与钱处长有关，出乎意料的是，战争开始得如此仓促。

苏向北搭高诗诗的车往回赶。高诗诗放弃宽阔的大路，却偏偏钻进墨绿色的松树林。地上覆盖着褐色松针，树梢张扬地捧着雪，向四周伸展着。浅水湾处，长满树瘤的树根盘绕着没入冰水里，斑驳的灰苔藓从树干垂落到地面……随后，车子驶出松林，重新跑在明媚的阳光下。苏向北的心也随即阳光起来。

刚驶出松林就接到了总经办吴主任的电话。吴主任祝他双喜临门，一则走出了公安分局，二则他被调到公司的外贸部任科长，参与处理氧化铝设备问题——因为 M 国专家已来催尾款了。

"苏科长，外贸部啊，出国像逛市场，羡慕！改天让您代购点东西，可别拒绝啊。"在高诗诗看来。生活要酷，爱情也要有态度，她不会放过任何可能。

"只要别代购男人，其他都行。"

"男人，我还是觉得中国的好。"

苏向北突然意识到自己给自己挖了个坑，不由尴尬地闭了嘴。之后的聊天努力维持风轻云淡的状态，尽可能让对话流于表面。

苏向北的电话不断，铃声穿透暧昧的空气，旁若无人地传到高诗诗的耳畔。苏向北默默地注视着窗外，说话时是别样的派头，沉默时却又有另一番威严的气场。

高诗诗握紧了方向盘，心想，到底怎样的成长环境把他塑造成这样呢？

好在公寓到了，苏向北谢过高诗诗，并没邀她上楼喝茶。

街上的嘈杂也怜悯苏向北尴尬的心情。他留神着对方的每一句话，揣摩她的每个动作，怕自己不当的言行让对方误解，更怕来历不明的"礼物"暗藏着承担不起的代价。

苏向北的嘴角一如既往地笑着，高诗诗看出了敷衍的成分，表面上人畜无害，背地里却透着彻骨的冰凉。

高诗诗一脸讪笑着走了，很不痛快的样子。她觉得这个男人从不相信任何人，他的心上了锁。她却确信自己能撬开他的心锁，坐进他的心房。

爱情是许多女人存在的意义。在这多元的时代，对于某些女人，爱情就是褪去裙子和伪装，也是十足的做作和戏子般的疯狂……而所有这些，苏向北都不能容忍。爱情在他的心中，狂野如风，炽烈如火，迅捷如闪电地飘忽溜走，难以预料……总之一句话，莫瑞带走了他的一切，包括爱的能力。

在路上，信息不断飞进来，苏向北已知道了柳哥相救的事，心底升起一股甜蜜的暖意。这社会在法律和道德之外，还有另一种平衡体系，虽然隐秘，却也起着重要作用。江湖的天平——平的是道义，量的是人心。

但是，苏向北觉得自己能顺利出来，远非人们传说的那么简单，此时他很疲惫，不愿多想。

苏向北为什么如此关心"5·24"案件的遗属？在钱处长看来，苏向北就像块半生不熟的年糕，外面软，里面硬，实难对付。但一定有办法对付。

柳哥这种一身戾气的人，钱处长也得退让三分，毕竟，横的怕愣的，愣的怕不要命的。

和柳哥之类的人来硬的，无疑会像小舟进入芦苇，寸步难行。

不过，钱处长从不把蚍蜉当回事。

现在，一纸调令，就把苏向北安排到外贸部了，这让钱处长突然有甩掉包袱的轻松，但同时又有放生了恶狼的恐惧。

氧化铝生产是规模化、集约化的原材料工业，生产的大型化和过程的自动化，是各国努力的方向。M国氧化铝生产效率之所以世界领先，除技术先进外，也在这两方面走在了行业前端。

白鹭铝业的氧化铝生产线，有的已有六十多年的历史，最年轻的也已使用了二十多年。当前的主要问题是设备老化、技术落后，竞争力缺乏。在氧化铝暴利时代，白鹭铝业开足马力生产，向国家交纳巨额利润，忽略了设备更新，从而切断了企业发展的后劲，现在恶果已显现出来。这种失误，似乎只能归结于文化或思维之类的差异。几百年前，中国和波斯其实并不缺乏制造蒸汽机的技术，之所以落后西方，缺乏的是西方的价值观、讲故事的方式以及其他方面。现在，这种文化或思维方面的惰性正在修补，某些领域已初见成效。

三年前，白鹭铝业投资三十多亿构建两条最先进的生产线。公司要在高温溶出、高效深锥沉降槽等技术环节，向世界顶尖企业看齐，打造先进的管道溶出、种子分解、氢氧化铝过滤及焙烧的工序。

三十多亿的项目那可是白鹭铝业的未来。员工们摩拳擦掌，激情澎湃，觉得未来大有可期，和共和国同龄的白鹭铝业必定会再写辉煌。

三年后，还真黄了。

经专家多方考察、招标，部分小设备采自国内，而关键设备，比如大型的输送泵类，磨矿设备、分级设备、过滤设备、换热设备等，均由国外引进。

由公司副总于启为组长，设备处处长钱伟伟和氧化铝九厂厂长宁虎川为副组长，组成工作组，指挥氧化铝生产建设的所有事务。

如今，生产线建成了，所有重要设备均从M国进口。试运行时，却故障频频，漏洞百出，不但不能产出合格的氧化铝，甚至根本就不能系统运作。不是这里出了故障，就是那里冒了槽。要么温度过低，不能很好地脱除氢氧化铝附着的水和结晶，要么温度过高，影响了 Al_2O_3 的晶型转换。

这期间，M国专家现场诊断，确定是由工人操作不当引发了设备故障。

白鹭铝业缺乏与外国商业往来的经验，更没有大批量进购生产设备的谈判技能，态度上缺乏买方市场的自信，战战兢兢，甚至卑微谦恭，更缺乏对设备细节的把控和后期维权的要求。与M国签订的订货合同极其粗糙，只有货物验收，而没有生产运行效能的检测。所以，即便设备无法使用，依然不能追责。

根据合同，M国企业已来索要巨额尾款，如拒不支付，将面对国际法庭的制裁。制裁归于不朽的神，手里握着宽恕和惩罚两把钥匙，只是宽恕的钥匙总是被闲置着。

这是既窝囊又赔钱赔力的交易，其愚蠢和胡扯，在苏向北看来，足以列入教科书的反面案件。如果被普朗森教授知晓了，说不定会成为他讲义的有趣题材，玩笑般传遍世界。

比干铝业集团已对白鹭铝业下达了死命令：半年内必须投产，如不能顺利投产，白鹭铝业班子全体下岗。

于总因承受不起压力，血压忽地升到二百毫米汞柱，突发心脏病，稳妥妥地退居二线了。

顾总从比干集团空降到白鹭铝业才一年多，他对氧化铝九厂督而不惩，察而不治，或许也是不愿踩进别人制造的烂泥坑里。

现在，上级下了军令状，顾总不得不亲自挂帅，踢开之前的工作组，重新组建氧化铝九厂工作组，开足马力工作。

顾总早就瞄上了苏向北，以他处理罗沟村事件的果敢和智慧，断定他是可以担当重任的年轻人。顾总本想直接任命他为副厂长，专门负责对M国设备交易问题，又怕提得太快，苏向北过于骄傲反毁了这个人才。

新的工作组，除顾总外，由八位处级干部和一位科长组成。自然，苏向北成了里面最年轻、最没资历的人，而钱处长和宁处长是最有经验，最有发言权的"元老"。

顾总让九位成员用两天时间看资料和考察，然后召开碰头会，每人拿出自己的建议。

大家都要面子，谁都想拿出最有价值的方案，谁也不愿意被嘲笑或斥责。所以，调研的调研，查资料的查资料，认真倒是真认真，努力倒也真努力。

谁也不在意苏向北，或者根本没把他放在眼里，以为他就是顾总摆放的记录员。认为这位爱出风头的小青年，是靠流几滴血博得英名，又因斗殴而输掉所有的浮浪仔。

苏向北也需要一种疏离，他不喜欢与这些被权力腌制的中年人靠得太近。他想尽办法摆脱遇到的每个人，为了避免陷入交谈甚至长聊的窘境，他总是长话短说，能多短就多短。

上午八点召开工作组第一次专题会，各位"要员"们拿着黑皮笔记本早早等在会议室。被领导点将总有着特殊的荣耀感，毕竟，靠近权力，有时就代表着权力；站在光区，也会折射着权力的光芒。

顾总就位，会议开始。顾总平心静气的开场和微笑，像浓稠的酸奶有舒缓镇定情绪的作用。那些处级同僚便快活得像受过训练的狗，领会主人意图后，尖声叫着，摇着尾巴，心花怒放地撒起欢来。

发言时，各位处长语言铿锵、态度坚决，众口铄金，仿佛单凭他们动动嘴皮子，生产线就会高效运转了。

"既然 M 国同样的设备在印度等国家运转良好，我们可以请 M 国专家来帮我们培训员工，培训一个月或三个月，有了高素质的员工队伍，或许能让生产线运作起来。"钱处长声音醇厚，语重心长，一副忧国忧民的样子。顾总也认真听着，不时在笔记本上写两笔，仿佛真听到了至理名言。

"选一批有责任心的技术专家送到 M 国参观，学习先进技术，肯定会解决我们的问题。"

"花重金招聘国内最优秀的氧化铝生产专家……"

"还可以把这两条生产线包给民企，甩掉这个包袱，白鹭铝业只收租金……"

"无论如何，在生产正常运作之前，绝不能给 M 国奥尔马花公司付款……"

"我倒不这么认为，信任是金钱的唯一后盾。应该按合同付款，免得破坏了白鹭铝业，进而破坏了比干铝业集团的国际声誉……"

建议千奇百怪，奇葩得很，讨论很热烈。他们发言时放慢速度，字斟句酌，拿捏着语气，力求达到铿锵有力的效果。不管内容合理与否，他们只想让与会者明白，这种驾轻就熟的发言本身就体现了权威的正确性。

苏向北无聊得内心隐隐作痛，他既不愿记录这些废话，也不想恭维任何发言人。他把两根修长的手指竖起来，在桌面上一步步游走。自最后一次在大学的课桌上玩这小游戏，已过去很多年了。

眼看到了吃饭时间，干部们已口干舌燥，都盼着顾总作总结讲话，然后妥妥地吃顿美美的午饭，以安抚闹腾了一上午的身体。

顾总却指了指坐在最远端的苏向北，让他说说自己的想法。

其实，苏向北昨晚几乎一夜未睡，内心隐隐感觉有承担不起的黑色重负。从他出国留学的那一天起，老爸就告诉过他："人永远不要丢了本心。"

现在，正是本心正让他疼痛、焦虑、纠结。我会断很多人的财路，甚至会毁掉个别人的前程。但我若妥协，无异扼杀自己。

苏向北明白现在所涉及的不是恩怨问题，而是国有资产，是国家的利益，当然，还有很多说不清的东西。

十一

苏向北第一次参加此类会议，起初以为很严肃、很神圣，渐渐发现，这些所谓的高素养的权威人士，不过也是想当然地信口开河，只做些浮皮潦草的表面文章。他像看娱乐现场秀似的看他们激情澎湃地瞎扯，听他们梦话般聊着没有可操作性的方案，恨不得愤而离席。

苏向北好像一个饿坏的人，突然面对一桌丰盛的大餐，却又不知从哪里下手。他坏坏地欣赏着他们那副自我陶醉的样子，发现顾总认真记录着这杂草似的发言，不由品出了什么味道，反而慢慢平息了内心的怒火，消散了激动的情绪。

"说说你的想法，苏科长。"

"没什么好说的，顾总，M 国的钱，一分不给，并且还要他们倒赔损失。"

会场一片惊愕，包括顾总。他们看向苏向北，像看一把会说话的木椅子。

"你浑球了吧？才来几天，懂个屁！"宁厂长怒眼圆睁，仿佛单靠眼神就能击倒苏向北。宁厂长指望着 M 国的专家救场呢，却被这小子堵死了所有通道。

"宁厂长，别急，他还不如你儿子大，原谅他的无知吧。"钱处长阴阳怪气地安慰着，眼睛蛇一般扫射着苏向北。苏向北虽怕蛇，但不怕假装的蛇。

每个人都冲着苏向北发火，即便没开口，目光也紧紧盯着他，就像自行车的辐条紧紧绑在轮毂上。

"继续说。"顾总鼓励着，或许这一上午，他想听的就是这种有主见的想法。

"奥尔马花公司根本不敢对簿公堂，我拿性命担保。"

如果说刚才苏向北埋了个地雷，那这次无疑引爆了地雷。所有人，包括进来倒水的秘书，都被他的话吓住了。

苏向北一向欣赏电视剧里那些坐在会议室里侃侃而谈，发表真知灼见的人。一旦自己坐在枣红的椅子上，感受就不同了。他发现，欣赏电视上唇枪舌剑地争论，是一种享受，而自己开口辩论，不但需要思考，还需要观察，需要把握火候，需要恰当地利用气势，不然会弱得像逃兵，会被群狗咬死兔子般痛得嗷嗷直叫。毕竟与老一辈对抗看起来容易，说起来有趣，做起来确实费劲。

但谁都看得出，他不是开玩笑，也不是不认真。很认真，很郑重。在这间怒火熊熊的办公室里，苏向北的嘴唇微微发颤。他发现，他的意见在这里难以被认同，而说服他们就像说服老牛跳舞。

他的一片忠心和对企业的怜悯，只能以一副被人讨厌的面目呈现了。

等大家缓过劲来，感觉受了伤，还伤得很厉害。虽然每人都有见不得光的伤疤，但此时，已用厚厚的衣服把伤痕遮起来。

苏向北惹怒了众人，特别是钱处长，他觉得苏向北在践踏这些人的尊严，在嘲笑这些人的智商。"开什么玩笑，你的命值几个钱，敢拿公司的利益赌。"

"昨天我沿着生产线细细检查，发现几乎五分之一的设备是二手货，奥尔马花公司将二手产品混进新设备中，捆绑着装在了生产线上。"

现场突然哑了，仿佛死了一般，只有眼睛眨呀眨的，都在快速地反思这个问题，掂量问题的严重后果。

"钱处长，从法律意义上说，你我的命同样值钱。"苏向北低头看着自己的双手，仿佛手上写了发言稿，"我虽然被关过小黑屋，但和您一样，都是中国公民。"

"5·24"惨案之后，钱处长就被光荣地越级提拔，成为第一个享受惨案福利的人，不由不让人起疑。

辩论一结束，反感就开始。苏向北突然有一种截然不同的感觉，不是身上疼痛，而是揪心的难受，这使他刹那间忘了身份，理直气壮地争吵，和所有不同政见者隔上一道鸿沟。

在那些老家伙看来，这个狂妄的野小子就是个没背景、没资产、没权力，根本就是没见过风景的人。

"苏向北，你知道你说了什么吗？"宁厂长不喜欢苏向北的狂妄，以为他在信口开河。

"汉语，而且是实话。"

"你在否定于总及所有其他工作人员的辛苦。"钱处长愤怒地瞪着苏向北，恨不得把他扇出会场。

"我只谈工作，没论其他。如果有人觉得刺耳，我闭嘴就是。"

"你敢和M国的代表团这么说吗？"顾总压抑着内心的狂喜严肃地盯着苏向北，怕他跑了似的。

"当然，非常期待。"

苏向北在办公室就听到了高诗诗的甜美声音，伴随着一串高跟鞋的节奏，几次呼吸的时间，高诗诗就出现在办公室门口，询问苏向北在何处。

同事们的目光越过一排排办公室桌，发现苏向北的座位空空的。

有人对美女灿然一笑，"插翅飞走了"。

高诗诗毫不犹豫，马上拨通了苏向北的电话，电话响了半声，就被挂断了。

办公室的人清晰地听到了那截断的铃声。

高诗诗黯然离开了，苏向北才从电脑桌下钻出来，歉意地向大家笑笑。

"搞毛啊，苏科长，她可是高诗诗！"

"我在捡钢笔。"

"你应该说捡金子。"

苏向北刚出办公室就被高诗诗堵了个正着，她啪地把一个英文小册子拍在苏向北拿着的文件夹上。

"我不是病毒，你不用躲我，我若是病毒，你也躲不掉。请帮忙翻译这本说明书，刚进的美国摄影机。"

"病毒若这么漂亮，就不会有抗生素了。"

其实，苏向北想说：别费心了，我们俩意见能一致的，只有对天气的看法。

高诗诗的热情不由让苏向北更思念莫瑞。自回国以来，这似乎是一段不长也不短的日子。在每个敏感的时刻，他都想着莫瑞。他理解不了莫瑞对留学美国的执着，就像莫瑞理解不了他归国的执着。但他们的隐秘联系已生根发芽，好像生命已融在了一起。有时，他会怀着谦敬的心情断定莫瑞会回来，会倒在他怀里，因为他有一万个理由推断，这是他们爱情的唯一结局。

苏向北或许犯着痴心男人都容易犯的类似的错误。

如果说诚实是代价高昂的习惯，而爱也绝不是一件简单的事。高诗诗浑身散发着青春的渴望，露出了皇帝女儿般自信的笑容。

高诗诗觉得苏向北温和的表情是通往未来的护照，有了这个开始，就会达到心仪的目的。她的爱心炫然爆发，满怀甜蜜地盯着苏向北。此时此刻，苏向北最痛恨的莫过于感情的流露。他迫切需要一颗平常心，在外人眼里，交流很平常，不交流也很平常。

周末，冷雨凄凄，苏向北拿着伞就出门了。

周大妈坐在站牌前的椅子上，林海洋为其撑着雨伞，在微黄的路灯下，他们身上仿佛涂了一层淡黄的光，竟有点老照片的温暖感觉。

周大妈的脸是被世界拒绝的，可在苏向北看来，那也是副拒绝世界的面孔。雨沫、街道、霓虹、公交车和行人，组成了一幅朦胧的画，湿润的空气让人陶醉。苏向北最终也不知道，是此刻的自然美还是人心美，内心的某根神经轻轻颤抖，抖得眼泪出来了。

周大妈度过了不计其数的黑夜，这永无止境的等待不再为了结果，而是证明还活着——因为这种茫然的等待无论如何，都给人一种不和谐、不稳定的感觉。毕竟二十一年前去世的男子永远停在了十九岁，他的死亡时间已远远超过了生命的时间。这个世界，除了父母，无人记得他了。

怜悯她，在苏向北看来，有时就是怜悯自己。他觉得自己就像一只四蹄朝天、被卡在石缝里的猫，在石缝里等下去会窒息而死，可挣扎反会死得更快，除非来一场山崩地裂的地震。

突然一辆车停了下来，高诗诗探出头，惊喜地喊道："帅哥，在等我吗？"

苏向北可不想在此地遇到任何人，于是掉转自行车。"真聪明，猜对了。"

"你逃不掉的。"高诗诗美妙的声音和着细雨消失了，在路人听来，又浪漫又诗意。一犬吠形，百犬吠声，向来咋呼最响的，未必是最凶的。

站牌的座椅空了，苏向北刚想离开，林海洋一把拉住了自行车的后座。两人再次见面，又惊喜又感叹，因为某种说不出的感觉，他们老朋友似的打着招呼。林海洋要请苏向北喝一杯。

林海洋已调到公司财务部了，这当然是苏向北演讲的功劳。两人进了路边小饭店，苏向北问林海洋的英语怎么样。

"过了六级，不过已很久没用了。"

苏向北拿出摄像机的说明书，让他尽快翻译成中文，并送给高诗诗。

"哪个高诗诗？"

"当然是自以为最美的那个。"

林海洋调皮地笑了，挑出"自以为最美的"字眼，吃巧克力似的回味着，反复舔舐着。美女们就有这个好处，只要还年轻，美貌像产业般可以随身携带到任何地方。

"苏哥，你先是帮助我，又帮助周大妈，你和'5·24'矿难有什么关系吗？"

"当然没有，我只是偶然读到了矿难的材料，同情那些牺牲的人罢了。"

"有人猜测你是典明的儿子呢。"

苏向北暗自诧异，以为什么地方露了马脚，不由紧张地盯着林海洋。

"后来才知道，那孩子在上海读研，叫典晓江。"

"人们还真有爱心。"

"有爱心的人很多，周伯伯告诉我，有人给了他十二万，没留姓名。"林海洋散播信息就像灯塔散播光明，他观察着苏向北，想看出点端倪，可苏向北惊讶地评判道："嗯，那人一定不差钱吧。"

这淡然的口气使林海洋不能断定捐款的是不是苏向北。林海洋估价似的，不慌不忙地端详着，像中了一次空城计。

"今天我在银行办理业务，遇到了一位奇怪的老人，他问我是不是林杰的儿子，我说是，他要我读读《基督山伯爵》。"

苏向北端起茶杯，轻轻吹着热气，仿佛不明白林海洋的话。

"你不奇怪吗？他是在暗示我应该复仇。基督山伯爵曾说：要像镜子一样复仇，以牙还牙。"

"一本书而已，未必吧。再说了，男孩子们从小都喜欢读那类故事。"

"为什么不是《战争与和平》《浮士德》，好书多得很，为什么偏偏推荐《基督山伯爵》？"

"或许那老人喜欢《基督山伯爵》，就像我喜欢《赫索格》，见谁都推荐它。再说了，青蛙不记得蝌蚪时期的故事，别用幻想吓坏了自己。"

显然，林海洋并不认同苏向北的说法，他描绘了那老头的模样。苏向北断定他就是曾在白鹭酒店见过的老头，也是"5·24"事件时和钱处长一起值班的刘远方。

从矿山处的档案里发现，"5·24"事件事发不久，刘远方就辞职离开了，再也查不到他的任何资料。但苏向北不想让林海洋知道这些信息，毕竟，不是随便什么人都可以忘记仇恨，但是复仇需要牺牲，可能会付出此生的代价。林海洋虽然像青壮的松树，可伐倒他也就是三板斧的力量。

"听说明天就要和 M 国的代表谈判了，能赢吗？"

"赢不了，因为从安装设备的那天起，我们就输了。现在所做的一切，不过是努力减小损失。"

要么辉煌地成功，要么凄美地失败，没有中间地带。

黄昏缓缓降临，太阳没入西山，天空变得暗淡，暮色微弱，万物柔和。不久，一轮皎洁的满月浮上东方的天空，铝城一片晶明。

苏向北感觉有太多工作要做。

M 国代表团要求按合同一周之内支付设备尾款。谈判安排在周五上午进行。虽与上次的专题会时隔一天，但一天之内，什么事都可能发生。

除了苏向北，没有人对这次谈判有信心，谁也不知道苏向北说的"五分之一设备是二手货"，这论断对不对。但不信苏向北，便也没什么可信的了。

工作人员还在布置会议室，苏向北早早坐在椅子上查看英文资料。康秘书附在苏向北耳边，悄悄问道："我们能赢吗？"

"能，若赢不了，咱俩拿棍子揍他们。"

康秘书咧了咧嘴，甩了甩头，拿着茶叶盒离开了。阳光从窗口射入，带着一层朦胧的白雾。这间会议室每天都举行大大小小的会议，康秘书从没像今天感觉这里的桌椅连同空气是如此的疲惫、不快、艰难，甚至伤感。

宁厂长进了会议室，发现苏向北在埋头看资料。其实苏向北看的不是奥尔马花公司的资料，而是美国蒂郊雷氧化铝厂的资料——今天凌晨刚刚从美国传真来的。

宁厂长以为苏向北临阵磨枪，故意作秀。"小苏，你可一定要赢啊！"

"是我们，宁厂长！"

宁厂长自知表述有误，闭了嘴。他看着苏向北，突然意识到将公司三十多亿的项目，压在这个小青年身上，似乎也太难为他，甚至有些对不起他。一时间，不由多看了他两眼，或许想起还在读大学的儿子，内心不由佩服苏向北的成熟和干练。

钱处长像参加娱乐活动，满面红光地进了办公室。他总认为生活就是由政治家和商人联手构建的，他们以自己的方式招募别人来为自己服务——而苏向北不过是临时招募的倒霉蛋而已。

苏向北正低头看资料，根本没看到钱处长进来。钱处长以为苏向北失礼，甚至还有点嚣张，于是透着关切地问道："你如果失败了怎么办，小苏？"

"不办。"

"不办？"钱处长故意提高了声调，调侃地反问，像聊天又像设了个请君入瓮的语言圈套，"我都不敢说这话，你以为你是谁？"

"我不是谁，我谁也不是，所以失败了也没法惩罚我。第一，任命我为科长的红头文件到现在还没看到，所以也不存在降级处分；第二，这三十亿项目投资失误又不是我造成的，我坐在这里，就像个热心的义工，成功了是大家的成绩，失败了，对我唯一的处罚就是让我滚蛋，真让我滚蛋，相对于进公安局，那又何尝不是奖赏。钱处长，您说是不是？"

苏向北刚开口，钱处长就后悔不该招惹这个狡猾的野小子。钱处长仿佛被天火灼伤，终于明白再强的王者，这一辈子总有绕不过去的人或事。

钱处长到底经历过多年政治权谋的浸淫，既能反话正说，也能化黑为白。此时，他立刻悔悟，做足了表面文章。

"是我求胜心太切，忽略了我们小苏的霸气。从美国归来的人才，推理当然是国际范的。无论成也罢，败也罢，自然你都是头号功臣。"钱处长像高烧退后的病人，透着异样的虚弱和隐隐的悔恨，这也加深了他的省悟，毕竟地雷再小，也是炸药做的，蚊子再弱，也是以血为生。

有了这一番碰撞，其他几位工作组成员都安静了。他们真正领会了苏向北思维的敏捷和逻辑的严谨。在外宾到来之前，他们要么聊天气，要么聊氧化铝的价格，没有人再敢质问苏向北了。

应 M 国代表团的要求，新闻记者全程录像，以便作为将来解决矛盾的证据。

高诗诗和另外一位记者扛着摄像机进来了，崭新的美国产的摄像机。在安装机位时，高诗诗拍了拍机身，向苏向北飞了个媚眼，那意思是，我早就会用这摄像机了，至于翻译操作手册，逗你玩而已。

工作中的高诗诗又漂亮又娴静，眼睛里说天堂有天堂，说地狱有地狱。

十二

上午九时，白鹭铝业和 M 国的奥尔马花公司就支付设备尾款问题开始谈判。

M 国代表团团长莱昂那多先生礼貌地向记者们点头致意，绅士们照顾美女，比照顾十个上帝还周到。莱昂那多先生曾对中国朋友说："生活，除了微笑，没有别的目标，特别是对美女，更应该宽容。谈判无论赢输，都要愉快，毕竟万物都和爱有关。"

M 国代表出示合同，声称合同是法律，中方有义务按合同付款。

宁厂长极力表明氧化铝生产线试运行时，出现了太多问题，理应在设备运转良好后再付款。

可 M 方却以同样的设备在澳大利亚、印尼运转良好为由，强调白鹭铝业的工人错误操作，如果很好地培训员工，生产就会顺利进行。

宁厂长还是坚持等设备运转良好后再付款，其他成员也帮腔说话，总是围绕着"设备有问题"绕圈子。

由宁厂长担当谈判的先锋军，这是苏向北和顾总私下密议的。

一个多小时过去了，中方紧紧咬住"设备有问题"这个环节，让M方推行不下去，顶着错误的帽子，终于把他们搞得心急火燎。毕竟鸟儿越老，越不让人拔毛，这帮M国人，可不是吃素的。

莱昂那多用投影仪投出一幅幅设备的照片，品牌、日期、批号，完完全全一致，任谁一只眼睛都能看出，这是套完整的设备。

"请大家仔细看看，为什么总说我们的设备有问题，我们的设备是整体系列，是配套产品，根本就没有夹杂任何二手产品，我可以以性命担保。"

"二手产品"这几个字，让顾总和苏向北对视了一眼。

在场的所有人听到莱昂那多置对手于死地的论断时，就像突然缠上了高压线，缠是死，不缠又甩不掉。

宁厂长无言以对，败下阵来。所有人的目光都看向苏向北。

"莱昂那多先生，这确实是一套系统设备，我们有谁说过你们的产品是'二手设备'吗？"

苏向北慢慢站起来，还挽了挽袖子，要和谁掐架似的。在这群老家伙中，苏向北嫩得就像幼儿园的小班长。"前天，我在这办公室曾公开证明，你们的设备有五分之一是二手货，现在，看到你们展示的资料，我知道我错了。"

苏向北竟然承认自己错了？这让以顾总为首的白鹭铝业代表们丈二和尚摸不着头脑，不知苏向北在搞什么鬼。

"你也承认了吧，我们的设备是全新的。所以你们必须付款。你说的五分之一更是瞎扯。"

"你们的设备有五分之一是二手货——这是我胡编的。"

整个会场炸了锅，连顾总都吃了一惊。

莱昂那多两条眉毛往上一挑，双眼像看到价值连城的宝石，炯炯放光，两只大手伸到谈判桌上，仿佛端着冲锋枪——当对方像受惊的狼逃出山谷，是围剿的最佳时机。

每一位谈判男人后面，都会假想着胜利，莱昂那多已做好犒劳自己的最佳方案了。

宁厂长好像坐在烧红的炉子上，那副痛苦样子简直无法形容，终于忍不住起身离开了会场，把失败的气息硬生生关在会议室里。

宁厂长把自己淹没在气愤又绝望的背景里，仿佛孤身一人落入敌人的战场，脸上浮现出缴械投降的末世色彩，双手叉腰，大喘粗气。有好奇的同事悄悄询问谈得怎么样，宁厂长怒目圆睁，吓得那同事伸伸舌头，踮着脚离开了。

"听说你在美国留学，果然识货，更明辨是非。我们的设备的确没有一件是二手的，全套都是新的。"莱昂那多诚恳地看着苏向北，内心里却嘲笑这个小娃娃也不过是纸老虎，"你们没理由不付款！"

M国人夸赞人的习性就像英国人，随时随地可以脱口而出，而在谈判桌上，夸张的赞美只是为了掩盖可怜的真相。

"莱昂那多先生，我说你们五分之一是二手货，那是我瞎扯的，但我没说设备是全新的。这是两个概念。你们M国有句俗话：'钟不响是因为没有钟舌。'你把设备卖给我们公司，只卖了一堆废铁，却没带来设备的灵魂，您说我们该付款吗？"

"什么？"莱昂那多隐约意识到苏向北在玩弄他，眉毛蹙在一起，像解不了题的小学生。莱昂那多身材高大粗壮，只要瞧他一眼，便能掂量出拳头的分量。此时他被疑惑填满，仿佛充足了气的氢气球。

"听说过美国的蒂郊雷氧化铝厂吗？"

苏向北注视着莱昂那多的脸色，发现他的表情慢慢紧张起来，再没有了刚才的跋扈和骄傲，而那疑惑的神态，也渐渐变成了笃定的防守。

苏向北卖弄似的举了举手里的资料，并向莱昂那多展示了文件的封面，良久，苏向北一言不发，莱昂那多也一言不发。

会场窒息般安静下来，好像炸弹爆炸前的寂静。

几乎所有人，看看苏向北，又看看莱昂那多，目光在他们俩人间转来转去，谁也不明白苏向北为何紧盯着莱昂那多，而莱昂那多语塞似的，一个字也说不出了。

宁厂长推门进来，不明白发生了什么，只见苏向北和莱昂那多隔桌站着，像一对哑巴。但看脸色，莱昂那多喜庆的脸已变了，像收成不好的梯田。

莱昂那多默默注视苏向北身后的窗子，两眼一直盯着某个不确定的地方，仿佛在看一只越飞越远的鸟。他突然拿起本子扇起风来，面带笑容，仿佛这样能把刚才噩梦般的经历从脑海里扇掉。

莱昂那多是个小心谨慎的人，每一笔业务都做到近乎完美的风险防控。这次与白鹭铝业的合作也几近完美收官。年近六十岁的他，第一次尝到了失败的滋味。商场本来就是不知感恩的场所，失败一次，就会让毕生的心血付诸流水。

生硬的沉默如同大雪降落。苏向北的表情硬如冰壳，飘散着冰凉的味道。莱昂那多的脸扭曲起来，仿佛很痛苦，他本想在这间屋子里掌控局面的，而这样看来，希望落空了。

不管十字架有多重，莱昂那多都要扛起来，于是他匆忙和同事嘀咕了几句，以身体不适为借口，做出中止谈判的决定，希望改天再继续。

苏向北识破了拖延的伎俩。"请莱昂那多先生让我把话说完，你们卖给白鹭铝业的设备整套是二手的，百分之百，而不是五分之一。你们曾将此套设备卖给美国的蒂郊雷氧化铝厂，可因质量问题，被退货了，你们就转手卖给了中国。莱昂那多先生，你投影仪上的设备，正是我手里的蒂郊雷氧化铝厂设备的照片，品牌、日期、批号，完全一致——这些都是您提供的证据。我们是退货呢，还是你们赔付损失？"

莱昂那多暗自嗟叹，和同事碰了一下眼神，要计算出那眼神的碰撞所引发的内涵是多么深邃，简直是不可能的。会议室的空气仿佛被抽光了，没有一点声音，连喘气和心跳的声音都听不到，似乎连意识也不存在了。

莱昂那多到底见过世面，虽然被当场揭了老底，可还是仪态大方地表示会回国调查此事，肯定前期供货出了问题，如果确实如此，一定按商业惯例办事。他的声音本来就是男中音，再加上这会儿肚子里有气，声音更显得低沉喑哑。那一连串道歉的英语，在大家听来，更像肚子里的咕噜声，谦虚倒是谦虚，只是过于不可靠了。

苏向北还是请莱昂那多少安毋躁，在会议纪要上签了字再离开。毕竟纪要和录像都是这次会议的结果，而一项满意的协议，比赢得一千次诉讼更可贵。

莱昂那多一行五人，缥缈地走出会议室。失败的事实仿佛把莱昂那多从世界上抹去，他恨不得消失在自己的记忆里。两个小时前，莱昂那多还觉得"生活，除了微笑，没有别的目标……"，他还认为"谈判无论赢输，都要愉快，毕竟万物都和爱有关"。

之前莱昂那多一直计算着胜利的指数，功绩像金子在内心里幸福着他，使他辗转反侧，夜不成眠，使他成为项目完美收官之人。而转瞬之间，梦里的排水沟在汹涌咆哮，污沫四溅，淹没了所有美好的设想。

苏向北的使命完成了，将接力棒交给了顾总。苏向北像完成作业的小学生，坐在桌子的对面，咧嘴笑着，或者在纸上胡乱地画着。

高诗诗先是吓得不轻，随后又被苏向北惊掉了眼睛。苏向北简直像冲锋枪，肆无忌惮地践踏了敌方的阵地。又过瘾又惊诧又感动。每当他开口，高诗诗从头到脚就涌起一股幸福感，仿佛美妙的物质渗进了血液，从皮肉到骨头异常飘荡，像微醺中。

高诗诗默默地随记者离开，根本没办法向苏向北表示祝贺，她觉得自己在苏向北面前，彻底无语了……彻底地，陷进了他的阵地。

苏向北原是单薄的学生，但在短短几个月里，他成功地用战绩洗净了身上的单薄。他内心好像有什么东西给毁了，有点可惜，但谁也不知道是什么。

他有意远离众人，好像众人是危险的病毒，这样下来，其实也许远离的正是他自己。比如，他的爱和对女人的感觉。

送走莱昂那多一行，苏向北再也装不下去了，伏在桌子上，谁都以为他是为胜利而泣，其实不是，至少不全是。

顾总激动地拥抱了苏向北，随后宁厂长等人，要么拥抱要么替他擦掉满脸的泪水，连倒水的秘书都不放过这一环节。

这是一场赌博，事先苏向北根本不知道莱昂那多展示的这套设备就是被蒂郊雷氧化铝厂退掉的设备。跟随普朗森教授调研时，他曾到过蒂郊雷氧化铝厂，知道了退还设备的事，循着记忆的脉络，昨天让莫瑞帮忙搞到了蒂郊雷氧化铝厂的资料，但这套资料根本没提及设备问题。

苏向北仅仅根据设备上有蒂郊雷氧化铝厂的字母缩写——TJL，就猜测这套设备曾到蒂郊雷氧化铝厂旅行过。如果没有那淡淡的粉笔字，苏向北根本不敢打这场战役。

苏向北冒险给莱昂那多挖了个"五分之一设备是二手货"的陷阱，幸运的是，他中招了。

也就是说，从布下陷阱的那一刻，苏向北就焦灼着、担忧着，比任何人更害怕失败，比任何人更心惊胆战，比任何人更命悬一线。

哭够了，苏向北依然如在梦里。会议室就他一人，他要静一静，细细回味每一个细节。今后维权的路还很长，很艰难，但那不是他该担心的了。

钱处长向他表示祝贺时，狠狠地握了他的手。他疼得几乎叫出来，那一刻真担心手指骨折。

到了晚上，单身狗们向苏向北表示祝贺。他很高兴，因为这绚丽的日子并不太多。他坐在电脑前，深深的满足感油然而生。以后或许会有无数次这样满足的时刻，但意义又是什么呢？爸爸必定也有过这样的绚丽时刻吧。

谁是给莱昂那多透露消息的人？

人啊，你意欲何为？

谈判取得了阶段性胜利，苏向北再次成为功臣，成为公司的焦点人物。宣传部部长沈乐派记者采访苏向北，写一篇人物专访，以激发年轻人拼搏的斗志。

"告诉你们沈部长，我没有斗志，只会智斗。"

沈部长派了三位记者，都被苏向北赶回去了。高诗诗主动请战，她觉得苏向北不应该把关系搞得跟穿错了鞋一样不舒服。

"你想写我什么？我有二百零六块骨头、六百三十九块肌肉，还有一脑子坏水和一肚子不合时宜。你回去问问沈部长，他喜欢我哪部分，我割下来给他便是。"

高诗诗既然主动担当写专访，自然不会轻易被赶走。"谈判结束后，你为什么哭？"

"不知道吗？哭的好处很多，哭可以博得人的同情，赢得更多利好；哭可以被领导垂青，也能让女人垂怜。你不会也垂怜我吧，如果真是，那可就多心了。哭还可以让自己瞬间回复到儿时的感觉，用泪水释放压抑的心情，就像国王用军队去打一窝老鼠那样爽快。"

"你还没说为什么哭？"高诗诗静静看着苏向北，她觉得无论如何，这个男人都逃不出自己的手心。

"因为，我的女友终于同意我的求婚了，你看，就是她给我搞到的蒂郊雷氧化铝厂资料。"苏向北急忙拿出手机，调出他和莫瑞的聊天记录。苏向北以为单让高诗诗看到手机屏保的美女，就会泄掉她所有的心气。

高诗诗伤心得差点栽倒在地上，但片刻之后，她意识到这是陷阱，就像给莱昂那多挖的陷阱。高诗诗顿时又恢复了所有勇气，毕竟一颗狂热的心，不会因为苏向北几句没正经的话而吓倒。她即刻树立了坚定的目标：只靠冷水和坏脾气，赢不了爱情，只要他还没结婚，我就有希望！

高诗诗端起苏向北的水杯，咚咚喝干了，仿佛极度口渴。这莫名其妙的动作连她自己都有些蒙。终于，她发现跟一个男生如此亲密真是太奇怪了，还是跟一个淡漠自己的男生。在她的经历中，这是一种前所未有的新型感情，他们的互动带着一种不同的调性，无论如何都是男女之间才有的电流。

高诗诗刚想问谈判的事，苏向北突然站起来，惊喜地奔了出去。原来门口站着的是苏向北的叔叔。

苏向北急忙拉着叔叔，离开了，完全忘记了高诗诗。高诗诗在走廊里看着他们进了电梯，内心相当不爽，不仅因为苏向北的冷漠，还因为苏向北的惊恐，仿佛在掩盖什么秘密。

高诗诗讨厌那位叔叔剥夺了属于她的时光，无法忍受被帅哥冷落，不得不收起笔记本，像落败的士兵慢慢往回走。

叔叔是专程来看望侄子的，他告诉苏向北：前几天竟然有人到村里打听"典明的儿子"，叔叔让村民回应是"典晓江，正在上海读研"。

让苏向北奇怪的不是有人去调查，而是叔叔为什么说谎——为什么替自己掩盖真相？

苏向北带叔叔到白鹭酒店吃饭，等菜的当儿，他和叔叔一起欣赏白鹭铝业的照片展，自然看到了那幅矿石突击队的照片。

"他真年轻啊。"叔叔伤感地抚摸着照片上的典明，"可惜了。"

十三

苏向北不知叔叔此来为何，谨慎地侍奉着。叔叔在他心里，是另一个隐形的父亲，是典家的靠山。

他给叔叔斟酒，陪叔叔一起喝。叔叔问苏向北的工作和生活，当然，这些皮毛小事都可以在电话里聊的。

"有人知道你是典明的儿子吗？"

"没人知道。"

"可千万别让人知道。"叔叔慎重地提醒侄子，这过于谨慎的口气，反而让苏向北怀疑其中真有秘密。

在叔叔眼里，侄子天真单纯，不谙世故，根本意识不到这个社会充满了讽刺与矛盾，布满了生活的杂音。

叔叔伤感地喝着，不醉不休似的，两人将一瓶五粮液喝干时，叔叔的话就多了起来。

"我对不起你，对不起你妈妈和你爸爸。"叔叔悔恨的眼泪在眼眶里打转，"我是个农民，没本事，什么事也干不了……"

叔叔反复嘟囔着，心底的秘密一直缠绕在舌根处，或许叔叔此番来，就是为了这秘密。

"二十多年了，我天天痛恨自己。竟然有人来村子调查你……王八蛋……他们是杀人犯，是害人精……"

"谁是杀人犯？叔叔……您在说什么？"

叔叔紧紧握着苏向北的手，示意侄子伸过耳朵，悄悄附在侄子耳边说："你爸爸是被谋杀的！"

叔叔泪流满面，握着拳头，压抑着哭声。苏向北拿着餐巾纸替叔叔擦干眼泪，轻轻说："我知道。"

"你知道？"

"我知道，来这里的头一个月就知道了。"

叔叔激动地握着侄子的手，眼里流动着火光，流动着企盼，还有很多说不清的东西。二十一年来，侄子是他第一个开口谈这事的人。他将秘密闷在心里，也将羞辱和悔恨埋在心里，这给他人生带来最大的刺痛和最大的折磨，成为他皮囊之下不可或缺的另一半。他要么被噩梦吓醒，要么在梦里刺伤自己。

无数个落雪的冬夜，他被一种巨大的悲哀所吞没，觉得自己一无是处，不能为哥哥做任何哪怕有丝毫价值的事情。他变得绝望，他的悲哀是属于哭不出来的那种。

苏向北在白鹭酒店开了标准房，他陪叔叔睡了一宿。

清晨，当苏向北从沉睡中醒来，刚想起身，发现叔叔一动不动地坐在床边，静静地看着他。

"你是不是得罪人了，所以才调查你？"

"或许吧。"

"如果有人发现你是个大麻烦，他们会把你当麻雀蛋捏碎的，你可小心点。"

"叔，我不是麻雀蛋，我是石头蛋。"

"你爸爸还是铁蛋呢，不也死了。你爸爸被评为劳模，我代替你妈妈领奖，在上奖台前，有一位小青年突然贴着我的耳边说'典明是被谋杀的'。我当时就蒙了，木偶似的被带到奖台上，接受证书和掌声。可我能怎么样？我一个农民，要给哥哥报仇，怎么报，找谁报？我可一无所知啊！"叔叔哆嗦了一下，一阵战栗袭过全身，仿佛自身之中的什么东西死了。

"还有谁知道这事？"

"估计你妈妈曾知道，她还没那么疯的时候曾对我说：'你要给他报仇，他是被谋害的。'也许她就是被这消息逼疯的。颁奖结束后，我到处寻找那个小青年，可再也没发现他。他戴着眼镜，一米七的个头，四方脸，很瘦。我想，他应该是个有良心的人。可他们为什么把一场谋杀案弄成轰轰烈烈的奖励大会呢？"

"肯定有他们的目的。"

"对了，孩子，你为什么非要来这里工作？"

"我也不知道，或许就是命吧。"

苏向北发现和叔叔一起沉溺在不幸的回忆中，竟有种异样的亲密感，不再孤单，不再一个人独自垂泪。两人可以沉默、可以叹息、可以伤感、可以想陷多深就陷多深。因为共同的回忆不断把他们逼回到往事之中——亲情更加厚重，关系更加亲密，心意也更加相通了。

叔叔本想带入坟墓的话，却轻易地交付了侄子。哥哥去世后的那些惨淡日子里，他认定自己将永远生活在黑白颠倒的世界里，只能被迫失败，承认失败，尽而把失败当作一日三餐。现在有了侄子，他心里悬了二十一年的石头终于落地了。

叔叔从包里拿出一副绣着牡丹花的鞋垫。"这是你婶婶给你纳的，她眼花了，绣工不如从前了，不过，还是很漂亮，是吗？"

"当然，我婶婶绣得最棒。"

"我带来了你爸爸保存的照片，照片不多，也算有个念想。"

翻着爸爸妈妈的老照片，苏向北仿佛又走进了那个小家庭，体会着父母围绕在身边的温馨。可这都是幻觉，照片不过是提供幻觉的载体。

苏向北发现了一张他四岁时和一个小女孩的合影，两个小朋友傻傻地看着镜头，那呆萌的天真，也别有味道，仿佛那是另一个时空的故事。苏向北可不想再重复走过的路，不想仅仅为了再度成为孩子而从头再来，不想体验那么多的愚蠢和罪孽，那么多的幻灭与悲伤，那么多的谬误与恶心，不想体味家庭的绝望而再度坠入无底深渊。

　　他把自己儿时的所有照片狠心撕掉了，仅留父母的，因为这命，是父母给的。

　　吃过早饭，叔叔要返回，苏向北陪叔叔走到公交车站。叔侄俩聊着，任谁都觉得平淡是福，可他们内心里都被仇恨和悲伤淹没。对他们来说，所谓的平淡，都是因为阳光太美，而风中已有了春的温度。

　　苏向北随普朗森教授到美国的蒂郊雷氧化铝厂调研，正赶上他们新上的生产线试运行。人们斟上红酒，像等待母鸡下蛋，等待着好消息——可好消息像夜店情人似的言而无信。

　　蒂郊雷氧化铝厂退货了，当然伴随着巨额赔款。显然，奥尔马花公司认为用两枚金币摩擦不会生出第三枚金币，但可以通过魔术变出第三枚金币。作为发展中的中国，对技术指标的要求远不像美国那般苛刻，也远不如美国那般难缠。

　　毕竟奥尔马花公司举世闻名，几乎所有铝工业企业均以使用他们的产品为傲。

　　和莱昂那多谈判的前一天，苏向北像热锅上的蚂蚁，他必须拿到蒂郊雷氧化铝厂曾安装过这套设备的资料，不然，空口无凭，不会驳倒莱昂那多。

　　第一次担当重任，苏向北紧张得像出嫁的少女。他加紧备战，不放过任何可能。这世界说大也大，说小也小，高科技发展提供了无限可能，只要有阴谋，就难免不被揭穿，无论距离多远或阴谋多么私密。难怪有人说，这个时代就像手术台上的无影灯，专为解剖或揭露而生。

　　杨柳枝头融雪滴落，像徐缓而落的雨，滴答着伤感的节奏。苏向北望向窗外，二十多年来一直渴望着回来，为了啥？肯定不是为了被嘲笑和漠视。不过，这里已不是他记忆中的故乡，无父无母的地方不能称之为故乡，而只能称之为伤心之地。

伤怀挽救不了明天的谈判，无路可走时，必须学会翻墙而过，可那又是不可能的——首先根本没有同学或朋友在蒂郊雷氧化铝厂工作，其次，时间如此之紧，托关系都来不及。

苏向北大脑里始终围绕着一个人——莫瑞，他自己也不知道是想念她，还是因为实在无人可托而拜托她。

他终于借着为国争得利益的幌子，拨通了莫瑞的电话。

"是我，莫瑞，还记得我给你讲过的蒂郊雷氧化铝厂，我现在急需这个厂的资料。"

"奇了，还以为你绕地球一圈，打这个电话，是想我了呢，原来是想蒂、蒂什么厂？"

苏向北的心疼痛着，他握着电话，咬紧牙关，仿佛怕疼痛逃跑。"当然想你啊，你还好吗，莫瑞？我在打一场国际战争，M国卖给中国一堆废铁，还不认账。"

"枪声一响，爱情无存。从你回国的那一天，我就没义务帮你了。"

"别闹，快帮我搞到蒂郊雷氧化铝厂的资料，你的同学、朋友……终会有办法的。"

十几个小时后，苏向北果然收到了传真，只是根本没有一字涉及M国的设备。苏向北气得想大骂一场，可又不知骂谁。毕竟，蒂郊雷氧化铝厂的机密不是随便什么人都可以搞到手的。

谈判豪赌成功，苏向北第一个想道喜的人，就是莫瑞。可他把电话打给莫瑞时，莫瑞没接，回复"忙着"。

忙着？忙着？忙着？

苏向北有点摸不着头脑，但一向乐观的他，本能地以为她或许在上课，或者在研究室，又或许真的有重要的事。苏向北有个坏习惯，喜欢替别人补全未说完的话，现在，他在心里又给莫瑞的"忙着"作了不错的注解。

金融危机继续发酵，氧化铝和电解铝的价格滑梯似的下降，电解铝和氧化铝均处于微利状态。相对于民企，白鹭铝业的生产成本竟然比维卫集团高出三分之一。

铝工业到了拼成本的时代，显然，国企如果再不降成本，必将败下阵来，或许关门倒闭就是结局。

转变，不是未来的事，而是当下的事。转变观念，向民企学习——白鹭铝业组织中层管理人员向民企取经。这些傲气十足的企业管理者，带着国企干部的骄傲和尊严，极不情愿地被顾总派往维卫集团。毕竟承认自己的缺点像苍蝇爬在后背上，轰又轰不着，忍又忍不了。而这些养尊处优的小领导，根本不懂生活越简单，思想才越有厚度。

维卫集团的老总季天成是泥瓦匠出身。有一次在建筑工地上，遇到一群街痞子围殴一位十五六岁的少年。站在脚手架上的季天成，担心他们把那少年打死，于是大喊"警察来了"。果然，痞子四处乱窜，分散撤离。可几分钟后，痞子们发现根本就是一场骗局，即刻返回工地，把季天成痛揍一顿，断了一条腿。而此时，那少年被季天成藏在翻斗车里。

少年的爸爸是银行行长，他发现泥瓦匠相貌英俊，机智多谋，便决定好好报答他。那时正值由计划经济向市场经济过渡后的繁荣期，民企高歌猛进，国家政策支持，私人创业可谓一路绿灯。当时政府招商引资的欲望极其强烈，恨不得把每一块地都变成出产黄金的宝地。

那时的氧化铝和电解铝价格一路攀升，利润像天上掉金子似的，惹人眼馋。

李行长便帮助季天成以建氧化铝厂为名，动用各种关系，从政府拿到了大片土地，以土地抵押贷款，拿到了几个亿的建厂资金。当然，李行长极其慷慨地把亲妹妹嫁给了季天成。这位泥瓦匠创建了大名鼎鼎的维卫铝业，效益极好。

白鹭铝业组织三十多位分厂或部门一把手到维卫集团参观。苏向北是顾总亲点的。

其实人类对自己的天性是持怀疑态度的，所以才试图从榜样和哲学中寻找信心和力量。在国企当官，被下属侍奉久了，自以为拥有权力便也拥有智慧，有些人便修炼成了愚蠢的、自大的、疯狂的傻蛋——有权力的傻蛋。

上午八点，领导们在白鹭酒店门前集合，乘大巴车前往。

苏向北刚走出公寓，就发现一辆斯柯达停在身边。他绕过车子，继续往前走。斯柯达却跟随着他不断鸣笛。

"苏科长，请上车。"沈乐部长大声招呼着，苏向北犹豫了一下，还是坐到副驾驶上。

"跟我一起去维卫集团吧，我已和大巴车的负责人打过招呼了。"

"那，好吧。"苏向北觉得有些尴尬，毕竟他是第一次和沈部长聊天，虽然开会时曾远远见过。

"你一定很奇怪，我为什么专程来接你吧？"

"我们是亲戚？"苏向北幽默地猜测着，"沈部长是我表叔？"

沈部长看了一眼苏向北，想说什么，却还是闭了嘴。他莫名其妙地闻到了书本、竹子和沉思的味道。

十字路口，高诗诗和高副总一起坐进停在路边的车里，而高诗诗开心的样子像中了大奖。苏向北内心的某条神经扯得有些痛。

"如果有沈部长这样的表叔，那可真是太好了，我读过您写的《英雄是这样铸就的！》，写得很棒，被您这么一写，那些英雄就死得——太值了！"

"你说，是我写得好，还是他们死得好？"

苏向北突然被呛住了，仿佛他的话里有让人血液冰凉的秘密。苏向北提醒自己还是不要太自信，如果人一旦吹嘘一个秘密，可能早已隐瞒了三五个。毕竟，十足的混蛋和完全的圣人，根本不存在。没有任何东西是完全黑的，或完全白的，大部分都是灰——像灵魂，像白天和黑夜的分界线。

沈部长以前是个美男子，现在，他的脸一望而知是个受尽磨砺的人。他开着车，全神贯注、眼圈发黑，苍白的脸上沧桑尽显。忧伤是能致命的，对那些有良心的人来说，罪恶感也能杀人。

"沈部长，我把您派来的记者们都打发回去了，您不会为这事找我算账吧？"

苏向北的话，不知刺到了沈部长的哪个穴位，心事重重的沈部长，虽然想开口，却又无法开口，始终欲言又止。

沈部长虽然早就听说苏向北又智慧又刁钻，连钱处长都在他这里碰了壁。可沈部长还是不知此时的苏向北是真痞，还是故意招惹自己，更不知为何提起《英雄是这样铸就的！》。

沈部长在解读这个年轻人，其实也在解读自己。他突然意识到——这或许是生命中最特殊的一刻，毕竟人要对社会做点善行，才能不让自己垮掉，才能不让内心深处的伤口抽搐。

俩人静静前行，一百多公里的路，有的是沉默的机会。青青的麦苗上浮着片片白雪，大地就像巨大的身躯，瑟缩不堪又温柔多情，充满生命的律动。苏向北摆了个舒服的姿势，开始时是假装睡觉，想看看沈部长这番别有用心到底是为了什么？但装着装着，或许因为车内温度升高，他还真就睡着了。

昨天晚上研究院的小辛过生日，单身狗们自己炒菜，喝到后半夜。此时，正好补觉了。

苏向北幼稚的睡相，在沈部长看来，就是个大男生。

沈部长尽可能平稳地开着车，绕过任何不平的路面，以减轻车子的震荡。他是谁？难道我猜错了吗？

十四

沈部长将车开到维卫铝业办公楼下，才摇醒了苏向北。

维卫铝业的袁部长率人迎接，请沈部长一行到会议室商量参观事项。

苏向北想去见见老同学，沈部长便放行了。

沈部长走进大厅时，回头看了看苏向北，或许担心他会惹出什么事来，毕竟这年轻人有些任性和桀骜，或许还有点不知轻重。

办公楼前的喷水池里有两条鲤鱼的雕塑，那冲天而去的水柱就是从鱼的嘴里喷出的。苏向北很喜欢鱼，也喜欢水，觉得这雕塑比半裸的维纳斯更有美感。

苏向北站在水池边，当然不是为了欣赏，一种莫名其妙的感觉，毫无来由地弥漫全身，不由沉重起来。

几分钟后，博容容走了出来，几年不见，她美得简直换了个人。

其实，苏向北真正惊讶的不是她的模样，而是她身上焕发的自信气质。大学时，博容容暗恋苏向北，让莫瑞帮忙追求苏向北，那时的她除了自卑和谦逊，可真没有一丁点自信。几次恋爱后，博容容才渐渐发现自身的美，并让这美一再放大，终于亮瞎了好几任男友的眼睛，而这位季立功就是她自信的最大成果。

季立功成了公司的副总，任谁都知道，将来肯定接老爸的班。作为季家的媳妇，博容容活得风生水起、潇洒恣意。丈夫宠，公婆爱，幸福得像朵牡丹花。

清晨丈夫告诉她白鹭铝业的代表团来参观时，博容容心里就一激灵，预感到苏向北会来见她。

"苏大才子，大驾光临，我该怎么接待你才好？"

"也不用太复杂，带我参观你的王国就成。"

"你是来嘲笑我的吧，维卫的王国哪敢和苏公子的比？"

"唉，站在这里的可是白鹭铝业的小职员，虚心来拜访老同学，你就别酸了。"

苏向北自降身份，让博容容感觉良好。种花得花，种蒺藜得刺，事隔多年，博容容也不知自己收获的是什么。面对苏向北的微笑，她终于弥补了当年在地亚西餐厅被放鸽子的怨怒，毕竟老虎造成的伤害，也未必有老虎的花纹。

博容容问起莫瑞，问起他们分手的原因。回首过往，她突然原谅了莫瑞抢走男友的怨仇，进而回忆起曾和莫瑞一起进进出出的美好时光。"世事变得真快，谁能想到你我会这样散步？"

厂房像军营般排列着，白墙蓝瓦，在蓝天和白云的映衬下，显得又干净又漂亮。高高的办公大楼的上方，国旗迎风飘扬。苏向北突然想起奶奶家南山上有棵巨大的梨树，盛开的梨花香飘十里。奶奶说那梨树已有几百年了。有一年夏天，梨树遭遇天火，烧成了枯干。奶奶带他向树干的黑洞看去，仿佛那里藏着鬼魂之类的东西，他吓得号啕大哭。这事他从未对任何人提起……此时，他又莫名其妙地想起了那棵梨树，感到淡淡的忧伤，仿佛失去的大学时光，不忍回往。

两人边走边聊，博容容偶尔介绍在建的多品种氧化铝车间，也介绍维卫集团的业务情况。

"我一直想问你，你为什么非得在白鹭铝业浪费时间？"

苏向北其实对自己的环境、对周围庸俗的人感到极度的乏味，仿佛囚禁在一群无聊的人中。但他需要忍耐，成大事者，必先恶心透他。

"为父报仇，我父亲不是工伤死亡，而是被谋杀的。"苏向北体验到了冲口而出的快意——仿佛对自己的决定加上了最后的封印。

博容容眼睛湿润了，一股热流从脚底升起，如果还没结婚的话，她肯定会拥抱苏向北，给他力量和安慰。她双眼含泪，轻轻点了点头，她没再问任何问题，他也没开口说任何话。他们就这么走着，脚步的拖沓中，交融着无声的悲怆和伤感，也交融着信任和感激。

路缓缓下坡，两旁都是树，空空的枝丫在上空相接。远远看到白鹭铝业的大巴车驶了进来，博容容向苏向北索要了莫瑞的电话，搁置的闺蜜又将联系起来了。人就是这样，某一时刻，竟然会毫无缘由地原谅了过往所有的原罪，善待那些曾经伤害自己的人。

苏向北抬头望着高大的梧桐树，叶子干枯，打着卷，摇摇欲坠，使得冬天的风景更加干硬。苏向北总是在快乐之后感到孤独，那么多年过去了，他第一个倾吐秘密的竟然是博容容。此时，他只剩下一种模糊的感觉，类似信任，也有些许的尊重。

两人说笑着向办公楼走去，白鹭铝业的同事们都看到了苏向北和美女的亲密劲。当听说那人是季总的儿媳妇时，更感到苏向北狡猾且神秘，的确是个不能小觑的人物。还有人认为，肯定或否定苏向北无关紧要，因为他无非是一个幸运的小赌徒。

维卫集团设备优良，工艺先进，管理扁平化。虽然氧化铝和电解铝产量远越过白鹭铝业，但管理人员仅占白鹭铝业的五分之一。就拿袁部长来说，他既是办公室主任，又是组织部部长、宣传部部长和人力资源部部长，他一人的职责，相当于白鹭铝业七位处级干部。这种简单高效的组织结构，也是民企的特点之一。

他们参观了氧化铝、电解铝的部分车间，当然有许多地方不让外人进入。苏向北询问工作人员，发现维卫集团没有研究机构，根本不搞科研开发，而这是企业发展的核心中枢。

与维卫铝业对标，白鹭铝业除设备老化、人员多、机构臃肿外，社会责任和社区管理等等职责，也是维卫铝业根本没有的负累。

苏向北一向自由自在。参观团被带向东，大家一股脑地挤到东边的车间。而苏向北却喜欢看一些边边角角的小地方，看工人们干活，听他们闲聊，还和他们开开玩笑。快乐是最好的净化剂，苏向北和陌生人在一起，更能忘记烦恼。

苏向北走进厂房里，几个工人正在清理分解槽，边干边开着女人的玩笑。

有人钻地窖子似的钻进槽体。苏向北凑向前，想看看工人怎样清理槽体的沉积物。突然一股燥热难闻的气息直冲脑门，苏向北不由后退了一步。那位跳下去的人像坠入深渊，突然没了动静，哑巴似的悄无声息，连金属的碰撞声都没有。第二第三第四个工人正要依次跳下去清理……苏向北突然顿悟，猛扑上去，把他们扯回来……忙向槽底大喊，"喂，快，快上来"！

可里面根本没有回声。工人们吓坏了，刚刚下去的人，怎么就没有回声了呢？"小李，答应啊，小李？小李？"

工人们慌了，急忙找来铁钩子、绳索之类的东西……工人们在救人方面像蹩脚的医生，当齐心协力把小李拖了上来，他已不再是活着的小李了，无论怎样胸外心脏按压，都没有半点活的征兆。

因为通入槽内的二氧化碳阀门未关严，槽内积存着很浓的二氧化碳。工人们根本没进行安全检查，又缺乏必要的常识，跳下去就等于跳进死亡之海。

窗外是惯常的风和暖暖的冬阳，一只鸟掠过灰色的天空。这一天既无预感又无征兆，成了小李在劫难逃的死日。

死了一个小李是大事，但挽救了那三位即将进入槽体的年轻人，也是大事。那三人恨不得给苏向北跪下。他们止不住地抹眼泪，一是为小李，二是为自己险些死亡。他们拦着苏向北叫恩人。苏向北不想当恩人，只想当参观的客人。工人们很尊敬他，保安们也对他另眼相看。

苏向北趁集团来人处理尸体时，脱身逃走了。毕竟死亡是他不能理解的事，六岁时不能理解，现在不想理解。

追赶参观团的路上，苏向北看到了一群灰头土脸的矿工挤在一辆皮卡车车斗里，他转过了脸，不去看他们——他们的样子激起了他的悲伤情绪，眼里浸漫着泪水。

维卫集团处理危机事件经验丰富，他们果断处理后事，重金安抚家属，紧急培训员工。

白鹭铝业的参观团在厂区活跃了一天，竟根本没听到半句关于伤亡的消息。

苏向北随同事们喝了几杯啤酒，坐在卡座里昏昏欲睡，这种感觉妙极了。如果愿意，还可以趴在桌子上打个小盹。可他没工夫打盹，离开的时间到了。沈部长再次邀请苏向北坐他的车返回。

刚上车，苏向北就接到了博容容的丈夫季立功的电话。季总一再表达感激之情，并要报答苏向北的英雄之举，还表示如果可能，请苏向北到维卫集团就职。

"就职就免了，至于报答，先替我存着，我肯定有向季总伸手的时候。"

沈部长只知道苏向北和财务处长博容容是同学，却不知道还和她丈夫的交情如此之深，不由对这小伙子另眼相看，也更坚定了他的想法。

"你不姓苏！"

苏向北还沉浸在季立功的电话里，突然被沈部长的判词搞蒙了。

沈部长把车停在应急车道，打开了双闪。

"你姓典！你是为复仇来的！"

沈部长压低的嗓音像在地窖里说话。

苏向北突然呆住了，盯着沈部长，大脑急速旋转，太多信息需要整理和归纳。而沈部长也像做化学实验观察着苏向北的反应，显然，他的话让苏向北错乱了。

他们就这么相互看着，各自掂量着。苏向北清楚，自己在不自主地发抖，这是来自骨髓的震颤。忽然，一个念头闪了出来，他断定，在沈部长的目光里，一定藏着让他兴奋的秘密。

"你是那位在……叔叔耳边说……"

"'典明是被谋杀的。'"

苏向北突然抓住沈部长放在车挡上的手，五官扭曲，嘴唇哆嗦，竟呜呜地哭了起来。沈部长早就听说苏向北爱哭，却没想到泪水来得这般汹涌。这崩溃的样子，如同要把他扔进大火里，一点也没有来时的桀骜相。

"你帮助周大妈，帮助林海洋，我就怀疑你是典明的儿子，直到那天我看到你送典明的弟弟去公交车站，我便断定你是谁，来干什么了。"

"您一定知道谁害死了我爸爸？"

"你来晚了，案件已过了追诉期，放手吧。"

"不，只要我活着，就是他们的追诉期！"

"如果是以前，我会帮你叔叔，可现在物是人非，了无痕迹……别做无谓的牺牲。"

"您费心地把我认了出来，就为劝阻我？"

"是的，你还年轻，别白白搭上性命！"

"为什么当时发生了爆炸，您报告里却没写；为什么当时没下雨，您却说有大暴雨？当时值班的是钱伟伟和刘远方，那刘远方为何辞职，又去了哪里？拍拍您的胸膛告诉我，为什么在报告里说谎？"

"功课做得真足！"沈部长惊讶苏向北特工般的精细，不由深深佩服这年轻人。

"您当初想帮叔叔，那份果敢让我感动。现在，我不会强迫您帮我，只请您别声张我是谁。"

这年轻人心里有点邪性的东西。沈部长意识到自己无论说什么都不会阻止他——如果不帮他，肯定会悔恨一生。

"你从什么时候知道是谋杀的？"

"刚来的第一周，发现事发时的工作日记被撕掉了！"

记忆像未曾显形的底片，埋藏在沈部长的脑海里。每个当事人的鞋子上都会沾着矿山的泥巴，时光或许能洗掉鞋上的泥巴，却洗不掉心里的。无数个迷茫的夏夜，他恍惚中看到满天的繁星像爆破的山石，又遥远又震荡，刺激着疼痛的心灵。

此时，在沈部长的车里，苏向北突然理解了叔叔，虽然并没有发生特别的事，也不知道是什么让他开悟。他觉得自己作为典家的后代，真的长大了，仿佛跟理解其他人一样理解了叔叔的痛和怨怒。

十五

"我只知道那本来是工伤事故，当时已写了惨案的简讯，领导也要对值班人员或相关单位做出惩罚。可一周后全都变了，让我重写，写成英模的事迹报告。不过林杰和典明也确实是英模。人们把一件可疑的事广为宣扬，反复宣传，最后便成了事实，用律师的术语说，这叫做已决事件。

"那是一个准备废弃的矿道，谁也不知道林杰为什么再到矿道里调研。发生矿难后，我第一批赶到凤凰山。刘远方告诉我：'还以为发生了地震，后来才知道矿道爆炸。'当大家都积极救援时，我偶然听到刘远方和钱伟伟的争吵，刘远方质问钱伟伟：'你刚才干吗去了？别说你去厕所了，我到厕所找过，刚刚放在墙角的炸药哪儿去了？为什么有炸药？'

"'你想多了，那炸药是我表哥要的，他取走了。领导说了，那不是爆炸，是塌方。'

"'喷出了那么多的气体，把沙石都炸飞到松树上，你竟然说不是爆炸？'

"后来，我调查过，钱处长根本没有表哥。而那以后，刘远方就辞职了，远远躲开了。"

"那时你爸爸是后备干部，很优秀，像现在的你，或许惹人妒忌……"

"可是我不明白，一起谋杀为何就成了英模壮举了呢？"

"肯定自有道理……如果按事故处理，从上到下的人都会受到处罚，而把他们当成英模表彰，则培养出英模的各单位，自然也会受到表扬。"

"你也官升一级吧。"

"是的，为了封我的嘴。"

"但还是没封住。"

"封不了我的心。二十一年了，我以为这事成了铁案，再也没人记起了，可你来了。你要怎么做，我会尽力帮你。"

"我也不知道怎么做，但我知道，我不能什么也不做。既然我是英模的儿子，那我就不能是孬种。"

　　单身公寓里住着五六十名单身青年，时间久了，苏向北自然和大家相熟起来，常常三五成群地喝酒小聚。苏向北有时参加别人的酒场，但更多的是他做东，谁都知道他出手阔绰，不差钱。年轻人在一起要么议论国事，要么点评公司大政，再或者调侃调侃女孩。总之，胡吃海评，甚是热闹。

电解铝价格持续下降，白鹭铝业在亏损生产，而且越亏越大，企业不堪重负。苏向北大放厥词："早就应该停产，立刻停掉所有生产线。电解铝是电老虎，白鹭铝业的电每度四毛钱，而新疆或甘肃的电解铝厂每度电才五分钱，从电的成本来算，白鹭铝业就比别的铝厂高了七八倍，无论如何也拼不过对手。"

"六十多年的生产线，难道说停就停？"

"不停也可以，那就把白鹭铝业拖垮，一起陪葬！"

"你也太消极了吧？"

"我打个比方，小王，你家的土地种小麦，如果年年赔钱，收入还不够肥料钱，难道你还会继续种吗？肯定会改种大豆或黄瓜了。我们也应该到新疆建电解铝厂。"

很多人反对苏向北的观点，认为他来企业时间太短，根本不懂员工对企业的感情，更不懂队伍稳定的重要意义。也有人觉得苏向北生活条件太优越，根本理解不了工人对工厂的依赖度。

"苏向北，你要知道国家是不会让国企倒闭的！"

"别天真了！上网查查，倒闭的还少吗？"

研究院的几位大学生一向赞同苏向北的观点，因为他们分配到东北的同学，虽是比白鹭铝业更大的国企却也树倒猢狲散了。

闲聊归闲聊，喝酒归喝酒，毕竟，都是酒后杂谈。

苏向北和几位研究员走得很近，或许因为普朗森教授非常关注铝工业的发展，所以也想了解白鹭铝业多品种氧化铝的新动向，还多次到研究室观摩。如果不是参与处理 M 国的设备问题，他也想调到研究院工作。

清晨刚上班，顾总把苏向北叫到办公室，齐刷刷摆出了五封信，都是告苏向北将研究成果偷卖给维卫铝业的。

苏向北发现五封信都是同一内容，立刻意识到有人在陷害他。开始他并没把这事放在心上，他向顾总坦白，一是他绝对没出卖过任何信息，更别说科研成果；二是枪打出头鸟，绝对有人嫉妒他，所以才栽赃诬陷。

虽然坦坦荡荡，可从顾总办公室出来时，还是很忐忑，仿佛偷东西被逮了个正着。苏向北轻飘飘地走着，体会到一种任何东西都无法填满的空虚。他觉得有类似细菌的什么东西在靠近他，以便摧毁他。

以前，他觉得办公室政治很平常、很简单。现在，他突然觉得又复杂、又神秘。流言就在那里，他却不知道何处来，为何生，到底何目的。

我决不因流言改变自己，因为那如同盲人问道于盲人。

顾总提醒苏向北不要将信的内容告诉任何人。可当晚，苏向北就在酒桌上倾吐出来了。

记者王宾的电视短片在省里得了一等奖，朋友们为其祝贺。苏向北曾为短片的创意提了不错的意见，王宾为了报答他，第一个邀请的就是苏向北。得知苏向北到场，高诗诗也光荣地莅临了。苏向北豪气地让超市送来四箱青岛啤酒。年轻人喜欢和苏向北交往的另一个原因是他豪放，从不吝钱财，更没有海归学子的架子，既能和工人们玩成一片，也能和大学生们聊成一团。

酒桌上，朋友拿高诗诗和苏向北开玩笑，任谁都看得出高诗诗在追苏向北。几杯酒下肚，苏向北不知是真醉了还是装醉，当别人说他们俩很般配时，苏向北摇晃着酒杯说："花一样的美人，我可不敢沾，有毒！"

这话仿佛没什么毛病，但仔细品又似乎有毛病。高诗诗曾有过一段不光彩的恋情，她以为苏向北是指她拆散了男教师的家庭又离开了男教师的事，啪地把酒杯蹾在桌子上，碎了。

酒桌上的人全愣住了。

苏向北知道高诗诗在怒斥他，显出张皇困惑的模样，抓起空空的酒杯，仰头灌了下去，仿佛将杯中的空气也喝进了肚里。

满腔怒气的高诗诗竟然也端起酒杯，仰头也灌了进去，只是她灌的是酒，而不是空气。

"你凤眼含情，蛾眉带秀，光艳四射，让我喘不过气来……"虽说苏向北的赞美很套路，听起来却很艺术，也似乎坦白了自己呼吸系统不太好，与高诗诗的美有层次上的差距。

高诗诗豁然爱上了这张英俊的脸庞和深邃的眼睛，或许酒精也起了某些作用。她竟然从苏向北的醉话里体验到了肉欲的快感，或者快感的征兆，如果可能，她很想把他扑到床上，瞬间脱光他的衣服……本来嘛，一阵微风就能把两朵花儿吹到一起——她坚信自己和他是雌雄两株相悦的花儿。

"今天是我的倒霉日，有人告我出卖了研究院的科研成果，咱们这里刚刚研究出的多品种氧化铝，维卫铝业的生产线就开始生产了。牛吧，太牛了，这种高效，国企没有，咱竞争不过民企了。"苏向北指着自己的胸口说，"有人以为是我出卖的，我像吗？我有那么卑鄙吗？说我把成果卖给了维卫铝业的少妇。栽赃！完全是欲加之罪……反正我不讨人喜欢，奢侈、挥霍、不懂节约……你……你们谁在黑我……"

谁呢，谁出卖了他？几分钟之内，无数的假设在酒桌上你推我搡，一千零一个念头在朋友的大脑海里转动，但是转来转去总是回到同一个问题：他出卖过吗？

"人分为三等：第一等是物质的人，追求的是锦衣玉食，荣华富贵；第二等是精神的人，追求的是学术文艺，成名成家；第三等是灵魂的人，追求的是人生的目的和宇宙的根本。我承认我是物质的人，或许我们都是物质的人，但不至于没有良心、没有品质。出卖、诬陷不该是我类！"苏向北拍打着自己的胸脯说道，"我是清白的，以天为誓！"

苏向北醉眼蒙眬地缠着所有人，在这醉意的如临深井的探寻中，有种让人无法坦率的东西。他皱着眉头，用拳头揉着前额，好像处于发疯状态，不是那种来得快消得也快的孩子气——是另一种发疯，只是不知如何发疯，不知道谁在欺骗他……他有上当受骗的感觉。

他试着勘破弥漫在朋友目光里的忐忑、做作和怀疑，但最后，连他自己都看起热闹来了。

流言蜚语就像喷薄而出的浓烟，瞬间扫荡了这一桌的酒气。在这股烟火中，苏向北的辩解顶多是一道下酒菜，比起人们病态的好奇和猜测，苏向北酒后的主动剖析和坦荡张扬却更有魅力，也更正义。

只是人们很难相信正义，有些人更愿看到走大运的朋友倒霉、跌倒，头破血流。

苏向北后悔坦白了一切，因为他感觉，再也没有比与一群对你有成见的朋友干杯，更可怕的事了。这就好比误闯了海盗船，被追逼得走投无路，只能转身跳海。

苏向北醉意深沉，那不带一丝邪气的目光微微一笑，就算是个傻瓜，高诗诗也讨厌不起来。高诗诗正沦陷在狂热的单恋中，能有机会照顾酒醉的苏向北，也觉得自己运气不错。

高诗诗决然地变成了他的女主人，甚至想永久地庇护他。

这酒比刚才苦涩了不少，舌头和心是连在一起的。无论谁敬苏向北，高诗诗要么拦下，要么替他喝了，那份英勇就是爱情的铠甲。

苏向北的确醉了，趴在桌子上睡着了。散场时，大家七手八脚地把他架回房间。朋友第一次进他的房间，果然豪华，单位配置的家具全换成了实木衣柜，连鞋橱都精致得像艺术品。统一安装的电视机，也换成了半面墙似的大屏幕。

电脑屏幕上，网页正好打开在支付宝的收支页面，搭眼一瞧就会发现一连串的入账记录——二十万。

王宾以为看花了眼，定睛再瞧时，还是二十万。小伙子们也凑上来，乖乖，高诗诗惊得心跳加速，慌乱地用身体挡住了屏幕。

后半夜，苏向北从宿醉中醒来。周围死一般的寂静，远处传来火车的笛声，遥远而空旷，仿佛城市也醉了，除了夜行的火车，再没有其他声息。铝城的夜显得更加深沉、更加浓重，也更加广袤。整个世界似乎只有苏向北沉沦在黑暗的谷底。

怎么回宿舍的，他记不得了。显然，有人帮他开的门，因为钥匙就放在电脑的键盘上，而支付宝转账二十万的页面肯定也被人看到了。

看到就看到吧，如果转来一千万，难道还说我是劫匪不成？

苏向北打开窗子，从山间和河流上吹来的风，带着寒冽的溪水和山石的气息，瞬间扫荡了身上的酒气和室内的浊气，心情由内而外焕然一新。

苏向北偷卖科研成果的消息迅速扩散，像五月的风，吹遍了二十里铝城。听者面带愠色，转角又扩大了事实："不仅出卖了一项，还有更多的科研成果正在被他出卖……"

这消息比疯狂下跌的氧化铝价格还有破坏性。毕竟在没有白鹭的白鹭铝业，无论是普通老百姓还是各级领导，无论是临时工还是正式工，每人的外表之下都藏着深不可测的心机。

与 M 国的谈判进入焦灼期，白鹭铝业给出了两个方案：一是全额退款，二是重新安装新的生产线。

双方都心仪第二条，毕竟白鹭铝业急需这两条生产线提振士气，挽救效益下滑的困境。M 国也想为白鹭铝业安装最新的生产线，以打开中国市场。毕竟中国是铝工业的大国，市场需求巨大，可以说放弃中国，等于放弃未来。

商场就是战场，你弱别人就强。中国海外竞争经验不足，在责权利方面的谈判智商缺钙。M 国总想从白鹭铝业获得更多利好，总是提高新设备的价格。双方陷入新一轮的焦灼中。

奇怪的是，中方每次谈判的底线，总能被对方摸得很透，始终处于不利之地，被对方逼迫着退让利益。

降薪、亏损、停产，公司人心浮动，再加上谈判不利，白鹭铝业领导班子甚是焦灼。对贪污、偷窃和出卖公司利益的行为，更难以容忍。

告苏向北的信雪片似的飞向每位领导的办公桌。告他三大罪状，一是出卖科研信息，牟取私利；二是妖言惑众，散布电解铝生产关停的理念，迷乱人心；三是狂妄跋扈，恃强凌弱，不把领导放在眼里。

顾总对苏向北的信任，也被四处吹来的一股股罡风刮得无影无踪。正义就像这个时代深渊上盘旋的风，随时会把人吹落深渊，不管好人或坏人。

苏向北对告他"妖言惑众"和"狂妄跋扈"不感兴趣，心灵深处的某种情绪、对现实的某种认知，经常借助"妖言"表达出来。他不想否认这两点，因为从某种意义上说，他也是受苦受难的员工，只是比别人早清醒了一个时辰而已。

书上说，布施是除去贪欲，忍辱是止住嗔怒，智慧是远离愚痴，这三者都是进入涅槃之门的路径。苏向北不是佛家弟子，做不到布施、忍辱和智慧，更做不到别人打他的左脸，他再把右脸递过去。苏向北气愤、没落，几乎想报复谁，可又不知是谁，只能以头撞墙。

纪检监察部门开始核查举报信的内容，当他们郑重地找苏向北了解情况时，苏向北火冒三丈。他觉得组织把他视为敌人了，他也不可能视他们为知己。

如果说"妖言惑众""恃强凌弱"之类的，可以通过思想教育，帮其改正，那二十万维卫集团的入账，监察人员非让他解释清楚不可。可苏向北执拗逆反，言辞卡在了喉咙里，拒不说明隐私，故意以坚定的坚守，抗拒世人的愚蠢。

有些人从血泪和阴影中摄取养分，只能收获伤感。对发生在苏向北身上的事，办公室每个人的意见要么取决于自己职场中的地位，要么取决于最私密的动机。总之，冤枉也罢，活该也罢，看热闹也罢，人们对别人的悲剧发表评论，而事实上，只和自己的利益相关。

同事们视苏向北为病毒，躲得远远的，仿佛之前的那些酒肉全喂了猫。苏向北很想买几面大鼓，请人能敲多响就敲多响，为自己白鹭之行歌功颂德。

苏向北递了一份辞职报告，没和任何人告别，走了。

执炬的手会被烧伤，苏向北不是圣人，他决然舍弃了火炬，舍弃最初所有的心愿。

高诗诗通过她爸爸高副总得知消息，立刻赶到单身公寓，正碰上苏向北离开。

"我知道你是冤枉的，你为什么不解释？"

"没人相信真相，人们更愿相信有故事的谎言。我向你道歉，并不知道高总是你爸爸，我收回那晚酒桌上的话。对不起了！"

"我不想让你走。"高诗诗含泪表白，苏向北心里一震，柔软得差点回过身拥抱她。但他还是忍住了。

"谢谢你，这地方我一分钟也不能待了！"

苏向北铁青着脸，就像暴风雨之前的老天一样不讲情分。寒风里，他垂首而行，夕阳沉落在天际，他优雅的身影，好像笼罩在满天的霞光里，他也成了霞光的一部分。

苏向北搭上出租车，头也不回地绝尘而去。高诗诗觉得有一样东西他们无法从苏向北身上拿走：那就是他骄傲的血统，还有两样东西也拿不走，就是他的气质和风度。

沈部长、林海洋等人得知消息时，苏向北早坐上了飞回北京的飞机。

也是在当天，顾总接到上级电话，要调苏向北到比干集团总部工作，顾总急忙寻找苏向北，才知他将辞职报告放在外贸部部长的办公桌上，走人了。

错愕之际，顾总又收到了 M 国进行下一轮谈判的邀约。

人啊，你意欲何为？

十六

苏向北走进安琪疗养中心的花园，王护士正陪妈妈坐在木椅上，天气阴凉，王护士劝妈妈回房休息。妈妈便搭着王护士的手往回走，转眼看到了苏向北。

苏向北从王护士手里接过妈妈的胳膊。

王护士是专门侍候妈妈的，对妈妈极其尽心，衣服及时更换，脸面也总洗得很干净，食宿相伴。当然，价格也不菲。

苏向北为妈妈披上毛衣外套，妈妈笑了，或许记忆里残存着儿子的影子。这么多年了，疗养院就是妈妈的世界，王护士就是妈妈唯一的亲人。

苏向北守在身边时，她总是沉默不语，要么专注地盯着喷水管上垂挂着的水珠，要么无神地看着他的侧脸。或许，那年丈夫走时，就是这般年轻的模样。但无论怎么看，苏向北都更像妈妈。

这是妈妈的世界，在妈妈无声的世界里，苏向北永远是个六岁小孩。

每年暑假，苏向北都在这里度过。在太阳的照射下，花木就像是镶了一层金边，虫子在振翅飞舞，风轻轻拂过晒得滚烫的岩石。有时，小路会突然转入大树遮顶的林荫长廊，光线变得悠远，妈妈也会轻轻地舒口气。苏向北在石头上做作业，在浅水湾里游泳，或采些野花逗妈妈笑。可妈妈看着他，有时和看花猫的眼神一样。

升了初中，读了高中，苏向北在入睡前总这样想，如果有一天妈妈突然清醒过来会怎么样？当自己朝气勃勃地去上班，去做非常重要的工作……妈妈突然明白了这一切，又会怎样？

这梦一做做了多年。

苏向北搀扶着妈妈在花园里散步，尽管她是个痴傻的妈妈，可每每和她在一起，就会感到无比温暖，无比心安。这或许正是血缘的馈赠。

在妈妈漫长的病史中，有时候她会叫儿子名字的最后一个字："河……河……"每当她这样叫时，总是拖着悠悠的颤音，好像京剧里的长腔，又像对孩子的命运深感忧虑。苏向北沉浸在妈妈甜蜜的咿呀里，欣喜的眼里饱含泪水。

"典晓河，叫典晓河啊！"他急忙提示妈妈，可妈妈随即陷入冷酷无情的困惑，或者又紧锁着眉头望向前方。

尽管妈妈从没记起他的全名，苏向北仍被一股喜悦所笼罩，因为他知道，妈妈大脑里所发生的一切，不过是一场倒错的梦，妈妈似乎永远生活在梦里。而之前很多很多次，他为唤醒妈妈所做的一切，再次证明了自己的愚蠢。

"妈妈，您还记得白鹭铝业吗？还记得爸爸吗？他不是工伤，他死于谋杀！谋——杀！"苏向北观察着妈妈的表情，发现她的睫毛连眨了两下，之后又静静地瞪着前方。"您听说过这消息吗？谋——杀！"

妈妈突然紧张地瞪着他，仿佛苏向北的脸上写着吓人的字眼。她惊恐地大喊："王姐……王……姐……"

王护士听到声音急火火跑了出来，妈妈甩开苏向北，猛地扑到王姐的怀里，把脸埋进她的衣服里，像个求助的小女孩。

苏向北仿佛当胸挨了重重一击，感到一阵可怕的痛楚，觉得体内有什么东西断裂了。他终于明白，导致妈妈崩溃的不是爸爸的死，而是对死无所作为的自责。

这个新发现让苏向北抱着树痛哭流涕，悲愤不已。与其说心疼妈妈，不如说心疼二十一年前那个无助的女人。

苏向北悲伤地站在那里，陷入沉思。突然，他心跳加速、头晕目眩，忙靠在杜仲树上。大脑一道灵光闪过，他仿佛瞥见了人们在抢救塌方的矿道，瞥见了一场葬礼，瞥见了穿着工作服的工人们无目的地流过时间的长河……

王护士把吓坏的妈妈送回房间。苏向北想进去照顾，王护士制止了他，根据职业分析，他短时间内不易再出现在妈妈面前。

苏向北咨询了妈妈的主治医师，孙医生告诉他，这么多年来，他们一直寻找能让他妈妈惊觉的元素，可她一直固守着领地，捍卫着她的病态。或许"谋杀"真的是打破她心牢的钥匙。

孙医生的话给了苏向北希望，尽管需要徐缓图之。

二十一年都等了，苏向北等得起。

辞职了的苏向北去了美国，阿拉巴马大学的阶梯教室里，普朗森教授的公开课坐满了人。这熟悉的环境，熟悉的气息，熟悉的群体，让苏向北内心泛着波澜。一切相似，而又不同，他永远不再是那个单纯的留学生了。

苏向北下飞机就来找普朗森教授，好在开课前挤进了教室，竟然还有许多认识的同学。毕竟一年时间说短也很短，而说长可也真长。

环顾左右，苏向北突然发现，才短短的一年，自己竟然少了些锐气，多了些暮气，少了些粗粝的激情，多了些学人式的隔岸观火。身陷红尘，默默吃瓜。

或许苏向北身上带着一股旅途风尘的味道，女生看了看他，故意躲开了两个座位。以前，他总和莫瑞一起听课，对莫瑞之外的女生，从不搭眼。而今，他突然发现，课堂里女生真不少，仿佛全世界的女生都开启了强烈的求知欲，挤破头地往教室里钻。

爱情比听课更美妙，以前，他和莫瑞路过教堂，总会惊奇地看到穿黑衣服的忏悔者。那时，他也曾希望自己坐在阴影里，倾听善男信女隔着陈旧的栅栏诉说人生的崎岖。他猜想，或许每位牧师都有创作长篇小说的先决条件。

普朗森教授的课以分析为主，概括当今世界经济的特点，分析战争、金融危机、移民和自然灾难对经济的影响。他的课有趣，像听故事，又像读世界史，每次公开课，都是学生们的盛宴。

下课后，许多同学和苏向北打招呼。讲台上，普朗森教授被同学们围着请教问题。当普朗森教授随同学们离开教室时，苏向北站在了他面前。

"失败而归了吧？"普朗森教授兴奋地评判弟子，很想听听苏向北带来的故事。

"被拦路石绊了一脚！"

回办公室的路上，普朗森教授便把中国铝工业的情况了解了个大概。金融危机是严酷的杀手，市场又铁面无私，把效益不好的企业淘汰掉，这或许也是市场存在的方式——中国企业的很多现象，都被普朗森教授猜中了。

他们除了谈中国经济，还谈了杭州的西湖、山东的孔府、北京的长城和上海的浦东。普朗森教授哀叹自己被孤苦伶仃地放逐到讲台上，恨不得即刻云游世界，到亚洲，到澳洲，到非洲，还到中国的西部，到"西出阳关无故人"的地方。

得知 M 国的那套生产设备又到中国旅行了一圈，普朗森教授感到又好笑又生气，他宁可听到旅行的是狗或猫，而不是冷冰冰的机器。

普朗森教授喜欢听故事，越是幽默的故事越有调侃的价值。M 国的那套生产设备好像是个玩笑，适合在雪天讲给那些天真的学生听。但行骗和被骗都不是结局，故事还在进行中。

普朗森教授磊落、幽默而正义，与其向他隐瞒一些事实，还不如自暴缺点以赢得他的帮助。苏向北直言此次来美国是想请普朗森教授帮忙，联系欧克平宏公司，让中国的老总们参观，并"试图"购买氧化铝设备。

普朗森教授立刻看穿了自己学生的小把戏，静静盯着他，仿佛苏向北脸上有藏宝图，良久才开口："我为什么帮你让中国老板们'试图'购买？"

"因为您是经济界的'佐罗'。"

"你知道 Zorro（佐罗）在西班牙语是什么意思吗？"

"在我们中国人心里，它永远是兽中之王——老虎（西班牙语意思为狐狸）。"

"那你怎么才来？"

"迟做总比不做强。"

这位美国教授担心将来有一天 M 国的设备会成为学生的负担。虽然这位美国教授并不懂中文，发展与中国留学生的友谊却十分在行。正因为这友谊，理所当然地扩大了来自中国留学生的群体。

普朗森教授认为任何一座有百年历史的城市都喝过自己的洗脚水，不过不是所有城市都敢于承认屈辱的历史。发达国家认为"发达"就是奴役别国的资本，但这是一个错误的推理，就像并非诚实经营就是市场经济，并非机会均等就是平均主义。耶稣曾告诉一个富有的青年长官，要把一切都卖掉，分给穷人。耶稣的教义似乎被淡忘了，而一些西方国家却认为中国是一枚多汁的蜜桃，贪吃几口并不过分——M国设备的荒唐事件，发生在中国也就不足为奇了。

M国突然加紧了关于新设备的商谈节奏，顾总不得不找理由延迟。之前白鹭铝业曾多次确定商谈日期，M方也总是以各种借口逃避。而今翻译兼谈判代表苏向北辞职了，白鹭铝业急需扩充新成员。

顾总要和宁厂长等一行四人到美国考察氧化铝设备，白鹭铝业工作暂由高副总代理。公司总经理办公会上，顾总表达了对奥尔马花公司的不满，露出了另选美国设备的意图。此次和宁厂长去美国出差，将有目地考察几家企业，如果质量和价格合适，未必不能放弃M国的购买计划。

顾总一行刚到美国，没来得及倒时差，便赶到欧克平宏公司，老总亲自接待，参观、座谈，甚是热情。宁厂长和其他两位随行人员，通过微信将考察、洽谈的信息迅速传回国内，顾总也将会谈的情况通报给了高副总。

临时坐镇的高副总一向对三件事沾沾自喜：他是班子里学历最低的人，却被称为最智慧的领导；他虽时常自轻自贱，却逐步靠近了权力中心，大有接班一把手的可能；他阳痿，但和妻子一次性爱就有了可爱的女儿。

高副总教育女儿也颇费心思。曹操太横太张扬，诸葛亮聪明外露，他教导女儿应该学司马懿，低调务实，暗怀天下。但这套理论似乎不适合女孩，也不适合爱情。高诗诗为爱情发着高烧，还无药可治。

比干集团的老总陪国资委领导到白鹭公司调研，提前五天就通知了白鹭铝业。如此重要的活动，顾总依然没回国，可见和美国的谈判势在必得。

宁厂长将大量设备的照片，以及参观的影像和洽谈情况，及时传入国内，一传十，十传百，任谁都觉得白鹭铝业已决定购买美国设备了。

出国十多天了，顾总一行还没有返程的意图，看样子拿不到合同就不回国了。

M国的奥尔马花公司绝不会等闲视之，通过白鹭铝业的内线，及时知晓了所有信息。开始他们以为顾总是公款旅行，后来发现，他们天天奔波在工厂，与人会谈，周六周日也忙得像陀螺。

　　商场竞争就是在对比中较量，没有对错，只有输赢。

　　顾总终于接到了奥尔马花公司老总要赴美商谈的通知。顾总不想在第三方国家商谈，再三推托。可奥尔马花公司的老总根本不敢拖延，因为，再拖延一日，卖方可能就是美国了。奥尔马花公司的老总就像第一次吃糖，再也忘不掉中国铝的甘甜了。

　　顾总确实看好了美国的设备，无论从产量还是从质量，更适合白鹭铝业未来的发展。普朗森教授也积极斡旋，很想促成中国与美国的合作。不但因为自己有一群得力的中国学生，他更看好中国的发展，认为二十一世纪的经济，无论如何都绕不开中国。

　　顾总唯一的顾虑就是报价，深处危机中的白鹭铝业，已无力支付高出奥尔马花公司报价三分之一的价格，这也是苏向北对顾总之行的最大顾虑，也是"试图"购买的原因。

　　如果美国降价，那么一切可以成交。顾总已多次强调了中方的意图，那声音听起来有卡里没钱的痛苦和烦乱，有穷人的羞涩和卑微，也有以小搏大的野心。每次中间休息，顾总跑到洗手间，泼自己一脸的水。看着镜中的水珠往下淌，像哭泣，又像淋了透雨，昏暗的光线下，那感觉还不赖。

　　城市的雾气越来越浓，宽阔的河岸已不复见了，缓缓退散的钟声，提醒顾总这是异国他乡。他像脚踏两只船的风流恋人，全身心周旋于美方和M方，无暇顾及窗外的风景。当然，不得不说，在让敌人迷惑、让敌人猜不透、看不清方面，苏向北竟然是布局的老手。他既懂得西方人的思维习惯，也懂得他们的行为方式，更有利的是他有很多的信息来源，老师、同学、老师的学生、同学的同学，都成了他的"线人"。

　　美方和中方的代表团都在寻求合作的可能，而奥尔马花公司或许就没有任何机会了。中方市场像一个待娶的新郎，新娘虽没敲定，但彩礼和仪式已准备好了，无论什么时候，只要信号一发，就能举行"结婚大典"了。

看透形势的奥尔马花公司的老总急匆匆飞抵美国，像因误解而重新和好的恋人，与中方代表团进行了两天两夜的纠缠。这期间不时有欧克平宏公司对顾总的邀约和催促、试探和提醒，闹得顾总和奥尔马花公司的老总像坐旋转木马，忽上忽下，头晕目眩。

买卖双方的状况是由利益所决定的，他们既相互关心又相互拆台，既装得柔软又表现得很坚强，既过分地蔑视对方又过分地尊重对方，在彼此矛盾的交手中，看似混乱，却又渐趋稳固，从而达到了各自的目的——双方在美国签订了合同。

白鹭铝业以低于报价四分之一的价格，拿下了 M 国的设备。这一合同包含着白鹭铝业的全部尊严，不是悲剧性的尊严，而是被修复后的尊严。

签订完合同，还拍了照片，喝了红酒，送走了客人。顾总挽着宁厂长的胳膊，又是跳，又是哭。都说苏向北是最爱哭的人，而顾总却成了流泪最多的谈判代表。结果比手段更重要。顾总知道有很多人等着看他的笑话，也希望他因此栽个大跟头。白鹭铝业有人表面上对他言听计从、俯首帖耳，背后却贪婪地期待他立刻失足，让出位置。

这次大获全胜，顾总以坚实的政绩，让试图看笑话的人成了笑料。毕竟尊敬这种情感，如果不掺杂一定的恐惧成分，也会变软。

宁厂长深知这场戏演得不易，起初顾总把他当成了奥尔马花公司的内线，一番表白后，才赢得了顾总的认可。

宁厂长喝了一杯冰水，率先冷静下来。"顾总，这一切都是小苏的功劳，没有他用辞职布局，根本就没有今天的结果。可是小苏已不是白鹭铝业的人了，他随时可能去其他企业，您也看到了，他也有可能留在美国。"

"告诉你，我根本没签字同意，"顾总像调皮的小学生那般得意，"总部还要调他去办公厅呢？白鹭铝业可不能放走他，我回去就提他为副处，你觉得怎么样？"

"恐怕一个副处不能招回他,我听说好几个公司挖他,维卫集团竟然给他副总的位置!"

"副总?"

这时,一直在后台操纵谈判的苏向北推门进来,眼睛闪射着严肃而坦率的光芒。"领导们,咱们签约的事一个字也不能透露给国内啊!"

顾总和同事们立刻明白了苏向北的意图——反目的同事是最可怕的敌人,必须找出内奸、堵塞漏洞。

无火不生烟,毕竟没有血缘的故乡,也会徒增寂寞。无论对谁,上次被骗的屈辱像阴影跟随在身后,一时无法甩掉。

苏向北暗中操纵着谈判,适时地制造慌乱,营造竞争的紧张形势,迷惑 M 方的思维。苏向北笑得平淡而疏离,不像其他成员那般兴奋。他们哪里知道,苏向北在给别人布局时,也是在和自己设赌,他暗中筹划的这几天,也影响着他人生的走向。

这几天对他来说,与其说为公,不如说为私,因为他把封闭了二十一年的秘密盒子,掀起了一条缝。

十七

苏向北乘电梯上到二十三层,悸动像一条鞭子,抽动着他的神经。妨碍幸福本身的,正是回忆曾经的幸福。此时,他感觉自己像迎风骑在自行车上,之所以还未被摔下去,仅仅归功于风还不够大。

再次站到了莫瑞的门前,出乎意外的是,这幸福让他冲昏了头脑。

他按响了曾按过无数次的门铃,门开了,一位金发男子问找谁。

"莫瑞?"黑人美女从男子胳膊下钻了出来,站到苏向北面前,"她走了,或许搬到男友那里了。"

苏向北仿佛被迎面的狂风塞住了喉咙,换不过气来,木讷、慌乱、手足无措、虚汗淋漓。

"你还好吧？"女孩关心地问候他。

苏向北苦笑了，他想，光凭这句话，恐怕谁也想不到问的是心痛的反应。

苏向北甚至连怎么离开的都忘记了。一直以来，他认为莫瑞会等他，会一个人听课，一个人来来往往，一个人住在他们曾住过的地方。他们虽然相隔遥远，暂时搁置，但过去的恩爱满满的、静静的，仿佛一条河流，只要他们愿意，那河又会流回到他们的心里，荡漾着爱情，芬芳醉人。

苏向北本想给莫瑞一个惊喜的，觉得自己就是莫瑞的惊喜。或许他一直当莫瑞是不会变心的宠物，即使隔上三五年，宠物依然凭着气息或感觉对他百般亲昵。莫瑞的移情让他惊骇，而自己的依恋却更像宠物狗，珍藏着莫瑞的所有气息。

商场得意，情场失意。不，他不能失意。爱情会在爱人缺席时变得更强烈，爱需要分离，需要一定的距离提高热度。

苏向北觉得那黑人女孩或许搞错了状况，或许误会了什么。他觉得，他们从前在一起的日子已恍如隔世，有那么多的话急切地想说出来，以至于内心滔滔不绝……他的眼光在燃烧，汗珠在额头闪烁，他再次感受到往昔熟悉的快乐和喜悦，这感觉使得他无法自持。

十多分钟后，他再次站到二十三层，再次敲开了那对情侣的门。

黑人女孩灿然一笑，向脚下指了指，"十二层"。

莫瑞和情人竟然就住在此楼的十二层！

电梯里，苏向北盯着十二的字符，按了下去。降到十九层时，进来四五位叽叽喳喳的留学生，苏向北往角落里靠了靠，盯着亮起黄灯的十二，在即将到达十二层时，还是及时按销了号码。

他随年轻人一路沉到地面，仿佛沉到深渊里。这个他坐过无数次的电梯竟然像魔鬼的黑洞，把他的精气神全吞没了。

他若有所思地走着，看上去全然不知要去何方。他决定永远不再来这里。

可没人知道永远是多远。第二天，莫瑞便约他在咖啡馆见面。苏向北第一反应是不必见面，可在开口时却答应了莫瑞的要求。

苏向北觉得有另一个无知的苏向北在替他发话，而这无知的苏向北根本不理解心痛的滋味，咬牙切齿地装出快乐的表情。苏向北回忆过去的恋情、床和拥吻，那感觉就像酒后躺在雪地里，昏昏沉沉，冰冷而热烈，痛苦而幸福，最后在雪地里麻木地死去。

苏向北后悔了，因为莫瑞带来了他的继任者——一位英俊的留学生。显然，莫瑞在用这位新男友来灭自己的念想。

苏向北本想告诉莫瑞昨天去找过她，显然已没有开口的必要了。可很奇怪，每当他想开口说话，就感到舌头像临时安装的木舌，根本发不出任何声音——直到那男生用鄙视的眼神看他，才重新激活起应对的灵性。

三人各点了咖啡，莫瑞介绍牛乾坤和苏向北认识。牛乾坤，经济学博士，供职于华尔街。

"听说苏先生工作出了点状况，此来是找工作还是继续读书？"牛乾坤凌厉地瞪着苏向北，透着幸灾乐祸的喜感。

"就是来喝咖啡的！"苏向北端起咖啡，轻轻喝了一口。

"失业的人就是清闲，"牛乾坤正了正领带，笑着对苏向北说，"如果你愿意，我可以帮你在华尔街找份工作。"

"谢谢，我还不想放弃和莫瑞一起喝咖啡的权利。"

"你别高抬自己了，你不过是已成了路人的前男友。"莫瑞平静得有些阴郁，嘴角泛着铁锈般意图不明的微笑。仿佛苏向北像一年前的风，和她的生活没有半点关系。

人是自己心灵最好的画师，并且千万不要玩弄深埋在他人心底的东西。苏向北感觉心底的什么东西被人无情地嘲笑了，虽然还拿不定是什么，但他确实异常难受，疼痛得想抓狂。

苏向北晕头转向，端起杯子时心中已没有了爱的冲动。或许莫瑞是对的，一年前绝意离开时就已袒露了伤口，回国的那张小小的机票，已生生切断了他们的爱情，揉碎了莫瑞的心。只是苏向北没意识到，依然给爱情存了一点念想。

莫瑞躲避着苏向北的目光，像躲避着某种传染病。一年前，她始终认为苏向北会跑下飞机，扑进她的怀里——她坚信他们的爱情可以胜过一切物质或精神的借口。但借口就是借口。

"爱我就留下，不爱就离开！"当时莫瑞给苏向北出了道选择题，最终，她还是失去了他。

莫瑞执意留在美国，是因为教授曾告诉她，她更适合搞研究。她的教授是诺奖得主，自然，她也梦想着有那份荣誉，也盼着能像教授在国际上享有盛誉，在名校的讲台上指点"江山"。但那样的荣光需要美国大学的滋养，需要教授关系网的提点。所以，在她看来，爱情可以牺牲，前途不能打折。

她用很长时间暗自疗伤，最终发现，自己远没想象的那么坚强，也远没想象的那般能担当。她突然发现对自己的需求、自己的理解，甚至对自己的痛苦，根本缺乏判断——而留学生的生活就像一只破锣，敲敲打打，希望风生水起，但一切努力也不过是制造噪音而已。

更让莫瑞心寒的是，那教授对许多学生都说过同样鼓励的话，而莫瑞却天真地把教授的评价当成了唯一。自以为是教授眼里的天才，到头来发现自己不过是棵"韭菜"。

经同乡介绍，她和牛乾坤两个孤独的心便自然靠拢，这种靠拢竟然也有着难以形容的喜悦和成功。他们像两株植物，一起贪恋着风雨阳光和生机勃勃的空想。

一股咖啡香突然飘来，以前苏向北总会深深抽动鼻翼。而今，苏向北努力掩饰着表情，暗暗擤着酸楚的鼻子，不让泪水涌出来。

那咖啡香味执意地带着一股柔柔的特有的气息，温热而感伤，扰得灵魂深处泛起对爱情的绝望。苏向北想感谢莫瑞帮忙提供了欧克平宏公司的资料，最终还是没说出口，因为莫瑞言辞干硬，目光冷淡，拒绝着全世界。苏向北傻傻区分不清她是自私还是装得自私，是冷漠还是装得冷漠。

那些美好的回忆，经不起时光的风吹猛打，早就不知去向了。苏向北觉得全身心都在颤抖，仿佛提琴的弓弦在摩擦他的神经。

但苏向北又觉得，莫瑞就像一具由衣服扮成的稻草人，一旦剥去衣服，就原形毕露了。现在的她不是真的她，而真的她又不知丢在了哪里。

苏向北想结账离开，刚拿出钱包，牛乾坤便制止了。"这杯咖啡我请了，我不会让下岗人员破费的。"

苏向北收了手，悄悄观察莫瑞的表情。她依然像来时，不袒露半点心迹。或许，她真的将我清除得干干净净了。

牛乾坤双手巨大，苍白修长，不停地整理着昂贵的领带和抚摸自己的鬓角。这个男人的某些品性特别惹人发笑，然而同时，又有另外一种感觉让人笑不出来。

苏向北为自己的表现后悔。这种状况下，跟莫瑞在一起沉默最佳。而在莫瑞身边，总是让他变得与真实的自己不同，变得像另一个粗暴、狭隘、嫉妒成性的自己。

恋爱的痛苦如同疾病，苏向北必须承受。苏向北深吸一口气，仿佛松散了一下筋骨，他决心不计较今天的一切，因为他非常清醒地意识到，即使希特勒、牛魔王，发怒也是不明智的。

苏向北徘徊在哈得孙河边，这是一条被赋予特殊意义的梦幻之河，孕育了纽约的希望和梦想。苏向北一向很喜欢纽约，而今天，走在静静涌动的河边，徒增悲凉。星光之下的哈得孙河犹如一条五彩的丝带，但这条绚丽的丝带，再也不能给苏向北一丝美感了。

苏向北回味着离开和归来的感觉，后悔吗？恐怕很多事没法用"后悔"衡量，毕竟战役还没结束，那是他的战役——是他作为男人、作为人子、作为中国人身份的战役。显然，他的战役莫瑞不懂！甚至没有人能懂！

车载乐队轰轰烈烈而来，又轰轰烈烈而去，似乎在歌唱着往日的旧梦，那抑郁而沙哑的烟火嗓，透着人间的酸甜苦辣。一种因孤独、无所事事和愤世嫉俗而产生的惆怅，揪住了苏向北的心。他清楚地意识到，要把如此乏味、空虚、痛苦的生活变成另一番模样，全在自己。

他很想妈妈，尽管是个痴傻的妈妈，他却很想伏在她膝头痛痛快快地哭。那是这世上唯一能让他痛痛快快哭一场的地方。

不知为何，他觉得今天的莫瑞在演戏，至少坐在他对面的不是真实的莫瑞。几年的恋情不会消失得了无痕迹，但不论在什么场合，装腔作势也许能欺骗别人，却无法欺骗一个懂她爱她的恋人。此时，脑海中莫瑞的身影宛若缭绕的青烟，涌动着曼妙的感觉，他甩了甩头，想甩掉无聊的遐想。

他很想和莫瑞聊聊博容容，或许她们联系过了，也许依然彼此冷漠、孤绝，老死不相往来。

苏向北突然发现，自己竟从没像现在这样恋着莫瑞，或者从没像现在这样恋着过去的生活。一种不祥的预感和一份模糊的责任，沉甸甸地压在心头。他望着远去的河面，望着城市的高楼，也望着慢慢沉下来的夜幕，一心想拂去这种不安。

月亮升起了，又圆又红，被高楼切割的天空像破了口的黑幕。月亮左遮遮，右露露，最后升到清冷冷的天空，白瓷盘似的晶莹，向河面洒下一片白光，好像一条飞龙，遍体明鳞，盘来盘去，舞动着钻到河底。

在纽约留学的华人圈子说大也大，说不大也不大。苏向北曾任某个留学生沙龙的会长，结识了一大批优秀学子。几天来，苏向北活跃在社团里，任谁都以为他是来读博的。他参加派对，也组织派对——生日派对、节日派对、同乡派对，总之，一改之前留学时谦谦君子的做派，把想结识的人、该结识的人和能结识的人，迅速拉拢到身边，成了留学生中的红人。

当然，莫瑞的同学、闺蜜，同学的同学和闺蜜的闺蜜，都是苏向北派对的客人。他们故意说起莫瑞这样、莫瑞那样，暗暗希望他把莫瑞抢回来。他爱她，那是以前，至少是在那杯咖啡以前，而现在，他感觉和莫瑞已不在同一世界了。那杯咖啡之前，他以为幸福就在前头，而现在呢，他觉得幸福的日子已经过去一年多了。

牛乾坤在酒店门口堵住他，他那家畜般的眼睛，闪过一丝低三下四乞求的神情，而气色很坏的脸上冒着虚汗。苏向北前几天还觉得他很英俊，此时竟感觉那么丑，甚至不堪其丑了。

"你最好离莫瑞远点。"

"放心，我明天就回国！不但离她远，离你也远了。别想我！"

牛乾坤得到了满意的答复，像拔掉了一颗痛了很久的蛀牙，在经历了可怕的痛楚后，那种妨碍他生活的坏东西终于不复存在了。不过牛乾坤也不必得意，因为自从他们仨人喝咖啡的当儿，莫瑞就决定和他分手了。牛乾坤和苏向北有了相同的身份：莫瑞的前男友。

学子们直到苏向北离开后才明白，他不过是来修补失恋的伤口的。

恋爱果然像时光旅行，没有回头路。

登上纽约飞北京的航班时，收到了高诗诗的微信："在哪儿呢？"

"飞机上。"

"你要在飞机上，那我就在火箭上。"

苏向北拍了机舱里的照片发给了高诗诗。

他随后翻看高诗诗微信的朋友圈，此时纯属无聊，也有那么一丁点好奇。

他突然看到了那张自己四岁时和一个小女孩的合影，照片下配着一行文字："那时，我不知你，你不知我；现在我不知我，你不知你。"

难道合影的是高诗诗？

苏向北再仔细看时，那小女孩还真有点高诗诗的模样。

苏向北像坐在云端，又眩晕又忐忑又好奇。空姐提醒乘客关闭手机。苏向北便关闭了照片，头靠在椅背上，大脑里搜寻着照片中的小女孩和现实中高诗诗的所有记忆。

苏向北混乱了，此番回国，有太多秘密等待挖掘。

顾总一行四人回到白鹭市时已是下午四点，来不及休息立刻通知开会，党委常委会和行政办公会合并召开，氧化铝设备组成员列席会议。

凡如此紧急的会议，一般有大事发生。与会成员早早赶到会议室，在没提前拿到会议议题的情况下，不打听也不好奇，不多言也不惹事，彼此聊些风轻云淡的话题，乐乐呵呵，静待大事发生。

钱处长兴冲冲进了会议室，兴奋地对坐在首席的顾总说："祝贺祝贺，顾总厉害，一马当先，砍掉四分之一，拿下了 M 国的合同！"

顾总温和地望着钱处长，目光似乎赞同，又似乎暗含着讥讽，寓意不明。钱处长急忙找了个空椅子坐下，等着顾总接他的话呢，突然看到苏向北坐在对面，不由像转身遇到老虎那般惊讶。"他怎么在这里？"

"他想辞职，我又把他拽回来了。"

"他可是出卖信息的……"

在钱处长眼里，苏向北就是一条流浪狗，不知自己有多脏、多讨厌，却一直悄悄跟在别人身后。

钱处长感到会议室里充斥着假意的客套，大家以虚假的包容忽视着流浪狗的存在。

"叫他内鬼也行、内奸也罢，也或者叫他叛国者，暂且放一放，我先了解个事……"顾总转身问坐在右手边的高副总："你知道咱和谁签的合同吗？"

高副总笃定地摇了摇头。

顾总又问宋副总，宋副总回答得更确切了："不是美国就是 M 国，不应该再有第三方了，因为你们传回的资料就这两个国家的！"

当顾总问第三个人时，钱处长细汗暗涌，瞬间湿透了工作服。整件事像一片蓦然降临的闪电，晃得他眼花缭乱。他感觉是噩运把他带到这倒霉的时刻，擦汗之间，意识到这会场就是陷阱，而他喜滋滋地一步就跳了进来，不由担心，属于他的高光时刻已经被迅速带走了。

"钱处长，你病了吗？需要不需要去医院？"

顾总的问话竟然和当年爸爸的完全一样。那时读高一的他正躺在被子下喘息着抚摸自己，爸爸突然地低声问道，"你病了吗？需要不需要去医院"？之后，爸爸顿悟了什么，砰地关上门，把他留在那儿。最终，让他意念全消，深切感受了莫名的悲伤和羞耻。

"不用不用，刚才走得太急了。"

"那就好，你先静静心。咱今天的会很长，主要是给大家讲故事。这第一个故事是关于研究院的科研成果。我去美国之前，有人给我报了一份最新的多品种氧化铝成果，说怕被人出卖给其他氧化铝厂，请我备份一份。大家看看，就是我手里的这套方案，但这是从其他企业转来的，它在国内旅游的速度还真快！"

"之前不是有人说是他吗？"钱处长瞥了一眼苏向北，又迅速扫了一眼石狮子似的领导们，希望得到他们的应和。二三十年的工作经历，使这些领导更沉稳，更善于观察，深谙从政之术，适时会相互成就，也会相互拆台。

而此时，领导们带着糅合了勤奋和倦意的表情，介于协作与小剐蹭之间，看客似的等待好戏上演。

钱处长觉得此时此地，唯独这个苏向北是根野草，不配置身其中。野草虽然生命力旺盛，可早晚得拔掉。不是你拔，就是他拔。今天，我来帮你们拔。

"可这套方案成形时，苏向北早就辞职了，这事他顶不了锅！"顾总郑重声明。

"各位领导，不但这事我顶不了锅，"苏向北突然站起来，仿佛为了展示他那修长帅气的身材，慷慨地为自己辩护，"之前卖给维卫铝业的信息，我也顶不了锅。我和维卫铝业的财务处长博容容是同学，那次参观后，维卫铝业转给我二十万，那是因为我阻止了他们的一起事故，这里有现场救治的照片。当时死了一人，如果不是我及时挽救，另有三人也会死掉。"

苏向北将照片送到顾总面前，顾总看了看，又传给高副总，并依次传给所有与会人员。照片上，苏向北正对地上的人做胸外心脏按压，尽管那按压对死人一点效果没有。

苏向北仿佛困在紧急状态中，像雏鸟，等待着人们的安慰和保护。但会议室里的政治就像不和谐的老夫妻，总是背对背睡着，置身于某种健忘的感情里——冷漠、平淡、顺其自然。

不是苏向北又是谁呢？十八九位与会者你看看我，我看看你，彼此像哑巴。

顾总卖关子似的审视着会场的所有人，目光再次锁定在钱处长身上："钱处长，你的汗还是很多，要不要叫120？"

钱处长捂着胸口，费力地捯气，要憋死似的。似乎想说点什么，喉咙里音节错乱咿呀不绝，胸闷气短，仿佛体内的大坝决堤了，像极了生命垂危的状态。

吴主任早已拨打了120，在等待救护车时，大家七手八脚把他抬到了旁边房间的长沙发上。

顾总握着钱处长的手，避开众人，轻轻附在钱处长耳边："放心，过去就过去了，我不计较！"

顾总的话和着暖暖的口气，使钱处长感到一种汹涌的快乐，虽然他明白顾总装腔作势之下也有朴实的一面。而此时，装腔作势的背后可能是石子或玻璃……但他很快意识到，顾总才是他千钧一发的发丝。

钱处长的汗哗哗地流着。在幽暗的灯光下，他感觉自己沉入了虚弱的矿洞里，沉入孤独、失败和指责的深井里……他好像变成了中风的病人，部分身体麻木了，融化成了枯木的悲伤。他开始相信世界真有冥界这种地方了。

"你好好养病，我还准备让你挑更重的担子呢。你懂的！"

钱处长紧紧握着顾总的手，仿佛这是防止坠入死亡的救命绳索。他抱着救命之手，深深地吻着。

我拼了大半生的命可不是为了这糟糕的结局……我可不能像被风雨撕破的广告牌，等着清理。

顾总亲自把他送到救护车上，并让吴主任一并跟随去医院，好好治病。

十八

会议室一群吃瓜群众，等着顾总揭秘呢，顾总却转移了话题，让宁厂长和苏向北一起汇报美国之行的总结。仿佛刚才出卖科研成果的事像随口编的故事，结局无关紧要。

钱处长到医院检查了一通，核磁共振、彩超、验血，除了血压高，并没有其他问题。吴主任建议他住院调养，可钱处长执意回家。就这样，钱处长拿着几张核磁共振片子和一包药离开了医院。

躺在核磁共振设备里时，轻轻的仪器转动声安抚着他的神经，所有的骨骼和肌肉似乎温热地解放了，神志也慢慢从迷乱中独立出来了。他不再是一个受惊吓的宝宝……感觉又复活了，他想着"复活"这个概念。他的人生体会过几次"复活"的快意，那是转败为胜的大开大合的感觉，那才是生命的真谛，是命运的真谛，也是存在的真谛。

他觉得自己是在核磁共振里复活的巨人。

诊室里，他匆忙套上衣服，像一条回到自己皮里的蛇。

他轻快地拍了拍吴主任的肩膀，"老弟，谢谢"！

他用轻松的动作证明这次短暂的疾病微不足道，像在会议室外的一次闲聊。吴主任那严谨而平和的样子让他厌烦。他相信，在吴主任不动声色的眼皮后面，隐藏着某种嘲笑的意味，恰如他的沉默——只用于掩盖秘密，却从未享受过狂醉的喜悦。

在会议室晕倒肯定是非常之举，如果再找借口住院，岂不给人更多的口实。反正又没确切证据指证他就是那个出卖信息的人——他没有背锅的习惯，总是让别人背。成大事者，必须会装憨卖傻。

办公室政治就是这样，只要发生点异常，总会有人透过玻璃窗向里张望，然后人人都是小说家——有多少张嘴，就会有多少个版本的故事，而其中必有偷情、捉奸、贪婪、报复，甚至凶杀。

钱处长绝不会像刚钓上来的鱼，焦躁不安地等待命运的判决。他第二天就跑到办公楼，以公务为由，在各位领导面前露露脸或扯扯闲：一是显得昨天病得很轻，不妨事；二是也给领导们传个话，他不是叛徒，并且昨天的一切根本与他无关，不入他的心。

人之所以为人，就在于不知道接下来会发生什么，所以才会做那些难堪而好笑的事。钱处长善于宽慰自己，也更善于抓住一切有利条件。谁也不能预测事态的走向，这里蕴藏着天机，天机即是一切。

人啊，你意欲何为？

会议结束时已是晚上七点，氧化铝厂的班子成员为顾总和其他成员接风洗尘。谁都想给领导接风洗尘，可不是谁都有机会的。此番是为氧化铝设备出国，宁厂长又是成员之一，无论如何，这头筹的荣誉，非氧化铝莫属。苏向北却请假不参加酒宴。

"顾总，今晚，研究院谁加班，谁就是出卖信息的人。"

既然顾总和苏向北编了出卖成果的故事，无非设网钓鱼。苏向北确定对方得到消息就会销毁所有资料和往来痕迹。"我得去研究院守着。"

"谁亮灯，谁就是内鬼！"顾总同意了苏向北的分析，同时吩咐保卫部的人守在研究院周围，怕出状况。

苏向北匆匆吃了碗拉面，空荡荡的肚子有了点实在感。他看了看表，时间正指到七点四十五分，起身往研究院走去。远远地，发现人们急急往厂里跑，仿佛发生了什么重要的事情。

刚拐过厂房，突然看到研究院的窗口向外喷出红红的火舌，浓烟滚滚，而且越烧越旺。大楼里，除了那着火的房间，其他都黑着窗口。那不断燎烤的强光，伴随着木柴的噼啪声和玻璃的炸裂声，非常具有毁灭性……浓烟圈成一团，一点点炙烤着楼体，并随风聚拢、摇摆。远方响起了焦急的消防车的声音。

几分钟后，巨大的水柱就朝火焰喷去，空气里充斥着烧焦的味道，不时飞出一团团的金星，消失在黑夜里，仿佛迫不及待地奔向死亡。

是人为还是意外？

还能说什么，火就是一切，它就在那儿，半带着象征，半带着邪恶，一直位于生活的盲点，直到它烧得干干净净，彻彻底底——阴谋最大的边界就是火的边界，真相最大的边界也是火的边界。有人说这火纯属意外，但拿走意外也就拿走了白鹭铝业的世界。

原以为亮灯的就是内鬼，而这把火将内鬼烧成了虚无。苏向北还想借此找出那个栽赃自己的人，找出一再出卖科研成果的家伙。显然，对他们而言，企业不过是流动财富的大海，想怎么捞就怎么捞，没有道德，没有底线，甚至也没有是非。

在无人的大楼里，火焰实则富有阴诈的权术，烧得恰逢其时。那正是研究院的档案室，所有科研档案，以及储存的电脑，统统变成了灰烬。用头皮就能想明白，肯定与出卖科研成果有关。这火把阴谋变成了勇气，把卑鄙还原成了纯粹的热能，把陷阱烧成了黑洞，让正义和猜疑均成为笑柄。

得到消息的研究院院长和工作人员围了上百号人。警察围着废墟又是拍照，又是取样，初步断定是线路老化引起的火灾。

这消息，像尖刀刺中了苏向北的胸膛。

苏向北突然哈哈大笑，笑出了眼泪。人们不理解地瞪着他。他急忙退出人群，正准备撤时，看到高诗诗和同事们扛着摄像机迎面走来。

作为记者，高诗诗来晚了，但能迎面遇到苏向北，却又感到恰逢其时。尽管她早就希望把他忘得干干净净，彻底逃离，一了百了——可身体却有着自己的意愿和哀愁，睡醒之后，她又全心全意地想念起苏向北。她一万次准备坐上滚滚向前的高铁，经过松林和山岗，跨过疼痛和爱恋，奔上吞噬一切的爱情之路，苦乐复苦乐，直到成为他的女人。

"真巧！"高诗诗突然兴奋起来，仿佛那火着得很及时，"在这里遇见你。"

"这火烧得巧。"苏向北想起了儿时合影的照片，便又添了一句："你来得也巧。"

山间的熹微驱散了黑暗，村庄和梯田淡然而悠远。黎明属于沉思者。苏向北在无人的山路上行走，空气异常清新。

早上八点，钱处长走进办公室，把包丢在办公桌上，推开窗子，转身发现沙发上坐着个人——苏向北。

钱处长先是惊讶，钉住似的立在地上，调整好呼吸，暗自思忖，端起茶杯，发现杯里空空的，生气地将茶杯扔到桌子上。

苏向北依在沙发上，双臂交叉在胸前，大有永远沉默下去的定力。

"你来这里，不应该是关心我吧？"

"想和钱处长做笔交易！"

精致的黄色真皮沙发和配套的搁脚凳摆在老板桌的对面，好似母猪带着小猪崽，但它们看上去一副不知所措的样子，仿佛不该让主人的敌人坐在身上。

苏向北将腿放在搁脚凳上，调整得更舒服了。

钱处长的目光在苏向北身上扫来扫去，想猜中他此行的阴谋。显然，苏向北的狡猾与年龄不符，他坐在那里，钱处长观之不透。

"什么交易，只要不违法。"

"钱处长还怕吗？"

"当然怕，你以为我十几年的处长是玩火的？"

钱处长突然觉得苏向北手里仿佛有枪，而钱处长唯一能做的就是躲开他的子弹。他紧盯着苏向北，而苏向北淡定从容的样子是他最不想看到的。那一刻，他希望自己的目光是手术刀，要么把这家伙解剖个透彻，要么把他削成生鱼片。

"今天是什么日子？钱处长？"

钱处长快速搜索着，实在想不起今天有什么特殊。一只花猫从藏身之处棉花团似的跳到窗台上，眼睛仿佛喷着狂野的鬼火，露出严阵以待的神情，尾巴蓬得好似一支鸡毛掸子。

钱处长瞪着花猫，怀疑猫也是苏向北的盟友，一起来对付他的。

"钱处长怎么连自己的杰作也忘了，今天是'5·24'矿难的日子，是那三位英模的忌日。"

钱处长如雷轰顶，而那雷仿佛在远处集结了二十多年。他已习惯性忘记了这件事，不想记起，是因为实难面对。曾经无数个 5 月 24 日，他总是被噩梦吓醒。

"你，你到底是谁？"

"我算是周伯伯的亲戚，我父亲求学的时候，受过周伯伯的资助。"

钱处长暗自纳罕，早就应该想到这事的，从苏向北帮助周大妈，从他的演讲，早就确定他是来复仇的——只是不姓典罢了！

花猫索性坐在了窗台上，偶尔瞥向室内，更多的时候望着玻璃上的自己，目光透着几分阴森。突然树上传来一声响亮的鸟鸣，花猫顿时精神抖擞地扑了出去。

"就是一次意外塌方，这事早有定论。"

"最好说点我不知道的。"苏向北从钱包里取出一组照片，摊开在茶几上。钱处长的眼珠子越瞪越大，恨不得把苏向北当蚂蚁搓死。

那是曼哈顿某高楼外景、房间号码和校园里女生的照片。苏向北通过派对结交朋友，暗中调查钱处长的女儿钱弗珊——一个普通的留学生，在曼哈顿买了一套价值一千五百多万的房子。

钱处长立刻双膝发软，幸亏扶住了老板桌。他慢慢挪到老板椅上，深感身体远不如从前。之前，再大的事，也不会惊慌到如此地步，无论什么情况，他都能找出对自己有利的一面，事态发展也总会按他的剧本进行。

而此时，他伏在桌子上，只能全神贯注地做一件事：不让身体发抖。他暗暗思量，只有知己知彼，才能徐缓图之。他心知眼下最体贴的举动就是向苏向北服输，无论做什么都行，只要别进监狱，只要能乖乖抹掉这事。

钱处长的右手一直捏着下嘴唇，就好像嘴唇是他某个非常私密的部位，不能暴露在外。许多人都有下意识的动作，有人抖腿，有人挤眼，有人不停地咬嘴唇。钱处长眼神慌乱，捏嘴唇的小动作也加快了节奏。

钱处长后悔以前一直觉得苏向北太年轻，年轻的无知、年轻的荒诞，甚至年轻的鲁莽，而此刻，他像掉进了螺旋桨里。

"你想做什么？"

"把惨案给我讲清楚，别骗我，如果你说的与我掌握的有一点不符，我就把这些交给纪委，你会在监狱里待到老死，你女儿的财产也会被全部没收，她在美国会身败名裂，学都没得上。"

钱处长低下了头，像默哀，良久，没有一丝反应。如果不是他的皮鞋动了一下，苏向北还以为他吞毒自尽了呢。

他来了，来要债了……过了二十多年平平安安的日子，终于被这个魔鬼撞上了。现在钱处长再也没有了一方诸侯的威风，有的只是犯人坦白前的清醒、冰冷的平静，以及不愿去想的痛苦。

大约有五六分钟的时间，钱处长抬起头来，满眼泪水。可他的泪水来得太晚了，晚了二十一年。

"如果我讲了，你会放过我吗？"

苏向北点了点头。"保证不交纪委！"

十九

钱处长违背自己的意志，就像一个吸毒的人试图摆脱恶习而不得不做那样，又焦虑又羞愧地袒露深埋在过去的故事。

"那时的情况和现在不一样。二十多年前，我就是个普通矿工，工资低，工作辛苦，有一大家子人要养活，不得不找机会挣点外快，以贴补家用。那时农民总是炸山弄石子卖钱，可他们缺炸药，而我们有炸药。我们的炸药在炸药库专门管理，平时很难偷出来，但一旦转手卖给农民，也可以换不少钱。有一天，我刚托人搞到一包炸药，也是运气不好，从省到市的公安系统开始严查违禁品，重点检查炸药之类的危险品。因为乱开乱采出了不少伤亡事故，还严重破坏了环境。

"突击检查，形势很紧，处罚也重。偷炸药的'老酒坛子'命我快出手，要么快毁掉。我真是急坏了，风声紧，农民都收了手，根本没有买主。再说了，天干物燥，藏在哪里都是隐患。

"带着炸药就是带着催命鬼。那天我和刘远方值班，他是个又认真又呆板的人，纯洁得要死，跟他在一起，你永远觉得自己是个骗子。如果一旦被他发现，他肯定会让我上交领导，那岂不把一串的人全都出卖了？上次偷炸药的一伙人，要么在监牢里待了一年，要么被开除了公职。'老酒坛子'跑到单位催促我，他挥舞着少了四指的残手，深深刺激了我的神经，一种不祥的预感沉甸甸地压在心头——我可不想也丢一只手或丢一条腿。我又慌乱又清醒，心里七上八下，脑子仿佛被戳了个洞。

"趁刘远方不注意，我要处理掉炸药。那天也是凑巧，技术专家林杰要到矿道里调研，按理说应该我下去作陪，可我担心炸药，便让典明去陪。典明是后备干部，又是生产标兵，他二话没说，带着刚参加工作的周忠琪一起下了矿道。我趁机抱着炸药进了山腰上两米深的小山洞。我把炸药藏在石头堆里，跑出了山洞，又不放心，害怕天热自燃，也害怕在山洞休息的人因抽烟之类的引爆炸药。我反复琢磨，总感觉不安，最后我当机立断，自己引爆，免除后患。于是我又钻进山洞，点燃了炸药。出来时，一声冲天巨响。我以为可以心安了，可完全不知道，那放炸药的地方，正是矿道的上方，爆炸引起的塌方，把三人全砸死了。

"真是灭顶之灾，我真希望死的是我。

"我想自首，可我不敢，我怕人们会把我撕成碎片。我完全吓傻了。

"出了这种事，组织肯定会严重处罚，无论什么样的处罚，我都罪有应得。我度日如年，这种心情你体会不了。我很矛盾，矛盾也会让人发疯，我总是面带苦色，哭笑不得，任何走近的脚步，都会吓出一身冷汗。

"我早已写好了检查，只要领导要，马上交上去。可过了三五天，根本没有处罚的消息。一周后，记者开始采访，说要追认他们三人为英模，并进行表彰。之后我才顿悟到这其中的深意。其实追认林杰、典明并不过分，两人本来都是后备干部，也都得过各种奖项，为工作那可真是敢舍命的人。周忠琪是刚参加工作的小青年，他纯粹沾了他们两位的光。三位被追认为劳模，是为完成突击任务而遇难的勇士，各级领导干部也倍感光荣。真是老天救我，让我走大运。我销毁了所有工作记录。我无法辨别是悲哀，还是高兴，总处在茫然中。"

"这么多年过去了，我一直为当年的失误而内疚、自责，始终走不出阴影。每逢过年过节，都会亲自到周伯伯家走访，从不敢怠慢。"

"公司每年都有专款慰问英模，你别自戴高帽，我不领情。"苏向北果断剥掉钱处长的虚情假意，惊得钱处长慌乱回归正题，不由感叹他的狡猾。

"事故大体就是这样，我没什么可隐瞒的。"钱处长像做错事的小孩子，等待家长发火，期待这场会面快快结束。

"那么巨大的爆炸声，就没有人怀疑？"

"凤凰山偏僻，周围没有密集的人员。即便偶尔听到，也仅仅是个别人。把人从矿道里挖出来用了一天的时间。救人要紧，没人追究那瞬间的爆炸，或许个别人有疑问，但掀不起风浪。"

"发生三人命案，就没调查事故原因？"

"矿山部的安全人员首先封闭了现场，等待上级来调查。上级先是派了个通讯员，就是现在的沈部长。后来，调查组想听什么，我就说什么，当然隐瞒了炸药的事。其实我知道我在欺骗，但这就是生活，他们用奖章为死者送葬，我也用赞美的话语弥合良心的深坑。良心，其实灌醉了就不再痛了，时间久了，良心也就麻木了。"

钱处长的故事讲完了，房间里回荡着他的余音。他静静看着苏向北，等待苏向北的反应。可苏向北无声地看着他，像看一只注射了药物的小白鼠。

时间在流逝，意念在飘浮，无声胜有声。钱处长越来越紧张，像案子上的活猪，已看到了滚沸的水和银光闪闪的大刀。

"你是凶手！"

苏向北感觉自己在替父亲发声，在替那些死去的人抗议。他觉得自己变了，长大了，感觉自己和世界之间有了新张力，还感到自己可以平复任何仇恨。

"你是凶手！"

钱处长慌乱地从老板椅上站起来，走到苏向北面前，双膝一弯，跪了下去，头也垂到胸前。"我知道我是罪人，但那事已过了追诉期，您让我做什么都成，只要放过我女儿……"

即便一条终日受虐的狗，偶尔给块肉，也不会轻易凑上去。钱处长轻贱自己的行为更惹得苏向北恼火。三个大活人的性命，难道一跪了之？三个破碎的家庭，难道一哭了之？二十多年的欺瞒与利用，难道一求了之？

钱处长挤出悲伤哭泣的表情，再次挪向苏向北，大有抱住他双腿的意图——苏向北厌恶地后退两步。

他想用卑微征服我……这个无耻的家伙！

"顾总知道我女儿在美国的房子吗？"

苏向北厌恶面前这个男人，想让他永远跪在三人的墓前，但又觉得那会污了三人的名声。"我没告诉任何人。但只要我活着，就是你的追诉期。钱伟伟，你不觉得自己罪该万死吗？"

苏向北闭着眼睛，哽咽着。六岁时的他距父亲几步之遥，但那是生和死的距离。他回忆着那画面，母亲的哭号、杂沓的泥土、慌乱的人影……此时，只觉得内心一片空白。

钱处长以膝代步，小矮人似的跟随在苏向北身后。"我说的都是真相，没半点假话。您信也罢，不信也罢，我跪在这里，等候您处置。"*只要顾总不知道，就万事大吉，就有无数种可能！*

钱处长面色凝重，莫名地有一种想跟自己解释一切的欲望。他仔细回忆种种冗长而缜密的细节，仍然迷惑不解——苏向北是否有同盟？

"你以为你弯下膝盖就代表你的诚意吗？就洗白了你的良心吗？二十一年了，周大妈风雨无阻去接那下班的儿子，你可曾同情？你可曾为她打过伞？可曾扶她走过人群？林海洋大学毕业却只能扛水桶，你可伸手帮过他？你身为处长，帮他也就举手之劳；还有典明的妻子，因受不了刺激而精神异常，永远被圈在小小的围墙里，你可有内疚过？把你的脑袋砍下来都不足以谢罪！

"再说你和奥尔马花公司勾结，以次充好，坑害白鹭铝业，难道就那么心安理得？别说研究院的那把火不是你放的，那样会污辱我的智商。你做人怎么会如此卑鄙，如此没有底线？我可以不交给纪委，但你必须上交贪污的所有金额，立刻从白鹭铝业滚蛋，不然又如何对得起那些亡魂，对得起五万白鹭员工？"

"谢谢苏老弟的大恩大德，我会立刻变卖房产，归还奥尔马花公司给我的三千多万，我也会立刻申请离职，不配再拿白鹭铝业的一分钱。只求别让我进监狱，保留一下我的名声，也让家人能安静地生活。不过，研究院的那把火真与我无关！"

鸟一般靠两种方法讨同类喜欢，一是歌喉，二是羽毛，而人却用第三种更卑微的方法，证明比鸟有智商。显然，钱伟伟擅长表演。苏向北厌恶地看着跪在地上的钱伟伟，噙着泪水，拉开门，走了出去。他觉得再多待一分钟就会对钱伟伟拳脚相加，把他捣成蒜泥。

门外聚集着好奇的矿山部的员工们，他们惊讶地发现钱处长跪在地上，而苏向北满脸泪水地离开。

同事们诡异地散开了，仿佛这不是办公楼，而钱处长跪的也不是瓷砖地。在这偏僻的矿山之所，流言蜚语的力量远远超出人们的想象。他们深刻相信，那瓷砖之下深藏秘密的宝藏。

凤凰山圆陀陀的山头犹如铺着绿色的天鹅绒，山下的凤凰池积着一潭碧水，冷冷地映着蓝天。风吹小麦，一片片归心低首，仿佛齐刷刷地叩拜。空气中飘来淡淡的麦苗香气。苏向北不由暗想，这美好的初夏时节，行走在这山间，恐怕无人相信他有满腔的泪水吧，更无人相信，他也有杀人的狂躁欲望。

他不知道这样放过钱伟伟对不对？是不是处罚得太轻了？

傍晚，苏向北站在铝城六街公交车牌的对面，静静望着周大妈，她白发整齐地梳向脑后，斜伸着头望向东方。她天天那么望着，可二十一年了，如果那位十九岁青年站在老太太面前，她还能认识吗？

苏向北片刻错会到——妈妈在望着自己。因为钱伟伟的错误，一切都毁了。

一群麻雀落在草坪上，叽叽喳喳地寻食、跳跃。人们不知它们的巢在哪里，雨雪天如何解决温饱，这群鸟还是不是去年冬天的那群。它们的叽喳声以前听着是噪音，此时，却像天籁。苏向北拿出手机，快速给鸟儿拍照，他觉得，鸟儿们是为一些美好的东西而来的。

高诗诗的车缓缓停在苏向北面前。

"你这是要出差吗？"高诗诗发现苏向北背着旅行包，以为他在等公交车呢。

苏向北这一天过得惊涛骇浪，却又好像拉磨的驴，蒙着眼，总围着一个地方兜兜转转。高诗诗响亮的声音，带着甜蜜的味道，不由让他也温暖起来。

"回北京。"

"我送你到火车站吧，顺路。"

有苏向北坐在旁边，高诗诗春心荡漾，握着方向盘的手微微颤抖。她车开得极慢，努力拉长与苏向北在一起的时间。苏向北右胳膊肘支在膝盖上，拳头拄在嘴上，侧脸望着窗外。窗外熙来攘往，风景常年不变。

高诗诗觉得苏向北身上有一种冷冰冰的魅力，能让人清醒，也能让人甜蜜，能让人体会玫瑰的花香，也能感受河流的微微激荡。越接近车站，高诗诗越显得十分忧郁，十分温柔和矜持。

"什么时候回，我接你？"

这是再明白不过的信号，高诗诗给苏向北一个暧昧的微笑。苏向北一扫积聚在心头的悲伤，也灿烂地回敬了她。

苏向北是个英俊帅气的情人，高大得只要你站在他身边，便会平添爱的温度，只要瞧他一眼，便能掂量出幸运的分量。高诗诗醉倒在自己的酒窖前。

苏向北刚转过身，发现张樱提着礼品盒徘徊在入站口，四处张望。或许在等情人吧。

苏向北刚想避开，却被她秀气的眼睛捕捉到了。她高兴地跑了过来，将礼品盒递给苏向北。

"听说你要回北京，爸爸要我把这山参送给你，带给你父母。"

苏向北不想收礼物，可张樱硬塞给他，脸红得像小龙虾，转身跑掉了。

车里的高诗诗注视着他们，闷不作声，仿佛卖火柴的小女孩，只能隔着玻璃窥探别人的幸福。她不由醋意大发，恨不得去买十盒老山参送给苏向北。无处不竞争，她惊险地意识到，在美好的爱情之路上，竟然也充满了荆棘和不安。

苏向北刚坐上高铁，高诗诗的微信就跟来了。

"你在和张樱搞暧昧？"

"你不也和别人搞吗？"

"我绝对没有！"高诗诗还同时发了一个愤怒的简图。

苏向北便把高诗诗微信里那张苏向北四岁时和高诗诗的合影照片，下载后又发了过去。

高诗诗迅速回复了信息："那是我儿时的'丈夫'，我和他曾指腹为婚，只可惜他家破人亡了。二十多年前的事了。"

这意外的消息让苏向北惊讶不已，难道两家关系曾异常亲密吗？

爸爸前世的关系，无疑像一道流星，闪亮了苏向北阴郁的生活。难道此时是前世的继续，他在替爸爸继续现世的恩仇？他不知让钱伟伟逃脱监牢对不对，不知私自处罚钱伟伟对不对，不知自己的肩膀能否扛得起对那段历史的评判——但他不能公布自己的身份，因为一切远没有完结。

自己竟然曾和高诗诗指腹为婚？难道缘分天定？一种甜蜜的感觉，像春风，卷着香气，吹遍周身，氤氲着暗藏的欲望。

"很不错的一个'丈夫'，或许有一天，你们能再续前缘。"苏向北发信息时，竟有捉迷藏的感觉。

"那一页翻过去了。'一场寂寞凭谁诉。算前言，总轻负。'你知道我喜欢你很久了吗？"

这是柳永《昼夜乐》的一句，于是苏向北便接续了下一句："'早知恁地难拼，悔不当时留住。'哈哈……"

高诗诗抱着手机，幸福地坠入五月的花海，激动万分，当即回复："盼君归。"

黑沉沉的夜幕渐渐亮起来，变成深蓝。早晨来临，天空中还挂着几颗星星，淡淡地闪着银光，空荡荡的街道寂静得像梦里的风景。这一夜，高诗诗兴奋得几乎没合眼。

每个人都会死，但不是每个人都真正爱过。高诗诗遥望未来，感觉只有和苏向北在一起才会有真正的爱。她假想着，恩爱的日子悠悠展开，爱情没有边界，幸福没有尽期。她充分意识到，苏向北就是她的真命天子，为他粉身碎骨都在所不惜。

二十

苏向北上了火车才告诉爹娘他正回京。当苏向北推开家门，老爹早已泡好了茶，老娘也准备好了由衷的快乐和火红的樱桃。

苏向北总感觉少了点什么，看到樱桃才想起张樱给的山参竟然忘在了火车上，不由暗自遗憾。

这个夏天苏向北过得跟记忆里的任何夏天都不同，在外人看来，并没有发生特别的事情。但苏向北感觉到了变化，似乎终日都很兴奋。早晨迫不及待地起床，开始一天的工作，晚上，脑子里也总是翻腾着杂杂乱乱的事。

越是有修养的家庭，越善于用半开玩笑的方式对待复杂的事情。一家三口虽团聚得热热哈哈，但细心的爹娘看出儿子有心事。老爹回了书房，儿子也跟了进去，轻轻合上了门。老爹习惯性地向儿子的胸膛上捣了软软的一拳："受委屈了吧，小子，还扛得住吗？"

这动作像按钮，瞬间打开了儿子的情感闸门，一下子瘫坐在沙发上，泪水涌了出来——把这些天的委屈、失父的仇恨和报复而不得的遗憾，全哭了出来。

苏昆仑轻轻抚摸着儿子的后脑勺，"你爸爸是怎么死的"？

"被人误炸的。"

他递给儿子茶杯，让儿子慢慢说，哭花了脸的苏向北将事故的原委，以及美国之行、研究院的大火，全倒了出来。

苏昆仑是全身散发着威严气息的中年男子，当初放手儿子，也仅仅是想让他实习一番，没想到他真的踏中了地雷。

苏昆仑满怀愤怒，铁青着脸，于他来说，这不单是典明之死，还有因此而疯掉的妹妹——这恼恨、这悲怨让苏昆仑血压升高又虚汗淋漓。三位死者要的不是英模的虚名，而是对责任人的处罚，也是对三个受伤家庭的安抚。可这一切都成了别人的政治阶梯，成了高升的资本。

从事发之日起，苏昆仑就相信白鹭铝业的公断，相信妹夫是为完成突击任务而死，也相信妹妹因丧夫而崩溃——原来消息都是假的，连死亡都被人榨干了价值。苏昆仑如何能忍受这等羞辱，心理的堤防坍塌了，坐在那里又是颤抖，又是悲愤，牙齿咬得咯咯响，脸扭曲着，眼里荡漾着泪水。

"儿子，这样放走钱伟伟，太便宜他了！"

"这是我提前答应的，只要他如实坦白，就不送他进监狱。"

苏昆仑静静地看着儿子，儿子虽然长大了，但根本上还是个孩子，在处理这类事上，已显现了孩子似的义气。如果人过于忍让屈从，那无疑像冰上的鱼，只能挣扎痛苦。儿子还需要太多历练，才能更成熟。

"他贪污的钱，会如数归还吗？"

"在美国，我见过他女儿，才十八岁，很天真很上进的小女孩。钱伟伟说怕自己的坏名声毁了女儿的一生，我想，他该不敢用女儿的一生做赌注吧？"

苏向北的声音完全没有了平日的自信，好像临时筹了个没有准确度的答案，散发着莫名的空虚。

"我尊重你的意见，要注意自己的安全，忙完这些事就回来，这里更需要你。"

苏昆仑久久地坐着，两手蒙着眼睛，试图把泪水按进眼眶里，又似乎沉浸在茫茫的迷惑里。当着儿子的面流泪，不丢人。毕竟，他和儿子共有一间全北京最亲密的书房。

父子俩谁也没再开口，彼此静静地沉思着，偶尔看看对方，寂静在漫延。正是那一刻，苏向北理解了老爹，那感觉不是才了解了一项新的事实，他一直都了解，但就是没过脑子。现在他突然意识到——老爹多么爱着他的妹妹，又因为妹妹终生住在疗养院而心怀歉疚。或许正是这份歉疚，老爹总对自己这么娇纵，这么关爱。

父子俩一起走了出来。娘心知肚明，许多消息她都是从丈夫那里知道的。儿子和爹更适合谈男人的事。但看到儿子满脸的泪痕，心疼得用吃东西缓解焦虑，一盘樱桃很快就吃光了，又洗了一盘。

在纽约时，在苏向北组织的同乡派对上，师弟杨科带来了他的小房东钱弗珊——钱伟伟的女儿。她高一时就来了美国，很想结交中国留学生。

钱弗珊很安静，喝着饮料，像一棵瘦弱的豆芽菜，钻在女生堆里，聊着家乡的风物以及各种美食。搭眼一瞧，就能找出许多钱氏父女相似的地方。钱弗珊虽不是很漂亮，却也透着青春的活力和娇嫩的美。杨科说这女孩天资或许不够聪明，但学习很努力，刚刚拿到大学录取通知书，非常高兴，所以闹着一起来。

因为内心有鬼，苏向北有意躲着钱弗珊。如果有一天他把钱伟伟打下马，这女孩不知该怎么看他，又该面对怎样的人生。

那女孩的目光似乎总跟随着苏向北，这让苏向北不得不打游击似的躲避着。

同学们是为了求学才来美国，而这一次，苏向北却是为了"破坏"，为了"破坏的破坏"……许多使命压在他一个人身上，但他只能装哑巴。

"苏哥，听说了您的很多故事，终于见到真人了。"钱弗珊像只小猫轻轻站到苏向北身边。苏向北暗自紧张，后悔没早早离开。

"见笑了。"苏向北找了个借口，转身逃了。他怕钱弗珊拍照，怕暴露自己身在美国的事实。

钱弗珊以为自己卑微到可以被省略、被厌弃，脑子里一团糊涂，心头仿佛压着一块石头，木然地徘徊在人群里。

仅仅基于不想毁掉一个女孩简单平实的生活，就让苏向北对钱伟伟保留了人生的柔软，不能狠心把他送进监狱。这是苏向北内心的一个疏漏，但愿是个小小的疏漏。

任何利益的交锋，都是无情的刻刀，真真切切地雕刻出灵魂的姿态。灵魂的这点小柔软，苏向北既不能对爸爸讲，也不能对任何其他人讲。

儿子是老娘的铠甲，看到儿子风尘仆仆灰头土脸的样子，又心酸又惊喜，心酸的是儿子活得辛苦，惊喜的是儿子有了男子汉似的质朴和粗粝。第二天，老娘便拉着儿子去逛商场，她要给儿子买几套衣服，以脱掉身上那股尘土味。其实，她只想和儿子亲密地走在大街上，感染儿子的亲情和朝气。

昨晚丈夫已把白鹭铝业发生的事简明扼要地告诉了她。她相信有朝一日，命运会抹去儿子身上的一切苦难，只剩下爱。虽然苦难在摧残着儿子，但她从儿子身上感受到的，是那种不露声色的慈悲。

娘俩在国贸转了一上午，买了一堆衣服鞋袜。

"快娶个媳妇吧，娶了媳妇就不用我陪你了。"老娘傲娇地抱怨着，苏向北在老娘额头亲了一口。"那也得等我找个和老娘一样善良的女孩啊！"

老娘知道儿子的话出自真心，但善良二字，何以衡量爱情？如果执着于善良，或许会成为单身狗。毕竟女孩子总是用美代替善良。但美就是美，善良却只能是善良，唯善良，可以征服一切。

早晨出门时，天空还有一丝凉意，母子的影子在人行道上拉得很长。接近正午，阳光异常强烈，刺得睁不开眼睛。苏向北和老娘准备返回时，遇到老娘的学生车新安。车新安在国资委工作，他请老师和苏向北喝了咖啡。

　　车新安也想趁此机会听听来自国企最基层的声音，了解点真实情况。毕竟长久深居体制内，听到和看到的都是润色了几十遍的资料，难免失去纯真和原味。

　　咖啡馆里人不多，没有喧闹声，也没有谈话声，似乎每个人都很孤单，弥漫在慵懒的周末氛围里。桌与桌之间充填着疏离感。

　　"现在国字牌的企业都很困难，许多生产力落后的僵尸企业该淘汰就得淘汰。白鹭铝业怎么样，你在那里从事什么工作？能不能介绍一下企业的真实情况？"

　　车新安虽是个计算机系统的处级干部，却这样关心职责之外的东西，让老师楚丽甚感欣慰。毕竟，她的学生中也有些假义士，既不得罪上，也不得罪下，舒适地坐在真理和谬误之间，和他们谈论经济危机，就像谈论喜剧片，又圆满又喜庆。

　　"我娘在这里，我肯定不敢说半点虚言。白鹭铝业很困难，生产线老化，竞争不过外企和民企。民企氧化铝厂无节制地大量上马，导致矿石无序竞争，商家哄抬价格。民企利用各种手腕挖掘国企人才，偷盗国企科研成果，特别是一些地方政府为了私利，盲目支持民企，甚至不惜牺牲环境和地方的长远利益。这一切其实是在把国企往绝路上逼。国企和民企、外企比，只剩精神和祖辈传承的文化了。而地方的地税、城建税、印花税……谁都想从国企身上揩油，可国企老了，不经揩了。再这样下去，会把国企折磨散架的。白鹭铝业曾是铝工业的脊梁，毕竟为国家发展输过血、抽过髓的，不应该受到这种待遇。下岗，半薪，员工忍了，认了，可看不到企业的希望，员工哭都找不到地方！我们这些基层人跟着你们，就像线跟着梭子，不能因为是老企业了、出现暂时的困难，就想剪掉线，甩掉我们、淘汰我们，这与过河拆桥、鸟尽弓藏有什么区别？设备是死的，你们可以拆掉，可开设备的人是活的，得吃饭，得走路，得生活。"

老娘看到儿子如此激愤，心疼地拍了拍儿子的手，苏向北慢慢回过神来，他本来要说的还很多，却被老娘的安抚打消了。

在老娘眼里，儿子还太小，也就刚刚懂得区分糖果和矿石的味道。但一块包着糖衣的石头也许会让儿子误吞进肚子里。

车新安静静听完，眨着眼睛。那娘俩都等着他说点什么，可他像哑巴，只和苏向北对望着。某种怜悯之情，混合着说不清的感觉，在车新安心里油然而生。听这位年轻人讲话，让他觉得像看一棵砍掉枯枝的树，新的、更健壮的树枝就要长出来。他不敢把真实的想法说出来，因为，对严重亏损的形势来说，他此时施舍给这个年轻人的，可能只是一场春梦。

"车新安，上头有什么重大举动？"还是老师了解自己的学生。

"楚老师，总体情况比他了解的更糟糕。比干集团出现了历史上最严重的亏损，白鹭铝业只是其中一个分公司，白鹭铝业的情况可能是许多国企共同的困境。比干集团为了能支撑下去，已开始贱卖部分有价值的公司了，预计能回补近百亿的亏损窟窿。无论多么老牌的国企，都面临着同一个市场形势，危机就是危机，度过了就会有新生，度不过只能破产。以往的名气和辉煌的经历，抗不过市场的冷酷。国资委也强调让各企业尽早学会止损，断臂保命，如果一拖再拖，定会导致资产严重缩水，形势会更加严峻。"

"变卖家产成了比干集团唯一的救命稻草？可这根本就是治标不治本？"车新安的话像一记耳光直白干脆，让苏向北止不住地愤怒。

"但是谁又能阻止铝价的下跌以及成本上涨？世界产能过剩，不只是铝，你看看钢铁，再看看……"车新安不忍再说下去，谁都明白，此时许多国企哀鸿遍野。

"这不公平。基层企业一向就是跟着指令走，就像在黑暗的隧道里，上级用火炬引导着我们，可走到中间时，火炬突然灭了，黑黑的隧道只剩下无助的瞎子一样的工人们。这时，你们让我们断臂保命？自生自灭？把我们当僵尸？"

苏向北原以为见到国资委的人，会讨个好主意，不承想被泼了个透心凉。原来自己只体会到了痛，没看到病，而病的源头竟然是更大的病。此时，他感觉白鹭铝业就像不会游泳的人掉进了水里，手脚乱扑乱打，想尽办法把头挺出水面，结局怎样，还真不敢想象。

原来高层也不过是比自己的世界更为艰苦更为焦灼的世界。在自己的世界里，工人们做完重活，会懒散地休息，有的骂着粗话，有的讲些黄色段子，还有的反复哼唱简单的歌谣……在这个底层世界里，市场经济也好，计划经济也罢，都被当成领导的讲话稿对待，值得画一条下画线。而过于高深的说教就像梦里的呓语，又真实又虚幻。

"儿子，你就是个小职员，很多事也不是你能操心的，就别为操控不了的事费神了。"

"娘，您说得对，其实这种大形势，我们公司领导们未必不知道，只是都不忍下手裁减员工。止住出血点，说得容易，让谁下岗都难受，毕竟工人都指望着工资吃饭。有些老工人守着停产的机器掉泪，他们一辈子和机器为伴，如今机器老化了，他们也和机器一样，被淘汰了。那些基层的工人，他们或许狭隘，但并不愚蠢，他们或许不像受过高等教育的人那样有知识，但他们有品质，骨子里透着忠诚。娘，我有时走进停产的车间，比走进墓地都凄凉。"

"孩子，你真长大了，"老娘拍着儿子的胳膊，欣慰地看着儿子，"我原以为你只为复仇，还怕你被仇恨眯了眼睛，现在，我放心了！"

"娘，我明天就回去。"

苏向北和车新安聊过之后，就像一条搁浅了很久的船，又被涨潮的海水带回到波涛之上，激起了征服大海的欲望。

"你不是要住一周的吗？"

"我不知回去能干什么，但在这里坐不住。或许 M 国的设备快到了，可以提前翻译说明书，或者培训员工。"

"这个性，真像你爹。"

二十一

白鹭铝业的领导班子并非一池春水，内里也暗流涌动，有人希望来一次激动人心的喷发，彻底洗牌。

M国的设备问题，谁都以为是顾总的滑铁卢，如今却意外地挽回了白鹭铝业的损失，从而塑造了顾总力挽狂澜的好形象，也赢得了比干集团领导的表扬。顾总的第一把交椅坐得更扎实了。

其实顾总也知道，公司发生的任何事，并不像看上去那么简单。比如研究院的大火，再比如停产的电解铝员工的聚集……表面看是问题，背后却可能是阴谋，闹大了就是管理不善。管理不善的事件积累多了，就有被罢免的风险。但人生在世，在顾总看来，是时也命也运也的大集合，天不得时，日月无光；地不得时，草木不长；而人不得时，一切算计便都付了五谷杂粮。

苏向北是人才，顾总不想放走。总部调他去北京的事，他一直秘而不宣。

上午班子召开会议，讨论提拔一批年轻干部。非常时期，需要非常举措，只有提高年轻人的积极性，才能焕发企业的活力。负责生产、设备、财务、安全等部门的副总们都提了自己的人，大家商议，举手表决。

顾总最后提了苏向北，这是个敏感的名字，毕竟他的副科时间还不到一年，提为副处，属越级提拔。越级提拔不是不可以，特殊人才当然应该特殊对待。顾总在开会前，与几位副总私下商议过，大家对苏向北还是很认可的，也认为提干是留住特殊人才的好方法。

宋副总第一个发言，讲了苏向北一串特殊的贡献，以及出众的才华。其他几位副总也随声附和。待举手表决时，高副总却发话了："苏向北真不错，论功行赏，他绝对第一，但是提干，我觉得还可以再缓缓。毕竟年轻人提得太快，别人若有意见，反复举报就不好了。再说了，提得太快，反而会让他膨胀，让他变得轻浮，说不定会毁了这小伙子。所以，我建议奥尔马花公司的生产线投产后，再提也不迟。再就是如果现在提了，他真调到总部去了，岂不让总部的人觉得我们办事轻浮？"

其实顾总另有算盘，如果苏向北乐意到总部工作，那现在提任他，他会非常感激，就等于是白鹭铝业安插在比干集团的"内线"了。朝里有人好办事。再就是苏向北这样的人早晚会得到重用，何不自己当个好人，积点阴德呢？但这话顾总说不出口，所以才被高副总戗住了。

顾总挂着一副诚恳听取意见的表情，仿佛抬眼瞥见了一场意想不到的花海。顾总和暗中的对手，就像情人之间，也需要臆测和假想。而此时，高副总的反对坐实了"情敌"的猜忌。

顾总看着高副总的眼神除了赞同，还有怜悯，甚至还有那么一丝嘲笑。顾总随即采纳了高副总的建议。

高副总心满意足，自己想提的人提了，而别人想提的人压住了。那得意劲，简直像初入洞房的新郎。

今天是个气味浓烈的日子，高副总把碱味十足的气息带到了会议室，把内心的政治摆到了办公桌上，把势力范围暗暗布局到别人脚下，行云流水，不着痕迹。不得不说，高副总吃的饭都长了脑子上。

苏向北提干的事就这么被毙了，若传出去，顾总也是应被感激的人。

在美国考察时，顾总只知道苏向北有时间就去见同学，并不知道苏向北暗中调查了钱伟伟女儿的事，当然也不知道苏向北身后的秘密。

苏向北刚下火车就接到吴主任的电话，要他立刻到顾总办公室。

苏向北没敢怠慢，坐出租车直奔办公楼，他以为找到了研究院纵火的人了。

路边，白鹭铝业的厂房一排排地往后飞去。这么多年过去了，坐在出租车里，爸爸带他参观氧化铝车间的情景，依旧蕴藏在记忆深处，蕴藏在生命之河的波纹里。

苏向北赶到办公楼时，顾总正送客人离开。大厅里铺着红地毯，而那四位客人，仿佛顺路拜访二舅三姨的毛头小伙，穿着好看的西装，看上去像空有一腔自信的嫩瓜。顾总谦恭地握手并请他们上车。

苏向北后来才知道，那为首的是某银行的小领导，掐着白鹭铝业贷款的命脉。

苏向北随顾总进了办公室，顾总把比干集团调他去办公厅的事说了，当然，去不去还看苏向北本人的决定。

苏向北有些淡淡的失望，他真的以为有了纵火犯的线索。看来，那案子是破不了。

"这是个机会，你去还是不去？"

"顾总，容我再想一想吧。"

苏向北当然不会去，他怕当场就定下来会暴露留在白鹭铝业的意图。

天还没阴沉到需要开灯的程度，头顶的节能灯散射着白炽光，看起来漫无目的，却强大到充满了目的性。苏向北只是在快乐的时候才感到孤独，而此时，站在灯光下，却体会到一种冰冷的孤独。

"那就明天告诉我。"顾总似乎再没有什么可说的，但苏向北却感觉有许多问题需要深度交流，迟疑着不想离开。

此时与顾总的距离，在苏向北看来，似乎隔着千山万水。许多心知肚明的事，总得有人迈出第一步。比如钱伟伟出卖给奥尔马花公司信息的事，导致白鹭铝业花重金买了二手设备，难道顾总一直不想解决吗？或许就这么放任钱伟伟？

苏向北仿佛坐在高铁里，身后是位动不动就发飙的壮汉，膝盖顶着座椅的后背，可劲地抖腿。苏向北正极力压制着一阵又一阵的冲动。

"顾总，我和钱处长深聊了一回。"

"有收获吗？"

"有收获。我告诉钱处长，我掌握了他私通奥尔马花公司的信息，以及他收贿的资料，他果然上当了。我们聊了很久，他在这个问题上至少很坦诚。他收了奥尔马花公司三千多万元好处费，他将如数交给公司，然后辞职，条件是我不把他的信息交给纪委。"

顾总良久没发一言，静静听着，仿佛早就知道这信息，又仿佛被这消息震蒙了。

苏向北猜不透顾总在想什么，是责怪苏向北擅自动了他的干部，还是暗自开心帮他扫除了石子，也或者根本就无所谓？

"还有谁知道这事？"

"就我和钱处长。"

"你打电话给他，让他马上来这里。"

在美国时，顾总和苏向北讨论任何问题都能很容易达成一致意见。而今，苏向北发现顾总再不像在美国时那般容易亲近。在美国，顾总是位虚心的学习者，参观美国工厂，贪婪地学习对方的管理经验，不放过任何切磋的机会。而此时，坐在办公室里的顾总，喜怒不形于色，根本看不出他是赞同还是反对，看不出他是在思索还是午梦初醒。

顾总典型的国字型脸，双眼不大，可很聚神，盯着人看时，仿佛能看到人骨头里。他的嘴总是紧紧闭着，一旦开口又总能让人紧张。他瞥了苏向北一眼，这一眼是缓慢的，意味深长的，似乎在说他知道苏向北所有的交易。

熟悉顾总的人都有一个印象，重要的决定都是站着做出的，也就是说他坐着的时候，仅仅是酝酿。

此时，顾总正坐着。

等待钱处长时，苏向北得知奥尔马花公司的设备后天就要到了，如果他不去总部工作，就会被派到宁厂长工作组，负责氧化铝新生产线的筹建。

钱处长很快到了顾总的办公室，顾总关上了门，提醒办公室的人不要让任何人打扰。

顾总示意钱处长和苏向北坐在沙发上，他则远远地坐在老板椅上，仿佛只有拉开距离，才能看清二人的脸色。

钱处长再没了以往的傲气，低眉侧目、耸肩垂头。其实，自那天和苏向北摊牌后，他就等着这次会面了。

"老钱，我刚听苏向北说，吓了一跳。事情怎么发展到这种地步呢？"

钱伟伟看了苏向北一眼，从他平淡的眼神里，知道这小子遵守了两人的约定，并没有将更多的信息透露给顾总。于是佝偻着身子，以无限内疚的拉不出屎般的痛苦表情，坦白道："顾总，我辜负了您，是我利欲熏心，昏了头，给企业造成那么大损失，我罪该万死！"

顾总突然变脸，啪地猛拍桌子，吓得苏向北一哆嗦，震得玻璃杯掉在地上，跌得粉碎。

钱处长头垂得更低了，仿佛顾总的暴躁早在他预料之中，只能以后脑勺抵抗顾总的怒火和飞沫。

在钱伟伟心甘情愿的姿态里，透着一种不能自圆其说的东西。凭着三十年对权力的满腔热情，他面对这种情况内心也会无所畏惧——如果打哆嗦，只能说明装得心悦诚服，如果惊慌失措，只能说在矫揉造作。生命苦短，岁月薄凉，被命运掐住脖子时，他以强大的忍耐力量，拼命挨过这艰难时刻。

"这是多大的工程，我们白鹭铝业差点毁在你手里！这是什么时期，大家勒紧裤腰带过日子，你却像野狼肆无忌惮！这消息一旦公布出去，五万员工还不把你撕成碎片。你对得起重病的于总吗？对得起良心吗？你对得起谁？苏向北答应不把你交给纪委，他有什么权力？"

顾总愤怒地侧向苏向北，并指着他，质问道："你，一个刚毕业的学生，有什么权力放走他，谁给你的权力？你说？谁？你能代表谁？代表公司？代表你们外贸部？还是代表你的什么科？告诉你，你什么也代表不了，根本就无权！信不信，我现在就能开除你！他是谁？我们的中层干部，重点培养对象，你有什么权力私下和他谈？摸摸你的脸，是不是太大了？摸摸你的脑袋，是不是不想要了？"

苏向北吓得大气不敢出，这狂风暴雨的场面还是第一次遇到，每个汗毛孔都隆成了鸡皮疙瘩。

钱处长紧皱着眉，不知道时间是不是在走，不知这一刻过了多久。他像被猛然带到了另一个世界——麻木、混浊，酒醉般的不想清醒。才过了一分钟，他却觉得像一个世纪那般漫长。

"老钱，我本来还指望你担更大的担子，你是位老干部了，有管理经验，又有头脑，像你这样的人才我们公司真不多。你太让我失望了。这小子刚和我说时，我还以为他在胡扯、在说梦话！原来竟然都是真的？这么多年的说教都喂了狗吗？这么多年的纪律约束都成了笑柄吗？三千多万，听听都吓死人！下岗的下岗，半薪的半薪，三千万啊，五万职工的汗水，你还有没有良心，还是不是人，你还知道不知道自己是什么东西？你信不信，我现在一个电话让纪委来，你就会在监狱里待上二十年？那么大的数字，怎么敢让员工知道？怎么有脸说出去？你说，让我怎么办？你们俩把这事摆到我面前，我该怎么办？"

钱伟伟突然双手捂着脸哭了起来，那泪水从手掌里滚滚流出，哽咽的声音像下水道的咕噜声。

"你是为钱吗？你这么多年的处级干部，日子应该很滋润吧。金钱是好东西，可以买想吃的想要的，但买不来智慧；可以买到钦佩、奉承，但买不到尊重；可以买到光彩、虚荣，但买不到品格。你糊涂吗？不要说三千万，就是三个亿，你值得赌上这一辈子吗？被关进监狱里，除了屎屎尿尿，你什么都没了，乞丐都不如！"

顾总越说越动情，在房间里走来走去，又气又恨，声音也越来越高。他发现钱处长哭得更厉害了，突然住嘴了，异常难过地抽了两张纸巾，走到钱处长面前，拍了拍他的肩膀，递给他。

顾总像苦口婆心的大哥哥，而钱伟伟则变成了不听话的小迷弟，而小迷弟的角色是他唯一心安的角色了。钱处长满脸泪水地接过纸巾，哭得反而更凶了。

不知钱弗珊看到爸爸这样会怎么想？还愿意结识留学生吗？

"好了，你也别哭了。想想还有挽救的办法吗？还能不能保住你的职务？"

"顾总，谢谢您的好心，我有罪，真没脸再留下了！"

"这是什么话吗？这里就我们仨，小苏，你能说出去吗？"

苏向北立刻将头摇得像拨浪鼓。听他们真情流露，任谁都会觉得亲兄弟也不过如此。

"谢谢顾总，大恩大德，永世不忘！"钱伟伟擦着眼泪，拖着颤音，表白着。

"这事只能按你的意思办了！"

钱伟伟鸡啄食似的点头，不停地点，像贪吃的母鸡。

钱伟伟不再开口，他们的目光不断看向他，等着他说点有价值的话语，不过他的声音似乎在身体深处消失了。

办公室密不透风，一时安静得让每个人都很紧张。

顾总无限惋惜地叹了口气，那沮丧的表情简直像雷雨天气。他拿出一本印着白鹭铝业字样的便笺纸和笔，放到钱伟伟面前。"你把这事简单地写一写，以免上级追究，怪我放走了一位好干部，我也可以自保。"

钱伟伟没想到顾总来这一手。无论如何，他是不能留下任何字据的。那天他还庆幸苏向北太嫩，没让他留字据呢，没想到顾总却来这一出。

"顾总，还是不留吧？"

"不用太长，两三句话就成，你也知道，我曾提你为公司的后备干部，至今也是排前几位的中层领导，放走你，我是有责任的。你不会让我为难吧？"

钱伟伟暗自叫苦，不得不拿起笔，生平第一次，为自己的职业生涯写下了罪恶的判词。

至此，苏向北恍然大悟，这一课所能哺育的，取之不尽用之不竭。

钱伟伟动笔时，苏向北感觉自己很多余，又焦灼又忐忑。窗外乌云飞渡，正把暴风雨带往别处，树枝在风中狂摆，服了摇头丸似的。苏向北像看风景的闲人，默默站到窗前。

钱处长一向鼻孔朝天，根本不把某些副总放在心里，即便顾总也偶尔会受他轻曼。当他静静书写时，又成了在文件上签名的矿山部一把手，自信、平静、威严。如今，从骄傲下降到卑微，从领导转至为闲人，从猖狂跌到可笑，难道他就一点不难过和羞耻？就一点不惊讶和悲凉？就一点不意外和哀愁？

苏向北想多了。其实，钱伟伟之所以不想留字据，是盼着顾总倒台或调走，高副总上位。那时，他又可以光荣地调回来，堂堂正正地享受权力的风光和利好。而今，有这字据，便毫无意外地抹杀了复职的一切可能。这一仗，他败得纯粹而彻底。

苏向北和钱伟伟一起走出顾总办公室，苏向北瞥了他一眼——竟然看到了一张毫无愧疚的面孔，一副毫无悔改的表情。而那冷傲的神情下，竟透着暗暗的得意劲。

顾总慢慢收起钱伟伟的认罪书。他知道，钱伟伟如此甘愿认罚，绝不仅仅因为贪污的三千多万，肯定还有更多的故事，保护了更重要的人物。苏向北只知其一，不知其二。但事情就是这样，如果真把钱伟伟之类的人逼急了，说不定会出人命案子，到时就不仅仅是一个房间着火，而可能是整幢大楼了。

二十二

苏向北惊魂未定地坐在椅子上，盯着黑黑的电脑屏幕，出神地望着。

同事不明白他为何对着黑屏发呆，以为大凡怪才都有怪习惯。

我思故我在。他就那么坐着，最后一位同事离开时，好心地替他开了灯。

顾总的怒火和钱伟伟流变的表情带给他的震惊，需要很长时间慢慢体味。此刻，他努力自检是否哪个地方藏着陷阱，是否哪个环节暗藏着玄机，因为稍不留神，就会粉身碎骨。就像顾总骂他的："摸摸你的脑袋，是不是不想要了？"

事情就是这样的，许多人在入职之前，除了善良，什么都不懂。正是职场的险恶，让人变得复杂，变得不再纯真。刚刚发生在顾总办公室的大戏，够苏向北消化一阵子的。

突然高诗诗站在门口，惊讶地招呼他。"听说你回来了，我还不信。你不是住一周吗？怎么回来也不告诉我，请你吃饭看电影吧，给你接风！"

高诗诗的话根本不用回答，因为她也没想听回答。此时，她只想抓着苏向北。她笑嘻嘻地跟随着他，对自己不抱一丝怜悯地守在男厕门口，为这么多天的头一个胜利而扬扬得意。

苏向北建议在电影院周围吃份快餐，直接去看电影。高诗诗欣然同意。

他们一起吃了拉面，苏向北仿佛饿了很久，狂吃海喝，连面汤都喝得干干净净。高诗诗也装出了大胃王的样子，把平时两顿饭也吃不完的拉面，全塞进了肚里。可苏向北根本就没在意她吃了多少，也没在意她点的哪种拉面。

高诗诗陪着苏向北向电影院走去，感觉这大街也高级了很多，行人也时尚了很多，仿佛每个人都很幸福。她聊工作，聊同事或同学，聊最喜欢的电影，一路聊来，仿佛火刀敲石子，敲了一阵子苏向北的心门，却不见冒出半点火星来。不过，她有的是信心。

苏向北买了五分钟后就开演的电影，国产片。苏向北不在乎什么电影，他只想尽快逃进黑暗里，一个人静静思考。

那果然是一部傻头傻脑的电影，观众们不时抱怨，还骂着脏话。连高诗诗都觉得这电影既没故事也没逻辑，表演得也很做作。苏向北却瞪着一双大眼睛，紧紧盯着前方，像第一次看电影的小学生，又专注又忘情，只是该笑的时候不笑，该怒的时候不怒。高诗诗把自己的饮料给他，他一口喝干了。

至此，高诗诗才明白，他根本不是在看电影，而是在看他自己——他有心事。

出了电影院，高诗诗默默开车，载着苏向北往回走，良久，没人说话。苏向北才意识到自己太失礼了。

高诗诗把他送到公寓楼下，他在高诗诗手上亲了一下，想弥补今晚的失态，却按下了爱情的按钮。高诗诗伸手搂住他的脖子，吻了他。所有记忆都是尘封的，风一吹就散了，只有爱情是窖藏的，开坛就透着芬芳。

张樱从传达室出来，提着水饺盒，当看到他们在车里亲吻时，又羞愧又难过，伤心地跑了，可正好撞到一群醉意昏沉的单身狗。

小伙子们刚喝完酒，身体正激荡着荷尔蒙，顿时一片啸叫、喝彩，拦着张樱试图和车里的人要个说法。

最终，张樱哭着跑掉了。

喜欢一个人没有错，但女孩通常犯着臆想的毛病。张樱以为苏向北收下了山参礼盒就是收下了她的心意。她慢慢地将苏向北理想化了，把一切不可能的爱和想象中的情全部归属于他的爱情。岂不知，除了顿悟把山参丢在了高铁上，苏向北根本就没想起过她。张樱掉进自挖的陷阱里，让等待变成了渴望，急切地想要见到他。

钻出车子的苏向北，望着张樱的背影，轻轻叹了口气。

"去追啊，追！"

他们让苏向北去追。苏向北扶着车门，喝醉了似的傻笑着，好像灵魂还有一种深沉、持久的呢喃，驾乎在生活的呢喃之上。

他看到林海洋也混在这群单身狗中间，便告诉林海洋："你替我去安抚安抚她，替我说声对不起。"

醉意昏沉的林海洋就真的去了，仿佛那不过是帮人扛一桶水那般简单。

单身狗们冲着高诗诗叫嫂子，把这场刚刚启蒙的恋爱瞬间炒作成了事实的婚姻。

高诗诗甜蜜得快炸了，陶醉在"嫂子"的称谓里。

奥尔马花公司的设备到了，苏向北几乎日夜吃住在工厂里，安装设备，调试机器，讲解程序，工作量大，任务极其艰巨。一个月下来，瘦了六七斤，以前的衣服穿在身上，竟像偷来的。

同事们喜欢和苏向北一起加班赶工，向他请教工作就像拉二胡，弓弦一推一拉一抖一动，都会彼此呼应。在如此浮躁又缺乏志向的时代，在如此庸俗又声色犬马的时代，大家齐心协力地建设新生产线，那也是一件快乐而美好的事情。

高诗诗时常到车间看望苏向北，给他带来大虾或螃蟹之类的美食。她是个聪明的女孩，美食的香味有利于爱的推搡，毕竟感官的快乐和胃肠的满足有利于分泌性激素，而性激素多了，便会滋生爱情。于是她宁愿午夜时分，摸黑下楼，在忐忑的汗水中走向自己的情人，给他美食，赢得香吻。

顾总是从吴主任那里得知高诗诗和苏向北恋爱的。会议开始前，顾总祝贺高副总找了个好女婿。高副总懵懂得像可爱的大熊猫，谁都以为高副总会心花怒放，可他暗暗叫苦，仿佛这场恋爱就是个笑料。

高副总质问女儿，什么时候和苏向北开始恋爱的。

"五天前。"

"才五天？"高副总惊讶地瞪着白眼球偏多的眼睛，"才五天你就广播得全公司都知道了？你不怕有一天分手了，被人耻笑？"

"我们是奔着结婚去的，凭什么被人耻笑？"

当得知是高诗诗主动追求的苏向北，高副总更是叫苦不迭，恨不得让女儿快刀斩乱麻。可女儿已成了情痴，声明就是变成蝴蝶也跟着那个男人。

"苏向北是个多么狡猾的人，十个你的智商也赶不上。"高副总有满腔的话要交代，可关键的又说不出口。"记着，登记之前，你可不能和他……太亲近！"

高诗诗哈哈大笑，笑得捂住了肚子，没想到老爸这么传统。心想老爸要是知道她大学时怀过讲师的孩子，那还不得气死。高诗诗搂着爸爸的肩膀，骄傲地安慰道："放心，你女儿也不是吃素的。我高调恋爱，是为了吓退那些追求他的女孩。如果他不合我意，我当然会一脚蹬开。"

其实，女儿根本不了解老爸，高副总担心的可不是这些。这么一个刚入职的小伙子，竟然逼得钱处长悄悄辞职，还得交回所有贪款……高副总像露天表演的歌星，观众的欢呼似乎离他非常遥远，而自己的忧伤却被摄像机无限放大。

出于某种连自己也说不清楚的奇怪感觉，高副总恨那个年轻人，正因为内心的隐秘，他的恨也就更刻骨铭心。阻止他提副处仅仅是这种恨的外在表现，不但因为他敢和钱伟伟斗，还因为其他事情。和女儿冲突后，高副总带着复杂的心情走进夜晚的公园，在人群和树木中挤来挤去。噪声、散发着香味的人群、拂动树枝的微风，都能舒缓他紧张的神经。

高副总灰色的眼睛似乎能敏锐地观察到周围的变故，脸上依旧是平静的表情。满腹心事拖累了他的脚步，无论谁和他搭讪，让他开口总是难度很大。

有一天早上，伴着老伴唠唠叨叨的抱怨，高副总完成了大便的排泄，在按下冲水键时，仿佛过往的怨恨都从下水道流走了。洗完手脸，看到桌子上美味的早餐，内心的沉重似乎又释然了。

不过，反过来说，有这么强悍的女婿，还怕什么？

高副总一反最初的态度，让女儿给苏向北送营养品，什么贵送什么，什么好吃送什么。

工厂里流传着一条消息：所谓幸福，就是苏向北的伙食。

为了向国庆献礼，加紧设备调试，苏向北已两天两夜没休息了。终于顺利开工，高品质的氧化铝粉，像细雪涌出了生产线。宁厂长激动地拥抱着苏向北，又蹦又跳，把车间当成了迪厅。

顾总陪比干集团的蔡副总到新车间参观，前呼后拥。在技术操控中心，通过监视器，发现苏向北正在车间里检测设备的数值。

顾总指着屏幕上的苏向北说："这就是总部要他、他不去的那位。"

"苏向北！"

"在总部名气也这么大吗？"

"给老总当秘书，别人争得头破血流呢。这小伙子有个性。"

其实，顾总至今也不明白苏向北为何留下。显然，女人不是他的借口，升职似乎也不是他的格局。但话说回来，每次选择的背后，都会有或大或小的隐情，毕竟连最不起眼的小鸟的鸣叫，世界也会配合。

苏向北穿着沾着矿石粉末的工作服，提着安全帽进了食堂。早已过了饭点，食堂仅剩菜汤了。他把安全帽放在餐桌上，到窗口买了份白菜炖豆腐的残羹和两个馒头，好心的胖阿姨根本没让他付款。

饥饿是最好的料理，苏向北刚开始吃，发现林海洋东张西望地闯了进来。苏向北向他举了举手。

林海洋早已吃过午饭，机关的饭食自然比分厂的质量高些。看着苏向北稀汤寡水的饮食，林海洋很想给他订一份外卖。如果真那样，苏向北反会很生气。

有些人身上总有不凡的特质，无论他们吃喝得多么寡淡，无论他们包里是否有钱，也无论他们从事什么工作，身上总有一种冲劲。他们自己前进也会带动别人前进，自己创新也会拉扯着别人创新，靠近他们就像靠近鲜花、靠近太阳。在林海洋看来，苏向北就是这种有不凡特质的人。

林海洋想求苏向北办点事，却又吞吞吐吐，想说的话总锁在唇齿间。苏向北再三催促下，才把张樱的名字说出来。

苏向北立刻明白他吞吞吐吐的原因了，当即答应他的请求，并拍了拍林海洋的肩膀，向他们祝贺。林海洋的脸红得像鸡冠子，傻笑着。

苏向北放下馒头，给宁厂长打了电话，三言两语就解决了张樱的问题。原来张樱只求到新生产线上工作，没承想还会担任小组长，负责管理七个员工。

第九氧化铝厂工作组共五人，其他四位都是副处以上干部，但谁都能掂量出苏向北的分量。安排张樱为组长正是苏向北分内的事，宁厂长自然不会有意见。

那晚苏向北让林海洋去安抚提着水饺盒跑掉的张樱，他们也就此结下了缘分。喝醉了的林海洋告诉又气又恼的张樱："我是一块石头，没有呼吸、没有声音、没有颜色，也不会疼痛，你想揍就揍我吧。"张樱就真的把他打了一顿，虚荣心得到充分满足后，两人都意识到，这竟是最尴尬最特殊的时刻。人就是这样，拐弯就遇到了真命天子，而之前的心动不过是命运的恶作剧。

人是被时间磨损的，也是被各种各样的借口磨损的。每当林海洋和张樱甜蜜地走在熙熙攘攘的大街上，林海洋就会想起那次酒后的劝说，而他们的媒人若不是酒，就应该是苏向北了。

两三分钟的时间，苏向北隆重的午餐就吃完了。林海洋拿出一张发黄的纸，递给苏向北。"我整理爸爸的东西时发现的，只是感觉很奇怪。"

这是一份凤凰山矿石质量检测报告，显然，矿石的铝硅比太差，根本不合格。

苏向北反复看着报告，没发现什么异常，与现在凤凰山矿石的标准相同。

"苏哥，你看日期，1994 年 5 月 13 日。"

苏向北立刻回忆起一连串数字。1994 年 5 月 18 日白鹭铝业购买的凤凰山，当时以为凤凰山和白鹭山一样，含有大量的铝矿石。并且一周后，就发生了"5·24"矿难。

既然已有了矿石不合格的报告，还是收购了……难道当时的检验单造假，所以才发生了矿难？苏向北突然寒毛乍竖，仿佛巨大的网自天而降，把他们两代人紧紧地扣在了网中。

"最近公司账上有三千五百万入账，听说是钱伟伟上交的倒卖矿石的违纪款。"林海洋悄悄告诉苏向北，仿佛这是天下第一秘闻。

倒卖矿石？群众的想象力真不错。"这份报告不能让任何人知道，"苏向北叠起报告，还给林海洋，"事关重大，可开不得玩笑！"

大凡领袖除了非常聪明外，都有一种舍我其谁的意识——凡有这种意识的人，做不出成绩是不可能的。而林海洋发现，苏向北身上就有那种舍我其谁的气质，只是他更善良、更有担当，也更沉稳。

二十三

高诗诗提着饭盒踩着高跟鞋，迈着时装步踏踏地走了进来。苏向北放下记录本，拉着高诗诗直到车间门口，指着墙上“闲人免进”的牌子：“认字不？”

高诗诗有些不高兴，感觉苏向北太不把她当回事了，太挑剔、太苛刻。

“别不高兴，生产现场必须无垃圾、无灰尘，设备清洁、环境卫生，避免粉尘影响生产……才能保证产品质量。我们所有人进来都得套鞋套，比干集团老总进来也得套鞋套、穿工作服，你为什么直接闯进去？就因为你是高副总的女儿？还是因为你长得漂亮？或者你就这么不通情理？再就是以后不要再送饭了，我和同事们一起吃，不然别人会妒忌你家的饭太好，给你爸爸招惹是非？你没发现吗，总吃你送的饭，都把我吃瘦了！”

高诗诗委屈得差点哭出来。苏向北指责她的所有不对，她都以为是苏向北不喜欢她，至少不像她喜欢他那般喜欢她。这个女孩的人生是用甜言蜜语堆砌的，而委屈的时候，全世界都得道歉。

高副总教女极严，总是以树的形象进行人生劝导：遭雷劈的树，残存的树根依然生长，努力拱出泥土，当然不是为再遭雷劈，而是为了见到阳光，为了开花结果。但将故事和想象分裂，是所有女孩的特点。此时，高诗诗早已忘记树的寓言，找到了最犀利的表达方式：噘嘴、沉默和流泪。

“好吧，别不高兴，晚上请你看电影！”

在苏向北看来，高诗诗若继续趾高气扬，便会一只脚踏进自挖的陷阱。

苏向北主动邀约终于让高诗诗阴转晴。高诗诗因为一直生活在甜蜜的氛围里，成了宠大的巨婴儿。如果面对残酷的命运，根本没有站起来反抗的能力。不但如此，由于她对人生还毫无认知，尊严和希望这种精神，还没被培养起来。她像一张白纸，等待着被规划。但古人说：三岁看大，七岁看老。改变一个人，很难。

妈妈一直催促高诗诗把苏向北带回家，可苏向北总是以各种借口推托。主动邀约看电影竟然是相识两个月来的第一次。

苏向北的恋爱风平浪静、有序推进。高诗诗漂亮、开朗，声音非常好听，最关键的是非常喜欢苏向北。苏向北感觉和她在一起很愉快。愉快的情绪相加，或许就是爱情。

和莫瑞在一起的感觉永远不再有了，毕竟那是初恋，是青春的殇，是成长的痛，也是必须被翻篇的从前。

今天是高诗诗的生日，苏向北故意没挑明。高诗诗刚回到家里，就发现桌子上放着一束火红的玫瑰和一个礼品盒。妈妈说是快递送来的。

高诗诗迫不及待地打开了盒子，是一件价值三千多元的原白的羊绒毛衣。高诗诗高兴地把毛衣套在身上，在镜子前转圈圈。妈妈看到女儿这么开心，当然也很高兴，只是她觉得第一次给女儿送礼品就是白色的，有些不吉利。

高诗诗化了妆，穿上了新毛衣，又时尚又漂亮，向镜子做了个飞吻，跑了出去。希望、失望、失望、希望，这是恋爱的基本规律，在通往爱情的高山上，越献身得一无所有，越爱得激情澎湃。

他们没去看电影，高诗诗不想把浪漫的时光浪费在电影院里。他们吃饭、喝酒，手挽手地逛商场。

苏向北的毛衣太肥了，随即选了一件，才四百多元钱。

"你至少应该也买件羊绒的。"高诗诗感觉他对自己太随意，不讲究。

"和工人在一起，就不能搞特殊。和他们吃一样的饭，穿一样的衣服，才有同一群体的感觉，那感觉特哥们。"

"穷相。我爸说从一个人吃饭能看出这人的层次，从一个人的衣着，能看出这人的品级。"

"那你是什么品级，美女？"苏向北调侃着，试图纠正她内心的偏见。"我穿了这衣服就成了次品吗？我和工人一起吃大锅菜，就不配和你在一起吗？现在的人啊，什么价格都知道，就是不知道它的价值。"

"你这人真怪，我当然不是这意思的。"高诗诗傲娇地偎依在苏向北胳膊上，幸福地走在夜色阑珊的大街上。她今天心情好，似乎能允许任何道德偏见。

女人代表物质对思想的征服，男人代表思想对自我的胜利。苏向北不想多解释，好多问题就是一个人的事。他非常崇拜孟尝君，孟氏的"量宽足以容人，德高足以服人，倾财足以聚人，身先足以率人"，在他读初中时就写在了笔记本上。

"要是不怕别人捡走，有很多东西，我们早就扔掉了。你信吗？"

高诗诗仔细品了品苏向北的话，感觉还真是那么回事，不由为男友的智慧而欣喜，在苏向北脸上亲了一下。这一下，惹起了彼此的馋虫，搅起了恋爱的沸点，相互拥抱着迫不及待地闯进了苏向北的房间，快速地脱着彼此的衣服，什么品次、智慧、穷相和征服，以及高副总的警告，全都风一样消失了。

仿佛这一晚从开始就是为此目的而存在的，之前的一切都是预热。在高诗诗看来，仿佛只有躺到苏向北的床上，才是送给她最昂贵的礼物，而能脱掉苏向北的衣服，才是今晚最高贵而豪华的礼遇。

高诗诗幸福地笑着，深深地舒了口气，如释重负。一直以来她日夜畏惧的时刻到了，正是来红的第一天和他发生了关系，那精妙而溢的血巧妙地掩盖了她的性历史。和他激情而做的过程是逐渐导入的，并不生硬，也不做作，虽然回忆起来像一场拙劣的排练。她惊异于苏向北生活过于简单，过于好欺骗，也过于容易满足。为了安慰苏向北，她告诉苏向北自己是多么幸福，很想给他生两个可爱的孩子。

苏向北只是一片茫然，不能说什么也没想，只是暗暗拿高诗诗和莫瑞比。和莫瑞做爱后，依然感觉幸福满满，拥着她再睡到地老天荒。而此时，他却感觉特别空虚，仿佛自己成了气球，被人高举着招摇过市后，被一阵风带走了。

他碰了碰高诗诗潮乎乎的手，那质感就像手握一把初雪，只要稍稍用力，就会立刻消失，脆弱纤细得让他心痛。

他紧紧握着，希望永远这样激情而安好，希望爱情会慢慢醇厚起来。然而，苏向北心里清楚，自己所处的世界，并不是床，而应该是机声隆隆的场所。

父母的溺爱使高诗诗产生强烈的自私心，凡事总以她为中心。其实，在她内心，也过于孤独和不自信，过于简单而缺乏安全感，所以只爱热闹、爱被人哄着、爱生活的舒适，并以此种种，刷着存在感。

苏向北感觉自己可以满足她的需要，并能让她幸福。

"我爱你，诗诗！"苏向北的脸滚过一阵热潮，今晚，他彻底输给了那个甜蜜的微笑。就是因为相信了那个微笑，他才从心里接受了这个女孩。

高诗诗觉得胜利和幸福来得太猛烈，能表达这猛烈的，只有更猛烈。她像骑自行车似的又骑在了苏向北身上。

有了第一次，就会有第二次，热恋中的男女，发生什么似乎都是美好的。毕竟灵魂中存在着动物性，肉体中存在着灵性，有时感觉可以升华，理智也可以堕落。

人啊，你意欲何为？

白鹭市多年都未曾遇到过这样寒冷的冬天，窗玻璃上结满了冰霜，车间房檐挂满了冰凌，赤泥堆上结了一层薄冰。冬天的下午，厂区闪烁着朦胧的微蓝的光影。

第九氧化铝厂已全面开工，产品质量达到了世界领先水平，而生产成本也降到了国内最低。如果开足马力生产，足以挽救白鹭铝业的亏损，成为比干集团第一家扭亏为盈的下属企业。

"王八蛋！这是什么事？"宁厂长参加了公司的生产调度会，回来后，气得把笔记本往桌子上一摔，怒目圆睁，满口脏话。"奶奶的，我们全面开工了，却没矿石了！采购部这批吃货，人人拿着高奖金，却不作为。地球这么大，竟然没有一口我们可以吃的矿石？这群笨鸟，真想毙了他们！"

一段时间来，民企或中间商大量囤积矿石，预计矿石的价格还会攀升。公司的采购部却根本没有远见，完全错估了形势，本以为随着金融危机的加剧，原材料的价格都在下降，矿石自然也会下降——谁知矿石的价格不但不降，还一路攀升，甚至一天一个价。

有人说这世界疯狂了，其实世界一直是疯狂的，因为人的欲望没有边界。这危机也罢，那危机也罢，在苏向北看来，错的只能是自己，古人都知道仓廪实而知礼节。白鹭铝业的米就是矿石，如果连这源头都没了，岂不是五万人的荒唐。

人们总是抱怨这抱怨那，任谁都想随心所欲地生活，不疾不徐地工作，家中永远流淌着幸福和宁静——那是有可能的，但得发得起工资才行。

破云而出的山脊烟雨蒙蒙，那横亘在南方的山，雪白而水润。山里早就没有合格的矿石了，白鹭铝业不得不到外省采买矿石。

好像有人专门和白鹭铝业作对，采购人员好不容易和矿石供应商谈好了价格，第二天签合同时，却被其他公司以每吨多加百分之几的好处，拦路截走了。屡次三番，空耗时间和心力。目前顾总和副总们使出浑身解数，启动所有关系，到处找门路，找矿石，以解燃眉之急。

民企或中间商敢和国企争矿石，还有最主要的原因——他们体制灵活，签约时可以当即拍板。国企却不会有这种自主权，采购员将报价汇报给上级领导，领导再汇报给主管的副总，同意后才可签订合同。

抢矿石的紧急时刻，再这样走复杂的审批程序，必然会丧失先机。

眼看着生产线就要停工，员工们除了骂娘，似乎也无计可施，毕竟谁也没有无米之炊的本事。漫长的生产线一旦停工，料浆会沉积在沉降槽里，矿石会沾在运输带上，碱液也会结痂在管道里，清洗会是更大的工程，对系统的腐蚀也将造成更大的损失。

着急的真着急，不着急的真不关心，这就是国企。有的把国企当饭碗，有的把国企当跳板。在苏向北看来，办法肯定有，只是都尽力又都不尽力。他走在回公寓的路上，抬头看着正在变黄的树叶，心想其实在某一刻，这一切的事，一切的人，都会成为记忆……或许一二十年，或者永远不再来这地方。白鹭市也罢，铝城也罢，似乎只认可权术，早已忘却了对生命价值的热望。

下了一夜的雨，到中午都没停。单身公寓的哥们有人买彩票中了几百元，邀请苏向北喝一杯。郁闷的时候聚在一起，年轻人骂骂领导骂骂时代骂骂天气最解气。不知谁羡慕苏向北，说他前女友是维卫集团的儿媳妇，出手就给了他二十万，现女友是副总的千金，所有利好都会是苏向北的。

这让苏向北来了精神，突然站起来。朋友马上劝阻，以为他要发火。他却一本正经地问道："哪个哥们敢跟我去一趟维卫铝业？"

谁都以为他要去澄清谣言，忙拉着衣角让他坐下，继续喝。

"谁跟我去维卫铝业借矿石？现在就走！敢不敢？"

大伙这才发现他是来真的，于是抢着去见识见识维卫集团。

雨已停了，苏向北告诉高诗诗他要马上去维卫铝业，明天不能陪她逛动物园了。高诗诗于是开车送他和李海、王石去火车站。

李海和王石都是第九氧化铝厂的，带着见见世面的心态，成了苏向北此行的同伴。

如果白鹭铝业的领导班子都找不到矿石，却被我弄到手，到时受到的非议可能更大。于是苏向北带着两个同事，形成了一个团队，那便会堵住许多人的口实。

没有无法医治的疾病，只有尚未找到门道的医生。行动，是解决困难的第一步。

其实，到维卫铝业弄矿石，也不能保证肯定会得手，说到底，一切都是时也，命也，运也。如果季立功不想给面子，那也只能如此。但说不清为什么，苏向北只觉得这次出手定能成功。这想象的胜利既没有真实感，也没有挫败感，与其说是一次头脑发热，不如说只为求得尝试后的解脱。

雨后的白鹭市到处水汪汪的，闷了一天的人们走在大街上，感受雨后的清新。一位老大爷站在公交牌前等车，高诗诗飞也似的溅起巨大的水波，浇湿了老人。

苏向北恶狠狠地瞪了高诗诗一眼，可高诗诗根本没意会到自己做错了什么。

前方一位妇女拉着小孩子散步，旁边便是一摊积水。

"开慢点，别溅了人！"

高诗诗的车还是飞也似的蹿了出去，那小孩溅了一头水，冲着车挥舞着小拳头。

苏向北下了车，头也不回地进了火车站。高诗诗根本不明白上车时还热情如火的男友，为何下车后就变了脸。

珠宝总需要奢华的首饰盒保护，一位骄傲的"公主"渴望任性似乎也正常。高诗诗想要苏向北的一个吻，免得在他缺席的一天半里枯萎。可苏向北只给她匆匆一瞥，含着怨怒，旋即离去。

坐上高铁，苏向北才联系季立功，说自己和两个朋友正在高铁上，今晚到维卫铝业找他喝酒。

要想打败对手，首先得尊重对手，若不懂得尊重对手，那便不是善恶问题，而是器量问题。其实，在苏向北看来，再难对付的对手，内心都有一些可爱之处，即使内心是冰块，也有捂热的那一刻。何况，有格局的人，更善于将对手培养成朋友——他这么想，无非是在为自己求博容容的丈夫帮助而寻找借口。

李海和王石都是刚毕业的学生，青涩得像根芹菜。都是同龄人，他们不理解为何苏向北这般老练，甚至狡猾。

"你都经历过什么？"王石忍不住好奇，伸着头问苏向北，在他潜意识里，跟着苏向北，绝对不会吃亏。此时，他似乎想把听到的一切都收进脑子里。

"我经历过什么，你们最好永远不要经历！"苏向北拍着王石的肩膀，笑着，仿佛看到了脑海里的大雨，溅起了朵朵水花……妈妈失神地站在路边，路过的车将水溅到她身上，可她不知躲闪。

苏向北的身体是一座杂石堆成的山，是一道经历了风吹雨打的海岸。而这两位同事还要再过上好多年，才能在某个下午的火车上，盯着窗外空旷的田野，一言不发，默默思索，一如时间之漫长。

二十四

季立功副总亲自到站台接站，从贵宾通道出站。漂亮的服务员谦逊地为他们开门引路。

苏向北完全变成了另一个人，优雅而稳重，得体而高贵。他们一路说笑着去了维卫宾馆。每人一套高级套房，李海和王石在各自的房间又是拍照又是参观，高兴得在床上打滚。

简单洗漱后，季立功带他们去餐厅，维卫集团氧化铝、电解铝的八位负责人已等候多时了。宾主就座后，白酒红酒啤酒一起端了上来，大有不醉不休的阵势。李海和王石哪见过这场面，三两三的高度酒仰头喝干，谁迟疑谁就是孬种。

苏向北不能当孬种，因为他是来求助的。季立功显然对他网开一面，让他逃过了两杯。海参、鱼翅还没沾唇，李海和王石便已瘫软如泥，如梦似幻，不得不被架回了房间。

败，也是一种姿态。

但苏向北可不是来当战利品的，当两个队友神志不清时，他感到不安，暗黑地想到，博容容追求过自己，这可能让季立功心怀芥蒂。其实，苏向北理解错了。当女人一旦对丈夫有了把握，就会专注地去宽待另一个男人。博容容关于苏向北的推介语，都是正能量的。并且博容容在结婚后才明白，当年她和莫瑞一同进进出出，那时没人注意到她们，即便被人注意到，人们的注意力也总是在活泼的莫瑞身上——那些年里，博容容是个被遗忘的角色。

苏向北醉意阑珊地笑着，附到季立功耳边。"换个地方，喝茶，就咱俩！"

司机把季立功和苏向北载到清新茶楼，季立功显然是这里的常客，服务员把他们带到他的专属房间。

没等季立功吩咐，服务员便端来了醒酒汤，然后才开始泡茶。两盏茶的工夫，苏向北感觉清爽了很多。

"你是为矿石来的吧？"

苏向北笑了，算是应答。

"白鹭铝业有了新生产线，也并不等于就有了未来。你们买不到矿石，我们却堆积如山。你要，我可以给你，但这不是给白鹭铝业的，仅仅是给你苏向北的。"

苏向北双手抱拳，作了个揖。"你拦截了白鹭铝业的谈判成果！"

"你要这么说，我就一块矿石也不给了。告诉你，不是我拦截的，我从拦截者的手里又多加了一笔昂贵的手续费，才拿到手的。"

"拦截者是谁？"

"你们企业早晚得垮掉，因为养了一群监守自盗的贼！"

苏向北惊讶得汗都出来了，他知道有贼，但没想到贼竟然这么大胆。"多品种氧化铝的科研成果，到现在我还背着黑锅呢？"

"那成果也是从拦截者手里花重金买的。他们无所不能，我想要你们的任何东西，都会搞到手！"季立功端起茶杯，吹了吹，又放下了，"其实，你们公司纪委的人来调查过你，我只说了你曾救人的事，我可没把信息来源的淄众公司告诉他们，我没这义务。你们的采购人员千辛万苦地寻找矿石，货比三家地去筛选、考察质量、谈判，但就在签合同的关键时刻，拦截者一出手就拿走了所有成果。你们不败，谁败？"

季立功对金钱和成功的渴望非常清醒，绝不会无缘无故地行善。即便是亲兄弟，一旦行善，也希望看到善果。因为市场就是战场，竞争就是淘汰，在岁月的跑道上，可能挣得金山银山，也可能赔得一无所有。

苏向北暗暗激动着，一缕缕时间的幽香弥漫在房间里。当苏向北低头端茶杯时，眼睛里闪着泪光，因为他意外地听到了想要的东西。

"我这种小人物竟让纪委如此大费周章，光荣！"苏向北故意走偏，没抓着"淄众公司"说事，毕竟断了维卫铝业的财源也非季立功所愿。只是不知道季立功是无心带出来的，还是有意袒露出来的。

"我原价转手给你九百车皮矿石，够你们用一个月的！苏公子，咱哥俩相识一场，我认你为兄弟，这份矿石算我的薄礼。"

"季哥以诚相待，我也以心相交！"

苏向北抱拳感谢，他知道，这份恩情，未来必须加倍奉还。商场，其实也是人的格局和智慧的战场。

"博容容告诉我，'如果世上只有一个人值得做朋友，那就是苏向北'。我相信她的话，从上次你救了我三位员工，我就知道你是值得做朋友的人。"

"那仅仅是巧合。既然季兄瞧得起，小弟我定不辜负！"

两人以茶代酒，就此缔结兄弟联盟。他们四目相对，炯炯有神。那份激动在各自的血液里沸腾。以前觉得俩人像地球和月亮那般遥远，而现在，他们觉得彼此是夜空里两盏探照灯相互照耀。

市场竞争扼杀了一切人情味，在金钱与法规造就的至高无上的权威下，希望与绝望失去了差别，真情便更无价。无人出价，也无人出得起价。

他们聊国际国内氧化铝的走势，聊国企的前景，也聊民企的困局。一个毫无保留，越聊越有收获；一个倾其心智，越聊越有感觉。苏向北觉得一种强大而陌生的情感油然而生，让他喉头发紧。同样在季立功心里，欢天喜地与如释重负交织在一起，让他又找回了那个不在乎别人眼光的自我。

黎明将至，远方高耸的烟囱像一尊尊挺立的火箭，静悄悄地向天空喷吐着灰白的烟雾时，苏向北才在床上躺了一会儿。脑子里一直翻腾着博容容大学时的样子，后悔当初那么忽略她，把她当成风一样的存在。可她为什么说我是最值得做朋友的人呢？

带着残存的醉意，苏向北想到和莫瑞分手一年多了。这一年似乎太长又太短，或许，他已脱离了正常的时间观念——醉了或半醉半醒中。

此刻在维卫集团的饭店，苏向北对自己进行了一场深刻的反省，有种缥缈的外太空的感觉。大学生活的回忆是脆弱的，他感觉自己有必要用某种坚定的方法，把"世上最值得做朋友的人"的形象贯彻下去。

第二天坐高铁返回时，李海和王石回忆不起来是怎么谈借矿石的事的。苏向北却专注于他和季立功的兄弟之谊，毕竟真诚纯朴是金钱无法买到的东西。

淄众公司——这名字不陌生，绝对听说过，但什么时候听说，又是谁说的，苏向北实在想不起来。虽然季立功提示他要小心，但苏向北六岁时就懂得，恐惧不是罪，露出恐惧才是罪。六岁时的记忆像一百年前的事儿了。那时的我多么小啊，爸爸，难道您的死还有更大的秘密吗？

显然，找到淄众公司，就会找到出卖公司科研信息的秘密，也会知道矿石一再被截的原因。

可淄众公司又在哪里呢？苏向北像是走了神，却又思绪万端，一个念头接着另一个念头，但后面的想法总也跟不上前面的想法。

网上根本查不到。

一个不能被查到的公司，却能一再截获白鹭铝业的矿石。苏向北出神地回忆着，从自己入厂的那天起，慢慢筛查打过交道的公司。可实在想不起来。

秋高气爽，蓝天碧空下，阳光普照，阵阵旋风在田野里打着圈地游走。苏向北心里却有着淡淡的伤感，他又想起昨天那位擦拭脸上污水的老人……他伤心地闭上了眼睛，不过，为什么伤心呢？毕竟世间永远不缺悲剧。

他突然很想妈妈，得抽时间去看看妈妈了。

有一次疗养院失察，妈妈竟然趁送货时打开的铁门走了出去。那天正在下雨，他们找到妈妈时，她就坐在公交站的椅子上，路过的车溅起的污水，把她浇得像个泥人。

以苏向北为首的小团队拿回了九百车皮的矿石，让白鹭铝业的班子欣慰不已，毕竟等米下锅的味道可真不好受，于班子成员来说，停产就断了钱路和官路。李海和王石大力张扬被对方灌酒，差点醉死的英雄壮举。

领导们重奖了三人，苏向北三万，李海和王石各两万。李海和王石高兴得把苏向北扛回公寓。毕竟，钱也是保护尊严的重要法宝。

苏向北问高诗诗想要什么，高诗诗指着一万五的包包。

苏向北二话没说，当即就刷了卡。

高诗诗在商场里抱着苏向北又是亲又是啃。难怪耶稣身上没有苍蝇，因为他的钱被偷走了。

苏向北把剩下的一万五捐给了周伯伯，依然以匿名的方式放在院子里。

苏向北经常被邀请到高诗诗家吃饭，可高副总总是很客气。在高诗诗看来，每次苏向北进家，紧张的不是苏向北，反而是老爸。苏向北的坦然和率真，总透着一股无邪的力量，像照妖镜般，能照出灵魂的龌龊。在温馨的家庭氛围里，爸爸似乎形单影只，仿佛独自扛起重重压力，全身上下充满了违和感。

苏向北一般不主动开口，都是由高副总老师提问式地扯起话题，比如生产、矿石，或市场、国际铝工业的情况……苏向北都能以他的博学，让听者心服口服。

高副总一向以自己是领导而沾沾自喜，但当官久了，总是错误地以为权力就是知识，权力就是品格，权力也是能力和格局，以为自己就是多才多艺的明星。岂不知，除了权谋，可能所会的也真不多。

高副总多次和苏向北交流后，才意识到这年轻人的可怕之处，从而明白了钱伟伟败在他手下的原因了。

钱伟伟曾说苏向北是周忠琪的亲戚。此时，无论他是谁的亲戚，在高副总看来都不重要了。苏向北刚刚被提为外贸部副部长，专门负责海外矿的采购和氧化铝、电解铝的海外销售业务。此时正等着比干集团的批复，尚在保密阶段。

任谁都看得出，这小伙子肯定前途无量，女儿能抓住他，也算有眼光。真正的帅哥，哪怕是个卖菜的，也能帅出新高度。可是，不知为什么，当苏向北以准女婿的身份出现在家里时，高副总竟然感到隐隐的忐忑和压力，总有一种模糊不清的沉重。

就高诗诗与苏向北恋爱，钱伟伟曾与高副总有过一次深谈，他建议高副总阻止这场恋爱，以免自掘坟墓。但高副总却不那么认为，他觉得地球本来就是一块大墓地，人活着的唯一工程是开垦这块墓地，早早把对手埋掉。

能把对手变成女婿岂不也是别样的胜利。毕竟金钱只是世俗的产物，而缘分是上天的礼物。

钱伟伟却并不这么乐观，在他看来，无名的拳击手也能轻易杀人。高副总还真以为贡献自己的女儿就能抚平一颗复仇的心，那肯定是笑话。

高诗诗带苏向北回家吃水饺。苏向北开车，老人要过马路，他早早停车；菜贩子的三轮车想拐弯，他也停车让行。

高诗诗有些不耐烦："那卖菜的要是个大美女，你会怎么办？"

"那就买她的菜！"

俩人开着玩笑，在铝城六街等红灯时，正好看到周大妈坐在站牌下。苏向北向站牌抬了抬下巴。

"我知道她，一个傻子！"高诗诗轻蔑地瞥了一眼。

"诗诗，如果你有这样一个亲戚，会怎么样？"

"别咒我，我可没有这样的亲戚，也不要这样的亲戚！"

"如果，我说如果……"

"如果这样，那肯定也不是亲戚了！因为她根本不知道我是谁！"高诗诗快速而准确地封住了苏向北的嘴，看着周大妈，就像看一个不可思议的怪物。

苏向北很难弄明白，她是在开玩笑，还是说的真心话。

苏向北缓缓开车，怅然若失。夜晚的气息已悄无声息地融在软软的话语里，他有万事皆空的感觉。苏向北有理由相信，黑暗是爱迪生发明的，心里无电，眼里也无光。

进家后，高妈妈异常热情，摆出了上个世纪的茅台酒。苏向北却模糊地预感到今天或许是某些事情的终结，潜意识里许多杂乱的情绪正搅一起。

苏向北帮忙擀面皮，高诗诗和妈妈包水饺，其乐融融，配合得很默契。聊着聊着就扯到了高诗诗四岁时的那张照片。

"当时我们是不错的邻居。那男孩叫典晓河，他爸爸工伤死了，他妈妈跑到老总办公室申诉说不是工伤，是谋杀，被厂保安关了十多天，据说疯了……"

正在这时，高副总进门了，高妈妈立刻闭了嘴。

原来，妈妈曾到老总的办公室申辩过……还被关了十多天……

这信息冲击性太强，苏向北像失了魂，竟然把面皮擀得歪七扭八。正好单位来电话，他借口生产线出了点故障，便抽身走了。

苏向北觉得高妈妈的话老早就听过了，或者在什么地方，在某本小说里读到过。此时，他看到了小说里反面人物的恶毒、愚蠢和罪孽……

在银灰的管道架下，在无人的轨道旁，苏向北边哭边走，他真想把自己绑起来，关在衣橱里，禁闭十天十夜。

妈妈曾被人关了十多天……因此疯了……

他终于在体内找到了一种受虐的潜质，在无人的车间，冲着钢筋柱子不停在撞头。越压抑，疼痛越钻心，总幻视着妈妈被关禁闭的情景，求救无门，哭泣呼号……

苏向北不断地打磨冰凉刺骨的冷漠，并想用冷漠扼杀自己的痛苦。在他看来，自己来到这世上，无非是一张试纸，等着被人利用后，随手扔掉。

不，我不能这样！

张樱正好从监视器里看到了，急忙跑到原料磨下，询问苏向北是不是病了。苏向北本以为这里是监控的死角，不会被发现。他慌乱地擦掉眼泪，尴尬地一言不发地离开了，因为一旦开口，声音定会止不住地颤抖。

二十五

第二天一早，苏向北拿着介绍信就进了档案楼，找到了1994年公司和研究院的所有档案。他要从林杰的凤凰山矿石报告查起，找寻收购凤凰山的流程。

没怎么费劲，档案又给他打开了一扇窗，几乎闪了眼睛。原来林海洋的爸爸林杰和高磊副总同在研究室，林杰任科长，而高磊任副科长。白鹭铝业收购凤凰山时，档案里果然有一份报告，报告显示凤凰山矿石的铝硅比极高，是优质矿，而报告的签名却被水浸了，根本看不出是谁。显然，是假造的。

凤凰山，不管什么时候读到这三个字，苏向北内心就充满了各种可能性。他永远都不知道命运会带来怎样的不期而遇。

苏向北感觉智商不够，难道那矿山爆炸根本不是意外，而是冲着凤凰山收购而来的？难道被钱伟伟骗了？

苏向北就像身上被挖掉一块肉，凭着伤口就知道是谁干的，但这又没什么意义，因为他像瞎子，无能为力。

不要玩弄深埋在他人心底的东西。苏向北感觉自己的内心快被人掏空了。

苏向北乘出租去了罗沟村，这凤凰山以前是罗沟村的，被转手卖给白鹭铝业，而那转手的公司是谁？

白鹭铝业外墙上有人用鲜红的油漆写了一句话：你若是铝厂的儿子，那你也就成了铝厂的孙子！屁！！！

显然，这是夜里写的，淋漓的油漆像悲伤的泪水。

罗村长热情地接待了苏向北，这虽是不打不相识的交情，但还有另一番深意。罗沟村建了一个织袋厂，因为没有业务，一直半死不活的。自那次堵车事件后，苏向北从中周旋，不但把白鹭铝业包装用的尼龙袋业务全部交给了罗沟村，还把河南一家铝厂的尼龙袋业务也交给了罗沟村。现在十几个人的织袋厂开足马力生产，成了村里致富的重要渠道。

"凤凰山本来是我们五六个村的，后来被一家公司买走了，他们转手给了白鹭铝业，这一转手就挣了几千万呢。"罗村长对前任村长贱卖凤凰山很有意见，感觉那些目光短浅的村长，躺在小小的成就上就像醉倒在雪地里一样无知。

"那家转手的公司叫什么？"

"淄众公司，我一个朋友在那里干保安。"

苏向北掩饰不住内心的惊喜，激动得手心都出了汗。"罗哥，能不能现在陪我去一趟？"

"哪有不行的事。"罗村长爽快地开着北京现代，拉着苏向北向城南的运输货转中心奔去。临走前还提了两瓶黄河龙。

"淄众公司在货转中心的最里面，圈了很大一块地，公司很隐秘，但很挣钱，老板可发了。"

苏向北不由暗暗紧张，不知道将会发现什么，但一定涉及危险的信息。罗村长凭着热情帮助苏向北，苏向北不由担心他的安全。毕竟淄众公司的行为绝对是不光彩的，甚至是违法的，而能这么多年不倒，肯定有其存在的道理。

罗村长的车驶入淄重公司的专用道时，迎面与一辆黑色轿车错身而过。苏向北惊讶地发现，开车的正是钱伟伟。

怎么是他？

钱伟伟似乎也疑惑地放慢了速度，但还是迟疑地离开了。

苏向北周身起了一层鸡皮疙瘩，仿佛被吸进的空气噎住了，不由感到钱伟伟是个难解的谜，让人紧张，也让人猜测不透。

贴着暗灰瓷砖的办公楼简单普通，似乎没什么特别。罗村长的朋友牛队长因提前接到了电话，听到汽车声便早早迎了出来。

苏向北谎称经朋友介绍要到这里工作，所以先打听一下。

罗村长塞给牛队长两瓶高度黄河龙，牛队长客气地推托了一番，还是羞答答地收下了。黄河龙和友情成了通行证，牛队长热情地带苏向北参观办公楼。

苏向北不是为参观办公楼而来。"这公司有营业执照吗？我来就职怎么也得了解一下。"

"应该有吧。"

狗叫得再响，太阳也不会停止运转，公司纪律再严，也有漏水的缝隙。在黄河龙的熏陶下，牛队长果然打开了展览室。苏向北做梦似的看到了高磊和钱伟伟的名字——这是他们二人合资的公司：淄重公司，而非淄众公司！

合作关系实在是非常奇怪的关系，就因为共享着部分利益，一方必须隐忍另一方的缺点和无知，甚至放纵着那些难以承受的自私和坏脾气，从而维持表面上的客客气气。显然，钱伟伟甘愿辞职，退守到这里，也是受两人协约的驱使。

公司只有一个包装车间，将拉来的散装氧化铝分包后发货。公司更多的业务是做转手买卖，许多厂房只作仓储用。购进货物，转手卖给其他人。赢利模式简单而高效。

"有时，印着白鹭铝业的货车把煤、矿石或重油等，卸在这里，再装上次品，或直接空车拉回白鹭铝业。"

"空车拉回去怎么交差？"苏向北惊讶地发现仿佛这里是月球，根本不受地球引力的影响。

"火箭都能上天，几车的货物还不能划掉？放心，小兄弟，只要是人做的，就有的是办法！"

苏向北感觉二十年的书都白读了，普朗森教授也会败在这小小的方寸之地。

苏向北终于洞察了秘密，希望这秘密能解救五万人的企业，能解救更多更多濒临倒闭的企业。他又想起爸爸泥人般躺在地上的画面，那画面总是在毫无防备的时候一把抓住他，让他心中充满了对往昔生活的无限悲伤。

夜晚斑驳陆离，仰脸望去，稀疏的星星疲劳地挂在空中。苏向北没敢久留，匆匆离开了。但在出去时，又和钱伟伟的车交错而过。原来钱伟伟不放心，又折了回来。苏向北立刻伏下身子，躲了过去。

人人都恐惧，钱伟伟也不例外。恐惧是可怕的冰冷的黑洞。阴险挣扎也好，激进报复也罢，账总是要算的，因为收债人从不缺席。

淄重公司禁止任何人参观。已干了多年保安的牛队长，立刻用以前的录像，代替了八九分钟的参观记录。刚操作完，发现远处有灯光驶来，来人脱掉上衣，飞速地在院子里跑，一圈一圈地，能跑多快就跑多快。当钱伟伟停下车时，牛队长已气喘吁吁。

钱伟伟并不完全在意表面现象，走到监视房，回放了监控录像，果然没有任何人，一只飞蛾都没有。

几天后，苏向北的任职便公布了，外贸部副部长，公司提拔最快的处级干部。

比干集团举办庆祝成立二十周年的联欢晚会，从各成员单位抽调了六七十位演员、主持人，要在比干集团年终工作会后向全体代表汇报演出，还要在遍布全国的分公司巡演。历时五个多月。

高副总想让女儿结婚后再去，高诗诗却想等演出结束后再结婚，她可不想仓促地在两周内把自己嫁了。

高副总强言逼迫，恨不得立刻将苏向北发展成自家人，这其中的缘由却又难以向女儿说清楚。父女争吵时，他习惯性扬起一条眉毛，仿佛那眉毛里藏着巨大秘密。

高诗诗当然想风风光光地出嫁，先到巴塞罗那拍婚纱照，再到夏威夷旅行。让她二婚似的草草登记，村姑出嫁似的贱卖自己……她觉得爸爸太残酷，根本不了解她，也不可能了解她。

高副总觉得女儿结婚的计划像糖一样甜，他夜晚劝说，白天唠叨，终于血压高到趴下了——住院了。只有非常不幸的人，才有怜悯别人的权力，苏向北不知该怎么安慰准岳父大人。

父女俩争执不休，可谁也没在意苏向北的感受，仿佛他是道具，只听摆布就成。其实，高副总如此急切地想在两周内把女儿的婚姻坐实，更证明了苏向北的猜想：他至少是凶手之一。

准岳母像刚钓上来的鱼，焦躁不安地等着父女争执的结果。她了解丈夫，但她怎么也不明白丈夫为何非逼着女儿尽快出嫁。

准岳母问苏向北的意见，苏向北没意见，怎么都成。其实，内心里却同意高诗诗延迟结婚的决定。

无论高副总还是苏向北，当内心有太多疑问时，任何身份都掩饰不了惶恐和焦虑。

高诗诗和公司的男高音徐亮一起去了北京。火车站送行时，高诗诗又兴奋又不舍，抱着苏向北又是亲又是抹泪，搞得像去炮火连天的战场。"我的心是锁，你轻轻一动，锁就开了——因为你是我的真命天子。"

"在外面，可别再配一把钥匙噢！"

"坏蛋！"高诗诗傲娇地生气了，苏向北给她一个近乎疼痛似的拥抱，她才舍得跑进火车站。因为再不走，火车就要开了。

高副总只想让女儿听话，女儿却要用完美无瑕的婚礼来证明完美无瑕的爱情。爱情在自己心中，而不在父母的唠叨里，爱情只能体验而得，爱情无法传授。

国内的矿石日趋紧张，几乎所有厂家都瞄准了海外矿。池国的矿石最为抢手，一是矿石价格低，加上运费也比国内的矿石每吨低百分之六七；二是矿石的铝硅比特别高，更能降低生产成本。

海外矿暴利，无疑引得各路人马彰显吸金大法。无论比干集团或众多的民企都以能抢到池国矿石为傲。

苏向北上任后，立刻选派了一批精兵强将深入池国，建立关系网，收拢当地的供货商。李海和王石也跟随着苏向北调到了外贸部，被派到了池国。跟苏向北一起工作，某些平时不常用的神经会异常的疲劳，但也有瞬间醍醐灌顶的快意。在外贸部一年的体验，可能胜过车间十年的积累。经历得多，受的坎坷多，操作的事情大，对年轻人来说永远是一笔财富。

凉风在结满秋霜的原野上吹过，通往远方的道路上，路边干草松松垮垮，看起来神情忧郁。中国也罢，池国也罢，苏向北一直执着于成功，开始时不知不觉，之后越来越执拗。

"我们是来赚钱的，也是来赞助的，天底下的一切，并非只是交易，双赢才是王道。"苏向北勉励自己，也以此勉励下属。"不要在失败时迷失自己，也不要在成功时忘掉自己。"

无论这话多么有课堂的味道，他都承认从爹娘那里承继了太多，不单思想，还有心性。缺乏精神滋养的生活会陷入泥潭，会变成欲望的奴隶。

其实，池国的矿并不好拿，毕竟谁都想伸手。就凭着苏向北新派去的人，矿石的气味都闻不到，何况搞到矿石。但苏向北敢接这活，自然有他的底气。

苏向北的爹娘在大学里任教多年，弟子遍天下，当然，许多弟子在重要部门工作。苏向北在美国留学期间，也曾帮他们联系过业务，彼此交流过许多有价值的信息。这次苏向北率下属到池国收购矿石，自然让某部委的哥们介绍了重要的海外关系，极其顺利地买到了优质矿石，解决了一直困扰着白鹭铝业的生产难题。

大量的池国优质矿石在青岛港等待入关，顿时，比干集团的其他成员单位也来蹭点"饭食"。白鹭铝业的海外业务，顿时像日出一样可靠，像树桩一样牢固。

苏向北到青岛处理矿石入港业务，刚走出青岛火车站，就被一位三十六七岁的漂亮女子拦住。

"苏处长果然年轻帅气！"车蕾微笑着，丹凤眼微微上扬，嘴角恰到好处地露出魅惑感，这应该是对着镜子练习很久才能达到的水准。她一步步靠近苏向北，头微微偏着，左手搭在右胳膊的肘部，而右手的食指竖在嘴上，目光里兜着肉乎乎的喜悦。

她就这么冲苏向北展示着一迭又一迭的诱惑。苏向北确实感觉非常美，赏心悦目，也给车美女回了个微笑，类似看到马戏团小丑的那种微笑。

　　车蕾扭捏作态了好半天，却没得到苏向北的迎合，暗自失望，不由后悔自己太冒失了。原以为一个不经世事的小青年，拿下他应该像从地上捡根筷子，不承想却有搬起石头的感觉。

　　苏向北相信她有所求，然而她恨的正是他这种稳如磐石的自信、心平气和的迟钝，甚至对她出卖色相的嘲笑。

　　"高总是我的朋友，"车蕾退无可退，不由搬出了高副总，"他叮嘱我，没给你打电话前，让我不要接触你，但我还是想提前见见大名鼎鼎的苏处长，看来，我太冒失了！"

　　苏向北转身便走了，连声"再见"都没说。这种不慌不忙的样子，正应景。自升任副处长以来，或者负责海外贸易以来，各种人物像蚊子闻到血，蜂拥而至，不是堵在路上，就是堵在公寓门口，再或者直接在火车上拦截。像这样街头举着领导名字的贸然"巧遇"，已不是第一次。

　　车蕾被晾在了熙熙攘攘的大街上，她有点蒙圈，还有点气恼，更有点不适应。那表情，像白酒走了气，酸酸的。

　　"你不想知道谁放的火吗？"车蕾发现苏向北惊了一下，以为得手了，随即体验到一种神奇的快乐，隐约觉得尚有更多的快乐潜藏其中。

　　"不想。"

　　车蕾眼睁睁看着苏向北淹没在人群里，仿佛从没相遇过。她的心好似冬天朝北开着的窗子灌足了寒风，而郁闷像默不作声的蜘蛛，悄悄爬过内心的边边角角。

　　苏向北帅气地走了，任身后的女人如何气急败坏，都与他无关。苏向北突然想把今天的艳遇告诉莫瑞，不知她会不会笑得肚子疼。但片刻之后，苏向北才意识到，莫瑞已不在乎他的艳遇了。但他不会告诉高诗诗，如果一旦让高诗诗知道，她会立刻从北京回来，一定会闹成灾难大片。

她竟然知道我关心纵火的事，真是做足了功课！

二十六

矿石关乎铝工业的命脉，不同品位的矿石自然价格不同，以次充好自然会套取巨额钱财。把到手的矿石分拨给别人，当然也会损害公司的利益。

车蕾之流或许奸诈如狼，一腔填不满的野心和荒唐无稽的钻营，有时也能周旋于某些权力部门间，睥睨公权，牟取私利。在他们眼里，这世界早就无关一分耕耘一分收获了。

如果是有家室的中年男子，车蕾会轻松拿下。毕竟靠近他们的妻儿父母，利之诱之，大都会成为同盟。而苏向北这种单身狗，除了肉身，几乎无从下手。她调查了很久才知道他关心研究院的纵火者。其实，车蕾根本不知道谁是纵火者，但她有理由把这当成接近苏向北的借口。可苏向北仿佛就是一团熊熊燃烧的火，根本不需要借口。

如果车蕾就这样失败，那也不是在江湖上混了多年的"小魔仙"。在她眼里，生活原本就是选美大赛。用她的话说，男人分两种，一种是已征服的，一种是尚待征服的。青葱似的苏向北根本就过不了三招，很久没遇到这样强硬的对手，她倒有兴趣玩两局。

四周静得出奇，有一种要出事的感觉。苏向北不想多事，静待事情发展。他在酒店的大厅里和高诗诗通电话，情人间甜甜蜜蜜地聊着，忽然看到车蕾端庄而优雅地坐在对面，腰微微哈着，像鞠躬，又像邀请，非常有耐心地等着苏向北。

苏向北本想讲着电话离开，车蕾却突然让苏向北看看她手机里的画面——一对赤裸的肉体滚在床上。

苏向北急忙挂了电话，接过车蕾的手机，突然哈哈大笑，那笑声过于肆无忌惮，也过于目中无人，把客人或保安的目光都吸引了过来。

"在这酒店的三十三层，苏处长不想去看看吗？"

车蕾依然优雅，仿佛在谈论哲学或艺术之类高尚的事。

"现在？"

"正在进行。"

"不用不用，我在这里看就成。你还真用心啊，要不要转到我手机上，让我的同事们欣赏欣赏？"

车蕾被苏向北整蒙了，她不懂苏向北是什么套路，竟然还想让更多的人知道。难道我的招数用偏了？

车蕾一把夺过了手机，不再让苏向北免费看 A 片了。"给我矿石，就当什么也没发生过。"

"我不是矿山，哪来矿石？你别急，咱看看男主角会说些什么？"

苏向北拨通了李海的手机，响过两三声，李海气喘吁吁地接起了电话。"李海，脱得挺干净啊。出演 A 片也不知会我一声，赚了大钱可别不认识老朋友了。继续玩吧，我在别人的手机上看的现场直播。不过你的屁股还真白，那屁股上的红唇印估计是防水的吧。那句话怎么说来着：生命只不过是吃和繁殖……行了，跟着我干委屈你了，走你的影视路线吧。公司的规则你应该是知道的，不允许员工在外兼职，我通知人力资源部，改天你去把手续办了吧。打扰了，你哥们继续繁殖，反正有人给你付款。祝星运亨通，拜拜啦。"

苏向北挂了手机，向车蕾挑了挑眉毛。"李海不是我的人了，与我无关了！"

苏向北起身走了，像结账离开的客人。魔鬼从不像画家画得那么黑，这话真准。

他独自一人在街上走着，觉得有些不自在。从海边吹来的风有些凉，他应该回到宾馆，但此时只想匆匆逃离……他感觉这样做是对的，这样无情地推开李海是正确的。

车蕾从窗口望出去，沿楼而开的小河曲曲折折，漫不经心地流过花坛，流过玻璃栈桥。黄昏的雾气在光秃的梧桐树中间浮过，仿佛细纱挑在树头，迷迷蒙蒙，甚是伤感。三十三楼的开销不少，谁享受谁买单！

苏向北钻进出租车，立刻给王石打电话，告诉他李海被人设了陷阱，已救不了了，离开外贸部是最周全的办法。他提示兄弟们别做没脑子的事，不然，轻则当别人的炮灰，重则犯法进监狱。自从干了这业务，有些男人或女人，不管你喜不喜欢，总是蚊子似的在头顶盘旋着，小心点，别被叮着。

或许苏向北提醒得太过严厉，但因贪污受贿被起诉的大有人在。虽然此时的王石之辈只是吃瓜群众，若不自律，法庭的重锤说不定也会为他们而敲。毕竟，所有的光鲜都抵不过时间，所有的馈赠都抵不过利益的考验。贸易是高风险工作，因为账目上一个微不足道的小数点，就可能是千百万的利益流失。

在往回赶的高铁上，王石替李海打抱不平，他觉得苏向北太无情，太冷酷。

"苏处长，车蕾那女人明明是冲着您来的，李海不过是中了她的奸计。"

苏向北认为如果一个人甘愿装糊涂，为自己筑起自足的篱笆，那么，就是一部现实版"钢铁是怎么炼废的"。

"李海在酒吧和那女子一见钟情，便与她约会了几次。哪知直播那天他被那女子下了药，带进了房间……这都是布的陷阱啊。这样把李海赶走，对他不公平！"

"好，那我们就推算一下你的公平。咱们留下李海，继续在外贸部工作，车蕾就会拿视频要挟我们。为了摆平这事，我们就得给她矿石。这次给了，你以为就会平息了？不可能，她肯定一次次要矿石，还可能要氧化铝或电解铝……我们白鹭铝业的外贸部，便也成了她车蕾的外贸部。如果给了她一次矿石，她再假情假意地给大家点好处，不管收或不收，其实，我们都永远被她这恶性软件捆绑住了，想卸载都难。早晚早晚，你我或更多人，会因这女人轻则被公司开除，重则因渎职或贪污进局子。"

"如果我们只给她一次矿石把录像带拿回来，彻底销毁呢？"

"你以为江湖'小魔仙'的名气是浪得的吗？那种女人满脸贪婪，只要你有利可图，她就没有停手的时候。实话告诉你，她也给我下过套，但我有一个原则，她放屁我信，她的话，我连逗号都不信。躲得远远的，才能明哲保身。我也不想这样对待李海，但这个坎如果他迈不过去，那也不配做我们的朋友。敢做就敢当，毕竟不是你我把他推到那床上的。我仅仅是让他回第九氧化铝厂，并不是开除，他应该知足了。我们都是走出校门的学生，突然看到满世界的美女，但那都是别人的女人，突然遇到满园的果子，但那是别人栽的树。如果不知收敛，不知自律，那就请便吧。反正我很胆小，不敢违法，这样的员工也不敢要——但犯了错不知错的朋友，更不敢交。人只有汲取他人的经验，并从他人摔倒的地方纠错前行，才是明智之举。车蕾之流我不怕，但如果连自己的错都不知是错的人，才真正让我害怕。"

苏向北的话，像一记耳光，干脆又直白。王石的五脏六腑灼热难忍。自从跟了苏向北，特别是出国跟赶集似的方便，他也难免心高气傲，浮躁生烟。苏向北似乎句句刺中了他的心窝，紧张得满脸冒汗，头也像傍晚的向日葵，垂了下去。他似乎意识到，苏向北用自律和自信组成了一堵金刚石的墙，无论多少个"小魔仙"和他作对，他的这堵墙也不会毁坏。

王石不由坚信苏向北的过往一定有故事。

暗绿的冬麦铺展着，遥远的村庄浮着倦意沉沉的烟雾，一条青灰色的沥青路，弯弯曲曲地通向苍翠的山野。车外的风景如此美好，可无论苏向北还是王石，虽面向窗外，却没看到任何风景。

晚上，王石躺在床上幻想着自己成了公司老总，坐飞机头等舱，可以去任何想去的地方……或许会任命李海为外贸部部长。

苏向北到比干集团参加矿石部组织的矿石采购专题会议，因为矿石日趋紧缺，好几个分公司不得不停产了。

座谈会上，没有矿石的单位诉苦，说了一大堆环境困难、市场困难的托词。矿石部的耿部长动员有矿石的单位要有大局观念、兄弟情怀，帮助无米下炊的单位复产。

苏向北最年轻，第一次参会，该他发言的时候刚想开口，却被满头白发的代表夺去了麦克风，继续倾诉没矿石的苦楚。

耿部长给白鹭铝业下命令，必须帮助其他单位。当然，苏向北也只有点头的份。

会后，耿部长把苏向北留住。苏向北能在上任极短的时间里拿到了池国的矿石，在比干总部都成了新闻，他也想摸摸苏向北的底。

"苏处长真年轻啊，对今天的会议，你有没有想说的。"

耿部长端起茶壶，亲自给苏向北斟茶。苏向北连忙起身接过水壶，掂量着该不该说实话，如果说实话会不会得罪这位耿部长。

"说吧，没关系。"在耿部长眼里，这小子能搞到矿石，不过运气而已。命运之光有时也会照到乞丐身上。

无论苏向北在李海或王石眼里显得多么成熟，但在五十多岁的耿部长这里，他紧张得像狂风里的鹦鹉，嫩得像带着黄花的丝瓜。金融风暴，考验所有的存在。在苏向北看来，亏损的比干集团像一条庞大的船，可也是一条忧伤的船，一切忧伤的东西难免使人惊觉，难免会暴露某些管理的漏洞。

"其实让有矿石的单位帮助其他单位，那帮就是了，但是我觉得这像扶贫摊派。不应是比干集团内部平分矿石，而应让他们更好地从矿主手里抢得矿石。今天这会，虽然让大家都有矿石吃了，但这确实是一种包含着尴尬的成功。就像一个长子宁愿牺牲自己为弟弟妹妹弄粮食，等他们吃足了，这长子却损伤成了虚弱的庶子，不得不忍受种种缺陷和债务。像南伦铭铝业，他们守着矿山，却没有矿石，而那里的民企却有吃不完的矿石。如果南伦铭铝业是个人的企业，还会缺矿石吗？显然，他们不是没能力，是干或不干的问题。"

耿部长喝着茶，透过缥缈的蒸汽，观察着苏向北，觉得这小伙子要么太傻，要么太精——难道谁又不知道是干或不干的问题？

他觉得这小伙子也就是只麻雀，却被误认作了雄鹰。

耿部长像患消化不良的老头子，全身都参与消融胃里的存货。这个弄到海外矿石的年轻人让他消化不良，他身上特别的气质也让耿部长厌恶。

不过，无论长子和庶子，你小子都没有谈论的分量。耿部长本以为招来一只七星瓢虫，凑近一看，才知是嗡嗡叫的苍蝇，内心里不由嘲笑钱伟伟的无能，竟成了这小子的手下败将。

苏向北的茶还没喝一口，耿部长便不耐烦地皱了皱眉，不认识自己的手表似的，反复看着。苏向北便告辞了。

苏向北感觉自己的热情像海浪，在防坡堤上撞成了碎片，内心充满了滴滴冰凉。在他看来，比干集团是由许多纵横交错的环节组成，其中有些是真的金子，有些却是假的。

苏向北想给高诗诗一个惊喜，并没告诉她自己来京开会。高诗诗曾多次提出要拜见苏向北的爹娘，这次苏向北想满足她的心愿。无论高副总当年曾做过什么，在苏向北看来，高诗诗都是无辜的。

三位演员正在舞台上排练小品，其他演员或站或坐在台下观看，导演不厌其烦地指导，要么演员台词背错了，要么忘记了走位。苏向北站在侧门边，看了好半天才发现高诗诗坐在边缘的座椅上，正和一位男子亲密地交流着。

苏向北刚想招呼高诗诗，导演突然让主持人就位，把节目过一遍。

苏向北成了唯一的观众。舞台灯光太强，高诗诗不可能看到座椅上的苏向北。苏向北刚看完他们的开场，就接到了李海的电话。

他不是应该在氧化铝厂吗？

李海和王石是同班同学，一起来到白鹭铝业，两人的友谊，就像一对连体水母，总和谐地一张一合，毫无间隙地填补着彼此的空缺。

刚出比干大楼，便看到李海像棵没长直的小树，斜在花坛边。李海表面上对苏向北唯命是从，但内心却决绝地抗拒着他的命令。仿佛他从苏向北稚嫩的面孔里获取了某种冲动，这冲动想必是果敢的，也是快意的。

"你特地来北京见我？"

"他们特地给我设了陷阱，我就特地来找您论个公平，您不能那么待我，我不回氧化铝厂！"

苏向北盯着李海，把李海看毛了，像刚上蒸笼的虾，红着脸挣扎着。

"您要风得风，要雨得雨，根本没有同情心，根本体会不到我们小人物的心情！不就拍了个视频吗？有什么啊，又没杀人放火！您也知道是陷阱，为什么还这样对我？我不服！"李海做贼似的一口气发完牢骚，心里充满了底气，却又觉得周遭虚幻起来，仿佛自己又变成了那个身上披着霞光，坐着飞机满世界出行的幸运儿。

"在你之前，车蕾已三番五次地给我设陷阱，甚至拿研究院纵火的信息诱惑我，我没上当。知道为什么吗？因为我明白这世界虽然太平，可一旦触了自由的边界就得付出代价，就得被勒索、敲诈、被当成奴隶使唤。我承认她陷害你是为了让我投降，如果她用这种方法让我们所有人中招，那白鹭铝业岂不早就完蛋了，也不会有这六十多年的历史。你看我要风得风要雨得雨，但那得是合理的风，不能是歪风，那得是合理的雨，不能是毒雨、酸雨。公司的历史很长，给我们提供了许多范例，那些沉重的，会把我们压垮，而那些光荣的，又被我们冷落。你说你是小人物，好，那你去问问车间的工人，谁曾被邀请住过五星酒店？谁曾频繁坐飞机出国？你的收入和福利是工人的几倍吧。别总是小看自己，不然，你永远也长不大；别总是轻贱自己，不然，你永远也尊贵不了。我和宁厂长打过招呼，只说你更适合分厂工作。所以，吸取教训，谦虚做人，人生长着呢！"

"是人生长着呢，凭什么我就得从底层爬，而你就可以高高在上？你吃肉，我跟着你喝口汤还不行吗？"李海可不想只靠低工资生活，慢慢变成油腻男，天长日久，唯一的乐趣就是在公园摇着扇子和人下棋。

"废话少说，跟我去见个人。"苏向北不希望人们谈起他总用过于生动的词语，不希望把他当成顾总或高副总喜欢的人。许多想法只能独自珍藏，因为埋在心底的，才是最值得纪念的。但今天，李海把他逼到了心烦的地步，只有把心底的恐惧和绝望袒露出来，不然，李海根本不会醒悟。

他看着李海的宽脸，心里充满了怜悯，又焦急又担忧，仿佛团着一把火。

二十七

苏向北拦了出租车，直奔安琪疗养中心。李海看到苏向北愤怒的表情，也不敢问为何去疗养中心。随后突然顿悟，或许有什么大人物在那里疗养，也或许真要推荐给他更重要的工作。

那是一个明媚的午后，天空蓝得泛绿，阳光普照路边的白杨树在天空映衬下，显得高大挺拔。李海预感有好事来临。

进了安琪疗养中心，李海发现院子里晃荡着的都是些痴呆、疯傻的病人。这里并非一般意义上的疗养圣地。预感显然错得离谱。

他随苏向北走在疗养院，仿佛穿着防水服走在海底，每迈一步都忐忑或惊恐，害怕某位目光痴呆的人扑过来。

苏向北好似走在自己家里，熟门熟路，还不时和医生护士们打招呼。苏向北突然站住了，向一位头发花白的老人微笑着，可那老人看他像看一条狗，惊恐地向后倒退着。

苏向北从王护士手里接过病人的胳膊，轻轻在耳边说："妈，我来了!"

可他妈呆呆的，只是依依不舍地看着王护士，怕她离开。

"这是我朋友，也一起来看您。"

李海不知道该做何反应，一个不认识自己儿子的母亲，又如何理睬儿子的朋友。李海又震惊又辛酸，不由想双手捧住病人的手，或者想握一下手。可病人突然收回了手，把苏向北也推开了——似乎握陌生人的手，有犯禁的味道。

苏向北和王护士聊着，询问妈妈的饮食和活动情况。妈妈小孩子似的躲在树后偷窥，放眼望去，院子里的人一个个蠢头蠢脑，不如一群猴子来得有生气。

"她一直这样吗？能恢复吗？"李海和苏向北坐在树下的木椅上，内疚地关心着。

"六岁那年，爸爸突然去世，妈妈就疯了，妈妈是医生，却成了不能医治的病人。我被舅舅、舅妈收养，我叫他们爹、娘，爹、娘对我很好，视我如亲生儿子。但是，我知道我必须做得更好，才能不让他们失望。别人写一遍的生字，我写十遍；别人做一遍的题，我做十遍；别人背诵一遍的课文，我背诵十遍。爱是相互的，优秀也是，他们很优秀，我就努力做他们优秀的儿子。在美国留学，别人睡六小时，我只睡四小时；别人拿到一个硕士证书，我拿到两个。我不会碰法律的底线，因为从爹娘把我揽在怀里的那一天起，就告诉我什么该做，什么不该做。如果所有人都在演戏，那世上根本没有品格一说。如果没有品格，那你又何必信我？你觉得我官运亨通，但你没看到我是怎么付出的。去年一年我可能只休了几天，在车间巡视的里数，我比班子成员的总和还多。就说读书吧，我肯定比你多。我的包里始终有本书，你有吗？你肯定没有，从你放任的个性就知道，你没有阅读的习惯。你在父母膝下娇养，不知道失去的痛苦，不知道被妈妈当成陌生人的痛苦，也不知道悔恨的痛苦。我品尝过这些痛苦，所以我才更自律，也更努力。我不是有意和你作对，你留在外贸部也可以，一个小小的车蕾不是不能对付，但你不可避免地因此骄狂，以为这错不是事。可这错若不是事，那什么才是事？任何一支折断的芦苇都可以变成响亮的笛子——这道理你应该知道。这个时代为人们提供了骄奢淫逸的种种借口，也同时备下了种种惩罚，输得起就玩，输不起就别沾。我承认我有一些资本，也有一些良好的资源，但这一切取决于我必须是有品格的人，因为一旦让人怀疑我的人品，那所有的资源都会离开，所有的人脉也会毫不留情地抛弃我。"

苏向北感觉压抑了一个世纪的心事全倒了出来，自己成长的伤，从没有被任何人理解过。他为自己羞愧，说不清为什么，有想哭的冲动，胃里仿佛塞着一团冰碴，又寒冷又疼痛，声调也仿佛有些酒意，听上去湿漉漉的。苏向北把精心调制的谨慎与进取、自律和桀骜，作为营养品，慢慢喂养着自己。他希望自己不要抓狂，可还是抓狂得想揍人。

李海恨死了自己，感到一阵阵强烈的内疚，闭上眼蜷起了身子，把面孔埋在双膝间，随后又恢复了之前的姿势，仿佛刚才不过是练习了一式瑜伽。

生平第一次，李海觉得自己很龌龊、很低贱。在这满是老弱病残的疗养院里，竟然照妖镜似的照出了自己灵魂的肮脏。内心的冰封世界正在解冻，势如破竹，浩浩荡荡，所有心防都被淹没或摧毁。他突然眼睛湿了，似乎唯有泪水方能洗掉心灵的尘埃。

"你妈的病，能治好吗？"

苏向北摇了摇头，悲伤也溢出了眼眶。"医生什么法都试过了……"

苏向北来京开会，曾告诉爹娘晚上带一个女孩回家。爹娘立刻把心思调到见未来儿媳妇的频道，里里外外充满着喜庆色彩。

在比干集团楼下，苏向北刚想给高诗诗打电话，发现男高音徐亮走了出来，徐亮也发现了他，似乎想躲开，但还是被苏向北叫住了。"小徐，诗诗在哪儿？"

"高诗诗……她……她……快出来了。"

徐亮竟然憋得脸都红了。原来，高音都是憋出来的！

既然想给恋人一个惊喜，苏向北索性把自己藏了起来，闪到太湖石的后面，通过那镂空的间隙，盯着比干大楼的正门。一群青春靓丽的男女出来了，高诗诗又漂亮又开心。苏向北刚想站出来，突然看到她挽住男主持人的胳膊，俩人亲密地走向停车场，而他们的车就停在太湖石的前面。

苏向北大脑轰轰作响，仿佛又在氧化铝厂的车间里，那机械的轰鸣声干扰了他的思维，只听得高诗诗撒娇的声息，车门打开、关门……坐在副驾驶上的高诗诗吻了男主持……

苏向北感觉自己要昏了，似乎也只有昏过去才能对得起这现场直播——两人竟然相互拥抱着，毫不在意周围有车离开，又有车开进来。

苏向北恶作剧似的拨通了高诗诗的电话。几声振铃后，高诗诗接起了电话。"诗诗，我已通知爹娘今晚带你回家的，有时间吗？"

"你在北京？"高诗诗下意识地四处张望着，当然，她看到的只是左右的车辆和前方巨大的太湖石。

"我今天在会场看到你主持了，你和男主持人的开场白很不错。"

"你在哪儿？"

"你还想去见我爹娘吗？"

"明天吧，明天答复你。"

"不行，你一个小时内给我答复，只一个小时。"

苏向北挂断了电话，坐在石台上。他呆呆的，也木木的，脑子里轰轰作响。他不知道自己这样做对不对，是不是该站出来质问高诗诗为什么背叛，但那等于打自己的脸。背叛就是背叛，任何借口都是胡扯。

大灰狼吃小白兔，可不是从恋爱开始的，女人哪，嘴馋就是变蠢的开始。

苏向北站起来，刚闪出太湖石，奔驰就离开了。苏向北就那么看着，好像奔驰不单带走了他的恋人，也带走了他的心思。

苏向北打电话给爹娘，说集团晚上开会，今天就不能带女孩回家了。

爹娘太了解儿子，没多问。只要儿子不把女孩带回来，就说明恋情还不够成熟。他们像许多父母，觉得天下配得上自己儿子的女孩不多，但还是担心儿子受委屈。

苏向北像走在横跨深渊的桥上，正走着，桥断了。假如生活不使人痛苦，那它就不是生活。有的人哭起来十分轻柔，像公园里的喷水器，有的人哭得十分伤心，骨头都会震动。苏向北感觉自己是后一种。他就那么坐在石台上舔舐着伤口，远处的立交桥车流如梭，他觉得即便再多的车，也载不动他的疼痛。一个小时过去了，五个小时过去了，夜里一点，他才乘出租回家。

听到开门的声音，爹娘都起床了。苏向北感觉很惭愧，直白地说女孩喜欢上了别人。

老娘给儿子做了一碗烩锅面，看着儿子狼吞虎咽，在热气飞扬里，苏向北眼睛湿润了。娘搂着儿子的肩膀，无声地安慰着。许多心意，能驾乎语言之上。

躺在床上时，苏向北后悔自己是不是应该拉着高诗诗就走，如果那样，高诗诗会不会回心转意？但又一想，那样回心转意的女人，能转得彻底吗？她是转一百八十度还是三百六十度？和她勉强在一起，自己就真的心甘吗？

他迷迷瞪瞪，一夜未睡，第二天清晨坐上了最早回白鹭市的火车。

苏向北时刻盯着手机，怕漏掉了电话或信息。他也不知道自己是在热恋中还是在失恋中。

高诗诗始终没给他回音，难道就这样结束了？或恋情依然在继续？当初，高诗诗高调公布恋情。现在，苏向北却根本不知如何面对，这一切太难堪、太不体面了。

上午十点，高诗诗终于来电话了。

"你在哪儿？"

"你是说昨天晚上还是现在？"

高诗诗没回答，手机里只有气息流动的声音。苏向北见高诗诗不再开口，便把折磨了自己一夜的问题提了出来。"那男人有什么好的？"

"当然好，你想听吗？"

"说吧！"

"他舍得花钱，也有钱。不像你买四百元的毛衣，他的毛衣都是上万元的。他有品位，食堂不吃，路边店不进，不像你，一碗拉面就让你幸福得像头猪。他一三五开宝马，二四六开奔驰。他往人前一站，就是优雅时尚的潮流风，不像你不是一身矿渣就是一身机油。你向往的就是工作，不懂得什么是高雅的生活，没有工作你就什么也不是，你完全沉迷于你那蜗角虚名、蝇头小利中，得笔小奖就昏了头，好像谁也配不上你。你根本不知道钱外还有钱，天外还有天。他还比你懂女孩，知道该怎么让我开心。我说了这些，你该懂了吧？"

"不懂，你说了什么？"

"我是说，你和他，就相当于铝矿石和钻石，这回明白了吧？"

"不明白。铝矿石都在抢啊，没听说抢钻石的。"

"我们结束了，别狡辩了。"

"没狡辩，昨晚看到你们在车里拥抱亲吻，我就知道结束了。"

"不可能，你胡猜的。"每位优质多金的帅哥，都让高诗诗重新认识自己，不由相信爱情也是与时俱进的。因为新的帅哥在她心里炸开了一片又一片烟花，将她的心脏也炸成了无数碎片。但她一直把潘金莲似的欲望埋在心底，从未向人展示。

苏向北急切地挂了电话，就像拔掉一根肉中刺那般轻松，又像彻底治愈了心病那般踏实。有的人更在意物质，有的人更在意品质。他觉得自己在通宵失眠后却神清气爽了，像洗了个冷水澡。

高铁飞一般地往前冲着，苏向北深深叹了口气。昨天在来时的路上，他曾构思过带高诗诗见爹娘的喜庆情景，而现在，却成了笑料。

苏向北不知未来会怎么样，但清醒地知道，伤口在流血，很疼。他以为自己对高诗诗从没像对莫瑞那样用情，此时才意识到，高诗诗早已成了他生活的一部分，他对未来的所有规划都是以高诗诗为主角的。他似乎觉得高诗诗骂得都对，仿佛他有几十双眼睛，却硬是闭着不用，依然盲目前行。他感觉自己已站在精神领域的水池边，如果撒一些面包屑，鱼儿就会浮出水面……不止一个高诗诗，十个、百个高诗诗都会头拱地地出现在他的脚前。但，那不是他想要的景象，也不是他想要的女人。如果钱能抬高一个人的品行，那苏向北愿意给她所有。但恰恰相反，钱往往像照妖镜能照出一个人的品行，要么为钱疯狂，要么有钱后就疯狂。

刚出火车站，就发现高妈妈站在出站口。苏向北有些摸不着头脑，迟疑着放慢了脚步。高妈妈却热情地向他举了举手。

"我训了诗诗！"

苏向北尬笑着，想说打碎的花瓶拼凑不成原来的模样，可还是忍住了。

高妈妈要苏向北容忍高诗诗的任性，但苏向北听了就像罪犯被揭发一般，说不出多狼狈。

高妈妈为了证明女儿已回心转意，当即给高诗诗打电话，却被高诗诗恶声恶语地训了一顿。母女俩越说声音越大，高妈妈气得冲着手机吼道："你昏了头了，臭丫头！"

没有人满足于自己的财富，但谁都觉得自己智慧超群，显然，高诗诗也不例外。高诗诗坚定地相信自己的眼光，相信自己的判断，相信爱情也必须建立于如山的财富之上。高诗诗初入北京，便立刻扑进了官二代为她营造的热情、销魂、酩酊的神奇世界——青春的荷尔蒙任性挥霍，头顶是一望无际的情爱碧空，浪漫而高贵的日子在首都闪闪发光。她突然顿悟，原来生活可以这般光艳，这般隆重，这般豪华。即便身后有一万个说客，都不会让她回头。

苏向北轻轻拍着高妈妈的肩膀，不知是在安抚她，还是在安抚自己。

二十八

作为"高公主"甩掉的"可怜男人"，苏向北再次成了焦点人物，成了员工餐桌上的调味剂。

但人们只看表面，另有一张暗网，苏向北依然上了热搜——苏向北竟然是典明的儿子！

钱伟伟一直没放弃侦察苏向北，他终于得知苏向北六岁时爸爸就过世了、妈妈疯了。果然，他并不是周大伯的亲戚，他为复仇而来！

这消息让高副总坐卧不安，犹如利剑抵着后背，抖如筛糠。夫人问他怎么了，他又闷声不响，夜里噩梦连连，像掉进了螺旋桨里，被想象的齿轮挤压着。

高副总偷偷审视女儿四岁时与苏向北的合影，对比着儿时的苏向北和现在的苏向北——是很像。高副总恨自己没能早看出来，但女儿放走了他，错过了化敌为亲的机会。但真的能化敌为亲吗——这荒唐的想法让他感到别扭、羞臊，进而生起家人和钱伟伟的气来。

在办公楼里，苏向北难免会与高副总相遇，两人客客气气，又儒雅又大方，仿佛永远是和和美美的一家人，但转身而去的瞬间，谁都能感受到一股透心的冰凉，一股潜在的冷漠。

李海的确是个心存怨怼的传播者，消息散播得很有效果。

苏向北实在受不了这种无形的煎熬，明枪易躲，暗箭难防。现在，在高副总眼里，他就是来复仇的杀手，高副总和钱伟伟又怎会按兵不动，又怎会容忍他逍遥度日？

苏向北坐在办公室，又压抑又恐惧，仿佛到处是监视的摄像头，到处是高副总的眼睛。回单身公寓时，原来相熟的哥们也都躲得远远的，仿佛他是凶手或病毒携带者。

苏向北明白自己所表现的不是勇气，而是怒气。他希望自己就像摩西开辟红海，手起剑落，切掉一切邪恶。他站在窗口望向傍晚的天空，万里无云，月亮升到东边，冰凉的月光拭去星辰，为铝城打出朦胧的轮廓。北风呼啸，树梢抽筋似的尖叫着，墙外的广告牌被风吹得哐当哐当响个不停。

苏向北乘出租来到凤凰山，两年前第一次到这里时，这里植被繁茂，绿意盎然，各种蔬菜随风飘香。此时正是融雪季节，一片荒凉。

苏向北刚走到凤凰山看护所的平房外，大黑狗扯着链子吼叫着，这粗野的迎客方式倒也不做作。那位老先生走了出来。

上次苏向北问山下是否有矿石时，老先生回答："只有冤魂！"

"冬天的景色也别有味道啊！"苏向北指着光秃秃的山顶，笑着讨好老先生。

"锦绣江山！"

"我两年前来过，老先生您还记得吗？"

"昨天的事我都忘记了，两年前的事更不入心。"

"可您还记得'5·24'事件！"

老先生突然愣住了，一双聚光的小眼睛久久盯着苏向北。

"你是谁？"

"典明是我爸。"

老先生看着苏向北，仿佛大脑里在复制这模样。"我见过你，那时你很小，在氧化铝车间，典明带你看'白雪'。"

苏向北突然眼睛热了，那位捧着他脸蛋的、把雪白的氧化铝粉沾到他脸上的叔叔，难道就是这位？

苏向北一阵战栗，仿佛又成了那个五岁的小孩，被爸爸呵护着，看什么都新鲜，听到任何声音都好奇。二十多年来，那回忆刺激着他又治愈着他，但从不像现在这样令人眩晕，这样咄咄逼人。

眼前的一切仿佛被太阳幸运地照亮了，凤凰山变得更加有趣、更鲜活、更纯粹了——这瞬间的感念，让苏向北有回家的感觉，虽然这里极不像家。

老先生忙把苏向北带到院内的办公室。墙上挂着凤凰山的地图，地图很大，占了整面墙。任谁走进这房间，都会不由自主地盯着地图，寻找熟悉的村子和路线。

苏向北查看地图时，老先生已泡好了茶，请苏向北喝茶细聊。

老先生叫张午凯，曾和典明、林杰是好朋友，也是同一批入厂的大学生。

两人相对而坐，却突然不知怎么开口了，毕竟聊的事已时隔二十多年，物是人非。

"张叔，上次来，您的一句这里'只有冤魂'，给了我很多启示。"

老先生喝着茶，似乎在品茶的滋味，良久，才慢悠悠地说："我听说有个小青年帮林杰的儿子安排了工作，还资助了周忠琪的父母，就一直等你来找我。"

苏向北声音颤抖着说："对不起，我来晚了！"

"二十多年都等了，不晚。"

两人各自捧着茶杯，都在压抑着内心的惊涛骇浪。良久，老先生看着这年轻人，觉得自己好像活了一百年，老得只剩下沧桑了。老先生微微一笑，仿佛责备自己似的摇了摇头，然后变了一个姿势，静静讲述储存了二十多年的故事。

"5月22日，我记得很清楚，那天是我儿子的满月，我本想早下班回家，可被林杰拦住了，他把我带到他的办公室，告诉我他可能有危险，希望我能帮助他。我嘲笑他多虑了，没人在乎一个小小的科级研究员。他说他在领导办公室偶然看到一份造假的凤凰山报告，和公司花巨资购买凤凰山的合同，而出售者正是同事们合伙成立的皮包公司……他要我帮助保存凤凰山的原始资料，如果一旦出事，也算有个铁证。我笑他神经太紧张了，但还是答应保存那个牛皮纸档案袋。当时我想，公司怎么可能买一座没有矿石的山呢，林杰也太小瞧公司领导的智商了。可隔了一天，就发生了'5·24'惨案。我惊得魂都没了，马上寻找锁在文件柜里的档案袋，却没找到。我顿时头皮发麻，但又毫无办法。两个月后，领导借口裁员，我便来了这里。来这里也好，虽被贬了，至少还活着，也能天天守着朋友们。"

"这么说，我爸爸不是主要目标？"

"不是。"

苏向北虽然有所怀疑，但从没真正确信，或一直不愿相信钱伟伟会骗他。原来钱伟伟以离职为代价，仅仅在维护更深的秘密和更大的利益。我竟然被他阴了一把！

"小伙子，你唯一的问题就是太年轻。他们敢杀三个人，肯定也不在乎再多一个人。以前他们或许是凶手，而现在他们可能是位高权重的杂耍老手，随着职务的升迁扮演着智慧的决策者和正义使者的双重角色。若想将沉寂多年的积怨搅动起来，铲除那些腐化的害虫，不可能轻而易举，不可能没有牺牲，你想好了吗？我的良心不值多少钱，但这是我真正的财富，需要时说一声。我练过武，虽然年龄大了，七八个小青年还是不在话下的。"

苏向北紧紧握着老人的手，用力点了点头，泪水早已模糊了他的眼睛，但泪水遮挡不住心灵。这一老一少的双手，可不是单为友情握在一起的。

当初，领导借口员工太多，要裁人。得知自己位列裁员名单的首位时，他便提出到凤凰山来。这荒僻的角落，没人能待上一年。可他却一待就是二十多年，他用二十多年的惩罚和悔恨，弥补心底的创伤。有人认为他疯了，但恰恰是疯狂的举动让他保持了人的理性。守着睡在山里的朋友们，他的悲伤才得以安放，他的内心才能安宁。

苏向北仿佛同过去撞了个满怀，激动万分。他相信这是命运的有意引导，引导他遇到爸爸的朋友。他觉得自己的心情越来越不能解释了，机遇驱赶着他，命运又督促着他。星光不问赶路人，时光不负有心人，能来白鹭铝业，果然是他人生最重要的一课。

林海洋隐隐听说苏向北是典明的儿子，顿时嗅到了一股血腥气。晚上，他背着旅行袋赶到了单身公寓，要求与苏向北合住。过度同情是欠考虑的表现，因为毫无顾忌地同情甚至保护一个人，就是把自己的性命也捆绑给了对方，反而会造成对方的负担。

"能有什么危险？难道还大鸣大放杀我不成？"

"还是和你做个伴吧。"

"不用，万一真被害，我可不能让你陪着。"

在没有来处的危险面前，个人的心愿无足轻重。林海洋像演哑剧，完全一副自我安慰的样子，仿佛刚从噩梦醒来。

苏向北把林海洋赶走了，但这给苏向北提了个醒，无论消息多么隐秘，至少高副总、钱伟伟、林海洋和张午凯都已意识到问题的根本。或许沈乐部长，应该是沈乐纪委副书记也已明白了大概，因为今天在电梯里，他悄悄地碰了碰苏向北的胳膊。

害怕社会是道德的基础，害怕自然是宗教的起源，苏向北知道自己害怕什么。有些人一朝犯罪，便终生与罪孽结缘，继续犯罪便是他们唯一的净化方式。试图用更新的犯罪，掩盖旧日的犯罪，用更新的诱惑压抑旧时的诱惑。

月亮像一张圆纸片贴在夜幕上。街道看上去更加孤寂，寂静的街道带给苏向北一种陌生感。今晚他喝了不少酒，有些醉意。白天这铝城看起来那么狂野喧嚣，而现在，所有的喧嚣戛然而止，等待着什么似的。

因为白鹭铝业从海外进口的矿石质优价廉，比干集团便将六家分公司的矿石任务交付了白鹭铝业，允许白鹭铝业提取少许的手续费。苏向北的担子瞬间加重了几倍，名气也扩大了几分。这给钱伟伟和高副总更增加了心理负担，无论如何，那小子的杀父之仇，不可能云淡风轻地遮掩过去。

许多矿石的中间商也蜂拥着聚在苏向北身边，这让他不胜其烦。

苏向北正在吃拉面，一位中年男子坐在他对面，也点了拉面。在等待的当儿，那人从衣袋里掏出一张对折的纸，对低头吃饭的苏向北说："这东西您可能感兴趣。"

那人慢悠悠低沉的嗓音里，有种极为动人的诱惑。苏向北看了来者一眼，没动那纸。

那人便展开纸，推向苏向北，竟然是钱伟伟和高副总注册淄重公司的证书——也就是那晚他去公司偷偷看过的。

"你是谁？"

苏向北莫名地感到战役开始了。自从身份暴露以来，他天天等着与对手过招，处处防备着对手布设的陷阱，甚至都等得有些疲软了。此人的出现，或许带着岁月的分量，或许还有仇恨的毛边。

"我姓毛，叫毛易，是淄重公司名誉上的经理。从淄重公司成立那天起，也就是从第一笔出售凤凰山业务起，我就在为高磊和钱伟伟管理公司。他们曾许诺三五年后分给我百分之十的股份，可直到现在，我依然不是股东。我终于明白，他们只让我给他们打工，根本不会给我哪怕半股的股权。现在，钱伟伟亲自打理公司，想把我开掉。

我并非贪财之人，仅仅想要一点尊严。这么多年，我替他们挡明枪暗箭，所有见不得光的事都由我来做，他们却舒舒服服地坐享其成。所以，我想报复。"

"为什么找我？"

在苏向北看来，这个男人虽然静静坐着，却在暗暗颤抖，表面上波澜不惊，其实内心早已沸腾。他用端坐的姿态迎接变故，不管是摧毁旧祭坛，还是建立新会所。

"那晚您偷偷去淄重公司，钱伟伟已从行车记录仪发现了您。他和高磊又怕您又恨您，而您手里的资源又是他们想要的。实话跟您说，想置他们于死地的不光是您，还有我！我为他们打理着上亿的财富，他们却待我像农民工。我父亲做手术，竟然只给了我五百元的慰问费，他们真把我当狗了，丢垃圾似的，把吃剩的骨头丢给我。我投奔您，您想让我做什么都成，只要能让他们受到法律制裁，变成穷光蛋！您得帮我，让我再获他们信任，从而拿到他们违法犯罪的证据！"

"我为什么相信你？"

毛易又从衣袋里掏出另一个信封，竟然是二十三年前，淄重公司出售凤凰山给白鹭铝业的合同。

从窗帘缝隙射进来的阳光，像一把利剑切割着空气，灰尘在光束里游荡，蒸汽在光束里曼妙地舞动，到处弥漫着浓浓的葱花香味。苏向北看了看合同，立刻扣在桌子上。当年林杰就是因为在领导办公室看了一眼这合同，搭进了三条性命。而今，这张发黄的合同无异于一张废纸，因为它已既不能起诉谁，也不能惩罚谁，更不能唤醒谁。但苏向北突然眼睛潮湿，泪水在眼眶里打转，紧紧握了握毛易的手。

毛易当然明白苏向北在想什么，不然不会露出那样疼痛的微笑。他肯定读懂了苏向北的渴望，所以才会把资讯变成祭祀品，陈列在苏向北内心隐秘的祭坛上。

两人达成了协议。

屋外阳光明媚，而餐馆里很阴凉，所有的陈设显得更加黯淡和普通。毛易的脸苍白疲倦，夜里失眠过似的，而眼神却如一只疲惫的秃鹰。

苏向北要让毛易获利，以便取得钱伟伟和高磊的信任留在公司，从而拿到钱伟伟和高磊盗取国有资产的证据，最好让他们入狱。

虽然拉面馆人来人往，但不耽误他们低声商谈，一碗拉面的时间，两人竟然完成了重要协定。

人啊，你意欲何为？

二十九

果然，毛易第二天便发来了白鹭铝业出卖科研成果的"间谍网"——研究院五个研究室，其中四个都有淄重公司的卧底，而出卖多品种氧化铝科研成果的，正是苏向北的好朋友小辛，那次纵火的也是小辛。

这让苏向北很惊骇。小辛一直表现得很积极，经常加班加点，还时常参与义工服务，到福利院帮助老人们打扫卫生或清洗衣物。但转念一想，有高磊这位研究院出身的副总坐镇，似乎谁都可以成为出卖信息的人。

回单身公寓时，苏向北在楼梯上遇到了小辛，仿佛自己做错了事，有些许的尴尬和忐忑。而小辛欢快地打了个招呼，蹦蹦跳跳地下楼去了。小辛一直悄无声息地把自己淹没在出卖的背影里，随心所欲地生活，不疾不徐地工作，到处流淌着恋爱的微波。这一切，与违法犯罪相去甚远。

毛易又提供了一则更惊险的信息，一列运载着五十节车厢煤炭的火车，竟然在某中转站卸下了五车，而这五车由淄重公司迅速转手卖了出去。

关键的是，那列火车依然能顺利进厂，并抹平了所有账目。

苏向北像淋了雨，感觉自己必须在精神上猛醒，才能认清现实。他悄悄找到沈副书记，报告了情况。其实沈书记也有耳闻，只是没有足够的证据，特别是涉及公司领导，没敢轻举妄动。

作为对毛易的回馈，苏向北给了他两笔池国的矿石业务，无论他独自出手，还是为淄重公司赢利，都是巨大的收益。

灰溜溜辞职的钱伟伟，再也享受不到公职的福利，更享受不到人们的敬畏，那种人上人的感觉彻底消失了，这让他又憋屈又怨恨。毕竟，他自觉是干大事的人。

钱伟伟要做一笔大的，他利用多年在比干集团积累的人脉，暗中也拿到了七八家公司矿石的订单。

毛易为了把工作做得更扎实，希望熟悉矿石进口路线。苏向北于是带他出差池国，关于矿石的国内国际情况，也一并介绍给他。毛易又得意又惊喜，感觉与年轻人在一起就是痛快。

获利的毛易知恩图报，一次就给了苏向北一百万——一大皮箱钱，扎扎实实摆在了苏向北的房间里。苏向北没客气，甚至连假义的推让也没有，像一位狡猾的老商人，又坦然又稳重。

为了赢得更深的信任和更大的利益，毛易像生死之交的兄弟，至诚至尊地端出热乎乎的心脏，让苏向北检阅。苏向北立刻喜欢上了这双深棕的眼睛，在这欣喜中，金钱也起了某些作用，比起那些空口无凭的誓言，毛易则散发着宽容大度的气息，三番五次去宿舍拜访。池国人说：只要想，一阵微风就能将堕落的人吹到一起。

苏向北站在房间里，后背依着桌子角，微闭着眼睛，左手不停地捏着鼻梁，他思考问题时，总习惯捏鼻梁。致富可也真简单。他觉得自己的灵魂是一座当铺，里面堆满了种种尚未赎取的好东西，只要有钱，什么都可以囤，只要有利，什么都可以卖。

有了钱才算真的有了交情。此时，苏向北和毛易像两只系在一起的蚂蚱，风险共担，利益共享。在毛易眼里，苏向北像一只快速膨胀的蘑菇，个子虽大，但不堪一击。

苏向北带毛易摸清了海外矿石的买卖路线。毛易要做笔大的，苏向北提示他要小心，池国的矿石商人比狐狸都狡猾。

多年的江湖历练，再加上苏向北倾情帮扶，毛易很快熟悉了海外矿石的套路，掌握了矿石从谈判到运至青岛港口的关键环节。渐渐地，毛易像熟练而精明的商人，周旋在各色人等中间，大有鹏程万里、大干一番的势头。

池国的清页港储存着二十万吨铝土矿，各路商家竞争。苏向北带着几位下属天天在清页港转悠，试图拿下这笔矿石。而毛易则表现得更积极，日夜盯着卖方的老总，恨不得一口吞下，当即付款走人。

根据以往的经验，买卖没有轻易到手的，苏向北提醒毛易一定要检验矿石的质量，千万别被以次充好骗了。如果需要，他可以帮助调来检验员。

池国近海矿区储量丰富，铝土矿采出后经高架皮带运至清页港，最终通过远洋货轮，运回国内。遍地矿石，运输又方便，所以，买卖双方都极其简捷高效。

苏向北也急需矿石，比干集团矿石部已电话催促了好多次，如果近期再没矿石到港的话，部分公司可能无米下锅了。苏向北对这二十万吨铝土矿的质量有所怀疑，如果质量像宣传的那么好，早就被客户抢走了，何必囤积如此之久。

苏向北沿着港口散步，海岸线线条柔和，像舞动的丝带。玫瑰色的天空有颗明澈的孤星，一艘艘轮船抛出无法慰藉的忧伤。古老的石头房高高地立在山顶，仿佛灯塔关照着过往的船只，透着说不出的孤寂。本来只是闲适散步，苏向北却莫名地感到荒凉，嗅到了冒险之旅的味道。山腰上有几个黑乎乎的洞穴，看起来像废弃的炮楼，透着经风历雨的沧桑。

苏向北坐在棕榈树下，天空像挤满羊群的草地，微风摇动着树尖，真是壮美极了。当地居民生机勃勃又信心满满，乐观的样子很有魅力。

苏向北远远看到毛易坐上池国人的卡车，消失在一片尘土中。人到中年的毛易的确很想干一番大事业，总有意无意透着对苏向北这毛头小子的轻蔑。但他没理解真实的苏向北，热情的天性与安静的行为总能恰当地结合在一起，冷静地嗅出危险的气息。

清晨醒来，照镜子时，毛易发现了任何东西都无法填满的空虚——这让他又焦灼又尴尬。他用前程做抵押，深怕出师未捷身先死。

毛易通过贴身跟踪，贿赂卖方工作人员，艰难地拿到了订单。苏向北团队则一无所获，不得不深入池国，寻找新的合作机会。

夜幕降临，波浪般的灰色岩石渐渐在黄昏里模糊起来，往来的船只也驶进了海港，风景看起来如此原始又年轻。满月从海面升起，远远看去有车轮那么大。苏向北从没见过这么好看的月亮，充满了生命的气息，实在令人震撼，一时忘记了矿石、仇恨，忘记了这是异国他乡，忘记了压在肩上的任务。

繁忙的港口船只进进出出，亚洲人、欧洲人和当地人来来往往。毛易远远和苏向北打招呼，问苏向北何时回国。苏向北则表示得寻找矿石，过几天才可能回去。

"真希望和你一起走，也是个伴。"毛易得意中透着些许的伤感，"那我们国内见吧。"

苏向北沿着炎热的街道走下去，他并不像行走在陌生的国度里的陌生人，而像是在寻找什么。一位餐馆老板依着门框抽烟，头发像帽子盖在头上，正用肿眼泡的眼睛盯着他，希望他进来消费一笔。

苏向北犹豫着要不要填饱肚子，却接到了外贸部李处长的电话，要他尽早回国，有重要工作。

苏向北刚到机场候机大厅，就看到毛易远远坐在椅子上。毛易似乎并不奇怪苏向北也乘这航班，握着苏向北的手，轻轻摇晃着："真让我言中了，我们一起回国。"

"二十万吨矿石，大手笔，够毛经理享受一辈子的了。"

"或许一切才刚刚开始。"

"咱俩约定的事……"

"回去就办，有你忙的！"毛易诡异地向苏向北挤了下左眼，便坐在了座位上。苏向北的座椅与他隔着十几排，连他的后脑勺都看不到。

毛易的诡异表情让苏向北忐忑不安，如芒在背。但他很快调整了情绪，系上安全带，拿出携带的书读了起来。书对他来说，是世上最安全的所在。读一本好书，就好像沉在生命的中央，既脱离世界，也联系世界，忘我地与高人低语。

苏向北身份的暴露，瞬间推进了"战争"的节奏。

钱伟伟和高副总正在书房密谈。自从钱伟伟辞去官职后，两人意见总有很大分歧。钱伟伟像变了个人，似乎做事更狠毒，更不留后手。在高副总看来，钱伟伟缺乏了之前的谨慎，多了凶手的残忍；缺乏了深谋远虑的筹划，多了孤注一掷的赌性——这让高副总有深深的胆怯和担忧。无论是他还是钱伟伟，都无法说清当初这种相互依赖是建立在友情之上，还是利益使然。他们合作时从不曾问过自己，因为两人都不愿回忆过去。

作为察言观色的高手，钱伟伟根据谣传才发现苏向北是典明的儿子，这让他很生自己的气，也生高磊和许多人的气。人生的失误莫过二三，他却在苏向北手里一错再错。钱伟伟觉得被苏向北蒙蔽了。这小子装得天真、善良，实则阴险狡诈，他装得不计个人得失，实则锱铢必较。他与高诗诗恋爱，分明攀权附贵，乖巧得像绵羊，一旦分手，穷兵黩武的他必会火力全开，根本不会留半点情分。

钱伟伟三番五次地给高磊灌输这些概念，试图唤醒他对苏向北的仇恨和杀气。美国大学有实验表明，人当官久了，决策总由下属提供，智商会退化，至少不如年轻时聪明。在钱伟伟看来，伟大的高副总是最典型的例子——他坐在那里，俨然一副养尊处优的权贵派头，任何问题都可以和谐处之，眼睛周围浮着衰老的气息，脑子又因太油腻而不清爽。多年厅官的滋养，让他有了冥顽不灵的倾向，两人商议问题，总拢不到一个方向。钱伟伟常常对他无可奈何。

"既然苏向北提醒毛易要检验好质量，那在装船前一定要请国内的技术专家去检验。"高副总觉得商业和政治一样，只要做到风险防控，就不会出大的纰漏。

"我了解苏向北那小子，他是怕毛易得手，所以才故意三番五次地叮嘱。你想，大家都是竞争对手，他会好心地提醒他的对手吗？毛易稍一放松，那小子会立马签约。这一次，我们肯定会挣超过过去二十年的财富，成为名副其实的富翁。至于苏向北那小子，举报信一旦发出，只能在监狱里待着了。"

高副总看着兴奋的钱伟伟，感觉他像叛逆期的少年，一意孤行，不计后果，似乎全天下都在他掌控中。高副总抹了把脖子上的汗，笃定地说："等远洋货轮到港、矿石全部出手后，我们再发信不迟。"

"订单都到手了，并且矿石已在海上，你还怕苏向北抢走不成？还是他当过你的准女婿，对他心慈手软了？你可别忘记了，他是来干吗的？"

"好了好了，别说了。"高副总下意识地看了看房门，怕有人偷听似的。钱伟伟猛然打开门，没有任何人。

"你太多疑了。"

在高副总看来，多疑没什么不好，毕竟钱伟伟的举动，总包含着一种犯罪因素，而他之所以如此胆大妄为，就因为二十多年前曾与他狼狈为奸——一次狼狈，终生为奸。

二十多年前，钱伟伟一身泥沙地站在高磊面前，摆出一副英雄的模样。"他们都死了，塌方！"

"是你炸的？"

"也是你，是你告诉我说服不了，就用另一种办法。"

高磊瘫软地跌坐在椅子上，希望一切是梦，希望自己从没有过钱伟伟这样的朋友。"我说的另一种办法不是杀了他，而是贿赂他。"

"贿赂，有时不是万能的！"

窗外广告牌上的贴纸脱落了一半，随风啪啪地拍打着木板，而缺了笔画的广告牌，对高副总来说好像睡梦里出现的物件。

这次争执也让高副总有机会联想起过去发生的无数次口角，钱伟伟不带一点尊重的口气和强势狡辩，激起他阵阵反感。旧伤疤被揭开，变成了新伤口。俩人都暗自诧异，因为他们难堪地证实了——这么多年的暗中合作，谁都以为自己是贡献最多而获利最少的那位。

他们竟然在积累财富的同时，也暗中培养了不满。

飞机抵达青岛，毛易等着苏向北一起下飞机，空姐向每位乘客道"再见"。苏向北又看到毛易挤左眼的诡异笑容，不由莫名地担心起来，心跳突然加快，仿佛有大事发生。

毛易和他一起取行李，一起走出出站口。毛易伸长脖子左右张望着，似乎在找人。

"毛经理安排人接机了吗？"

"没有，我这小官哪有那待遇！"

"那我们一起坐高铁回吧。"

毛易点了点头，依然焦急地左右张望，细细的汗渗亮了皮肤——舌头被秘密之火灼烧着。

突然，三位中年男子挡在他们面前，左右各一位堵住了苏向北，中间个矮的男子严肃地问道："苏向北吗？"

"是。"

"我们是白鹭市检察院的……"

苏向北立刻明白一直心悸的原因了，他像突然被叫醒的人露出了恐惧的眼神，鼻翼颤动着，心律加速，银亮的手铐似乎重得负载不起。

敏感的路人侧目观望，不想错过电影里才能见到的镜头。

苏向北仿佛罐头瓶里的鱼，四处通透却又无处可去，觉得自己成了供人观赏的糟物，提供着生活的笑点。

毛易却温和地笑着，仿佛终于看到了完美的结局。

"毛经理，不够哥们吧？"

"小苏，分清敌友才是王道！"

"都是兄弟，一起回吧，囚车免费！"

苏向北的玩笑话，让毛易有些慌乱，脸色苍白，像冲洗过的石头。但这小情绪很快被胜利的喜悦淹没了，那看着苏向北的目光似乎也充满肠回九转的情感。

三十

前段时间，苏向北到青岛处理相关事物，毛易恰巧也在青岛，他要找苏向北喝一杯。毛易觉得有送出的五百万打底，可以和苏向北交交心了。

金钱就像一场让人难以辨认的浓雾，弥漫在求取的路上。苏向北谨慎地对待这位好友，像夜总会小姐，绝对地按价服务。

苏向北对毛易言听计从，毛易要他几点到酒店，他一分钟都不耽误。

两杯酒下肚，在中年才行大运的毛易看来，苏向北就是个走了官运的傻小子，太容易相信人，也太容易被对方征服。比如毛易说急需一笔铝硅比高的矿石，苏向北便快速而丝毫不差地弄到手了。其实，在毛易看来，低一个档次的更好，可以以次充好，拿到更多的差价。可见，这小子凭运气得到的官职，早晚会凭实力输掉。这一点钱伟伟真看走眼了。

精明的钱伟伟谈起苏向北简直谈虎色变。苏向北给毛易倒酒的当儿，毛易在内心里连钱伟伟也一并嘲笑了。毛易意识到自己一反常态的谦虚其实是一种掩护，不让自己谈起那五百万，这个话题他不愿意聊，也不能聊，为了避免酒后口误，他只得大费周章地絮叨。于是有生以来第一次，他决定干一件不可能的事，超越这小子，成为新的矿石之王，并以此为筹码，逼迫钱伟伟和高磊给他百分之三十的股份。

苏向北已唯命是从，这是毛易最欣赏的一幕。但在喝酒的当儿，毛易余光突然瞥到苏向北似乎在嘲笑，还很得意。这让毛易起疑，一个念头忽然闪了出来——在苏向北得意的笑里面，一定藏着什么秘密。于是他迫不及待地问道："我一直很好奇，你是怎么扳倒钱总的？"

"非常偶然，他进口外国设备，贪污三千五百万，被我抓了小辫子。"

"还有这事，我给他当大总管，我怎么不知道。"

"他精着呢。再说了你只是淄重公司的总管，实际上就是个打工仔。或许你不知道的事还多着呢！"

苏向北的话让他闹心，从打工仔到股东，确实是很高的坡。

毛易的声调低了下来，听上去很失望，并且有些不安。苏向北马上用酒精和敬意安抚，一瓶高度白酒见底了，大脑完全交给了酒精。此时，在毛易心里，一个不真实的世界比真实的世界大得多，在那里，他既是自己，又不是自己。

苏向北抬高钱伟伟贬低毛易的说辞，搅起了毛易潜藏已久的怨怒，他端着酒杯，对着灯光欣赏折射的美。

"钱伟伟从来不把我当回事，总有一天，我会让他知道我的厉害。"

"毛哥，钱伟伟恐怕不会把大总管放在眼里的！"

"钱伟伟不把任何人放在眼里，包括高磊，他时常对你们的高副总呼三喝四。但我有杀手锏，二十多年了，我把淄重公司做的每一笔违法业务，都记了下来，如果连起来，就是一部很长的偷盗连续剧，足够他在监狱里待到寿比南山。"

苏向北立刻向毛易举起了大拇指，盛赞他的深谋远虑、诸葛再世。"再狡猾的钱伟伟也会败在毛哥的运筹帷幄上。"

他发现沉溺在赞美中的毛易竟有异样的满足感，又开心又自信，想怎么笑就怎么笑，豪爽得像希望满满的皇太子。

那晚苏向北几次到洗手间用手指刺激喉咙，将喝进去的酒还给了下水道。苏向北将毛易架回房间，帮他脱掉衣服、鞋子。他睡得很沉，炸弹在身边爆炸也不会干扰他的香梦了。

苏向北坐在沙发上，静静地看着酣睡的毛易，突然感到一股悲凉。人们蚂蚁般活着，却总以为自己是大象，明明都是别人棋盘上的棋子，却总以为自己是下棋人。他很佩服毛易认真吹牛的样子，似乎世界完全处于他的掌控中。

苏向北突然觉得毛易不再是算计自己的人了，而是芸芸众生中想干点实事的人。

在毛易醉酒的姿态上，苏向北体会到一种无法抑制的荒凉，并从这种荒凉中体会到了命运的无法把握和无可奈何。

苏向北给毛易灌了杯水，他又沉沉睡去，知道他死不了，才轻轻关上门离开了。

青岛的黎明来得早。街道和楼房的轮廓已变得柔和，某些声音从远处传来。苏向北随心所欲地走着，毫无目的地从一个地方突然拐到另一个地方。他感觉脑袋很轻，像塑料做的……苏向北拐到海边，冷硬的海风吹散了他的酒气，他打了个哆嗦，裹紧了衣服。冬泳的人在海里起起伏伏，像大海里的小块积木，晨跑的人穿着单薄的衣服从他身边一闪而过。有人在对抗寒冷，有人在拥抱寒冷，苏向北只想喝碗热面，回去好好睡一觉。

苏向北心思沉在毛易的日记本里，那里，可能有打开另一个世界的钥匙。

生活远不像海风这般清爽。

出了机场，毛易根本没回白鹭市，远洋货轮明天到港，几家购买商已齐聚青岛。他得洗干净面脸和脖子，穿上精致的白衬衫，等待和客人们举杯相庆。

苏向北因贪污进了检察院，这消息风一样立刻吹遍了白鹭铝业。唏嘘声、惊诧声淹没了办公楼。谁也不知发生了什么，都像看电影大片，等待精彩的结尾。

苏向北被单独关在一个小房间里，毛易气呼呼冲进去时，苏向北在看书，显然，他的待遇可非同一般！

毛易火冒三丈，若不是铁棱隔着，他恨不得把苏向北撕成肉片。"苏向北，你这该死的王八蛋，为什么害我？"

苏向北慢慢合上书，皱着眉头，定定审视着他——他发现毛易像个不懂水性的水手，一旦落水根本不会自救，只能垂死挣扎。

苏向北无声的质疑，更让毛易火上浇油。"那些矿石都是假的！

你害死我了！"

"目测还是可以的！"

"表面上还可以，内里却是土渣！上亿的货啊，你这王八蛋，我要杀了你！"

"为什么怪我？我可一直提醒你要小心，不要太相信那些商人，我还提醒你让我们公司技术专家帮你检验质量的，是你坚持不用。"

"明知有假，你却不买，让我上当。"

"我也买了，我们公司的船明天到港，不信你去查查，同一公司的货。和你不同的是，我们全过程盯防，从验货到装船，再到运输，每一步、每个可能发生问题的环节，都有技术人员跟进。我们有七八双眼睛盯着，你只有一双眼睛。你又不相信我，我说什么你都对着干，那我有什么办法。人家不坑你坑谁啊？"

"是你欲擒故纵。你为什么怀疑我、害我？我给了你那么多秘密！"

"是你害了我吧，要不是你的大手笔，我怎么会关在这里？"苏向北站在铁棱内，看着怒发冲冠的毛易，"你是很聪明，但不如你想象的聪明。你我见面的第一天，我就知道你是假投诚。第一，你说从淄重公司成立那天起，第一笔业务是出售凤凰山，那就不对了，第一笔业务是从农民手里购买凤凰山，为行骗做准备；第二，你给我的证件似乎很有用，但你忘记了，那证件我已看过，包括你提供的放火人，这些都没有价值。因为，即便用一半脑子思考也知道是钱伟伟之流干的。"

"还有煤炭的事？那可是货真价实的秘密。"

"那事对你和钱伟伟是秘密，对我，只能是闲谈，因为钱伟伟和高副总都知道，企业不可能一下子把一百多人都送进监狱，只能说明管理有漏洞。所以，你根本就没让我信你。信你，都不如信一条流浪狗！"

"你现在就像狗似的关在这里！苏向北，别得意！"恨意难平的毛易突然意识到人和人之间的交往只会产生谎言和愚蠢，从此他宁愿和石头打交道，可又一想，正是石头害苦了他。

"毛哥，你没发现吗？这里最安全，我希望你也进来，因为钱伟伟第一个想杀的人，不是我，我应该是第二个。你最好还是找个安全的地方躲躲。他不是没杀过人，他杀过三个。"

"三个？"毛易冷笑了一下，"苏向北，你以为我信你吗？"

"典明、林杰和周忠琪，时间是1994年5月24日，典明是我爸爸。我和他是杀父之仇，他和你，仇不大，顶多是破产之仇！"

如果人习惯了钻牛角尖，终会不知不觉地钻到黑暗的隧道里，苏向北的话把毛易带出了黑暗的隧道。毛易呆住了，不知苏向北说的哪句是真，哪句是假，但似乎又觉得都是真的。一直以来，对金钱的渴望压迫着他，又驱赶着他，那几艘远洋货轮运载的不再是发财的梦想而是行骗的证据。他感到噩运贴了过来，有那么一刻，他真想随废土沉入大海。

"你觉得在外面还安全吗？他还会放过你吗？你还有保护自己的招数吗？快使出来，不然背锅的是你，那会性命不保。你可以不相信我，但得相信事实，相信推理。"

毛易定定看着他，不认识似的。一个人怎能这么随便地谈论起父亲的死呢？"杀人，是真的吗？"

"当然是，钱伟伟是主凶，高磊是帮凶，所以他们要置我于死地，拿你当枪使。你想想，你出面贿赂我，靠近我，是不是他们的枪？如今，他们的公司完蛋了，计谋也败露了，他们下一步会怎么样？是把枪砸碎毁掉，还是擦上油挂起来？"

如果说刚才毛易是愤怒，那此刻却是恐惧了。他吓得眼球乱颤，完全没了主意，双手紧紧握着铁棱，似乎铁棱是护身的法宝。钱伟伟那张缺乏人性的尊容，成天硬邦邦的，仿佛自己是他认领的流浪狗，为讨根骨头必须伸长脖子还得摇着尾巴。也许我会遇到一些麻烦，但决不能让钱伟伟把这搞成我一生的麻烦。

苏向北丧父的悲伤虽与毛易毫不相干，但是突然地，毫无道理地那悲伤却袭击了毛易，心酸酸的。

"如果有人劝钱伟伟不要报仇——你觉得他会吗？"苏向北试探地问，显然不需要回答。

苏向北从未在如此安静的房间中待过，窗口的光将他映射在不锈钢水杯上，投出一个个奇怪的影子——要么又矮又胖，要么又瘦又长。他觉得自己进入了爱丽丝的魔幻仙境。

运载着二十万吨矿石的多艘远洋货轮到港，钱伟伟带着七位买家也已聚集青岛，暗红的矿土像金子般迷人。买家的技术专家鉴定后，发现里面的矿土质量极差，根本不达标。钱伟伟大脑嗡的一声，人也栽倒在吹着海风的木栈桥上。

二十万吨废土，一生的心血，那亿万富翁的生活，梦一样碎了。

钱伟伟第一个恨的不是毛易，不是高磊，而是苏向北，直觉告诉他这一切都是他的圈套。他真想痛揍他一顿，可他在哪里？钱伟伟想了一会儿才理清头绪——拘留所。

钱伟伟站在木栈桥上，下意识地凝望着远方的大海，这种无所事事的短暂走神，像被闷棍打蒙了，也像炸药在身边爆炸，又鲜明又无助。

那迷茫无措的样子其实是在暗自修理混乱的大脑和安抚阵阵泛滥的痛苦。

离开拘留所的毛易，越想越觉得苏向北说得对——似乎他说的一直都对。他立刻跑回家，取出绿色笔记本，飞也似的赶到市检察院。

真的要交上去吗？毛易坐在车里，抚摸着绿色笔记本。所谓背叛就是男人的失恋，毛易感觉是自己先遭了背叛，才背叛别人的。尽管如此，他还是心跳加速，忐忑不安。他注视着威严的检察院大门，与其说是悲伤，不如说感到人生无常。只有揭露他们，才能确保我的安全吗？

毛易盯着检察院，门口有保安，威严肃穆。毛易虚汗淋漓，似乎无处可去，不知下一步该做什么？二十万吨废土……没钱了，一分钱也没收到……

最终，毛易带着笔记本昏昏沉沉地回到了淄重公司，钱伟伟正指挥着人们烧资料，看到毛易，当即命他快销毁手里的文件。

毛易一动不动，看着大家世界末日似的慌乱，仿佛这不是自己要待的世界，也不是应该待的世界。

"快躲一躲吧，不然，客户会把你撕成肉片的。"

"为什么撕我？"

"你说呢？大概因为喜欢吧。"

他想让我背黑锅！

钱伟伟老奸巨猾，善于渐进地施压威胁，真话和玩笑话交替使用，羞辱与他说话的人。当初，是他逼迫我在苏向北动手前，签下那堆废土的。如今，各路债主找上门，他却想推个干净！

"我不逃，公司又不是我的。"

"可哪一笔你能脱得了干系？"

钱伟伟虽然挂着微笑，但那罕见的微笑，总让人想起玻璃杯，总让人觉得又脆弱又尖利。毛易转身走了。好的，等着瞧！

学校下课的钟声响了，毛易像是记起该办什么事似的启动车子，飞也似的往检察院赶去。他一只手扶着方向盘，一只手用拳头摁住太阳穴，疼痛四处散发，无法控制。他想狂风暴雨般地发泄一番，想在拥挤的街头，跟人狠狠地干上一架。

车窗外还是惯常的街景和下午四时暖暖的太阳，这一天和煦如春，平凡如常，成了毛易艰难抉择的日子——他要把绿色笔记本上交检察院。

三十一

高诗诗回白鹭市过周末，正赶上苏向北被拘捕。她早出晚归，包裹得像中东女人，害怕人们议论他们的关系。虽然那曾是一段耀武扬威的恋情。

高诗诗自视是位名人，与一个罪犯有关系，这让她脸上涂了狗屎般羞愧、难堪。若让初见金知道，一定会很生气，所以苏向北最好永远待在监狱里，不要出来。

不知道爸爸为何让她来探望苏向北，问苏向北是否需要帮助。在高诗诗看来，爸爸似乎怕苏向北，好像有什么把柄落在苏向北手里。作为资深的领导却怕一个小青年，爸爸真是越活越混乱。但爸爸又教导过她，混乱是吞噬人的深渊，也是出人头地的梯子。但无论是深渊还是梯子，都不如爱情来得真实。

高诗诗踩高跷似的走在警察身后，仿佛各房间里关的不是人，而是毒蛇，稍不留意就会被咬伤。她几乎想抓着警察的衣服，那份惊恐，简直花容失色。她喜欢踏风而行，青云直上，却不得不走在野兽聚集的地方，又懊恼又心惊，悔得舌头快咬断了。

警察告诉苏向北有人来看他，苏向北还以为是毛易，根本没理会，继续低头看书。

人影立在门外，苏向北专心翻动书页，似乎在和人影较量，谁先开口谁就败了。

见到苏向北，高诗诗却安定了，自信回到了体内，信心也粘到了舌头上。"竟然还有心情看书？"

这熟悉的女声让苏向北错乱了，他抬起头，发现高诗诗比以前更漂亮了。在四壁皆空的世界待久了，苏向北的感觉如此甜美，像喝了一杯甜咖啡，猛然间，哈哈大笑。

"美女来参观动物园吗？"

"少废话，你会判几年？"

"你爸爸没说？"苏向北幽默地调侃着，还向高诗诗挤了挤右眼，这让她倍感污辱。

"与我爸爸有什么关系？"

"那你为什么来看我？难道你还喜欢我？或者那官二代不要你了？上床不等于结婚，母猪也清楚其中的区别，还是小心为妙！"

高诗诗觉得自己有理由原谅气急败坏的苏向北。"你真是典晓河？是很像，我怎么早没看出来呢？"

"看出来又怎样，高诗诗，你会甩了那小子再和我复合？你爸爸应该就是这么想的吧！"

"你误会我爸爸了吧？"

"那你去问问伟大的高副总，到底是什么误会？这误会还能不能解？现在解，是不是太晚了？"苏向北诡异地、讥笑地看着前女友，"或许，咱俩再结婚？我再叫他岳父大人？我可比那小子有钱。我是亿万富翁，比那小子富几千倍呢，你想要直升飞机都可以送你！"

"做梦！"

"那你来干什么，不就是让我做梦吗？难道你爸爸让你下跪求饶？你告诉高副总，弯曲的膝盖可打动不了我！"苏向北盯着高诗诗，她的美目曾让他快乐，她的唇齿之间曾像个音乐盒。然而，不论是肌肤之亲，还是精神之恋，都已败给了现实，并且经历得越多，心就离得越远。

"回去告诉你老爸，我虽是他的债主，但我不会挖掘那件事了。过去就过去了，时间太久了，挖出来会有坟墓的味道。你家很圣洁，但能不能继续圣洁，那就看他的造化了。积善得善，积恶得恶，不知你老爸这些年囤积的是什么。泼出去的水，收不回来，现在假装伪善似乎晚了点。你不用鞠躬了，趁着满腔的火气，快回家转告吧，就凭你的智商，耽误久了会忘掉大半的。"

高诗诗又气愤又盲目，像茶壶里煮饺子，有口倒不出。她感觉苏向北莫名其妙，甚至有点神志不清。一定是拘留所让他思维错乱了。如果说高诗诗在这里学到了什么，那就是认定关进这里的都不是好人。

"下跪求饶？"高诗诗气愤地嚷道，"你是囚犯，你才该下跪求饶！"

苏向北颠倒是非，又痞又坏的嘲笑样子，在高诗诗看来，就是犯罪的最好证明。她暗自后悔曾被他迷得昏天黑地。大学讲师也好、苏向北也罢，高诗诗觉得自己的人生就是由一段段昏天黑地的恋情组成的。但和初见金的恋情，将超过以往，他们会相爱万万年。

走出拘留所，高诗诗就嗅到了世界末日的味道，不论怎么安慰自己，挫败感还是很重。她成了第一个甩掉苏向北，却让他感到轻松自在的女人。在接下来的一段时间里，她还将继续为苏向北的人生带来有趣的乐子，成为他幽默集里不可或缺的小段子。

高诗诗向停车场走去，突然看到一辆京牌奥迪利落地钻进了车位，车上下来的竟然是位美女，透着干练和沉稳的气质。高诗诗和那美女擦肩而过，显然，那美女根本就没发现她，径直向大门口走去。

高诗诗突然心悸，仿佛脑中的火车出轨了，思绪无法连贯起来。

她莫名觉得这女子与苏向北有关，也跟了过去，门卫拦住了她。刚才是朋友把她带进去的，现在，她只好孤立无援地等在大门口。

苏向北的话实在太沉太重，以至于她必须靠在车身上支撑着自己。

"这是在演哪出戏？"

苏向北像被蜜蜂蜇了，慌乱地站起来，书掉在地上。他被自己的尴尬逗笑了，捡起书，向莫瑞展示了一下书名《狱中记》。"读过吗？王尔德的。"

莫瑞根本不回答苏向北的问题，好奇地看着他。以前，她对苏向北心心念念的白鹭市一直没有什么清晰的印象，这次刚回国就听说他遇到了麻烦，驱车五百多公里来看个究竟，毕竟那么多年的感情，可不是说没就没的。而这个蹲在小马扎上的男人，任何时候都不是与她没有关联的人。她始终透过忧愁的薄雾看着前方的路程，但一切都像曾经发生过……这个城市、这个拘留所，以及无辜的小马扎和他手里的书，似乎在梦里见过。

"我这是姜太公钓鱼。"

"那你是姜太公呢，还是鱼？"

"鱼钩，还是铝合金的。你来美女救英雄？"

"我回国了，"莫瑞故意拉长语句，苏向北惊喜地走到铁棱前，莫瑞又端出后半句，"和男友一起回国的。"

苏向北仿佛脸上有灰尘，摸了一把，又坐回到小马扎上。他内心的某些角落已磨得纸一样薄，经不起任何触动。

"带个在美国下岗的男人回来，也不算给国家做贡献。你快走吧，别影响鱼咬钩。"

"鱼有七秒的记忆，你可别被鱼吞了。"

莫瑞转身就走，苏向北急忙喊等等。莫瑞果然又转了回来。

"你怎么知道我在这儿？"

"博容容告诉我的。"

苏向北笑了，莫瑞也笑了，一股温暖的气息在铁棱间流动。两人都沉默着，仿佛沉默也是别样的交流。

"你真的能赢？不需要帮忙？"

"需要，晚上睡不着，有好办法吗？"

莫瑞被他的恶毒逗笑了。考研那会儿，学业重、压力大，苏向北睡不着，莫瑞就给他哼歌，果然高效，一曲哼不完就打起了酣。而今，他竟然提起了这事，可见，对自己的案件还真是胸有成竹。

"你不是有丝丝、弦弦的吗？"莫瑞早听说他被副总的女儿甩了，感觉很值得拿出来编派一番。

"她把我蹬了，据说跟了一个一三五开宝马，二四六开大奔的男人。"

"你可真有眼光！"

"还不是被你气得白内障了！"

"少废话，早出来，北京见！"

许多时间，苏向北也是大半宿都睡不着，仿佛在干瘦的山风里听到了莫瑞的声音，对她的回忆抚慰着他的寂寞。在这四壁皆空的房间里，他以岩石般的耐心，忍受着自我囚禁的痛苦。莫瑞无疑是他灵魂的安慰剂。

莫瑞走了，苏向北非常失落，说不出的伤感和酸楚。莫瑞终于回国了，而陪伴她的竟然是别人。她为什么要来，她根本就不该来！

以前，苏向北读康德，他并没完全理解那些晦涩的观点。但他还是读了下去，在字里行间感受那种强烈、真实的意图。此时，他捧着

《狱中记》，竟比康德的书还难以入心。

苏向北感觉想哭，却哭不出来。莫瑞自以为携带着一片春光，可苏向北体会到的却是窒息的感觉，之前一直压抑着的嫉妒之火，熊熊燃烧起来。

高诗诗在停车场也没闲着，她已从朋友那里打听到此女子正是来看望苏向北的。

高诗诗等到了这美女，她觉得凭自己的美貌和爸爸的地位，有资格与这美女搭讪。"美女，你是来看望苏向北的吧？"

莫瑞收住了脚，像看一条名贵犬上下打量着她。"高诗诗？"

高诗诗像被优待的村姑，莫名地被莫瑞的气场压服了，急忙点头称是。

莫瑞显然不想理睬高诗诗，坐在驾驶座上，启动了车子。

高诗诗已被莫瑞的无理气疯了，突然拉开车门。"为什么来看他，你能救他吗？"

"救他？"莫瑞冷笑了一声，"他需要救吗？"

莫瑞还想说什么，张了张嘴，还是关上车门，离开了。她觉得苏向北和这女人恋爱，简直是在沙滩上盖房子。

高诗诗有些莫名其妙，她感觉这女子要么愚蠢，要么眼瞎。

高诗诗被这女子的狂妄弄得喘不过气来，要知道，初见金都不曾这么对待她。她一下子充满了竞争的欲望，她很想大声告诉莫瑞，自己可是有才华、有名气的主持人，是比干集团大名鼎鼎的美人。

之前，毛易把装有一百万元的黑皮箱放在苏向北的桌子上，说了些感恩戴德的话，便走了。

苏向北盯着皮箱，准确地估量自己到了什么地步，评估埋在心底的癫狂，评估战役的得失，评估未来的无数种可能。顿时，他有了主意，立刻给沈乐和林海洋打电话，要他们夜里一点到他公寓。"记着，一定是夜里一点。"

之所以定在这个时间，一是怕毛易在外监视，二是怕左右的邻居未睡，易走漏消息。

苏向北早早在楼下等着，当二人赶到时，直接带他们进了房间，向他们展示了黑皮箱。此事仅他们三人知道，如果一旦走漏风声，前功尽弃。

二人将钱带走了，至于怎么处理，就不是苏向北关心的问题了。苏向北站在黑暗的走廊里，目送他们离开。月色皎洁，两人的影子投射在午夜的街道上，黑暗而清晰。

夜色深沉，苏向北越来越觉得这有点像影视剧里特工的做派，以将计就计或偷天换日之术，化解危机。

有人想用一根芦苇饮尽长江，不知是人的狂妄还是芦苇的夸张。之后又有四次这样的交易，苏向北一并让沈书记和林海洋把钱带走。姜太公钓鱼，姜太公却也被那时代钓着，谁算计谁真不好说。

在检察院拘捕苏向北两个小时后，沈副书记和顾总便找到了市检察院。原来举报信上列举的五笔贿赂款，一分不少地早就进了公司的账。敌人精心布设的网，本想网条鲨鱼，却只网了一团潮湿。

检察院立刻放人，苏向北却不想走，也不能走——他要继续蹲在拘留所，以便请君入瓮——于是检察院便大开绿灯，假戏真做，允许任何人探视。

既然棋局已开始了，那就必须找到棋盘的薄弱之地，然后击而溃之。

三十二

苏向北在拘留所里关了三天两夜，似乎该等的人等到了，不该来的人也来了，但他最想见的人，却始终没出现。这让苏向北非常遗憾。

纪委副书记沈乐受组织之托接苏向北回公司，沈乐便又叫上林海洋。二人陪着苏向北走出了拘留所。

"来这里的全是婊子，我敢拿性命打赌，你也是臭婊子。"一位一米八的男疯子，冲他们叫喊着，披散的头发仿佛几年未洗了，脏污的脸根本看不出底色，只有炯炯有神的眼睛昭示着他不竭的生命力。

林海洋想把他赶走，苏向北制止了他。"他说的或许也没什么错。"

疯子怕挨揍似的，扯开腿跑掉了，那快速逃窜的样子简直像胆小的孩子。

苏向北远远看到高副总的车停在拐角处。高副总坐在驾驶座上，静静望着苏向北一行。苏向北站住了，让沈乐和林海洋等他一会儿。

二人便闪到路边聊风景去了。那高大的疯子时常回头观望着他们，害怕挨揍似的斜着身子跑。路边的迎春藤已开出了金黄的小花，那点点春意，提示人们盛世花期即将到来。

苏向北进了高副总的车，望着前方，仿佛高副总是美杜莎，看一眼就会变成石头——他以无比坚强的蔑视，等着高副总忏悔。

"事情发展成这样，真对不起！"

苏向北装着没听见，一言不发，他可不是来听这虚伪之词的。

"钱伟伟太过分，我没能阻止他……"

高副总温和地把责任推到钱伟伟身上，等着苏向北接话。可苏向北根本就不理这茬。

"我一直想和你好好聊聊，可……"高副总故意顿住了。

苏向北依然聋子似的，顽强地压抑着内心的怒火。

"如果你和诗诗在一起，那可真是我的心愿……"

这小人的伎俩让苏向北彻底失去了耐性，拉开车门走了。在拘留所关了这么久，真不必为听这些废话而耽误时间。

高副总发现苏向北一点面子不给，如果失去现在的机会，他可能永远都没机会了，可能会带着新的恨、新的罪恶、新的疼痛走完余生，也可能会被这小伙子送进大牢——毕竟，余生牺牲不起。

高副总急忙追了下来，扶着车的后视镜，大声喊道："我只想贿赂林杰，没想到钱伟伟却把他们杀了。"

苏向北收住脚，转过身。高副总歉意十足地低着头，仿佛矮了一大截。

高副总的身高一直是个谜，对下属讲话时，他高昂着脖子，任谁看足有一米八；可面对上级领导时，他又弯着脖子、撺着腿，怎么看都不足一米七；而喝醉酒时，那懒散的样子又不像平时的他。此时，他用卑微的姿态巧妙地削弱了身躯，揉皱了脖子，磨空了声音，看上去像个老小孩。

"讲……"

"二十三年前，我们几个人想通过买卖凤凰山捞点钱，被林杰识破了。我想让钱伟伟趁林杰勘察凤凰山时行贿他，给他股份……钱伟伟却把他们三人全炸了……之后，为了怕侦查，就把他们评为劳模，判定是意外牺牲的……对不起！"

"完了？"

高副总不知道苏向北还想要什么，他迷茫地看着这位差点成了他女婿的男人，真希望他可怜可怜自己现在的心情——他感觉自己已低贱到尘埃里去了……

此刻垂首而立的屈辱，使高副总想起了那些严重失眠的夜晚、警车出动让他发慌的下午，以及与职场对手互逞雌雄时所费的精力……想到这一切，他倍感心酸。自己之所以能身居高位，当然应感恩鸿运当头，感恩自己因姓高而始终高高在上，也感恩有运筹帷幄的才华。但今天，他却不得不向这臭小子低三下四地乞求……

高副总坚定要学韩信，成大事必先忍耐——此时头低得越深，直立时就会昂得越高。

看着沉默的苏向北，一股热流从血管里蹿涌上来，高副总感觉迟缓的野性从漫长的睡梦中苏醒了，不由问自己：这般冻鱼似的自我摧残、自我羞辱，能不能感动这臭小子？

"就一声'对不起'就完了？"苏向北看着羞涩作态的高副总，不由怀疑他有没有心脏，而心脏是不是水泥捏成的。

"我真的……对不起了……"

"伟大的高副总，你可真是心宽体胖啊，可以删除所有的罪恶，可以淡忘你制造的所有悲剧……知道我妈现在哪里吗？就因为你们，她一位堂堂的医生，被你们逼疯了，她疯了……她连自己的儿子都不认识……你有什么对不起，我没看到你的一点诚意。我在里面等着你来道歉，三天两夜，你有的是机会。如果你来，我会原谅你。可以说，我只为等你才在里面待了三天两夜的！可现在知道我无罪释放了，怕我报复了，你却来了——你来道歉了！来说对不起了！来求我原谅了！游戏不是这么玩的！在你知道我是典明的儿子时，我等过你！可你根本就没有一点忏悔，根本没有一点对不起的感觉。在办公楼，我们多次擦肩而过，我盼着你良心发现说声对不起，给你机会也是给我机会，可你没有！你根本就想掩盖、想推脱……你以为我们这些受害者不配你道歉！不配你忏悔！你以为把责任都推给别人，你就成了好人！就成了有品格的人……你掩耳盗铃的本事胜过所有的聋子！你说'对不起'，可你去看过周大妈吗？她傻呆呆的天天到车站接儿子，你去说声对不起了吗？再就是林杰的儿子，你可有过一点点对不起的感觉？你说对不起，我能替谁受？替我爸爸受？替我妈妈受？还是替五万白鹭员工受？我没这权力——我不接受你的'对不起'！你身为高官，出卖公司的利益，挖公司的墙脚，甚至不惜放火烧掉大楼！'对不起'，你还有一点点做人的道义？你还有一点点温热的良心？你还有一点点为官的德行？'对不起'这三个字从你嘴里说出来，你可曾懂得这字的意思？你可曾有些许的内疚？你的淄重公司完蛋了，你吃里爬外的行迹即将暴露，你感觉一辈子经营的东西灰飞烟灭了，你才来说对不起。你去对凤凰山的那三座坟墓说吧！说对不起吧！说一万遍，看那些冤死的灵魂会不会原谅你？高总，扳倒你的是你自己，多行不义必自毙。二十多年的偷盗与盘剥，二十多年的欺上瞒下，你要对谁说对不起？你应该明白！你应该知道怎么做才是你的救赎之道，但你没那份勇气！你不用对我说对不起，我救不了你……但是我永远不会原谅你，永远！"

"你说的这些都对，也是我一直想做的……可我不敢。每次看到凤凰山，我都很难过。这是一个金玉其外、败絮其中的野蛮世界，如果我稍微对牺牲的三个人表示特别的悼念，人们会怀疑我是凶手。我也想帮助他们，可我不敢，我怕人们说我心里有鬼……我时刻后悔被淄重公司拖累，沾了一次就很难再金盆洗手，毕竟开弓……"高副总辩解着，内心犹如炽热的炉火灼烤着，天气仿佛突然热了起来，他匆忙解开衣服，露出了苍老的带着斑点的皮肤。他自以为很从容，很随意，可滚落的汗水还是出卖了他。

"闭嘴吧，别狡辩了，你不觉得羞耻吗？你已被权力扭曲了，被金钱熏污了。在你心里，德行已变成了一堆垃圾。看来，这么多年，你除了年纪和邪恶在增长，什么都没变。你真可悲！"

高副总静默地站着，修长的双手无力地垂在身体两侧，头垂在胸前，仿佛已站着睡着了。但显然没有睡着，脸和嘴角时不时神经质地抽搐。

苏向北气得满眼泪水，看着不知悔改的高副总，心中突然涌起一股婆婆妈妈的情意，一种难以名状的、杂乱无章的、七荤八素的婆婆妈妈的感觉。他压抑着难堪的情绪向停车场走去，转过车身就发现了沈乐和林海洋。

林海洋满眼泪水。他第一次听到关于爸爸的故事，又惊骇又气愤又伤心，挣扎着想去揍高副总，被苏向北一把按进了车里。沈乐启动车子，开走了。

苏向北的怒气已压抑到一种沉着、镇静的心境中，部分成了叹息，部分成了恨意。他筋疲力尽，心中承受着做傻瓜的痛苦，不得不将埋葬了二十多年的记忆，再重新埋葬一遍。

车开走了，高副总才抬起头，他望了望晴朗的天空，已有春天的味道。钱伟伟和毛易会把淄重公司的责任顶起来，无人能撼动他白鹭铝业副总的交椅。

在高副总看来，苏向北虽然把事情推到荒谬的顶点，但那是在浪费时间。因为这世界永远是赚钱的赚钱，谋利的谋利，只有政治老师才会埋头在真善美中。这么多年来，高副总的哲学是：你狡猾，我比你更狡猾；你温和，我比你更温和；你残酷，我当然得比你更残酷。

随着岁月的流逝，这是他早已变成熟稔于心的一首愤怒之诗。我最大的错就是放任了钱伟伟，又娇惯了高诗诗——或许一切还来得及。

"来这里的全是婊子，我敢拿性命打赌，你也是臭婊子。"那位高个疯子又转了回来，冲高副总大喊。

高副总钻进车里，车开走了。把精心准备的腹稿说出来后，他体会到了一丝词穷的耻辱，于是越发恨起钱伟伟来。

钱伟伟并不像苏向北猜测的那么有危机感，毕竟经历了三十多年职场磨炼，又有三个命案在身，那心早已被时光催化成不锈钢的了。虽然矿石让淄重公司栽了，但钱伟伟心里依然另有乾坤，一是他早已将大笔赢利转移到了美国。二是申请破产，无论淄重公司欠银行的债，还是欠个人的款，一并杀青，将法律为己用，也算堂堂正正地抢劫。三是只要高磊等还能保住副总的位置，那赚钱的渠道依然强劲。

在透着柔和之美的时光里，居于明亮清澈的郊区别墅，要不算计别人，不发泄心中的怨气和敌意，钱伟伟便不知怎么度过每一天。

最让他感觉不爽的是苏向北拘留了三天，竟然大摇大摆地走出来了。那置他于死地的五百万，竟然一笔不少地上交了纪委。这实在出乎钱伟伟的预料，毕竟这么多年，无论在企业里混，还是在江湖上走，苏向北是唯一见招拆招的人。这让钱伟伟胆寒，又一次唤醒了好斗的欲望。上一次欲望升起时，他用一个炸药包灭了三人，从此有了二十多年的坦途。

如果再能换得二十年的坦途，那无论做什么都值了。钱伟伟内心深处有一汪永恒的热流，像躁动的火山，终会来一次一劳永逸的喷发。他感觉自己生不逢时，如果天时地利人和，或许也会希特勒似的肆意和张狂，也会曹操似的上马能战，下马能治。可惜，懂我的时代还没到来。

毛易笨得像脚底板，是那种即便听了损人的话仍觉得清晨很美好的孬种，偏偏高磊看中他，真是蛤蟆看中蛤蟆，乌鸦欣赏乌鸦。毛易已是个响当当的隐患，他知道得太多，却又没有足够的智商。这次矿石事件，归根结底就败在他的智商上。

隐患太多，这让钱伟伟很不爽。钱伟伟感觉自己最大的优点是能审慎地评判风险的等级，然后击而溃之。

钱伟伟似乎嗅到了风险的味道，不时的心悸和惊恐也搅乱了正常的思维。在钱伟伟看来，与其说周围的人是劣等的，不如说他们愚蠢、狭隘得吓人——包括高磊和其他一些位高权重的人。之所以和那些人一起工作，是因为自己别无选择，权当这世间就是个动物园，而他是唯一的园主。那些人在自己的领域虽足够聪明，但他们缺乏深度，也缺乏宽度，钱伟伟不恨他们，但非常厌恶他们。

钱弗珊要趁春假回家。钱伟伟不希望女儿回来，不希望女儿知道矿石及淄重公司的事。再就是自己正在做一项重要工作，他可不想分心。女儿当然是他的中心，也是他活得精致的唯一理由。

钱伟伟让女儿趁机在美国旅行，多看看美国风景，也长长见识。女儿接受了爸爸的建议，和同学们搭伴自驾游。

生活即江湖，江湖即生活，一日为敌，便只有击而溃之。这项准则包含着钱伟伟全部的尊严，不是失败者的尊严，而是王者的尊严。从上小学第一天起，他就拉拢了一帮替自己出拳的"好友"。当矿石事件像一记耳光那么直白时，他就丢掉了情义、品德、良知等超验的废话，能说出的东西都能清楚地说出，不能说出的东西必须保持沉默，让江湖去澄清。

但是，钱伟伟算错了一个人，他根本不知道毛易已将笔记本交付了检察院，他甚至根本不知道毛易这心胸狭小的人还记录着每一笔来路不正的业务。他让毛易躲一躲，毛易果然躲得彻底，再也联系不到他。白鹭铝业就是一座金矿，可以说淄重公司的赢利都是从这座矿山上撬的一些碎金子。矿石、重油、盐、煤、氧化铝、电解铝、水泥等等，凡是白鹭铝业买入或卖出的大宗物资或设备，许多曾被淄重公司温柔的小手抚摸过。

钱伟伟正在和朋友喝茶，这朋友是个富翁，人脉也厉害。在钱伟伟看来，听某个暴发户说废话，也是一种根深蒂固的需求。

这哥们喜欢谈自己奇特的爱好，喜欢和人共享床帏之事。他认为只有开口谈男女之事的人，才算得上真朋友。他用那张满是皱纹、让人难受的脸，一心一意想拉住倾听的人，灌输自己的理念。这种亲切的气氛犹如一杯热乎乎的绿茶，能激起新奇的柔情，也会令人微微惆怅。

钱伟伟从他那张浮肿的脸上，看出沉迷肉欲的虚弱，似乎浮着男女床帏的所有故事。

"我喜欢偷窥，一个大大方方躺在床上的女人，不会对我产生任何诱惑。但从监视器里偷看，却能给我最销魂的激动。因为在这完全自然的环境里，她是自在的，没有任何防备，没有任何约束，也没有任何伪装。而我则不用在意我是谁，可以像灰尘飘浮在空气中，观察她的每一个汗毛孔……"

那朋友正讲得带劲，钱伟伟突然接到高副总被检察院带走的消息。钱伟伟似乎被石碾子碾了一遍，骨头都碎了，赶忙歉意地拿着手机到阳台上继续讲电话："为什么？没有什么漏洞啊？"

"可能是贪污？您是否也躲躲。"

"我是自由之身，检察院看不上我。"钱伟伟坚定地相信高副总吃了下属的进项却没给办事，所以引爆了下属的坏脾气。他之前就这事曾暗示过高副总。

"这两天找机会动手吧！"他指挥黑道小兄弟像指挥手指般高效且灵活。

之前，钱伟伟知道自己单靠逢场作戏就赢得了赫赫威名，如今他已不这么认为了，他觉得入职白鹭铝业纯是误入歧途三十年。

钱伟伟觉得高磊有时跟春天的凤凰山一样青嫩得不成熟。他的错误在于身为强盗却奉行贤良之举，但这假装的贤良往往成了埋葬自己的土壤。

死人才永无开口之日，而死亡所包含的秘密比蚂蚁都多。高副总却理解不了这深意。

社会上的兄弟们称钱伟伟大哥，他没同意，他觉得这太江湖味。

只行江湖事，不挂江湖名，这才是高手。从一个单纯的男孩，长成现在这模样，他知道自己经历了多少腐朽的熏陶，多少坎坷的磨砺，甚至多少坟墓的诅咒……他变得如此忧郁、沉默，经常独自消解人生的怨气。

钱伟伟刚放下朋友的电话，准备回去继续陪朋友喝茶，却接到女儿的信息——她们结伴旅行的计划取消，她已登上了回国的飞机。

钱伟伟突然感到些许的沉重，下意识望了望天空，似乎女儿鸟一般在天上飞着。他叹了口气，莫名地觉得哪个地方不对劲。

三十三

检察官在联系了白鹭铝业纪委书记后，一起进了高副总的办公室。当时高副总正和下属讨论电解槽技术改造事项。纪委书记介绍了情况，高副总瞬间失去卓尔不群的气质，变得异常衰弱，脸色深灰。和检察院的工作人员打招呼时，左顾右盼，似乎在寻找丢失的什么东西，内心却只惦记着一件事：千万要锁住尿道，千万别尿裤子。

在钱伟伟看来，养尊处优的高磊，政途已到了悬崖边。政途完了，他的价值也就完了，这无疑是钱伟伟巨大的损失——他有损失一座金矿般的心痛。

钱伟伟只能另作他图，不过这社会只要以钱开道，生意就可以畅通无阻，无须护照。

高磊进去一天了，钱伟伟没打听到任何消息。高磊如果像苏向北在里面睡一觉又清白无辜地出来，那他的副总交椅还会坐得很稳的。就在钱伟伟边开车边电话聊这事时，发现后面一辆黑色的奥迪影子似的黏着。他故意拐了个弯，从小道往机场开去，他要去接机。

开了也就十多分钟，在高速路口，四位男子便堵住了他的车。他们声称是检察院的。钱伟伟感觉脊梁骨碎了，身子绵软得像果冻，怎么也挺不起来了。

其实，这么多年来，钱伟伟不停地培植检察院的朋友，相交甚密。钱伟伟以为有了"朋友"，就可高枕无忧。其实检察院是流水的营盘，检察官调动频繁，并且彼此独立办案，同事们业务隔绝，互不打听。这是纪律。

所以，钱伟伟不相信没有任何消息就把自己抓了起来。他犯了过度天真又过度狡猾的双重毛病。

丽江的同学带女朋友来白鹭市玩了三天，苏向北借了同事的车将他们送到机场。刚走出大厅，一个女孩高声地喊着他的名字。苏向北感到面熟，一时没想起这位戴墨镜的女孩是谁。"我是钱弗珊啊，在美国……"

苏向北心咯噔一下，像掉进井里。

钱弗珊刚下飞机，正等爸爸来接她。蓦然相遇，钱弗珊像意外得到了奖励，连珠炮似的讲着苏向北在留学生里传奇的声誉，表达着少女激动的仰慕情怀。

钱伟伟坐在检察院的车里，手机响了，检察院工作人员把手机递给他。

"爸爸，你不用来接我了，正巧遇到同学了，我坐他的车回去。他叫苏向北，你认识的。"

"快下车！快，马上！"

钱弗珊莫名其妙，她被爸爸的歇斯底里吓坏了，当然也被爸爸的命令弄糊涂了。

"你爸爸说什么？"

"他要我快下车，马上！"

苏向北突然意识到什么，猛踩刹车，刚停下，车轰然爆炸。

爆炸声震掉了手机，钱伟伟呆呆地四处望着，仿佛不明白发生了什么，又仿佛回到了凤凰山，他引爆了炸药……瞬间冲天而起的爆炸，也曾让他迷茫、呆愣。

生而为人，一定要死的，钱伟伟坚信死的是别人。

检察官捡起手机，手机里传来高速公路的车声和跑动声、呼叫声……

钱伟伟目光炯炯有神，盯着检察官的脸，也许已弄不清检察官是谁了。俗话说，你的财宝在哪里，你的心就在哪里。他的心应该在机场的高速上，一直在那里，似乎再也收不回来了。

苏向北再次成了五岁的小男孩，爸爸带他参观氧化铝车间，而那堆积如山的氧化铝突然雪崩似的坍塌了……在漫天飞舞的大雪里，爸爸离他而去，任他怎么呼喊，爸爸渐渐消融在白茫茫的雪雾里……

他感觉有人轻轻拍着自己的脸。"他活过来了！"

我死过吗？

眼皮异常沉重，像吸足水的海绵，需要很大的气力才能睁开一条缝。苏向北透过那条缝，看到了蓝色的天空。他感到身体像被摊平了，水泥般均匀地抹在了大地上，随着飞驰而过的车微微震动着。

发生了什么？我在哪里？他大脑一片空白，似乎什么也记不得了。谁在那里，是谁？谁在吵嚷，这是白天还是黑夜，我是躺着还是站着？

风很大，他看见单薄的树枝被狂风拧得扭曲着，求救似的挥舞着手臂。苏向北挣扎着动了动，浑身的疼痛让他恢复了些许意识。车在路沟里燃烧，滚滚黑烟恶毒地弥漫着。他记起来了，瞬间大脑调节到爆炸前的那一刻，他和钱弗珊都没来得及跳下车……冲击力像发射火箭，瞬间把他抛了出去。他以为要死了，像铅蛋从天上冲下来，重得足以把大地砸个深坑……

一部紫色的手机在身边吱吱哇哇地叫着。有人将手机塞到他手里，他艰难地放在耳边。"……珊珊……快说话，是你吗？珊珊……是你，我听到你的呼吸声了……珊珊……快说话……"

钱弗珊就躺在苏向北两米开外的地方，满地的血和脑浆，脸已模糊了。好心人正用沾满血的围巾盖住她的脸。

苏向北握着电话哭了，先是压抑着，终于忍不住失声痛哭起来。哭无辜的钱弗珊、哭爸爸，也哭那个五岁的小男孩，或许，他就想哭，只有哭才能证明还没死，只有泪水才能感受这世界的温度。

钱伟伟听到了男人的抽泣声，只觉得空气中泛着一股酸败的味道，而那声音正是他最讨厌的，正如他讨厌检察官那傲慢无礼的眼神。死的不是他！

钱弗珊的死彻底改变了钱伟伟，这位自称从不会流泪的男人，果然没流泪，但也没再主动开口说过话——在监狱里，他一年说的话，不如之前一天说的多。他像巴甫洛夫的狗，让向东就向东，要向西就向西，让交代就交代，让诚实就诚实。

进入监狱时，他朝生活了半世的自由世界瞥了最后一眼，高大的烟囱上，缕缕青烟弯曲着散向灰色长空，和煦的南风吹开冰封的季节，可惜已不再是钱伟伟的季节。他年轻时虽然出了名的机智，但他的时代已然过去了。他显然明白了这一点，发现沉溺在不幸中，竟然有一种异样的满足感，不用担心失去，不用担心死亡，也不用担心被算计，更不用担心被剥夺。此时他才明白，剥夺与被剥夺、算计与被算计、暗杀与被暗杀竟是最高级的存在。

怎么会如此这般。钱伟伟在法庭上将自己的一生进行了判决。突然发现，一切恍如隔世，一切如梦——而这梦却发生在运矿石的列车轰隆隆响之前，发生在大笔财富堆积在账户上之前，发生在占山为王之前，甚至发生在他初当矿工之前，发生在买卖凤凰山之前，发生在与高磊结盟之前……是生活造就了我，却只造就了赝品的我。

有人说他杀了自己的女儿，也杀死了自己，活着的只是一具尸体；有人说他是在思考，思考他海边的房子、境外的存款，以及那些藏在亲戚家的珠宝；也有人说，他怕出去，怕孤单，怕一个人活在世上，怕看到山，也怕听到鞭炮的声音。其实，没有人知道他在想什么，因为他把想法像酿酒似的窖藏着。

高副总的表现更凡俗些，检察院提审他时，简直让他惊掉了屁股。检察官薄薄的纸飘落到高磊的脚边，他刚弯腰想捡起，突然得到一声断喝："坐好！"

高磊小孩子似的一哆嗦，完全没意识到有人会这么冷冰冰地呵斥他。自做了白鹭铝业的高管，他时刻享受着皇帝般的恭维、奉迎和尊崇，每个和他说话的人，都透着和蔼和敬佩，声音暖暖的、柔柔的，甚至透着绵绵的音乐美。而刚才的断喝，简直无礼透顶、粗暴透顶、野蛮透顶。他感到心脏似乎也突然停止了跳动。他急忙小学生上课似的坐回到椅子上，意识到有尊严的生活已列车般破空而去。他不太喜欢这位年轻的检察官，觉得他脾气太差，对年过半百的人没有耐心，并且老是纠结在琐碎的账目上，显然没见过大场面、大资金。

高磊说不清自己涌上来的是什么情绪，找不到恰当的词语表达内心的诚实，简直想把心掏出来，却又不知道该给谁看。他羞愧极了，恨不得撞死在墙角上，可又怕墙角不够结实。

更让他羞愧的还在后头……二十多年来的每一项窃取公司的阴谋，几乎被他们如数家珍般罗列出来，连早已沉到记忆海底的、久远的账目，竟然也掌控在他们手里。高副总感觉肋骨间透着寒气，自己成了个透明人，一个轻易被拍扁的纸片人。

检察官提审他时，告诉他钱伟伟把女儿钱弗珊炸死了，钱伟伟也关在这拘留所里……

高副总被这意外的消息震蒙了，突然站起来，仿佛要去救人，或许起得太猛，晃荡了两下，又绵软地倒了下去。这一倒竟也挽回了面子——脑溢血住院了，并从此偏瘫，保外就医，躲过了漫长的铁窗生涯。

如果说钱伟伟从此羞于交流，那高磊显然比他更热爱生活，随时都想说话，可舌头不利索。除了妻子偶尔能猜中他的意思，没人知道他在嘟噜些什么。他穿着浅棕睡衣一动不动地坐在轮椅上，那肥圆的脸蛋和无欲无求的神态，仿佛从神坛上走下来的某位智慧的佛祖。

白鹭医院的骨外科病房里，苏向北因爆炸引起的左胳膊撕裂伤住院。虽然发生如此重大的事故，但苏向北根本没告诉爹娘，他不想让他们担心，也不想被他们拉回北京。

苏向北在走廊里散步，高诗诗和初见金提着饭盒上了扶梯。苏向北刚想躲开，却被高诗诗看到了。

骄傲的高诗诗从白雪公主瞬间跌落成了卖火柴的小女孩，她真希望这事发生在别人身上，真希望有个从过去而来的人守在身边，以确认这遭遇是巨大的幻觉。妈妈的泪水已流出了道道皱纹。过去她觉得妈妈跟不上生活节奏，而今，她反觉得妈妈是最能守住她生活节奏的人。过去曾非常厌恶妈妈的俭朴，而今却变成了一种敬畏。她真不敢想，如果没有妈妈，生活该怎么继续。自爸爸倒台，高诗诗感觉世界缩小了，小到黑眼圈那么大了。

"不得不说，你可真幸运！"高诗诗鱼一样钻到苏向北面前，含讽夹刺地说着。

"高副总也同样幸运！"

"听说白鹭铝业'地震'因你而起？"

"我哪有那能量，绝对是你爸的功劳。"

"苏向北，我真是小看你了！"

"这倒是真的，"苏向北向那位官二代努了努嘴，只见初见金随众人飞速从旋转楼梯往下跑，"他是去看美女吧！"

怒气冲冲的高诗诗根本不理苏向北的茬，气愤地质问道："我如果嫁给你，是不是就饶过我爸了？"

"是你爸这么说的？"

"他没说，我猜的。"

"那就别猜了，'踩'错了会踩中地雷，把自己炸得很没面子。胜了、败了、富了、穷了，归根结底，都不是个人能把握的。活着就感恩地活，再没有比心怀感恩更接近幸福的了。"

"我爸都这样了，你却和我提幸福？"

"提又怎么了，人活着不就是为了幸福吗？你爸肯定也希望你幸福吧！"

"苏向北，你就是嫉妒！嫉妒别人有钱有权！嫉妒别人有车有房！嫉妒别人比你过得好！"

"是啊，我嫉妒得脚后跟都痛。"

简单过度，又复杂过头，高诗诗感觉每次都败给这样的苏向北，不由恨起他来——恨他差点死掉却还能调侃别人，恨他一无所有却胆敢嘲笑开奔驰的人，恨他明明是无名小卒，却胆敢挑战权威，恨他貌似为这个世界操心，却不明白自己不过是个无知小儿。

高诗诗觉得和苏向北的战争绝不会现在就结束。那晚，高诗诗和爸爸一起待了很久，和痴呆的爸爸在一起很安宁。那些深埋在心底的奢望，那些飞雪的夜晚，那些关于苏向北莫名的神秘，以及爸爸梦似的呓语……使她简单的脑壳不得不变得复杂和沉重。她总在黑暗里垂泪独行，就好像她是天底下唯一倒霉的人。

苏格拉底说："没有反省的人生不值得一过。"在苏向北看来，虽然都姓苏，他却不太赞同这观点，因为有些人或许从不反省自己，也过得津津有味。虽然这辩解有点无助，有点凡俗，有点椒盐的味道。

人们向外跑去，苏向北和高诗诗走到阳台上，想看看外面发生了什么。

院子里停着一辆古思特，车上下来两位年轻人，一位在忙着打电话，一位左右观望着，似乎在寻找熟人。

好奇的年轻人正远远观赏着这豪车，初见金主动上前搭话，询问相关情况。初见金自来熟似的与那人握手，可对方后退了一步，闪开了。

高诗诗对初见金很生气，其实，她更气的是被苏向北看到了。初见金虽然被冷落，可热情依然不减，拿起手机，与高诗诗通了电话，现场直播似的告诉高诗诗："诗诗，这车五六百万呢，也是北京来的，说不定我还认识这车的主人，等着瞧吧！"

能和豪车在一起是非常棒的事，似乎有一种神奇的魔力，让初见金觉得自己见多识广。

苏向北刚想嘲笑高诗诗的男友，突然发现情况不对，转身离开了——跟随一群实习医生钻进电梯。嘲笑可不是解决问题的办法，此刻躲避才是最正确的举措，当被表弟围追堵截，苏向北能逃多快就逃多快。

"院子里那豪车，如果是我的，我女朋友就不会对我一百个不满意了。"英俊的男医生自我调侃着。"两辆，门外还停着一辆呢，你没看都举着手机等着拍那'病西施'呢。"

"追女孩啊？不过肯定也是别人的前女友。"

三十四

苏向北终于逃到顶层的会议室，好在并没什么会议，整座医院就这里最安静。

苏向北马上和老娘视频，告诉她自己除了受点皮外伤，临时吊起胳膊，根本没其他大碍，他让老娘劝表弟快回去，他还不能暴露身份，只差重要一步了，不然前功尽弃。

老娘不相信苏向北的话，要苏向北把手机固定好，在手机前转两圈，她必须看到儿子真的健康才成。

苏向北吊着胳膊，低头看着自己的双手，在老娘面前，不敢再狡辩。老娘慈爱的声息令他心酸，差点流下泪来。但俯仰之间，他冷静下来，微笑着，看世界从身边走过。

表弟来电话了，苏向北告诉表弟，自己已逃走了，根本不在医院，并且绝不跟表弟一起走，让表弟快离开。

表弟却扬言找翻白鹭市也要找到他，把他带回北京。苏向北在空空的走廊里说话，听到的只是自己的回声。"我没什么伤，快走，别误我的大事！"

再次回到阳台时，发现高诗诗也加在看热闹的人群里。

表弟一行人还是空车返回了。司机失望，围观的人也失望，他们很想看看到底什么样的美女如此难追。

人们的好奇心比金子还贵重，这是一种奇特的享受，如同看一场陌生人的婚礼。

最终车离开了，一场失败的求婚让围观的人唏嘘不已。

苏向北享受着自在的感觉，旁若无人的存在透着一种潇洒和肆意。有那么一刻，他感觉自己尚未创造出来，自己是自己的前世，有着超人的清醒。

初见金告诉高诗诗他和这家少爷是好朋友，今天少爷没出现，让秘书来求婚，自然太没诚意。要求婚的美女姓苏，听说还在住院。

吹牛总能给人一种奇特的神色，初见金神采飞扬，双颊泛红。

高诗诗头脑似乎飞过一道闪电，不由向阳台看去，苏向北正在和沈乐聊天。高诗诗突然记起苏向北在拘留所里曾说"我是亿万富翁，比那小子富几千倍呢，你想要直升飞机都可以送你"！

天真纯朴是无法用钱买到的东西，那一刻，高诗诗天真地望着苏向北，似乎觉得他有点不凡。

苏向北住院后，林海洋、李海、王石等几个小伙子，主动守护苏向北，怕钱伟伟的人报复。苏向北把他们赶走了，钱伟伟都进去了，他的江湖也消失了，不要说报复，他们躲还躲不及呢。

苏向北遭受如此算计，沈乐很内疚，感觉自己失察。尽管苏向北一再安抚他，沈乐作为最早知晓原委的人，还是自认为有无法推脱的责任。他天天来看望苏向北。他发现，无论苏向北遇到怎样的困难，在他内心依然存在着无法展示的东西，他平静地笑着，仿佛笑容也是对现实有力的回击。

苏向北虽然击败了高磊和钱伟伟，公司真要对他奖励，他却对权威和财富不屑一顾，仿佛是个不计前程、不计得失的傻子，从而把杀父之仇深埋在心底。

沈乐突然有种想看他气愤得发抖的样子，有种想逼他喊出心底怒火的冲动。但随即又放弃了这想法，因为他感觉即使苏向北喝醉了，也是不会胡言乱语的那种。

"这是白鹭铝业有史以来最大的腐败案，比干集团纪委要派专人来深追严查，很多人如坐针毡了。"作为纪委副书记，沈乐内心一片迷茫，不知如何处理那么多曾参与高、钱非法交易的人。

"高磊当了十几年的副总，钱伟伟也是多年的处级干部，他们利用职权威胁下属出卖公司利益，下属又怎敢违抗。虽然他们也跟着拿了些好处，但那也是不得已。如果按毛易笔记本上记录的逐项追究，岂不也欠公平。你不会把一两百人都送进监狱吧？"

"不翻那笔记本你不懂什么叫触目惊心，高磊、钱伟伟曾将一列火车优质的铝矿石截下，换上劣质的……参与其中的称重员、质检员、会计多达三十多人……他们把部分白鹭铝业员工，变成了淄重公司的奴隶。"沈乐因惊愕而喉咙发紧，仿佛语言像刀刃在某地方划了一个伤口。

"不如这样，公司在银行开个反腐账号，通报高磊、钱伟伟案件，将绿笔记本的大致内容模糊地透露出去，给大家十天时间，凡涉及此案的，将贪污的款项主动交到那账号上，十天之内上交的，属主动坦白，如果不上交的，将立案侦查，严重的交付司法处置。"

"这能行吗？不会有人不交吧？"

"那些被拉下水的人，他们本身并不想当被唾弃的坏蛋，然而环境使然。内心的焦虑早已把痛苦和纠结，熬成了恐惧。永远别考验人性，人性是经不起考验的。要给他们自我救赎的机会。高磊和钱伟伟的下场已让他们胆寒了，或许好些人真的睡不着觉了。这方法其实是仁慈之举，明白的人当然知道这是唯一洗白的机会，不明白的人，那就只能一条道走到黑了。这些人都知道，失去钱财是小痛，失去名声就失去了未来。"

"'5·24'惨案真的就不追究了吗？毕竟受害者还有林海洋和周伯伯。"

回忆过去，就像进了博物馆，什么都不敢碰，却虔诚地把什么都记在心里。能和苏向北一起走进记忆博物馆的只有沈乐，但有些感受是沈乐体会不到的。

"这人啊，既不活在过去，也不活在未来，我想，就别在已愈合的伤口上再划一道伤痕了。林海洋那里，我会和他讲明白的，至于周伯伯就不必让他知道真相——他那心脏已然承受不住这悲惨的消息。"

"'5·24'惨案终于尘埃落定了。"

"是吗？"苏向北的表情有些怪异，像吃了酸梅，又像负伤的野兽，双眼中凝结着执着和果敢，那份复杂显然超过了年龄的限度。

沈乐感觉与苏向北相处了这么久，却始终理解不了他，他觉得这年轻人用智慧垒起了一堵高墙，拒绝任何人窥看。

"顾总让我问问你，下周 M 国有个国际铝土矿、铝工业研讨会，你能否参加？"

"这么高端的会议，我没资格吧。"

"我们的氧化铝在 M 国遇到了麻烦，顾总想让你去帮助协调解决。"

苏向北笑了："好，我去。"

医生给苏向北的伤口换药，高诗诗推门进来了。

医生走后，高诗诗站到床尾，质问苏向北："你是谁？"

"你前男友啊。"

"刚才那豪车是来接你的？"

苏向北内心突然一震："你看我像美女？再说了，你也验过货了。"

"无耻。"

"如果真是来接我的，你是不是就甩了伪官二代再与我和好？"

"你怎么知道他是伪官二代？"

"他的表和鞋子都是假的。"

"可怜，你连假的也没有。"

"我是'3·15'，专打假的。"

高诗诗走到门口，问道："你没败过吗？"

苏向北打了个呵欠，揉了揉眼睛，露出一种不可理解的揶揄表情。"拜……拜！"

高诗诗的心跳突然像发动机，撞击的节奏几乎摧垮了她的意志。

她默默无语地注视着苏向北，高诗诗以为他们有心照不宣的默契，而苏向北一个呵欠漠视了所有。

离亲切交谈相去甚远的这个距离，正是心的距离。高诗诗显然不懂。多年以后，高诗诗依然漂亮，但是在美丽的外表下，跳动着的是一颗虚弱的心脏。无论她多么认真地探究，却始终无法理解苏向北为何不挽留自己，甚至迷恋自己，而他们又是多么有缘的一对。

活了这么久再回过头来看，苏向北觉得没有一样东西可以和生命摆在同一天平上。钱弗珊的死让他顿悟，死是最方便的事，而生，却要好好计划，花好每一分每一秒。生活是否幸福，并非取决于别人，而是自己。

飞往 M 国的代表团由四人组成，除顾总和苏向北外，还有负责氧化铝业务的牛副总和生产处的宫处长。

苏向北鞍前马后地为大家拖运行李、办理登机手续，周到得像个秘书。顾总很得意提拔了苏向北，之前曾调他进京，可苏向北推辞了，现在他隐约意识到，苏向北之所以不走，正是为了高磊和钱伟伟。

顾总当然听说了"5·24"惨案的真相，不由打心眼里怜惜苏向北。

作为比干集团的下属单位，顾总参会不是主要的，重点是交涉两万吨氧化铝销售案。M 国的鲁可埃尔公司以质量问题提议退货，如果真的被退货，顾总无法向比干集团交差，造成巨大的经济损失不说，还会严重损害白鹭铝业，乃至比干集团的信誉。

一笔成功的海外贸易不仅需要天时地利，也得有高智商的周旋，有见招拆招的能力，从而戳穿见不得天光的阴谋。

飞机正在起飞，耳朵因气压而堵塞，苏向北把思维切换到算命模式，凭直觉感受这次任务能不能完成。这一次，他很迷茫，心中没底。

来到外贸部才发现，各国之间的贸易战真操蛋，把战争过成了生活，把生活过成了游戏，天天在见招拆招中达成和解。如果这就是余生，他宁愿换种活法。

但只要还是羊，就避免不了被剪羊毛的命运。

苏向北从窗口看出去，灰色的机翼似乎是随意地安装在一起的，如同鸟的羽毛，而下方渐渐远去的田野和村庄绵延成了绿色和褐色的图片，仿佛画家酒后的随意涂抹。

到达 M 国，入住宾馆，苏向北默默承担起了照顾这些中年人的任务，确保他们不被这个到处说英语的陌生地方淹没。无论他的动机是出于礼貌还是关怀，抑或仅仅是人性的善意，他正竭尽全力地为他们提供一种回家的感觉，照顾着一应的起居，充当着翻译兼服务员的双重角色。

在酒店大厅遇到了比干集团的杨总，杨总负责氧化铝业务，这次正是他让白鹭铝业等五家较大的分公司参加会议，以便了解世界铝工业的格局以及发展趋势。

杨总很和蔼，一一与白鹭铝业的代表们握手。等轮到苏向北时，杨总顿了一下，以为苏向北是个学生，或者是谁的孩子呢。经顾总介绍，才知竟然是副处长了。

杨总的秘书尚博士也依次跟大家握手，但那挺直的腰杆和始终伸直的手掌，透着蔑视和疏离，仿佛他是太子，不久将登基，而这些人觐见他，本应跪着。

苏向北向他微微一笑，灿烂得有点罪恶。衬托着维多利亚风格的豪华背景，尚秘书的脸显得更加苍白，这一切的一切，莫名地使尚秘书有点窝火。

大厅里暮色渐浓，暗影迈着银色的脚步，悄无声息地侵入室内，厌厌地褪去了华丽的光泽。

尚秘书转身而去时，顺手拿起放在桌子上的文件，偏偏手不利落，文件啪地落地上，正落在他和顾总的中间。他竟然瞪了顾总一眼，顾总却真的像大臣觐见皇帝似的，弯腰捡了起来，递给尚博士。

尚博士接过，微微点头，转身追杨总去了。穿着巴宝莉，戴着江诗丹顿，以成功学子的傲慢神情，好像他预料自己不久会位高权重，就有能力支配人、伤害人——这是一种浅薄的政治心智，以为为非作歹也是一种至高无上的权力。尚秘书不知道，即便小学没毕业的中年人，在做人方面都比他懂得多。

牛副总暗自惊讶，调侃地说："苏处长，学着点，这才是派头。"

"好好学习，天天向'尚'。"

苏向北发现自己不再是过客，而是这舞台剧的观众，或两者兼而有之，在免费观看小丑表演，这神奇的印象本身让他着迷。水唯能下方成海，山不矜高自及天。苏向北觉得，尚秘书正是自己的一面镜子。

杨总单独约见了顾总，了解中 M 氧化铝案的情况，并提出了两点要求，一是不要影响中 M 两国的友谊，控制好大局，别让负面消息左右了网络；二是尽可能在国际商贸框架下解决问题，尽可能维护中方利益，如果确实不得已，按最低标准赔付。需要他帮忙的时候，提前告诉他，他约见 M 方官员协助解决。

顾总虽说有了底，但也更忐忑。如果此事处理不好，影响比干集团的声誉，那是最坏的恶果。如果杨总不在 M 国，处理起来还有回旋的余地，现在，无论发生什么事，都在他眼皮底下。

顾总一再违背自己的意志，就像吸毒鬼试图摆脱自己的恶习而不得不做的那样，再一次向杨总讲述白鹭铝业的生产过程，并对 M 国的指控有异议。

但杨总不是为听异议来的，他只要结果。

您不用担心，苹果树结不了黄瓜。顾总想说，却没敢。

国际铝土矿、铝工业研讨会，第一天由主办方工业部部长介绍会议的筹备情况和各国嘉宾的参会情况。在苏向北看来，最有意义的是对世界各国氧化铝、电解铝及铝土矿的生产及分布的研判，展示了世界大格局下的对比和竞争。海德鲁氧化铝厂减产、俄铝面临制裁、美铝澳洲罢工等事件此起彼伏，左右着市场走向。一方面，海外事件对市场产生的不利影响正在削弱。另一方面，海外氧化铝价格上涨的同时也刺激了海外氧化铝建设，如中东的阿联酋铝业已投产……内外价差消失使国内氧化铝通过出口调节更难以实现……

世界从来都是一盘大棋，无论军事，还是工业、农业。自然中的矿石和企业中的矿石完全是两码事，自然中的矿石与氧化铝、电解铝没有相融性，所以世界会有纷争，会有买卖，会有欺诈和不公。无论氧化铝、电解铝，都破坏了地球的节奏和韵律，何况大自然还有自己的把戏。

参加这样的会，在苏向北看来，应该怀着"闲坐小窗读《周易》，不知春去几多时"的情怀。亦战亦闲，闲中有战，战中有闲，不然，在商场沉浸久了，人就多了铜臭，少了书香。

三十五

研讨会的第二天，白鹭铝业的代表团未能参会，根据日程安排，他们与 M 国鲁可埃尔公司谈判，交涉两万吨氧化铝销售问题。

双方在约定的时间到了洽谈室。鲁可埃尔公司的代表个个像吃足了老山参，一副要把中方斗扁斗烂的架势。

人的把戏像小品，调戏着自己也娱乐着别人。鲁可埃尔公司的老总塞尔特先生将氧化铝入 M 国的流程交代了一遍，然后他们的技术专家便将检验的过程用 PPT 的形式详细地展示着。操作电脑、播放 PPT 的是位金发美女。那图片也像那金发美女，色彩清晰，新鲜动人——技术人员从氧化铝包装袋里发现了一个树枝头，慢慢抽出来，竟然是一条玫瑰枯枝；而另一位技术人员也从包装袋里找到了一把吃西餐的餐叉。

罪证确凿，顾总面红耳赤，牛副总和宫处长也羞得抬不起头来。

苏向北很难过，第一次被这样啪啪打脸，确实无地自容。但几分钟后，他又感觉没那么糟糕了。他建议顾总把那 PPT 带回国，在电子屏幕上一遍遍播放，让全公司员工体验被打脸的痛，从而规范行为，精细管理。

企业的每道伤痕都是用员工的眼泪抚慰的，也是用员工的热情治愈的。苏向北虽然恨到心碎，但在这间洽谈室承受的秘密痛苦，外人永远也感受不到。

M方把白鹭铝业的污点抖搂尽后，提示中方，首先中止合同，其次赔偿鲁可埃尔公司百分之三十的违约金，并且还要向鲁可埃尔公司道歉。

顾总听完他们的介绍和要求，只说了一句话："我们再商量。"那口气像一个动了情的已婚男子，不得不隐瞒自己的感情。

主持人塞尔特先生的心揪紧了，那殷切的模样，好像整个天下都是他的了。

顾总的职业生涯里有过悲催的时刻，有过后悔到极致的瞬间，但从没像今天这样倍感羞耻，从没像今天这样无助和孤独。回到房间，顾总的血压当即就高了。从业三十多年的今天，在异国他乡，竟然只剩下一种感觉，除了安宁，他想不出还有什么。那感觉是一个总和，他已不想细数其中的每个层级了。

这笔业务正是高磊任副总时一手操办的，本该向M方要求百分之二十预付款，可高总却以"老客户，必须以诚信为凭"，免了这笔押金。

高磊倒是孩子般诚信了，对方却张开了血盆大口。

顾总召集代表团在他房间开会，牛副总和宫处长像霜打的茄子。苏向北埋头记录，手里的笔沉似铁锤，气氛有些紧张，脸色都很凝重，看上去都在无话找话。

顾总没有开口，目光不断看向他们。房间密不透风，这种安静让每个人都很紧张。

每笔氧化铝走出国门，都要面对很多主体，包括了商检、保险、仓储、运输等等，那可不是一锤子买卖。顾总要大家讨论应对方案，把损失降到最低，把影响降到最小。

虽说高磊操作了这笔业务，可顾总也负有领导责任，毕竟他为了班子和谐没有干涉高磊的业务，反而致使高磊肆意妄为。顾总使劲晃着脑袋，他不能原谅自己，悔罪才是最好的净化剂，现在还不到为失误纠缠的时候。他很想当面质问高磊，可高磊早已变成了只会吃饭的胖娃娃。

大家就 M 方提出的赔偿方案进行讨论时，尚秘书敲门进来了，显然是代表杨副总来的。顾总赶忙起身，把主座让给了他，任谁都觉得他不会坐。

尚秘书微微点头，堂堂正正地坐了下去，顾总便坐在紧挨着他的沙发上。尚秘书环视了四位代表，目光锁在苏向北身上，仿佛两个年轻人暗中较劲。苏向北微微点头，算行了注目礼。

"今天上午的谈判，杨总对白鹭铝业很不满意，出现这种恶性事件，严重损坏了中国企业的声誉，特别是败坏了比干集团的形象。杨总要求你们，第一，要加强与 M 国企业的沟通，尽量挽回形象；第二，尽快达成和解，千万别在国际铝工业会议期间，将此消息蔓延。"

在苏向北听来，杨总的意见就是一条——和解。但这似乎也太软弱了，毕竟谁都看得明白，M 国明显利用会议给中方施压，以夺取中方的利益。苏向北真希望尚秘书赶紧溜走，觉得他太自鸣得意，替他又惭愧又害臊。

发完言的尚秘书希望有人向他请教，目光在几人的脸上来回扫荡。他发现苏向北怪怪地看他，似乎轻描淡写，又透着淡淡的鄙夷，笑容里渲染着一种天真的神气，仿佛暗藏着什么王牌。

尚秘书暗暗给自己加油，在苏向北面前一定要强势，一定要让他越发无知和丑陋。

"能向杨总单独汇报吗？"顾总想见见杨总，对此问题进行深入分析。可尚秘书却一口否决了："有什么好见的，你们惹的祸还让杨总擦屁股不成？你们这么庞大的队伍是来吃干饭的？有本事惹事，就得有本事担事！这事要尽快解决，杨总明天就要在研讨会上发言，一定要在他发言前有个说法！"

"明天？"顾总疑惑地问，"这是您的意见还是杨总的意见？"

"顾总，你怎么这么问呢？难道你想让杨总在登台前被 M 方代表问得哑口无言吗？明天，必须有个结果！"

尚秘书说完，倒是没忘与大家一一握手。他脚步匆忙走着，觉得空气比刚才新鲜，周围比刚才也更有生机了，这给他精神上添了些快意。

尚秘书的余威，深深地伤到了每个人。

"这年轻人，总以为天底下除了他别人都是文盲。"

"靠近权力并不等于拥有权力，尚秘书显然产生了错觉。"

牛副总和宫处长迫不及待地表达自己的意见，也算找回了点平衡。

如果没有弱者可以统治，哪来的王者力量。每个人都是戏中的一个角色，生活给每个人登场的机会。像尚秘书这样的人，吸足了西方的墨汁，便忽略了东方文化，甚至连一本道统的书都没读过。苦心孤诣地拿到博士学位，就是为了跟在领导身边，狐假虎威地享受帝王般的风光。

"明天？去他的，大不了把我免了，绝不答应那丧权辱国的条件！"发泄完私愤，顾总便体会到一种高傲的快感，它既不针对杨总，也不针对尚秘书，仅仅针对这笔交易。

其实所谓强者，既要有意志，又擅长等待时机。顾总"拖"的决策未必不是应急之策。

三根大烟囱可劲地冒着，绞尽脑汁地想着对策，可怎么想都觉得窝囊、憋气，总感觉哪里出了问题，却又不知哪个地方不对。

苏向北请假说他有点儿头痛，想回去休息，但这不是真的，因为他一点儿也不痛也不累，反被刺激得很精神。只不过接到了 M 国同学的电话，他要去会会同学。

杰克是 M 国人，曾和苏向北同在美国求学。杰克去中国旅行时，苏向北亲自开车，带他游了半个中国，还陪他在泰山顶上住了一宿，幸运地看到了壮丽的日出。杰克一心想着回报苏向北，一再邀请苏向北来 M 国游玩。苏向北其实来过多次，只是因行程紧，没打扰杰克。

杰克的风流债太多，有一次在派对上，杰克和朋友之未婚妻脸贴着脸跳着出去了，仿佛随着探戈的波涛迷迷糊糊地漂流走了。之后，杰克挨了一顿痛揍，正是苏向北把他送到医院的。

杰克开车接上苏向北，要带他参观著名的大瀑布。苏向北哪有心情参观，他要到港口走一走。

白鹭铝业的氧化铝就囤积在港口，几乎所有的港口都有类似的风景，集装箱、轮船、吊车和浓浓的海洋气息……

杰克家的企业在当地非常有名气，杰克的这张脸就是名片，没有不能去的角落，也没有不能观察的风景。

但放眼望去，这一切都不是苏向北想要的。苏向北拿出手机，让杰克看照片里的一面旗帜，那是检查员举着餐叉的镜头，远景的楼顶上飘扬着一面天蓝色的旗帜，旗帜上印着一头戴着王冠的狮子。

"这是鲁可埃尔公司的标志。"

"离这里远吗？"

只要苏向北需要，杰克二话没说，开着法拉利直奔鲁可埃尔公司。苏格拉底是理论乐观主义的原型，他相信万物的本性皆可穷究，而错误本身即是灾祸。苏向北为真理而来，虽相信"错误本身即是灾祸"，也相信灾祸同样是由错误认知引起的。

杰克家从事钢铁业务，要想把企业做大，说不定什么时候也需要苏向北帮忙。所谓朋友，与距离真没多大关系，就是在需要的时候能搭把手。此时，杰克也在为未来搭把手。

杰克一个电话，便解决了所有通行的问题，很顺利地进入了鲁可埃尔公司厂区。刚进大门，就看到了那面挺在楼顶上的天蓝色旗帜，斑驳的墙壁、墙上的广告牌一如照片。

苏向北取了景，到此一游似的离开了。剑就是剑，盔就是盔，照片就是照片——这些东西，一样能让对手脸面无光、尊严顿失。

人们有无数的理由厌恶或喜欢一个人，苏向北想起塞尔特先生又瘦又高的样子，无脊椎动物似的叫人看了不舒服。但越是这种貌似软弱的人，越容易制造冲突或矛盾，毕竟滴水可以穿石，弯刀更能致命。

杰克带苏向北到 M 国著名的饭店吃晚饭，刚刚坐下，就看到一位熟悉的面孔在门口闪过。苏向北想了很久，终于记起在老爹的办公室见过那人，好像是开了家氧化铝企业。

苏向北若有所思，这顿饭便吃得很走神。杰克猜测苏向北有重要工作，饭后本想带他看歌剧，便也取消了。

在杰克眼里，无论他曾是怎样玩世不恭的倜傥人物，骨子里却仍然是个纯粹的工作者，一个心思缜密的庞大企业的继承人，一个灵魂里的爱国者和正义之士，正被女人的裙子和权力的游戏弄得心不在焉。

苏向北回到酒店，立刻打开电脑，仔细观看鲁可埃尔公司展示过的PPT。

夜里十二点，苏向北踌躇了很久，还是拨打了顾总的电话。顾总竟然第一时间接通了电话，两三分钟后就赶到了苏向北的房间。

第二天一早，顾总便堵在杨总的门口。杨总刚起床，还没洗漱。顾总站岗似的足足等了二十分钟。今天杨总将代表比干集团在研讨会上发言，顾总第一时间来道歉，只想以殷勤换得宽容。

"什么情况？"杨总光鲜得像即将与观众见面的明星，轻描淡写地问着，仿佛一切都在掌控中。

"我来向领导汇报，赔偿问题还在商讨中。"

比干集团分氧化铝、电解铝、稀有金属等八个板块。杨总作为集团副总、氧化铝板块老总，这名分可不是浪得的。

杨总收住脚，回过身来，盯着顾总，似乎明白了什么，也似乎在思索与M方领导人见面的说辞。

"好吧，你去忙，需要我帮忙的就说。"

杨总完全有理由微笑，因为他十年之内的故事集里都不会缺少好素材，周围也不缺笑声。既然有人挑战已定规则，那就得承担挑战的后果，杨总相信白鹭铝业的领导们有思路、有办法。

顾总告辞离开，不由渗出了一层细细的汗。处理上下级关系，与年龄无关，工作办得不得力时，年龄越大反越惭愧。

苏向北请了两天的假，会同学去了。顾总带着牛副总和宫处长参加研讨会，挤时间商量对M方的赔付事项。贸易战本身是没有硝烟的战场，也是魑魅谍影，能在这里逞勇的要么妙手神偷，要么才智卓尔。

牛副总和宫处长对苏向北的去向虽有疑问，但只要顾总淡定，那他们也没理由抓狂了。

<h1 style="text-align:center">三十六</h1>

当初，苏向北离开莫瑞回国，让莫瑞很失望。如果在男友的心目中，比不过另一个无形的存在，这便是爱情褪色的表现。

也正是在那空当期，尚峰瞄上了莫瑞。可莫瑞身边有了牛乾坤，这让尚峰又焦急又心酸。好在牛乾坤根本不是莫瑞的菜，莫瑞疏远了牛乾坤，牛乾坤生气地回国了。

尚峰是常春藤名校的经济学博士，任谁一只眼就会看得明白，肯定会有很棒的未来。第一次收到尚峰的鲜花时，一种甜美的快感传遍莫瑞的周身，热乎乎的，从脚底弥漫到四肢，浸淫到大脑。莫瑞感到通体舒坦，类似幸福，但终究不是幸福，只是心动。她有理由相信，与尚峰在一起的生活、思想、躯体和灵魂也会这样舒坦。

果然，尚峰轻松地在华尔街找到了不错的工作，与莫瑞交往得也很顺利。

尚峰发现在莫瑞心里，初恋情人苏向北的余温未散。这让尚峰很不自在，总是拿自己和苏向北比，自豪的地方当然是学历，而薄弱的地方，他似乎也找不出来。于是尚峰用那经济学的大脑发现，自己无论任何地方，都比苏向北高出很多，如果按投资回报比，那自己是潜力股，而苏向北简直就是垃圾股。

"那你为什么总和垃圾股比呢？"莫瑞毫不留情地顶撞了他，这也是他时常反问自己的，"为什么"？

其实，莫瑞当然知道为什么，尚峰没有苏向北的自信。

苏向北骨子里透着雨后春笋般的自信，有种舍我其谁的硬气。所以苏向北不在乎名牌，因为再便宜的衣服，他也能穿出名牌的气质，或者说他本身就是名牌。他不在乎别人的赞誉或诽谤，因为他知道自己在做什么。他不在乎餐食的好坏，不在乎任何附庸风雅的仪式。在他看来，即便吃馒头咸菜，所提供的能量也能支配强劲的躯体。

因为失去，所以懂得珍惜。莫瑞觉得尚峰喜欢名牌的招摇个性，是长年埋头在图书馆里养成的错觉，是睁眼看社会后的应急反应。莫瑞认为这会随着年龄的增长和阅历的丰富慢慢改变的。她和苏向北在一起的日子已恍如隔世，她殷切地希望尚峰能让她再次体会往昔的快乐和喜悦。

很长一段时间，敏感的莫瑞总是聆听自己良心的小小失落、对性的困惑以及心灵的阴暗面，终不知这是苏向北留的伤，还是尚峰制造的忐忑？但时光总能平复任何伤痛和忐忑，她不得不带着心底残存的那股热度去体贴爱人。

但很不幸的是，尚峰辞去了华尔街职务，其实是被开除的，这严重打击了他的自信心。因为学历比他低的小学弟都干得比他好，这让他很没面子。之后，在莫瑞的鼓励下，他又去了另一家金融机构，没多久，他也被温和地告知可以不必上班了。

他死活不再找工作了，动了回去建设祖国的念头。莫瑞同意了。因为从苏向北主动回国，牛乾坤生气地回国，到尚峰被动回国，莫瑞迷信地以为，回国工作就是自己的使命，而做业界知名专家的欲望，已不像当初那般沸腾了——毕竟，众人皆是山石，而珠穆朗玛峰只有一个。

内心的欲望到底是什么，莫瑞有时也很混乱。圣人认识自己都很难，何况自己呢？

尚峰果然在国内挽回了面子，许多著名的大学希望他去任教，更有四五家金融机构回复了他的申请，希望他加入其中。但尚峰还是选中了比干集团。

莫瑞希望他去大学教书，他的个性更适合做学问。或许因为是莫瑞的建议，所以尚峰偏偏选择了从没走过的路——也是最好走的一条路。因为无论大学或金融机构，企业是聚集人才最少的地方，也是最没挑战性的地方，毕竟把那么高深的经济理论，出卖给几十万工人，既没什么理想价值，也没什么现实意义。

尚峰进比干集团还有另一个不能启口的原因——他要战胜苏向北，让他败得屁滚尿流，从而挖掉残存在莫瑞心里的那一点点怜惜。

果然，常春藤名牌大学的博士，又有华尔街工作的经验，在企业那就是一颗钻石，无论走到哪里，都赢得响当当的赞美和敬佩。他被分派到杨总秘书的岗位，真真享受到了一人之下，万人之上的荣光，骨头一下子轻了，凤凰似的，只要振振翅，就可以飞起来。名气犹如煎鱼的香味，迅速飘了出去。

尚秘书像被机器磨光的饰品，而且由于可想而知的原因，浑身荡漾着飘飘然的幸福，无论白天或夜晚，都熠熠发光。从此他得出结论，给人以强势的印象并不难，关键就是别露怯，别让人当场看破内心的懦弱，要散发冷漠，避开难题，绕过障碍，借助隐形的权威把别人吓倒。要知道，人们内心里都存在个小奴隶。

杨总在中国氧化铝工作年会上的报告由尚秘书亲自执笔，果然大气，有理论、有高度、有远见，也有气魄，尚秘书的名气更是扶摇直上了。

尚秘书早就把苏向北当成了对手，所有的光鲜和张扬都是为了战胜苏向北。在这个权力层级分明的小世界，如果不能让苏向北低首，那便不再令他狂喜，也不再令他骄傲了。华尔街曾给予他很多东西，使他获益匪浅，然而，他相信让苏向北在众人面前一无是处，会赋予自己新的力量和出其不意的享受。

可苏向北根本就不知这人的背后故事，只是感觉尚秘书看自己的眼神有点怪、有点复杂，还以为尚秘书是同志哥、爱好奇特呢。所以苏向北自觉应该离他远些，虽不怕事、不差事，但也绝不招事、不惹事。

M国阳光灿烂，海风也香喷喷的，使人振奋。街上两位高个子美女，撑着遮阳伞，看上去像顶着两朵南瓜花在移动，而衣服穿得如此之少，绝对能满足米开朗琪罗的模特标准。

既然困难锁喉，已没比现在更糟的了，那任何努力都可能是解决问题的第一步。不入虎穴，焉得虎子。

鲁可埃尔公司招聘职员，精通一两种外语的学生优先。苏向北当然从网上报了名。毕业于美国，又是双硕士，并师从于国际著名的经济学家，他很快通过了审核，接到了面试通知。

距离鲁可埃尔公司的办公楼也就五公里的路程。出租车刚启动，苏向北发现了司机闲置的变色太阳镜，便丢下三百美元，戴上了三十美元的变色太阳镜。

司机和苏向北皆大欢喜。

苏向北弄了个刘海齐眉的蘑菇头，穿了白衬衫，怎么看都像刚刚走出校园的学生。在美国生活了几年，英语交流极其专业，对 M 国文化又非常熟悉，面试官的任何问题，都对答如流。当即被一位干练的中年妇女带走了。

中年妇女带苏向北进了电梯，上到七层，门口挂着外事部的牌子。

中年妇女像火力十足的火车头，径直闯进了经理办公室。经理正窝着头系鞋带，突然抬起头，脸憋得通红。

"给你招到助手了，实习期三个月。"

我可没那么多时间，两天就成。

洛菲普先生再次弯下头，将鞋带系好，然后才漫不经心地对中年妇女说："谢谢了，如果我不发火，你还不给我找人。"

原来，我来得恰如其分。

中年妇女灿然一笑，转身走了。或许每个人都在享受权力的福利，这福利可能不是物质的，却胜过物质带来的满足感。

为了打赢贸易战，苏向北冒充求职者，不由胸膛发紧，感觉心里很不是滋味，不过他还是坚定地站在那里，既然幕间戏已开场，那就得演下去。

洛菲普经理拿着中年妇女丢给他的苏向北的资料，上上下下打量着他，似乎掂量苏向北能不能扛起二百斤麻袋。

"会日语吗？"

"会。"

"会中文吗？"

"会。"

洛菲普经理从抽屉里拿出一份文件，递给苏向北。"能在两小时内翻译出来吗？"

苏向北忍着，差点没笑出声。就是四页中文，一小时就可以译成英文。但他不能表现得太自信，那样会吃大亏。"两小时？我抓紧！"

洛菲普经理把他带到工作台，按下了电脑密码，并嘱咐外人不要打扰。其实，他一直在为这家中国公司的方案发愁，手下竟然没有一人精通中文的，而公司精通中文的人都被调到研讨会上去了。

苏向北大体浏览了文件，惊出了一身汗。原来西安的昆昭铝业正在以低于白鹭铝业百分之五的价格向鲁可埃尔公司出售氧化铝，所以鲁可埃尔公司才找借口中断白鹭铝业的业务。

苏向北到鲁可埃尔公司来求职本想了解公司的氧化铝需求情况，试图寻找撕毁合同的原因。竟然是昆昭铝业从中作梗！

一个小小的民营企业，竟然来拆自己兄弟的后台，这种背后捅刀子的行径，实在卑鄙，并且给兄弟企业造成上亿的损失，小了说，是损害了国有企业，大了说，就是破坏中国经济。而发生这一切，真正的原因只有一个，那就是昆昭铝业没有责任感、没有道义，甚至没有灵魂。商场也是战场，现在国际商贸战争轰鸣，有的加税，有的加价，打脸的打脸，捅刀的捅刀，待流够了血，商贸崩溃了，这个恶性竞争的时代才告终结。人们会重新渴望理性，渴望诚信，渴望秩序，渴望道德和良知。

但无论如何，兄弟就是兄弟，祖国就是祖国，昆昭铝业的不义之举简直像地球停止了自转，让苏向北惊诧不已。苏向北第一次因勘破国内企业的真相而气愤，仿佛利剑刺中了心窝，又惊险又忐忑，心跳加速，额头冒汗，手指颤抖得几乎敲不了键盘。

洛菲普经理突然走到苏向北身边，"能行吗？"

"能行。"

这一问倒像服了镇静剂，让苏向北安定下来。他深呼吸，调整好心情，明白此刻远不是激动的时刻。于是快速翻译，五十分钟就完成了全部译文。但他没有交上去，两小时就是两小时，太晚不行，太早，当然也不行。

我，我究竟是谁呢？是来 M 国打一场战役的蛮横士兵，还是沉溺在复仇快感中的恶人，或者是必须在精神上猛醒以挽回企业利益的壮士？

苏向北正暗自追问时，突然看到那位播放 PPT 的金发美女正迎面走来。苏向北赶忙低头看译文。好在那美女拐向了经理办公室。

可苏向北刚舒了口气，那美女便走到苏向北面前，敲了敲苏向北的桌子，苏向北马上站了起来。

"洛菲普经理哪儿去了？"

"他没告诉我。"

"你是谁？我们见过？"

"我是洛菲普经理的实习生，见过。"苏向北指了指电梯。

金发美女秘书思索着，海蓝色的眼睛散发着宝石般的光芒。她疑惑地盯着苏向北，苏向北第一次在美女前紧张了，当然与情爱无关。

她满心狐疑地走了，苏向北感觉后脑勺被人紧紧盯着，这感觉很糟，仿佛这短暂的一瞬，已把身体的全部能量耗尽了。

苏向北喜欢看《谍影重重》《越狱》之类的影视剧，以为自己在危险关头，应该学得很镇静了。可刚才，那美女一个疑惑的眼神，差点让他的心蹦出来。这才意识到，特工果然是有潜质的，自己顶多是胆大的观众。少年时曾羡慕警察，希望成为制恶斗霸的威武男人，那种情景，看来只能在梦里客串了。

时间的幽香熏陶着英雄梦，仍然依附在身上，当他低头看资料时，脑海里依然是自己身手不凡、飞檐走壁的幻想。

洛菲普经理对苏向北翻译的很满意，随后又给他一大沓文件，要他认真学习，尽快了解外事部的业务。

晚上回到酒店，怕遇到鲁可埃尔公司的人，他根本不敢在公共场所露面，晚饭也是在房间里吃的。

苏向北给老爹打了电话，向他打听昆昭铝业的情况。原来，这家铝厂竟然还是老爹扶植的，到现在还欠着老爹几千万呢。

顾总告诉苏向北明天早上九点双方再次谈判，顾总希望苏向北参与谈判，但苏向北似乎觉得还能拿到更有价值的消息，他还要再去当一天实习生。

朝阳有如金盘子升起在东方，温暖和乐的气息弥漫在空气里。如果没有骗局，这海港的风景还真不错。无边无际的大海要么平静，要么沸腾。如果那两万吨氧化铝倾倒进海里，不知会引起怎样的反应？

苏向北往其他几个部门送文件或报表后，便开始翻阅那一堆资料，这无用的资料其实一个字也没看进去。

他正琢磨着怎么找到企业的生产计划书，恰在此时来了一位很瘦的美女，苏向北赶忙让开。那瘦得竹竿似的美女在键盘上点了密码，开了电脑，接收文件，复印，走人。

动作干脆利索，像考场里第一个交卷的学霸，鼻孔喷着傲气。在她眼里，似乎苏向北不是个人，而是把木椅子。

可那美女骄傲得忘记关机，苏向北终于握住了鼠标。

这是一部连接着彩印机的公用电脑，随时有人在上面处理打印业务。按规定文档处理完后均已删除，但苏向北迅速恢复了最近一周的文件，发现了鲁可埃尔公司业务报表。根据报表分析，鲁可埃尔公司库存的氧化铝将用尽，也就是说，最近两三天，他们一定会催促谈判，以便购进氧化铝。

如果不深入其中，苏向北还不知他们对鲁可埃尔公司的了解，几乎都是走了样的二手材料。老爹曾告诉他，越处在冲突的中心，越要学会跳出惯常的思维，要多做事少逞口舌之快，多观察少逞判断之爽。

有人讲着电话进来，苏向北马上关掉电脑。

洛菲普经理吩咐苏向北将封了口的文件袋送到丽思卡酒店，也就是中 M 谈判所在的酒店。

苏向北像掉进深渊里般吓住了，但又不得不接过资料，这是任务，不可违抗。难道就没有其他人可用了吗？

苏向北简直像背着石头在大海里游泳一样沉重。洛菲普经理好像洞察了他的忐忑。"有问题吗？"

"没问题。"苏向北硬着头皮接过了地址和联系人的电话。

苏向北一直担心这种潜伏的身份会触礁，但现在不是触礁，而是迎着礁石冲了上去。

洽谈室里，鲁可埃尔公司的代表和白鹭铝业的代表唇枪舌剑。因苏向北缺席，尚峰临时当了翻译——当然是杨总推荐的。

塞尔特先生指责白鹭铝业不作为，如果再不拿出赔偿方案，他们就将 PPT 的内容在研讨会上传播，让全世界铝工业代表都知道比干集团的不良行为。顾总焦急地辩护，声称正全力以赴地核查从出厂到海关的各个环节，寻找不法分子破坏的证据，以备追责。他表示将尽快拿出赔偿方案。

双方据理力争时，苏向北赶到了洽谈室外，拨打了洛菲普先生给他的电话号码。可电话无人接听。原来那金发小姐调到了静音，完全投入在会议记录中，根本没发现手机来电。不得已，洛菲普先生要求他直接把文件送到塞尔特先生手上。

直接进去？苏向北被这大胆的行动吓住了。但任务就是任务，他只好正了正眼镜，轻轻推开了洽谈室的门。

苏向北刚进去，第一眼就看到了端坐着的中方代表团。尚峰惊得笔竟掉在地上了。

尚峰眼神僵硬起来，尽管苏向北这三个字深埋在他体内，现在却爬到了他的喉咙里，不由咳了起来。顾总碰了一下尚秘书的脚，治好了他的喉咙痒。

苏向北淡定地向塞尔特先生走去，恭恭敬敬地将文件放在他的手边。

金发美女猛然抬起头来，那双海蓝色的眼睛再次惊觉地盯着苏向北。苏向北向她微微笑，后退一步，恭恭敬敬地退了出去……静悄悄逃离了。

苏向北很想听听现场关于肿瘤和肿腿、鸡和蛋的争辩，可他不敢，今天的狼狈样足够自嘲好多天的了。他依在大街的石壁上，感觉身体的血液正以危险的速度奔流，而远处高耸的烟囱就像废弃的大炮，静静地沉默着。

塞尔特先生拿到了昆昭铝业合作意向书，心中有底了，于是对中方的态度更强硬起来。"明天上午将进行最后一轮谈判，如果我们再看不到想要的结果，将采取果断措施。"

绝对地，这是最后通牒。明天值得期待！

人啊，你意欲何为？

三十七

苏向北在鲁可埃尔公司待了两天，便辞职了。毕竟他们也不在乎一个实习生，备选的人总是很多，并且一定程度上，他们还是偏重用本土学生。

老爹给了苏向北昆昭铝业老总雷明的电话。必须尽快找到雷明，十万火急。

雷明的电话一直关机。老爹告诉苏向北，雷明也在 M 国出差。

看来，那天和杰克吃饭时，在门口一闪而过的就应该是雷明。软木生长得再大，也只能做瓶塞，从瞥见他的第一眼，苏向北就对那人没什么好感。

苏向北立刻跑到希尔顿饭店，向漂亮的服务员咨询中国客人的情况。可那美女服务员挂着熟练的笑容，和蔼地拒绝了苏向北的请求。苏向北编了很多借口，服务员依然职业地微笑着。苏向北第一次恨透了她们的微笑。没办法，他只好守株待兔，坚守在大厅里。他相信这位雷明先生一定会进出的。

徘徊了两个小时，根本没有雷明的身影。苏向北刚想再求服务员，突然发现那男子抖搂着雨水站在大厅里。

"雷明！"

苏向北怒气冲冲地喊着，雷明像室外的闪电，震惊了。混了这么多年，还真没人敢这样直呼其名。雷明阴沉地盯着这年轻人，无动于衷，如果谁曾见过全无热度的人，那就是他了。

"我是苏向北，走，到我那里！"

"苏向北？"雷明立刻知道是谁了，他早已把这个名字熟记在心底，可惜一直无缘相见。

五十多岁的雷明慌乱地在裤子上擦了擦手，伸出去想与苏向北握手，可苏向北根本不看他，径直向外走去。雷明小跟班似的跟了出去，忙为苏向北撑起雨伞。

在雷明看来，这小子简直像一挺机关枪，生怕他擦枪走火，把自己打成筛子。

苏向北之所以把雷明带回自己住的酒店，一是苏向北约了另一位M国的客人，正从三百里之外向这里赶；二是怕雷明的房间不安全，怕他被鲁可埃尔公司监控着。

在出租车里，雷明才打开手机，发现苏向北的老爹打过电话，苏向北也打了七八次电话，于是便很惭愧地道歉说手机自动关机了，根本没发现。

"放心，我对你的桃色故事没兴趣。"

苏向北一句话让雷明羞得想找个地方钻进去。幸亏是夜晚，不然羞愧之色还真不好掩藏。但随后车里的沉默如同呐喊，反而让雷明更狂躁了。

雷明早就听说苏公子极其厉害，他还以为是花花公子般用钱财培育出的江湖名气。今天相见，立刻颠覆了所有认知，坐在他身边，仿佛坐在火山口，有立刻被熔化的感觉。

人最糟糕的时候，并不是别人侮辱你，而是你觉得别人侮辱得很有道理。雷明紧张地斜靠在椅背上，两腿紧紧并着，双手擦着脸上的雨水，偷偷地用评估财产一般的眼神评估着这小伙子。

雷明快速整理最近发生的大事，自检着什么地方得罪了苏总，才让苏公子如此生气，甚至愤怒。他反复思量，不得要领。雷明觉得一点儿都不像自己了——被这年轻人降服，他感到难为情，害怕更糟糕的事情发生。他深呼吸，缓缓吐气，似乎要把所有的忐忑都挤压下去。

管他呢，走一步看一步吧。雷明望着窗外的雨，感觉运气像这天气，湿淋淋的。同样做恶事，有些人被逮住了，有些人就不会，这就是人和人的区别——雷明当然一直是走运的那类。有些法律橡皮条般有弹性，钱和律师，总能把捆绑他的橡皮条剪断。但今天，他感觉被橡皮条绑成了粽子。

雷明老实地坐着，那心情像暴雨打在车顶上，又杂乱又惊慌。他本想好好回味 M 国美女的妙处，反刍人生最美妙的体验，不承想被苏公子泼了盆冰水。原以为自己在 M 国留下了美妙足迹，现在看来好像留下的是一道伤口。

一路的暴雨似乎浇熄了苏向北初见雷明的怒火。到了房间，苏向北客气地让雷明坐在沙发上，还把毛巾扔给他，让他擦擦身上的水。

"你来 M 国忙什么？"苏向北依在写字台边，法官似的审问雷明。

"一笔业务。"

苏向北悠闲地玩转着签字笔，不慌不忙的样子完全像换了个人。雷明实在看不出这年轻人让他来这里，到底想知道什么。

苏向北突然把笔往桌子上一拍，仿佛惊堂木震得雷明心音乱颤。

"谁给你搭的线，让你把氧化铝卖给鲁可埃尔公司？"

雷明心中暗自惊诧，这极为隐秘的事，他怎么知道了呢？如果反问他是怎么知道的，那无异于追问健美教练吃的什么肉一样无趣。

"这……商贸……总是有这样那样的巧合……"

"两万吨，低于白鹭铝业氧化铝价格的百分之五。并且，你的货即将到港，我说的哪个地方不对？"

雷明浑身燥热，却又冷汗淋淋。对苏公子此来的念头、今后的动机，以及这番操行——一无所知，他不敢轻举妄动。毕竟，一定程度上说，自己也是靠着他家的大树乘凉。

雷明第一反应就是鲁可埃尔公司出卖了他，如果这事公布出去，那他就无法在国内立足了，昆昭铝业也会受到同行的嘲笑。如果是我一个人犯错，那我是孬种，如果一群人犯了错误，那就不是错，而是集体决策了。

"苏公子，事情不是这样的，是班子……"

"哪——样——的？"雷明吞吞吐吐、猥猥琐琐的样子让苏向北瞬间火冒三丈，"你讲啊，哪样的？塞尔特是你爹，是你爷爷？还是你的亲舅？让你不远万里来贱卖自己、孝敬他？"

苏向北气愤地在房间里转来转去，自己的情绪又被自己高昂的声音点燃，越来越气，声音也越来越高。"白鹭铝业早就与鲁可埃尔签订了合同，你却横插一刀，让那两万吨氧化铝倒到大海里？你是哪里人，你还知道吗？你的祖国在哪里，你摸摸脑袋还记得吗？怎么说白鹭铝业也是国企，和你一样都是中国的企业，你怎能向兄弟单位下这种黑手？你以为国企损失一个亿不算事，是吗？你以为国企的人都没有责任感是吗？还是你觉得国企财大气粗不差钱？人得有良心，企业也得有良心，没良心的企业是走不远的。我知道老爹帮助了你，如果我早知道你是这种人，昆昭铝业是这种没品格的企业，我不会让老爹给你一分钱。你不配，摸摸你的脑袋，那里面装的都是些什么垃圾！"

"对不起，我错了！我道歉！"

雷明的道歉反而让苏向北更生气，他的声调、表情完全应付了事，根本不走心。

此时，雷明感到口袋里的手机也阵阵发热，好像在出汗。以前，他的心思全都用在如何把一元钱榨出金子的感觉……

当年，雷明站在苏昆仑老总面前，苏总看着他，那是他见过最温暖、最怜悯的目光。得到苏总的帮助时，感动的泪水就像窗玻璃上的雨滴往下淌。雷明盯着那雨水，仿佛又看到自己在流泪。

教堂的钟声响了，一声接一声，拖着金属相撞的颤音，仿佛时间在收缩。雷明感觉不是在受审，而是在受刑——苏向北的语言比鞭子都厉害。

"别提你的班子，不能出了事就推到别人身上。你是老总，第一责任人，是你亲自来操作这笔业务。老总的人格要比班子所有成员都高才成。你别觉得你是民企就能想怎么做就怎么做。相信吗？就凭昆昭铝业这德行，不出一年就能让你走投无路……我知道小企业不容易，得挣扎、得计较，可你办企业就是在为国家效力，你安排人就业，你上交利税，这都是为国尽职尽责，也是为你的后世子孙积福积德。可为什么要做这种敌敌拆台的缺德事呢？人只有生性正直，好德行才会不招自来，好德行才会带来好运气。世界那么大，需求氧化铝的厂家那么多，放开眼光找市场，不会找不到。你为什么非背后捅刀、暗中设雷呢？你就这点格局吗？"

年过半百的雷明，没想到被这小伙子痛快地批了一顿，批得他有点神不守舍，内心早已成了一摊泥浆。一股令人眩晕的伤感往上撞，被电击一样。痛苦已无关紧要，毕竟，在这异国他乡，苏公子在一尺一寸地计较着邪恶的深浅。

"在一次铝工业展览会上，塞尔特先生联系了我……"

如果以前惭愧是按分秒计算的，那此时雷明的羞辱，简直是按公斤计量的了。

"你想过吗？鲁可埃尔公司拿你逼迫白鹭铝业要么降价，要么拉回去。下一次，他也会用同样的伎俩逼迫你。他就是想让我们国内的企业恶性竞争，他渔翁得利。他才不在乎你把氧化铝倒到海里，还是原路返回。我可以坦白地告诉你，我已掌握了鲁可埃尔公司做黑白鹭铝业的全部证据，明天的谈判鲁可埃尔公司会全部收下白鹭铝业的氧化铝，还得让他们赔偿损失。"

雷明真的慌了，因为，苏向北的信息透露出昆昭铝业的两万吨氧化铝将无处安放。

"你和塞尔特做交易，应该有备用方案吧？他们交预付款了吗？"

"没有备用方案，他们也没交预付款，我以为是板上钉钉的事。"雷明乞丐般哀求地看着苏向北，像当年求他爹时一样殷切。当年他坦率地向苏总说出自己的创业构想，赢得了苏总的支持——那是他创业的第一桶金。

雷明一无所有时，也没心情讲理想，后来发现，钱就是理想，更多的钱就是更远的理想。雷明怕自己的公司是短命鬼，像夏天的蒲公英，一阵秋风就没了。带着这种惜命的紧迫感，把自己托付给了社会，可社会像个古怪的暴君，慢慢改变着人的言行。现在雷明蓦然回首，才发现已偏离起点很远了。

"你五十年白活了吗？这么大笔买卖，怎么连备用方案都没有。你都能害自己的弟兄，就不想他一个 M 国人为什么铁了心帮你？"苏向北胸气难平，站到窗前，远远地看着沮丧的雷明，恨恨地说道，"雷总，你若把自己变成青草，羊就会吃你，你若把自己变成嫩肉，狼就会找上门。既然我老爹看好你，你得光明正大地去争取自己的天下，而不是靠偷鸡摸狗地占点小便宜，走点小捷径。"

尚峰本来通知顾总到杨总那里开会，路过苏向北房间，听到苏向北歇斯底里地训斥，不由从门缝里向里瞧了一眼，这一瞧可吓得不轻。雷明，著名的民营企业家，杨总对他称赞有加，《有色报》曾大篇幅报道。怎么会被苏向北训得像个孙子。

一个人不能同时坐两辆车，坐上这辆，就要放弃那辆，尚峰不知该走还是该留。心知偷听不对，却又割舍不了好奇。

苏向北发现门口有人，猛然打开门，尚峰无处可逃，只好声称来通知开会。

尚峰向室内瞥了一眼，雷明果然冷汗淋淋。

"我有事，会和顾总请假的。"

尚峰昏头昏脑地走了。

这一晚，昏头昏脑的可不止他一人。

苏向北和雷明通宵未睡，他们等的客人因路遇车祸，早上八点多才到达。

苏向北的房间紧紧关闭着，谁也不知道他在忙什么。

九点半正式谈判。

这是豪赌，顾总把白鹭铝业在 M 国的名气、运气和自己的职业前程一并交付给了这次谈判。能不能赌赢，三分看努力，三分看运气，三分看贵人，还有一分看对手。

自启动豪赌模式，苏向北比任何时候都强烈地感受到脑子里藏着个飞机场，无数架飞机起起落落，不告而来，又不辞而去，闹得他不得安宁。

双方代表端坐在谈判桌前，顾总非常着急，马上就九点半了，可苏向北还没来。现场气氛非常压抑，白鹭铝业代表们低头整理着资料，心里默念着秒针的脚步，而任何人推门进来，都会齐刷刷地看去。

M 方的代表仿佛已准备好了庆功宴，就等着把对方打得稀里哗啦，然后庆祝、狂欢。

享受欢乐，必先吞食苦果，人如此，公司也如此。顾总坚定地认为，现在有多骄傲，后果就将有多萧条。

"国际铝土矿、铝工业研讨会"正在召开记者招待会，杨总将回答记者提问，肯定会涉及白鹭铝业与鲁可埃尔公司的氧化铝纠纷。

两场会议互动进行，杨总时刻关注着谈判现场，并要第一时间获得谈判消息。

就在秒针垂直向下时，门开了，苏向北健步如飞地进来，那位金发美女像看到外星人，用目光把苏向北安放在座位上。

三十八

先生们西装领带，人人精致得像白宫发言人，美女也优雅得像玫瑰……这开场棒极了。苏向北环视会场，向美女闪了闪右眼，微微笑着。那美女大脑快速归纳整理——毕竟说什么都晚了，并且一旦暴露苏向北曾在公司实习，将有一串人被开除，可能还包括她自己。避免一串人"死于横祸"，总是值得庆幸的。

塞尔特先生简短的开场之后，便质问顾总赔偿方案。顾总温和地要求塞尔特先生把氧化铝检验的过程再介绍一遍，便于推敲赔偿细节。

谁也没怀疑顾总的请求，毕竟谈判桌上，胜利者总会以包容的姿态彰显些许的德行。但此时，任何非常规的举动都足以制造出类似火山喷发的效果。

得到指令的金发美女再次播放 PPT，将玫瑰枝和餐叉的镜头又演示了一遍。

"我们不会赔付，并且，我们已不想将氧化铝卖给贵公司了。"几天来，顾总处处示弱，事事求人，感觉自己快要变成缺了牙齿的哈巴狗了。现在，他终于挺直了腰杆，昂起了脖子。

塞尔特先生的脑袋像被石头砸中了，昏头昏脑。鲁可埃尔公司的人像听错了，眼睛瞪得像考拉。

那位金发美女直直盯着苏向北，她预感得没错，苏向北登场了。

"塞尔特先生，请看图片。刚从氧化铝包装袋里抽出来的这枝玫瑰枝，花朵干枯了，可玫瑰枝干的下半段，竟然还透着绿意。请问，从中国到 M 国，在海上漂荡一个多月，玫瑰枝竟然还是绿的，不觉得可笑吗？看我手里，这也是玫瑰枝，是贵国的，和你们图片上的一模一样，是我从大厅里拿的。你们的经理告诉我，新鲜的玫瑰枝十天不加水，就会干成这样。"

用惊呆形容塞尔特先生的表情实在太过浮浅，他反复对比屏幕上和苏向北手里的玫瑰枝，其实，连同这慌乱的对比都是掩饰——掩饰尴尬、掩饰焦急、掩饰措手不及的狼狈。如果玫瑰真的代表美好，他真想把玫瑰都扔给猪。

"请美女再播放餐叉的照片。"苏向北礼貌地提示金发美女，她立刻调出了图片。会场静得出奇，无论是中方代表还是 M 方代表，都盯着苏向北。苏向北就那么大大方方地指挥着美女，但在照片呈现的当儿，他暗自心想：这美女该恨透我了。

"刚才塞尔特先生说，白鹭铝业氧化铝的检查工作是在港口进行的，我手里也有一张照片，"苏向北举着 U 盘，礼貌地问塞尔特先生，"可以播放一下吗？"

得到允许，苏向北便向金发美女走去，美女接过 U 盘，放出了照片——鲁可埃尔生产厂区楼房一角的照片，为了更有现场感，下一张图片便是苏向北与那楼房的合影。

人类从远古时代就有了自我陶醉、自我欣赏的美好本能，如此自命不凡，此时此地，也只有苏向北了。

"检查餐叉的照片显然不是在港口，而是在厂区完成的。塞尔特先生您说谎了。"

"在哪里检验并不重要，关键是有餐叉是事实。"塞尔特先生争辩着，"你不能因地点有异就否定事实吧。"

"塞尔特先生，那我告诉您什么是事实。"苏向北温柔地、平和地、慢慢说着，好像在和情人说悄悄话，连顾总都没发现过苏向北如此斯文，"中国工人的午餐都是集体在餐厅里吃，即便有些特殊岗位的工人，也会用快餐的方式送到工作台，一般是一盒饭和一双筷子。工人们在餐厅里吃，也是用筷子，有时也配一把汤匙，但从来不会用叉子，也根本没有叉子。如果您用汤匙造假，我可真没办法辨别出来，但您用叉子造假，那可太不尊重中国的习惯了，也太不用心了。"

苏向北讲完了，示意美女退出 U 盘，美女显然走神了，不知苏向北要什么。苏向北于是亲自点鼠标，美女柔软的手指立刻抬了起来，但又觉得不妥，于是和苏向北争鼠标。手指的无意碰触，使她脸红得像海面荡漾的霞光。

其实，每个男人在某类女人面前总有做傻瓜的时候，苏向北瞬间心音乱颤，不知是因为揭露了餐叉，还是因为这美女。

真理以毫无准备的方式出现了。顾总并没有立即开口，他要让塞尔特先生整理整理思路，这套组合拳让他头昏脑涨了。

鲁可埃尔公司的所有代表哑巴般沉默了，羞愧得彼此连个安抚的眼神都不敢传递。

"塞尔特先生，国际铝土矿、铝工业研讨会那边正在召开记者招待会，我们就这样如实公布吧。"

顾总发言，苏向北翻译，那声调透着英语的妩媚，轻盈地从一个高峰跳到另一个高峰。鲁可埃尔公司的代表们坐在那儿，处于半聋半盲状态，喉咙紧缩，表情沉重得像发生了沉船事件。

"不急，容我再想想。"

拿破仑被放逐到圣赫勒拿岛后，他才想起应该讲究道德礼仪，但这显然晚了三秋。塞尔特先生或许也想模仿拿破仑，可还没开口，洛菲普先生进来了，他附在塞尔特先生耳边低声汇报着，塞尔特先生的脸瞬间变得更难看了，眉头也悄悄地皱在一起。

苏向北猜测，可能他已知道昆昭铝业甩掉了鲁可埃尔公司，和其他公司签订合同了。

洛菲普先生转身而去的瞬间，扫了洽谈会一眼，苏向北赶忙低头，避开了他的目光。

苏向北向顾总使了个眼色，顾总于是郑重地说道："有公司已看好我们公司的氧化铝，既然贵公司如此没有诚意，那我们只好将事实公布于众，从此再不必有任何商贸往来了。"

塞尔特先生意识到自己掉进了白鹭铝业的陷阱，优势已然离去。若没有氧化铝，公司也将无米下炊。他提议暂时休会。

金发美女的眼神一直飘向苏向北。即使苏向北偶尔抬头，也会遇到那双带着温度的眼睛。显然暖暖的心潮在美女体内汹涌澎湃，推啊挤啊，使她坐立不安。男女之间的情爱气息比春风还微妙。年轻人本来就是想象的艺术家，而自身也是想象的艺术品，这血肉之躯，既是爱的奇迹，也是爱的灾难，因为躁动的是它，欢喜的是它，流泪的也是它。

在针锋相对的谈判现场，金发美女走神了，苏向北也走神了。苏向北对她或许只是感恩，毕竟若当场揭露做实习生的实事，虽不能改变什么结果，但也会遭到严厉谴责。

塞尔特先生建议休会一小时，顾总没有不同意的理由。

顾总、牛副总在阳台散步。云压得很低，似乎有雨，空气中有一股海腥和船舶油烟的混合味，压抑、窒息、燥热、难受，再加上谈判的紧张和凝重，使人感觉不如来一场透雨，或来一阵能荡涤郁闷的狂风。

尚秘书来打听谈判情况，以便及时汇报给杨总。

"白鹭铝业要赔多少？"尚秘书直切主题，甚至还带着点喜乐的意味。

"尚秘书对白鹭铝业没信心啊。"

尚秘书并没体会顾总的话外之意，低声问顾总："听说过雷明吗？"

"听说过。"

"雷明来了，苏向北和雷明不知密谋什么，建议您早防范，别出大事。"

"苏·雷，又不是苏秦·张仪，能闹出什么动静。"

只有喷黑了苏向北，才能说他不干净。来 M 国的这几天，尚秘书感觉唯一的乐趣就是熏臭苏向北。

今天，尚峰起床后就莫名地感到压抑，情绪低落，无来由地悲伤。不管走到哪里，仿佛总有某些敌意的目光监视着他。

尚秘书凑近顾总，突然发现顾总脖子上的皮肤像被海盐腌过，又粗又皱，简直给中国人丢脸。尚秘书强忍着内心的厌恶，告诉顾总，以前苏向北在美国就出卖过朋友、坑害过同学，这次可能也漏了什么消息……可尚秘书告状的当儿，心跳一声比一声粗重，舌头竟然也忐忑地不利索了。

苏向北推开阳台的门，招呼大家时间到了。

尚秘书给顾总使了个眼色，顾总也模仿着挑了挑眉毛，而顾总却并不愤怒，也不警觉，还是一副无动于衷的样子。

尚秘书除了一种空荡荡的惊讶外，感觉自己成了供人娱乐的小丑。他带着满腔的恨意，后悔地意识到顾总也不是个好东西，他这颗脆弱的心，根本不乞望得到顾总的怜悯。但片刻之后，他又觉得自己拥有报复他们的大好平台。他看着走向洽谈室的背影，恶狠狠地说："等着瞧。"

这一小时，对鲁可埃尔公司可是惊涛骇浪，诬陷白鹭铝业的证据被揭露后，中国的昆昭铝业也不再与鲁可埃尔公司合作，竟然连夜与努科威峡公司达成了协议，那两万吨氧化铝正掉头向努科威峡所在的港口驶去。

塞尔特先生恨透了昆昭铝业。远洋货轮离港的汽笛，一声声地打破洽谈室的庄重，搅扰着他的心绪。因为这次失败的较量，会让他一直顶着愚蠢的骂名。

昆昭铝业釜底抽薪，使鲁可埃尔公司屋漏偏逢连阴雨。如果真放弃了白鹭铝业的氧化铝，公司必然断供——那可不是疏漏而是事故了。于是塞尔特先生紧急商讨对策，一是要封住中方代表的口，千万不能将玫瑰枝的事传出去；二是一定要留下氧化铝，绝不能让他们转手他人。

苏向北从塞尔特先生凝重的神色猜中了端倪，之后的谈判完全由中方主导着。顾总再三拒绝与鲁可埃尔公司合作，拒绝将氧化铝卖给他们，于是他们放低了身段，任中方提出赔偿要求。

当初，鲁可埃尔公司列出了三条，逼迫中方解除合同并赔款，中方完全可以倒推回去，索要巨额赔款。但中方还是秉承着"利不可占尽"的哲学思想，要鲁可埃尔公司当面赔礼道歉，并给予适当的经济补偿。

谈判即将达成和解时，顾总立刻将消息发到了杨总的手机上。

M国的记者毫不留情地质问中方将劣质氧化铝拿到国际市场上销售，中方做何解释时，杨总笑了笑。"事情可能不像你认为的那样，中方的白鹭铝业得到了鲁可埃尔公司的赔礼道歉，他们不但买下了所有氧化铝，而且将赔偿因失误造成的中方的名誉损失。具体细节，你们最好还是去采访M方代表。"

尚秘书呆呆站着，浑身笼罩着一种从未有过的虚浮感。他以为自己是距离杨总最近的人，现在看来，根本不是。这么重大的翻转，他却被排斥在事件之外。他要好好想想，理清头绪，但此刻，他什么都想不起来，也什么都做不了。这是一种孤独的感觉，仿佛一个人置身于无边无际的大海，风浪渐起，除了木板，没有任何求生设备。他终于发现，绝望也是一种妙不可言的状态。

尚秘书的世界被冻住了，只有掌声在耳边热烈地回响，他甚至无法听见接下来的发言。他站在那儿浑身僵硬，无比凄凉，置身白昼，如守着黑夜，顶着烈日，如沐着阵雨，怀揣着各种计划和感受，仿佛时间的流逝与他毫无关系。

尚秘书始终没搞明白苏向北是什么身份，如果不是潜伏的内奸——以实习生的身份双重包装自己，那他又有什么资格、什么手段能威胁雷明？

尚秘书有着投机取巧的人所具备的狡猾和高学历赐予的大好平台，但他对这平台抱的期望太高。一个秘书不合时宜地胡说八道，比成千上万员工闹情绪给企业造成的危害，要大得多。有时，领导们相信庸才是可靠的，以为他们只不过是各种势力相互倾轧的平衡点。但能充当平衡点的就绝不是庸才了。

雨又在下着，杨总去会客人了，放了尚秘书的假。他却不知道该干什么，甚至不知道该如何安放自己，他已被内心的阴暗压垮了。以他的高学历，这个尔虞我诈的世界对他来说成了无法破解的谜。中午独自喝了酒，然后沉沉睡去，醒来的时候时针指向了五点，但不知道是下午五点还是早上五点，也不知是星期几，身在何处？

他就那么躺着，却意外地记起读一年级时，有一次放学回家，偶然看到妈妈跟一个陌生男人赤裸地躺在床上。他背着书包又悄悄溜了出去，直到那男人离开，才回家。他从没揭露过妈妈，但却因此恨起了妈妈，并从此拒绝妈妈的拥抱。此时尚秘书发现自己又像儿时的心情，孤独，无人倾诉，同时又无比愤怒，有哭的欲望。

苏向北曾叮嘱雷明对他的身份千万保密。雷明当然是知道轻重的人，从此，他可真把苏向北当成神似的供着了。

　　M国的努科威峡公司在中国开设了两家分厂，一家经营陶瓷，另一家经营厨具。老总与苏向北的老爹关系极好。苏向北在得知昆昭铝业插手了白鹭铝业与鲁可埃尔公司的业务后，连夜给努科威峡公司的老总打了电话，不由分说，立刻赶来见苏向北。

　　雷明真是塞翁失马，焉知非福。苏向北竟然把大名鼎鼎的努科威峡公司的老总介绍给了他，并且要爱默森先生好好帮助昆昭铝业。不要说区区的两万吨氧化铝，就是十万吨，也会欣然接受，毕竟他懂中国人，也懂滴水之恩当涌泉相报的道理。

　　M国的任务完美收官了，顾总要苏向北到处走走，见见朋友或同学。苏向北谢绝了，他觉得自己这一番操作不招人痛揍已是恩宽了，哪敢再找熟人显摆，还是老老实实地待在房间里，看看书或打打游戏吧。

三十九

　　服务台电话通知苏向北，大厅里有人找。

　　苏向北很奇怪，一般找他的人都会手机联系，或许这人不在通讯录上。

　　苏向北刚出电梯就看到冷漠的金发美女，心头兜起一种近乎肉嘟嘟的喜悦。其实，苏向北还真想起过她，总感觉有那么一丢丢的亏欠，也有那么一丢丢的温暖，似乎还有点说不清的味道。

　　苏向北径直向金发美女走去。金发美女正在欣赏一对刚刚走入大厅的新婚夫妇，那新娘亲昵地挽着新郎的胳膊，仿佛怕人抢走似的，幸福得像个小娃娃。显然金发美女从这对新人身上寻找的是情绪，而并非风景。

　　每个男人的灵魂深处，总潜伏着解释不清的密码，一看到某种情景中的美女，身体的秘密机制就会应声而动，分泌出很多奇特的激素。毕竟，人类对性的反应，与年龄、才智、经验、知识或德行完全无关。在男人看来，世界在旋转，跌跌撞撞地跟着前进就行了。

苏向北任何话也没说，静静陪在旁边，装作观看那对新婚夫妇。金发美女突然发现了苏向北，"跟我走"。

苏向北迟疑着，拿不准是该走还是该留，毕竟鲁可埃尔公司吃了大亏，如果报复他也是可能的。

美女走了出去，发现苏向北还远远站在台阶上。"我猜你会来的。"

惠特曼说：你一切都可以放入，放入你期盼的一切。苏向北不知是信了惠特曼，还是相信了这美女，竟然跟了上去，坐上了美女的车。

"重新认识一下，我叫露丝。"

"我叫杰克。"

露丝瞬间被苏向北逗笑了，刚才的冷峻原来是装的，或许这温暖的微笑才是真正的内在表现。

"我知道你叫什么，也知道你前女友叫什么，还知道你内裤的号码……"

苏向北又诧异又尴尬又燥热，难道没揭露自己实习生的身份，另有原因？

这散发着性诱惑的开场，让苏向北如行走在沼泽里，不知是陷阱还是游戏，是友谊还是暧昧？一只飞蛾急迫地飞进车里，仿佛要搭车免费出行。飞蛾盲人似的撞击着风挡玻璃，发出沉闷的钝响。露丝将抹布扔了过去，严严实实地盖住了飞蛾。苏向北起了一身鸡皮疙瘩。

不知飞蛾是死是活，苏向北竟有掀开看一看的冲动。露丝给人的印象既聪明又危险，苏向北对她的好奇，像某些原始的野性，在他体内冒泡，却始终不能沸腾。

露丝起动车子，向城外驶去。世界没有什么羞耻的事，生活就是为了抵挡一拨又一拨的羞耻。她注意到苏向北也紧张，专注于飞蛾的死活。她乐得看他紧张，这让他变得更真实。

苏向北没问去哪里，因为只要不是飞蛾的命运，有美女陪着，怎么都不算太坏。这番出行，他相信她快乐，然而让她感动的，竟然正是对她的信任和心平气静的跟随。

沿途风景不错。其实，刚出城不久，苏向北的心情就轻松得像风筝了，因为路标清晰地指向著名的湿地公园。今天是探险之旅，露丝在探他，他也在探露丝。

露丝将车停在一片空地上，背着旅行包沿着小路向河边走去。苏向北自驶向这片到处是白鹭、天鹅的湿地，便感到心旷神怡了。

苏向北紧走几步，接过露丝的背包，相视一笑，顿时所有的猜忌和仇怨，在这美丽的风光里，似乎都不存在了。

他们在河边的石椅上坐下，其实这里是河道的入海口，也是人所能走的最深入的地方，再往前便是沼泽。咫尺之外，鸟可以自由行动，人却无能为力。

露丝从旅行包里取出两听可口可乐，扔给苏向北一听。苏向北带着心动的喜悦，打开可乐，仰头猛灌，至少喝了一半。他打着嗝，满意地冲露丝笑着。

露丝的心情却并不这么明媚。失败的烦闷像默不作声的蜘蛛，暗地里结网，爬过公司的每个角落。谁都知道，公司的惨败完全归结于塞尔特先生的自命不凡，自以为比前任聪明万倍——他觉得凭借高智商就可以让老实木讷的中国人掉进他的圈套，从而为公司赢得巨额的利润。塞尔特先生的小小陷阱遇到了更大的黑洞，若不是中方还保留了一点点仁慈，他会死无葬身之地。

塞尔特先生有一千个胜利的理由，每个理由都不错，但这话对董事会已没有什么鸟用了。

"你到鲁可埃尔公司当实习生，尚峰知道吗？说吧，可乐里有毒药，你只有三分钟时间了！"

露丝不苟言笑，苏向北吓蒙圈了。我要死了吗？苏向北一个嗝没打好，一阵强烈的呕吐，胃里的可乐全倒了出来。

露丝哈哈大笑，这或许是这些天来最开心的一刻了。她夺过苏向北的易拉罐，仰头将剩下的全喝了进去。

苏向北又气愤、又惊讶，又感觉极度幸运。原来自己不会死，刚才还以为要被这女人沉到沼泽里了。死亡本来不长眼睛，钱弗珊的死一直是他心中解不开的结。

良久，苏向北才从惊魂中恢复过来，再次看风景从身边走过。

"好了，别生气了，向你道歉。把你带出来就是想了解个事。"

苏向北瞥了露丝一眼，根本不想开口。与鲁可埃尔公司的谈判似乎已是久远的事情，远得需要慎重回忆才能想起。

"你们中国男人真有胸怀，情敌都能成为好朋友。"

苏向北觉得露丝喝的不是可乐，而是酒，她胡言乱语的像是喝醉了，简直莫名其妙。

"你与尚峰关系这么好，应该是莫瑞的功劳吧。"

苏向北摸了一下头发，觉得思路太乱，需要重新打理。苏向北立刻回忆起这些天的片断，怪不得尚秘书处处为难，事事设障，他还以为尚秘书过于谨慎、喜好辩论，甚至有点人前疯呢。

"你去当实习生，尚峰知道吗？"

苏向北终于跟上了露丝的思路，笑着说："带我来这么个地方，我还以为你对我有那么点好感，原来是来用刑的。美女，除了毒药，还有什么招一并使出来，我看看砝码够不够让我坦白的。"

石器时代的终结，绝对不是因为石头用完了。苏向北被这个小女子戏耍了，内心的火气可不是能轻易消除的。这些小美女，凭着可人的美貌、一腔没有着落的猜忌和荒唐无稽的狂热，骄横如王后，傲然游走于男人之间，纵横捭阖，兴风作浪。

苏向北又恢复了谈判桌上言辞锋利的帅气，露丝内心不由颤动着。

露丝在美国上大学时，凭着优异的成绩心高气傲，总觉得有朝一日自己会成为世界闪亮的一员，会给 M 国带来深远的影响。但现实让她跪了，甚至跪得膝盖出了血。此时，她带着尚未愈合的疼痛，混淆了激动与心动的区别，也混淆了情人与人情的基本概念，自以为可能会被陌生人征服，但绝不可能被敌人征服。她有足够的理由把苏向北当成敌人。

"我曾和莫瑞住同一幢楼，同校，一起参加过一些活动。"

"所以你就知道我内裤的号码了？"

"你不会不穿内裤吧？"

"这可不能告诉你，属国家机密。"

露丝也笑了，气氛终于轻松了，如果不是露丝有问题要问，两人倒真像出来游玩的情侣。

"你偷偷联系尚峰了？"

"是啊，在尚峰上飞机前，我就联系了他，只要他提供有价值的信息，报酬肯定多得吓人。"

"他吓住了吗？"

"他没说同意，也没说不同意，到了 M 国后，只给了些无用的信息。看来，他根本就没能参与你们的核心讨论。"

苏向北笑了笑，没有回答。一只非常漂亮的鸟，举着五颜六色的长长的尾巴在他们面前傲慢地走着。"太漂亮了，快赶上你了。这是什么鸟，不如就叫它露丝吧。"

苏向北冲鸟伸出了手，"过来，露丝，过来……"

鸟还是飞走了。苏向北意有所舍，心犹未甘，望着它飞向河面的小小身影，轻轻叹了口气。"连小鸟都知道我连面包屑都没有。"

露丝已不在乎苏向北的玩笑了，甚至有点喜欢苏向北快乐的天性。他们俩站在一起，望着无际的河海交汇处，竟有相互辉映、浑然一体的感觉，至于双方公司的谈判、较量，不再是他们无形的折磨，至少不再是横在他们之间的刺。

"揭露玫瑰枝、拆断昆昭铝业与我们公司的联系，真的都是你一人所为？"

"都过去了，为什么还要提呢？不过，我还得感谢你在会场没揭穿我。"

"尚峰曾信誓旦旦地说你绝对听他安排，因是他是你的上级。看来，你是个不把上级放在眼里的狂妄之徒。"

"没错，可你是喜欢尚峰那样的人呢，还是喜欢我这样的人呢？"

"可莫瑞选择了他！"

露丝的这一剑刺中了苏向北的心，苏向北讪笑着，虽然笑得有点假，可也正是这假，让露丝颤抖了。他还爱着莫瑞！！

这意外的发现让露丝酸楚了，甚至有些嫉妒，但随后又为自己的嫉妒羞愧不已。

像录音机突然断了电，他们的谈话卡了壳。两人竭力搜寻无关紧要的话题，竟然都感到一种散漫的心绪，好像心灵还有一种深沉、持久的倾诉，驾乎声音的呢喃之上，驾乎这风景之上。

"尚峰当然不会轻易答应出卖信息……我使了点手腕，如果他不答应，我就把他在纽约的丑事曝光。没办法，我也是为了公司利益。"

要说这失败教会了露丝什么，那就是——用钱诱惑笨蛋的人也是笨蛋。

"尚峰因小失误被上司训斥，也或许上司冤枉了他，总之，下班后，他冲进上司的办公室，把里面的衣服、窗帘全都剪了，连领带和鞋子也没放过。"

"喔噢……劲爆！既然敢剪，应该没人发现才对。"

"当时没人发现，但三天后有清洁工举报，曾看到他书里夹着剪刀。他当然不承认，但公司还是找了个理由，把他辞退了。"

"可怜的莫瑞！"

两人相视而笑，很多时候，话语是说给自己听的。显然，无论露丝是否真的理解，苏向北很忧伤，酸楚的感觉渗透着欲望，好像阵阵海啸，掀起滔天巨浪，卷起海底泥沙，蹂躏着灵魂。

对莫瑞的回忆让苏向北浑身紧绷起来。他走近浅水洼，一动不动地站着，他看到了水洼里自己的倒影。倒影微微晃动，像模糊的记忆，像和莫瑞一起度过的漫长岁月……他重温着和莫瑞在一起的时光，此时，他感觉如此的残缺。

"我看了厂区的监控视频，你有什么本事竟让大名鼎鼎的杰克公子给你开车？"

"因为钱，你信吗？"

"不信。杰克最不缺的就是钱。"

"那就是友谊。"

苏向北的轻描淡写更让露丝生疑。看来，有些男人，即便解剖，也理解不了他们是由什么物质构成的。

两人沿着泥滩边缘走着，浅水洼里，小鱼、小虾自在地游来游去，飞虫也起起落落，好像为自己是食物链的一环而兴奋。露丝由着自己滑入心灵的沼泽，谛听心音的呢喃和情感的种种回声。

苏向北和露丝边走边谈，苏向北弯腰摘了朵紫色的野菊花，放在鼻端嗅了嗅，递给了露丝。

苏向北捡了好多形状各异的小贝壳，对着阳光透视贝壳上的花纹，却转身撞到了露丝眼中的快意。苏向北瞬间明白，露丝美丽的肖像，只能存在于自己心里。

"你到底是什么样的人？真有点好奇！"露丝一瓣瓣地扯掉了菊花，让它顺风飘飞着。

"还是别好奇了。苏格拉底都不认识自己，何况我们凡辈。再说了，我也不想找个 M 国的媳妇，你也不想嫁个中国的丈夫。"

露丝笑而不语，人就这么怪，一分钟之前还满心地幻想，而一分钟后，又生生切断了所有念想。露丝有好多话要说，已没有开口的理由了，因为即使智商再低，也听得出苏向北拒绝的意味了。

有那么一瞬间，露丝宁愿往自己眼睛里扔沙子，那样她就可以成为失去冰淇淋的小女孩，肆意地流泪，而这个男子会像童话里的王子，关照她，陪她长大，一起看着这世界无可挽回地变迁。

此后很长时间，她不得不用青春里疼痛的每一刻，用肉体和心灵挣扎的每个夜晚，用紧张和骄傲换得想象中的幸福，来平复这风一样的男子留下的空缺。

"这里是我最喜欢的地方。"

"我也喜欢。"

两人沉默着，空气里流动着丝丝的甜蜜。此时相见，或许永无聚时，这就是命运。也许正因为命运的不可选择，所以，两人才更珍惜，也更尊重彼此。他们本来有很多话题要谈，谈美国的留学生活、谈彼此的公司、谈未来的设想、谈情人的标准。但他们选择闭嘴，因为，闭嘴竟然是此时最智慧的分享。毕竟世态凉薄，人生惨淡，分别时唯一带着的是，心里的温暖。因为他们都知道，如果心里有恨，会面目狰狞，如果心里荡漾着爱，就会春暖花开。

苏向北认为，无论穷富，生活不一定要酷，但一定要有态度。

以往，露丝总是拒绝别人，也承受过因拒绝而得到的无礼责备。但她唯一不能接受的是来自男人的怜悯，那种冷冷的抗拒会让她丧失信心，丧失对爱情的渴望。

这个夏天过得跟记忆里的任何夏天没什么不同，却又异常躁动，不管有形的或无形的，但她敏感地觉察到了变化。自认出谈判桌上的苏向北，她每天过得都很兴奋，早晨迫不及待地起床，开始一天的工作，盼着在一系列会议的往来中，偶遇那个男生。

多年以后，她和恋人一起待在公寓里，抚着琴，喝着啤酒，唱着伤感的情歌。她会莫名地想起这片沼泽，想起这个东方男人，而一句简单的唱词就能勾出她的泪水，满脸皆是。

此时，她竭力否定内心涌起的真实情感，但让她生气的是，她居然对苏向北的声音产生了享受的快感，并隐隐感到了内心对自己的背叛，不由升起一股无名的恼火。

白云在上，流水在下，飞鸟在长着浅浅水草的地方翩翩飞翔，微风如此动人，河流反射着天光，万物缓慢而轻柔地吟唱着大自然的情歌。这清爽的海风、沼泽、石椅和大树，注定将成为苏向北珍贵的风景。苏向北感谢生命中的一切，好的或坏的，动物的和植物的，就像身边这棵优雅的柳树，完美地垂着枝杈，迎接着日月风雨——这风景简直是读不完的书，取之不尽的快乐之泉。

回到酒店时，苏向北在大厅里遇到了尚峰。之前，苏向北一直尊敬他是上级领导，处处礼让着他，而此时，他便没了那份礼让。

"尚秘书，告诉你个秘密。"

尚秘书果然站住了，屏神静息地听着。

"莫瑞喜欢聪明的男人，可不喜欢要小聪明的男人，更不喜欢自作聪明的男人。加油，尚秘书！"

苏向北进了电梯，尚秘书才回过味来，暗暗骂了句，甚至忘记自己要干吗了，想了一会儿，才转身出了酒店。

四十

顾总一行陪杨总乘同一班飞机回北京。飞机上，苏向北和尚峰隔得很远，没什么交集，彼此相安。

飞机抵达机场，取行李时，苏向北远远看到了站在出站口的莫瑞，像被蝎子刺中了似的，热辣辣的疼痛，几乎要压着胸口才能忍住。

尚秘书冷漠地从苏向北身边走过，那份傲慢和张扬，仿佛整个机场都是他的，而所有人都在欢迎他的到来。

尚秘书得意的瞬间让苏向北止住了疼痛，大脑又恢复了那股机灵劲，提起行李箱迎着莫瑞走去。

"喂，亲爱的莫瑞，见到你真高兴！"

莫瑞还惊讶的时候，苏向北便在她额头上亲吻着，时间之长，足令尚峰崩溃。莫瑞挣扎着，苏向北的大手像铁钳子，紧紧把她的额头挤在了自己嘴唇上。

莫瑞又气恼又惊喜，睫毛惊讶地扇动着，用比梦还柔的手指，推开了苏向北。

原本气宇轩昂的尚峰像鼓足了气的青蛙，眼睛瞪得如临天敌，本想说点什么，那话语却像无味的口香糖在嘴里纳着。地球绕轴自转，月亮引发潮汐，原本万事如意，尚秘书在 M 国的香梦里，最美的情景就是这样紧紧拥抱着莫瑞——却被这家伙搅了。

"尚秘书非常棒，"苏向北喜洋洋地看着尚峰，向莫瑞介绍着尚峰的优秀品质，仿佛莫瑞不了解似的，"我们这次能成功，你的尚先生真是功不可没，思维缜密，行事谨慎。总之，你有福了莫瑞，再见。"

尚峰从没想到苏向北是这么一个大坏蛋，把恶意当成幽默，把调戏当成礼仪。在众多同事面前，尚峰义愤填膺又不能表现出来。他真希望转身而去，把莫瑞撇在机场，让她后悔、让她哭泣……可那样，苏向北显然又会乘虚而入，心满意足。

苏向北早就和杨总、顾总请假，不坐公司的车回城区了。苏向北去了洗手间，出来时发现尚秘书独自向出站口走去，而莫瑞却站在大厅里，脸阴沉得像有雷阵雨。

苏向北拉着行李到了三楼的咖啡吧，选了个能望见莫瑞的地方。扫码付账后，莫瑞不见了。苏向北四处张望，可熙熙攘攘的人群里，很难立刻定位莫瑞。

机场从来都是奇迹的发生地。苏向北刚想给莫瑞发信息，莫瑞竟已进了咖啡吧，向服务员点了杯拿铁，便环顾四周——蓦然发现，苏向北正向她笑着。

咖啡上浮着小泡泡，闪着褐色的光晕，一会儿工夫，小泡泡一群群地破灭，剩下的只是迸到脸上痒酥酥的感觉。

"你不会真来接他的吧？"

"为什么不会？"

"亲爱的，你都经历了什么，竟变成黏人的小东西了。"

"你为什么不走？"

"估计他会把你让给我的。"苏向北得意地笑了，那份调皮让莫瑞差点笑出泪来。

"我是来接机的，一个小时后，接池国的客人。"

莫瑞提前赶来，就是想给尚峰一个惊喜。她知道尚峰敏感，很在乎人前的仪式。如果尚峰提前告诉她苏向北同去了 M 国，那她无论如何也不会被苏向北突然袭击的。但又说回来，尚峰也完全可以像苏向北那么放松，用自己的机智化解苏向北的猖狂。

莫瑞感觉好累，希望自己像三岁小孩——不假思索，没有负担，说的做的对任何人都无害。咖啡的香味让人倍觉舒畅，莫瑞感到了一种古怪的软弱，心里勾起了陪苏向北待一会儿的轻曼与闲适。

刚才莫瑞伸手抚摸尚峰的脸，他却躲开了。伸出的手注定是一场空，她尴尬地收回了手，失落的心也沉向了深渊。她曾希望尚峰与她共享这一小时，但他却离开了。

喜欢尚峰什么呢？她时常自问。尚峰财经知识很丰富，也很敬业，他那专心工作的样子很帅气，感觉任何困难都不会击倒他。可他似乎总走霉运，没有发挥才能的舞台。

为什么一旦与苏向北站在一起，他就那么暗淡无光，就像倒霉的差等生总被人调戏似的呢？

苏向北舒展地依在椅背上，一股美妙的感觉驱使他总想笑，但又觉得过于幸灾乐祸了。端起咖啡刚想喝，又瞬间送到莫瑞的嘴边。

莫瑞摇了摇头，推开了。

"喝吧，你不喝第一口，我喝着也不香啊。"

莫瑞就着苏向北的手，沾了沾唇。莫瑞总喝第一口，这是他们在美国养成的习惯，莫瑞吹嘘她能品出任何咖啡的味道，于是苏向北让她闭着眼睛喝第一口，如果猜错了自然该罚。但错了很多次，罚得也很甜蜜。

共享一杯咖啡，立刻把两人的情怀推到了过去。两人都闭了嘴，默默地望着机场来来往往的人。毕竟，有两人在的地方，他们都喜欢。于苏向北来说，观察到莫瑞性格中灰色、贫瘠、无奈的一面，自有一番抓痒痒的乐趣。今天遇到莫瑞简直是上天赠送的厚礼，而从大处来说，整个世界就是一个偶然。

"我在国资委上班了。"

"适合你的性格。"

"待会儿接机的是池国的客人，他是来了解中国工业的，可能为下一步合作做前期调研。"

"噢。"苏向北静静看着莫瑞，享受着这美妙的存在，根本不想发言。

"你要在白鹭工作多久？"

"你希望我留在北京吗?"

莫瑞没有回答,苏向北也不再追问。人和人最美好的感觉,有时就是这么扯着闲话,享受着丝丝的真情。

但苏向北却并不像表面装的这么平静,莫瑞让他体会到了真正的孤独,无论在认识高诗诗时,还是与露丝告别之后。孤独是一个高贵的字眼,一项无法共享的特权,一个奢侈的配饰。但现在,他终于明白,即便孤独也是有层次的,也是有响应的,而正是这个渐行渐远的女人,让他的灵魂低泣,青春苍白。

莫瑞想说些什么,但又没有什么特别的事情,她只想找什么人聊一会儿,显然,苏向北绝不是开口的对象。更多的时候,他们只是看着对方,寂静在蔓延,正是这种寂静,让他们心意相通。

苏向北终于明白,莫瑞是他唯一的尺度,是他衡量生命的标杆。既然时光不能储存,那就和她一起随时光共舞吧。

他有信心,时间越长越会发现,牛乾坤不是莫瑞的菜,尚峰也不是。

顾总向总部汇报了 M 国氧化铝案的处理情况后,带团队坐上了回白鹭的高铁。其实,从苏向北能把昆昭铝业的氧化铝销售给努科威峡公司后,顾总就怀疑苏向北的身份,怀疑他有巨大的背景。

牛副总悄悄告诉顾总:苏向北的父母都是著名大学的教授,弟子广布,个别弟子权势非常了得,所以,苏向北虽然年轻,那宏大的关系网早就为他打好了地基。

宫处长就简单多了。"苏处长,真牛啊,同学关系都是跨国的,如果不是你的这些关系,咱可真没脸回家了。"

"听出来了,您是在表扬我狡猾,早早地结交了有用的人。只可惜啊,都是男人,到现在却连个想嫁我的女人都没有。"

苏向北的自我贬损,圆润了所有关系。这传说中的强大背景,颇有值得玩味的东西。大家自然想起了高诗诗,进而想起了高副总,不由百味杂陈着,便换了话题,聊起了北京的白云和苹果,以及街上成群的帅男靓女……

　　长途旅行总会让人们心智困乏，从而感到空虚和无边的厌倦。他成为人们谈论的话题，也是难免的，但苏向北不喜欢听流言，也不想制造流言。

　　高铁呼啸而过，遥远的天空，一只鹰在静静地滑翔，荒凉、孤寂，在苏向北看来，充满了原始的凶猛和饥渴。它的出现如此突兀，却又如此自然，寂静的天空一下子生动起来。苏向北久久盯着，直到它变成一个静止的黑点。

　　苏向北有时无心无肺，佛系得像个半仙，似乎除了他之外，人人都担心全球变暖。人们议论他，也仅仅因为他是个大红人，而且出于无聊的本能，不能让一个好故事白白贬值。

　　人啊，你意欲何为？

　　涉及"高钱案"的干部员工，匿名往纪委公开的账户上汇款达五百多万。顾总告诉苏向北，他的好友小辛也汇了款。

　　白鹭铝业加强队伍建设，以"高钱案"为题材，层层研讨，规范行为，设立了举报体系。凡有举报，必查到底。公司开展干部任用改革，全面竞争上岗，那些怠工、懒散、无进取心的领导，自然因差评而离岗。现在公司上上下下干劲十足，生产线也全面启动，不但日产量突破了历史最高值，产品的质量也创了历史最好。工资上涨，员工们像过大年般的喜庆。

　　市场回暖，比干集团渐渐走出了困境，氧化铝、电解铝开启了赢利模式。

　　从 M 国回来不久，尚秘书就被调到科技研发部，显然，对学金融的尚峰来说，等于发配到了边疆。这让他很疑惑，忍不住开始琢磨哪个地方得罪了领导，甚至起了送礼之类的念想。显然一个调职的小动作，把他的存在感全打没了。

　　科技研发部是比干集团学历最高的部门，许多人有个人专利，手里握着不错的科研项目。尚峰觉得在这里，就像小鱼游进了大海，分分都有被灭的危险。

其实是尚峰多虑了，再好的学校，再高的学历，都得一步步走起，都得从新入职岗位干起。但尚峰狐假虎威惯了，他感觉被平凡以待，就等于被贬低，被漠视。他在跑步机上跑着，气喘吁吁地提醒自己，生活即将清空，必须从头再来，对自己负责，对未来负责，必须把日子过得从从容容，星光灿烂。

在纽约，剪了老板的衣服后，他后悔了——无非是训斥了几句，不应该那样报复。他决定改变自己的心性。此时，在比干集团，他不会剪任何人的衣服，但他会恨苏向北，自己这种待遇，绝对是他告了黑状。这一笔，他记下了。

尚峰时常被可怕的梦折磨，要么忘记了高考的准考证，要么分辨不清试卷上的符号……但嘈杂的办公环境并不在意他湿冷冷的心情，依然农村大集似的人来人往，也被人来人往地漠视着。

尚峰不断地打磨那光彩照人的冷漠，他想用冷漠降低莫瑞的优越性。尚峰把莫瑞约到尚美西餐厅吃饭。莫瑞赶到时，尚峰已等在那里了。两人各点了餐，闲聊着。尚峰望着路对面五十多层的尚龙龙集团大厦，"听说这公司的待遇比比干集团高出好几倍"。

"在比干集团干得不开心吗？"

"人往高处走，比干集团和尚龙龙集团比，那就是芝麻和西瓜。在尚龙龙肯定会更有前途，再说了，我也姓尚，说不定和这公司真有缘分呢！"

"你去哪里都可以，这公司，绝对不行！"

尚峰第一次见莫瑞这么生气，还这么郑重，不由不起疑。

"你和这公司有什么瓜葛？"尚峰小心地猜测着，"或者这公司有什么不光彩行为，被国资委备案了？"

莫瑞没点头，也没摇头，只是觉得如果尚峰真的这么以为，从而放弃对这公司的设想，也未尝不可。

"如果我真的去呢？"

"那就分手。"

莫瑞说得干脆利索，倒真让尚峰吃了一惊，不由望着高高的大厦，感叹着它在莫瑞心目中的分量。

莫瑞意识到或许能说服尚峰的话根本就不存在。不知为什么，她感觉心中的一堵墙坍塌了，悄无声息，默片一样。

同情意味着悲哀的理解，尚峰需要的可不是莫瑞的同情。这顿饭尚峰食不知味，掂量着莫瑞爱他的程度到底是以什么衡量的，难道不应该是贫贱相随吗？怎么会取决于一份无关痛痒的工作呢？

尚龙龙集团一定有莫瑞的秘密，这可不是好现象！莫瑞不能对我有任何秘密！尚峰与其说感到惊奇，不如说越发不安了，这使他催生了一种难以言喻的伤感。

邻桌客人的手机悠悠响起，听起来是那么水性杨花，仿佛在尚峰内心的篝火里添了把枯藤。他望着大厦，感到莫名其妙。

那晚，尚峰在凌晨三点的街头独自行走，好像他是城市唯一清醒的人。宽阔的街道虽然再普通不过，但对他来说就像通向未来的通途，可以跑、可以跳、可以号唱，也可以肆意张扬。

四十一

比干集团召开"急速备战、创新发展"的务虚研讨会，顾总带苏向北参加。顾总已接到通知，这次苏向北进京，就留在总部办公厅了。

这次高端的务虚会，只选了十家分公司的一把手参加。老总们根据当前国际国内的竞争形势，商谈如何开发海外市场，扩大海外生产份额。

这种会上，苏向北根本不够发言的级别，他和其他企业来的秘书们坐在后排旁听。比干集团的启总亲自主持会议，副总们都参加。或许会议太高端，秘书们一动不动地坐着，冻僵了似的。

各单位一把手们各抒己见，有的建议以提产为主，有的建议研发新品种，还有的建议与外国合资办厂。

中间休息时，苏向北去洗手间，正好遇到其他分公司的秘书们，相互打了招呼，扯起了会议讨论的话题。

"如果我是比干集团的一把手，就一个方式：海外收购。收购那些矿石便宜、电便宜、人工便宜的经营不善的铝厂，派技术专家和工人，当月就见利。"

"你这梦做得更不靠谱。"

"艳遇是危险的，但人人都想冒此危险。毕竟，金子是没有国界的。"

和这些人聊天，苏向北感觉自己的心就像摊薄了的煎饼，又被反复折叠，终于失去了完美的形状。毕竟想法再神奇，也搬不动一块铝土矿。

刚转身，却遇到了尚峰。尚峰已得知苏向北要调到总部办公厅，心里很不是滋味。他隐隐地怕苏向北，怕他那行走带风的气场，也怕他那中气十足的声音。此时，尚峰感觉与苏向北被扔进了同一个磨坊，显然苏向北会被碾得粉碎，而自己却能幸免于难了。正如所有的出生都是血腥的，来这里工作也是一样。

"咱俩真是无缘，你要来了，我却要走了。"

"不会因为我，你才走的吧？"

"为你？"尚峰冷笑着，嘴也歪了，鼻子也堵了，"哼，你可太自怜了。我去的是大名鼎鼎的尚龙龙集团，待遇可比这里高好几倍，我刚刚收到录用通知，今天是最后一次上班。"

苏向北突然觉得很幽默，想笑，却又觉得有那么点悲哀和凄凉。这复杂的表情在尚峰看来，竟是纯粹的羡慕嫉妒恨了。

尚峰拍了拍苏向北的肩膀，得意地说："挣扎吧，这里就是能淹死人的臭水沟。"

显然尚峰的骄傲太过夸张了，他只希望苏向北能理解，不过他想让苏向北理解什么却又很难说清楚。

"你为什么去那家公司，仅仅因为待遇好？"

"为了报复！"

"报复谁？"

"你问得太多了，苏先生。"

一股骄傲的热流涌向尚峰的心头，他觉得每一次不公正，每一次时运的压榨或师出无名的欺瞒，都浓缩在这一刻里。他向苏向北挤了挤右眼，感觉自己又幽默又得意又潇洒，帅气的样子真该让莫瑞看到。

尚峰有一双秀气的眼睛，却似乎总是瞪到最大限度，仿佛看见了让他吃惊的东西。此时，他正得意着，眼睛依然睁得很大，怕看不见苏向北似的。

在苏向北看来，尚峰身上的一切都不坏，但一切又都可能变坏。或许正是对自己的迷茫，他才以这种方式，把精心调制的谨慎和鲁莽、顺从和反抗结合起来——终于，看似聪明，实则太假。

苏向北专注地望着他，望着他得意地大步离去，迎面遇到人时，根本不躲闪。他很有王者风度。

苏向北返回会场时，会议已开始了，启总正在发言，谈的正是"海外收购"。

苏向北找了个最边缘的椅子，悄悄坐下，躲在前排的背后。

"刚才我去洗手间，听到几位同志在谈话，有人提到了'海外收购'，还拿'艳遇'打了个比方，这真是不错的主意，我想知道是谁的创意？"

启总微笑着望着会议室，希望看到某个陌生的面孔，可大家屏住呼吸般悄无声息。苏向北像没听到似的随意翻着自己的本子，那三个秘书的目光同时落在他身上，他感觉自己成了脱了皮的烤地瓜。

"难道还没到会场来？"启总终于放弃了寻找，讲起了海外收购的好处。或许他早就有了收购的设想，只是想拿研讨会进行宣传和吹风。

之后的会，苏向北并没听进去，他一直想着尚峰的话，想着尚峰和莫瑞的关系。

难道莫瑞真的支持尚峰到尚龙龙集团工作？苏向北感觉自己还是不了解莫瑞，或者不了解女人。

老爹认为苏向北完全可以离开比干集团了，但苏向北还恋恋不舍。他又从老爹那里争取了一年时间。

"说一年就一年，但明年的这个时候，必须回来。"

为什么还要在比干集团工作？苏向北和老爹都心知肚明，可父子俩谁也没说破。苏向北感谢老爹理解，他甚至怀疑自己蹲在拘留所时，老爹是否真的袖手旁观。但有一点可以肯定，那就是发生车祸、被送到医院后，第一个打电话的正是老爹。

苏向北给老爹斟上酒，也给自己倒了一杯。老爹的头发已白了大半，背却还像年轻人一样挺直。不知为什么，老爹的身影却让他想起了周伯伯，突然感到异常心酸，不由喊了一声"爹"，端起酒杯，先干为敬了。

老爹聊起了陷入困境的维卫集团，咨询苏向北的意见，是否将其收购。这可让苏向北紧张了一把，听说维卫铝业因环保不达标停产整顿，怎么到了维持不下去的困境呢？

"他们不只环保的问题，还因为盲目扩张，进军房地产，资金被套。现在正是收购的大好机会。"

老爹总与苏向北商量一些重要的事情，听取苏向北的意见。苏向北发现，其实老爹早就有了想法，只是让儿子参与决策，培养儿子的综合能力。好在，苏向北没让老爹失望，特别是在 M 国，不但救了白鹭铝业，还给昆昭铝业找到了出路。老爹对儿子的情怀很赞赏。

"老爹，给我两天时间，我明天去维卫铝业，回来给您消息，可以吗？"

老爹虽然不知道儿子想干什么，但他非常期待两天后儿子的意见。

季立功刚从银行出来，远远看到苏向北站在台阶前，颓废的心情突然很温暖，潜意识里感觉苏向北是来帮自己的。

两年没见，季立功竟然头发白了不少，已然多了些沧桑，与年纪极不相符。所谓光鲜，真是活给别人看的，而唯独痛苦是留给自己品尝的。

季立功把集团的困局一一摆给了苏向北。按说家丑不能外扬，现在，已到了不外扬就被清算的地步。季立功把四处求人的艰难，碰到的冷脸，以及站在大雨里尴尬地等待接见的悲催心情，统统倒给苏向北。他求生的故事击中了苏向北的心窝。苏向北又难受又感激，虽有点酸楚，却也相当动人。

听着季立功的故事，就像某本读过的小说，人物也好，情节也罢，都像在书里见过，至于故事的结局真的想不起来了。如果今天不来，季立功或许会像封了口的陈酿，把秘密永远封了起来。苏向北这样想的时候，感到一种难以名状的尴尬，同时也体会到从未有过的兴奋和悲伤。

维卫集团的困局果然像老爹了解的，摊子铺得太大，现金流断了，再加上企业因污染被迫停产整顿，各方缺口把集团逼到了绝路。

一个庞大的企业，就像肌体健全的人，说不定什么时候会感冒发烧或车祸骨折。维卫集团像处在休克状态，如果不抢救，就会猝死，而各大银行及其他金融机构，谁也不敢冒险把钱放给"病危"的企业。这也怪不得世态凉薄，怪不得人情冷暖，毕竟死亡是魔鬼的业务。

季立功成了拥有亿万家私的乞讨者，这让苏向北又惊骇又同情。如果他是个骄奢淫逸、蛮横无理的粗坯，那或许不会让人难过；如果他是吃喝嫖赌、四六不通的恶汉，或许不会让人惋惜。季立功又自律又上进，简直是富二代的典范。苏向北感觉自己必须在精神上猛醒，否则将不堪设想。

季立功带苏向北看了恒铝房产，那里有十几个在建的楼盘，长臂吊车高高地立在天地间，任谁看去，甚是壮观。可地面空无一人。因为资金没到位，建筑队全撤了。

走在空旷的建筑工地，就像走在某个闲置的影视基地，只要导演和演职人员到位，就可以创造奇迹，拍出大片。但创造奇迹不是苏向北的职业，他还没这能力，这使他产生些微的感伤，可以称之为伤感主义。

维卫集团曾找了许多地产公司，都拒绝接盘，既怕市场不乐观，又看不上房产的位置。季立功就像有千两黄金，却依然换不到填饱肚子的面包。

尚龙龙集团只要接手楼盘，有了现金流，就可以激活氧化铝、电解铝的生产线。

"我甚至嫉妒草地上的麻雀，还能享受到点滴的快乐，这段日子真难……"

那天黄昏，季立功坐在红木的茶几前，盯着玻璃杯里浮荡着的绿叶。已被伤感灌醉的苏向北把季立功的伤心理解成了绝望，瞬间，他又想到了钱弗珊，突然意识到，死是无法解释的，再没有比死亡与人更亲密的了。

商场失意似乎把季立功所有的能量都挤压下去了，他的人生派对虽然开局不错，但还没到高潮就被世界的寒冰冻住了。苏向北没给季立功任何承诺，季立功如站在悬崖边，一阵风就可以把他吹下去，轻轻地拉一把也可以把他救回来。

但拉是需要资金的，也需要底气和其他东西。维卫集团命悬一线，季立功很想让妻子劝劝苏向北。博容容看着丈夫，她知道自己根本没有劝说苏向北的砝码，也没有给他打电话的情感储存。如果真的打了，会同时把苏向北和自己降到卑微的地步。这种微妙的感觉，只有当事人能明白。

博容容却打给了莫瑞，这两位重新和好的闺蜜虽天各一方，却依然保持着密切的交流。苏向北进拘留所的消息就是博容容告诉莫瑞的。

由莫瑞给苏向北打电话就缓和了许多，也宽泛了许多。虽然博容容并不知道莫瑞和苏向北的现状，但她断定他们俩会保持交流空间的。

苏向北回到家，似乎感到有一股超人的力量，仿佛自己能生出两个翅膀，走路带风。他充分认识到这事的重要性，能挽救一个企业于既倒，就像能让哑巴开口讲话，让瞎子看到万物的色彩。

此时，他信心满满，直插老爹的书房。

老爹在房间里踱着步，那沉思的模样显然有好几套方案。

"只收购他们的恒铝房产。"

"为什么放着一座矿山不要，而只挖一车矿石？"

"因为与其落井下石，不如雪中送炭。这样会双赢。"

"尚龙龙可不是福利院，为什么帮它？因为女人吗？"

"不是，因为季立功帮过我。"

"这不能说服我，我不会因为你的小小善心就乱了原则。"

"我到现场看了，恒铝房产位置并不像人们传说的那么差，我也通过政府的朋友了解了，房产旁边即将建一所中学，届时，那片房产会成为抢手货。"

"儿子，你只用眼睛看，没用心。维卫集团像许多破产的企业，会死得很悲壮，它能收获的只有一点同情和怜悯。毕竟商业路上布满了坟场，哪个坟里的故事都很悲壮。接了维卫集团的楼盘，根本救不了它。就像车祸病人失血太多，你给他输血，以为能救命，其实你输得越多，就失得越多，最关键的是止血。止血才是救命的首要举措。"

苏向北每次和老爹聊天，都能学到很多，他感觉老爹就是本包罗万象的大辞海，想要什么都有。或许也正是他的博学和谨慎，他的低调和沉稳，所以赢的才是他。他曾经是大学教师，但终究命运造化——出差英国期间，妹夫出事，而妹妹疯掉了。出国前，妹妹一家还欢欢乐乐地为他送行，而归国后，却已家破人亡，而他这位做哥哥的竟没得到一点讯息！疯傻的妹妹已不能回答他的任何疑问，甚至根本就不知道他在说什么，不知道他是谁！他终日悔恨，他恨自己，也恨纪律严苛的体制。终于，他辞去了看似荣光的大学教授，去拥抱风霜雨雪，感受别样的存在。换句话说，他冲进浊浪滔天的大海，一次次椇断舟沉，却还死死抓住残存的枯木——救他的正是希望。

苏向北感觉自己正在给别人以希望。

"维卫集团为什么失去了政府的信任，失去了银行的信任，你想过吗？"

这是个宏大又刁钻的问题，苏向北的确没想过。他大脑急速地扫描，希望扫到点实货，希望自己机智些，别这样小傻瓜似的站在老爹面前。

苏向北感到些许的痛苦——不，其实不是痛苦，作为被精心培育的儿子，不知从什么时候已被夺去了痛苦的意识。他每天努力地生活着，试图达到老爹的水平，可他感觉，老爹是无法超越的。这让他有些许的伤感，懊恼自己太浅薄、太浮躁。

"因为环保，这些年维卫集团往河里暗排废水，往土地上摊平工业垃圾，严重污染了当地的环境，这种企业，对社会失信了。儿子，你觉得一个楼盘能救得了它？"老爹流露出一种松弛状态，却无时无刻不透射着特有的睿智——这或许是老爹的标配。

苏向北想起第一次参观维卫铝业时，就发现他们没有废水处理系统，还以为他们的废水处理在别处进行的。果然，没有不报应的因果。此时他的感觉比昨天还痛彻，但并不比昨天更忧郁，昨天只是因为朋友有难而伤感，可现在除了这伤感之外，还有一种思辨上的自责。

"如果我们接了他们的地产，他们拿了钱再买矿石，或许像一些不良企业，与环保人员打游击，白天停工，晚上生产，以为度过这段时间就会迎来好时光。做企业，最不能做的就是耍小聪明。季家失败在格局上，当手里有大把钱的时候，不应盲目扩张，而应该提升生产线，让它更环保更先进。"

苏向北暗暗诧异，老爹竟然对维卫铝业了解得如此透彻，自己简直像瞎子，还煞有介事地去考察，羞愧至极。

苏向北说不清自己的感觉，又渴望又忐忑，总感到有话要说，却又吐不出来。

但怎么能帮季立功呢？

四十二

苏向北到比干集团正式上班了，办公厅李主任要带他到海外公司报到，从此他跟随倪总负责海外业务。

倪总？苏向北心里一咯噔，像发生了雪崩，整个人被雪山压住了。

倪志安，比干集团副总、海外公司老总，二十年前，搭上了干部年轻化的高铁，成为有色行业最年轻的厅级领导。正是他执掌白鹭铝业时，将"5·24"的刑事案翻转成了劳模表彰盛典。

前几天在务虚会上，苏向北虽然躲在角落里，缩在别人的背后，可依然能感受到倪总"关爱"的目光，体会到一种难以言说的复杂。

倪总当然知道苏向北是谁，知道他在白鹭铝业掀起的滔天巨浪，知道高磊和钱伟伟因此而溃败如泥。在倪总看来，这个年轻人如果不来总部，或许在白鹭铝业能活出个人样，现在呢，他只能暴露在自己的枪口下。倪总看到他，心里像着了火，他有一种预感，仿佛这小青年正朝深渊坠去，无人救他……倪总不禁替他惋惜起来。

在两人目光相撞的瞬间，同时意识到潜在的敌意。那时，倪总就有了思路，他像被困的囚徒深信自己终将获得自由。

竟然是倪志安点名要我？

苏向北一向打的是围剿战，一步步缩小包围圈，从而歼灭对手。可倪总的这番操作，让苏向北乱了头绪。他站在那里，努力掩饰着慌乱，虽谈不上悲伤，但感觉整个世界就像已落败的战场，内心一片黑暗，任何挣扎都是徒劳。

苏向北觉得自己已然成了待宰的羔羊。

李主任刚要送苏向北到海外公司，倪总就进来了，满脸喜庆，仿佛这太阳是为他而升起的。

"小苏处长"，倪总伸出了手，等着苏向北来握。苏向北迟疑了一下，仿佛在考虑是不是回应他的热情，但还是缓缓握住了。这让李主任好一番着急，心想，你小子别不知天高地厚，这可是德高望重的倪总啊！

倪总不吝啬夸赞之词，把抢到小苏处长的心情表达了一番。他带着小苏进了电梯，直奔海外公司所在的三十八层。瞬间，苏向北意识到既然倪总拉拢自己，肯定是以他最得意、最拿手、最安全的方式收拾自己，但又觉得并非如此，他笑得那么灿烂，目光那么坦诚。苏向北完全猜不透他。

他笼络我，是真诚的还是阴险的，是天真的还是狡猾的，是正直的还是虚伪的，抑或只是游戏而已。

倪总亲自将苏向北介绍给海外公司的所有员工，对苏向北的赞誉，连苏向北都感觉太假太做作。苏向北感觉自己像猴子，被倪总逗弄着，娱乐着海外公司的所有员工。

被迫引荐是一回事，自愿参加是另一回事。苏向北觉得自己被完全带到了倪总的节奏，点头哈腰、感恩戴德、俯首帖耳——不由感觉自己在亵渎神明，自甘堕落，心中充满了绝望，真想大怒一场。

其实是苏向北多心了，倪总是真心表扬他，也是真心让大家见识见识自己对苏向北的厚爱。但这真心的背后到底是什么，也只有倪总自己知道了。

在众人眼里，倪总一方面擅长教育和管束，为打击他人千方百计地不择手段；另一方面又事无巨细，哪怕细小的有利可图的工作也不会放权。此时，他以伯乐的身份对待苏向北，将苏向北置于他的保护之下。而谁都知道，此番高调宣扬苏向北是他的人，对苏向北并不利，因为十个月后他将退休回家，后任者一般会冷落前任的亲信。现在有眼光的人见了倪总都踮着脚尖绕开了。

带着苏向北要猴似的遛了一圈，回到倪总的办公室，倪总轻轻关上门，示意苏向北坐下。苏向北没听他的命令，就那么直直地站在中央，一言不发。

苏向北凝重的表情像寒风，瞬间把倪总的热情吹没了。

大家都是明白人，这层窗户纸总有捅破的时候。苏向北不再配合他演戏了，定睛望着他，露出一种奇怪的神气。倪总莫名其妙地感觉血液凝固了。

"小苏，我猜你对我有情绪，这我也理解。当时，我确实是被高磊、钱伟伟欺骗了。他们摆列了很多证据，证明你爸爸他们是为了突击完成任务而发生的灾难，谁知竟然是谋杀！听到这消息我日夜难安，后悔、惭愧，越想越恐惧。他们俩竟然如此残忍，也是罪有应得。小苏，事已至此，你要我怎样，我都答应。"

苏向北定定地望着倪总，多年滋润的生活养得他肥头大耳，国字形脸上透着油光。

"倪总，不是我要您怎样，是您要我怎样？您向我说这些，到底要我怎样？"

倪总被问住了，他还从来没被问住过。在比干集团的领导层里，倪总是最机智善辩的，而此时，倪总突然断片了，大脑一片空白，好久才回过神来，但他回答不了苏向北的问题。

他是比干集团的领导者之一，在以往幸福的岁月里，只要一个眼神就能使某人身败名裂，或者使某人飞黄腾达。正是基于这种自信，他才一次次痛骂高磊和钱伟伟是笨蛋，连个毛孩子都摆不平。

人是能够谅解一切的。倪总想告诉苏向北，可又实在说不出口。对苏向北的亲近，反而显示了他们之间潜在的冲突——这表达了一种憎恨、一种怎样讨好都无法弥补的怨仇。

"您要我原谅您吗？好，我可以原谅您，可还有林杰和周忠琪，他们也有家人啊，您会去求他们原谅吗？再就是，我原谅了您，您就真的踏实了吗？您把我绑到您身边，您就真的能心安吗？您若没做亏心的事，又担心什么呢？恐惧什么呢？既然您把我拉来，那我们就不必掩耳盗铃了。您怕我，怕我像掀翻高磊、钱伟伟一样掀翻您。您可以不承认，但我得说，无论您拉不拉拢我，我来比干集团，就是为了您。高磊和钱伟伟在白鹭铝业如此猖狂不是您当的保护伞吗？他们能承包白鹭铝业那么多业务，不是您给白鹭铝业施压的吗？淄重公司名义上是高磊和钱伟伟的，实际上还有谁，您不心虚吗？白鹭铝业扳倒了'高钱'腐败案，作为您的娘家单位，您怎么从不表扬白鹭铝业反腐的壮举呢？二十多年前，凭借高磊一个小小的科级干部，怎么能将杀人的刑事案变成劳模牺牲的壮举呢？没有您点头认可，谁能有这番操作？难道您就一辈子掩耳盗铃、自欺欺人吗？您是不是觉得我就是个傻瓜，您三言两语的表扬，再加上您大权在握的威势，我就该对您敬让三分？就该抹杀您包庇杀人犯的所有罪责吗？"

苏向北感觉自己思想纷乱，血管里好像有火在燃烧，想用理智浇灭这股火，却是枉然。他知道使他怒火中烧的不是别人，正是倪总的虚假慈悲，虚假的热情和虚假的关爱。

"不是不是，你误会了，我对你真的很喜欢，你做了那么多大事，是年轻人的榜样……"

倪总突然意识到，这个秩序井然的小世界已不再拿他当盘菜了，不再瞧得起他。他一生的高官禄爵，在这小子眼里都成了狗屎。这间人人敬畏的办公室已不能给他任何尊严，已不能让他获益匪浅，已不能给他权威的力量了。这个年轻人的话语像一梭子子弹，将他的灵魂射成了网。刚刚汇集到心里去的血液，汹涌着尴尬和燥热，一下子涌到了脸上，脸上渗出大粒大粒的汗珠。

"倪总，有意思吗？你不会当官久了，说谎成了习惯吧。你若不是为了掌控我，为什么把我拉到这里；你若不是怕我，为什么大汗淋漓；你若不是内心亏欠，为什么放下身段为我做宣传？钱伟伟想炸死我，至少他比你诚实，至少他表现得像个敌人。你也想让我倒霉，却非得装出菩萨般的仁慈！你想让我变成你柔软的下属，成为放下所有怨仇的服服帖帖的下属，成为你小恩小惠下甘受奴役的下属，这可能吗？你坦然地过着幸福生活，你想过典明的妻子吗？那个到你办公室申请追查丈夫死因的女人。你怎么对待她的？把她关了十天！她的丈夫被你树为英模，你却把她关押犯人似的关押起来！她曾是医生，却疯傻到任何医生都救不了她！倪总，她被关在小黑屋里，她有儿子需要照顾，她有亡夫需要祭奠，她有坍了半边天的家需要支撑……她却被关押到精神失常才放行！倪总，我是不是该向你复仇？我是不是该向你讨还双亲的血债？我是不是把你射成筛子都不解恨？我想问你，把你女儿逼成疯子，你会什么感觉？把你女儿一辈子关在精神病院里，六亲不认，你会什么感觉？把你的亲人杀掉，再给他安个劳模的名分，你会什么感觉？你懂不懂一个儿子守着疯傻母亲的痛？你知不知道我有多痛？你知不知道六岁的小男孩叫妈、妈却不会答应的痛……你以为我应该一笑泯恩仇吗？告诉你，不可能！钱伟伟和高磊他们是杀人犯，他们罪有应得，但你比他们更可恶，因为你怂恿杀人犯、你怂恿犯罪，你是领导却没有是非、没有道德、没有法度……你比他们更可恶，更罪加一等……二十多年了，三个亡魂埋在地下，一个被逼疯的女人永远关在精神病院里，倪总，你的良心可曾痛过？可曾有那么一丝一毫的忏悔，可曾像个人似的反思过？你可曾被噩梦吓醒？你是人是兽？告诉我，你到底是什么东西？"

倪总天旋地转，如五雷轰顶，仿佛被提到了法庭上，又仿佛被按倒在墓地里……多年的噩梦成了现实，或现实成了噩梦。他终于分不清是梦还是现实，血压升高、心律加快，身体绵软地倒了下去，顺手扶住了桌角，才安然地跪了下去，避免了匍匐在地的尴尬。莫名的屈辱和难堪，终于使他双手捂脸，泪水从指缝里浸出。"对不起……对不起……对不起……"

这让苏向北想起了一只待宰的羊，那羊的眼睛似乎汪着泪水，搅起苏向北心底的波澜。

倪总生平第一次被人这样斥责和辱骂，心中有什么东西被唤醒了，仿佛全身被冰凉的海水包围着，有了即将溺死的恐惧。他面颊发烧，浑身颤抖，害怕听到这些话，可是又不愿意放过他说的每一个字。在这个年轻人面前，他觉得自己是那样贫病和脆弱，那样昏沉和恍惚，要死了似的。

典明的妻子曾到他办公室声明丈夫是被谋杀的。"谋杀，怎么可能？"那女人哭泣不止，他不得不让保安带走，谁知他们竟然把她关了起来。他以为那女医生早回医院上班了，直到保卫部的人说那女人疯了……

"疯了？"倪总尽管口头没说，却不由暗自舒了口气，终于甩掉了一个黏人的包袱，毕竟别人的痛苦，一根头发丝就能挂住。

倪总在领导岗位上干了三十多年，竟然第一次遇到苏向北这样铿锵的、不留情面的、不畏官职的下属。倪总尽管不想承认，却还是被他轰得晕头转向、恶心想吐，但他清醒地意识到自己不能倒下。

现在，反腐形势越来越严峻，能平安落地是万幸的事，却偏偏在即将退休之际，得知苏向北调到总部了。浪头已经涌起，终有一天会把老一辈冲走，但现在最重要的是维护自身的重量，不能被巨浪卷走。虽然过了一辈子指鹿为马的生活，但现在，人人都是鹿，似乎人人都有权指责他的偏见和错误。

正如苏向北分析的，倪总为了能压制苏向北，才主动把他调到海外公司的。倪总本以为自己有化敌为友的力量，现在却发现，自己还没上战场，就被敌人灭掉了。

"你想让我怎样？我等你告诉我！"苏向北转身走了出去，任门四敞大开，毕竟空气流通，不至于让倪总昏倒。

苏向北曾设想过该如何与倪志安见面，该怎样戳穿他的谎言和贪婪。为了不被比干集团统帅的身份吓倒，他也曾试图放弃报复，但良心不容他绕道而行。

苏向北回头望了望倪总的办公室，不由收住了脚步，担心把倪总逼迫到了自寻绝路的地步。突然门关上了，还听到落锁的声音，苏向北心安了，毕竟那间堕落的办公室，怎么会有心灵的挣扎和灵魂的忏悔呢？有着三十年高管经历的倪总，自然懂得人生短暂，转瞬即逝，而坟墓的那边没有复活。

这一顿狂轰滥炸，倪总像赤裸裸地站在长安街上。他急忙关上门，并落了锁，下意识觉得不能让风进来，也不让那小子再进来。

人啊，你意欲何为？

苏向北正在餐厅吃饭，一位美女端着餐盘坐在他对面。美女吃得不多，两块炸豆腐和一团凉拌青菜。

美女端庄而优雅地吃那块豆腐，仿佛豆腐是排骨，需要很长时间征服似的。苏向北瞥了她的胸牌：宁紫霞。

他突然记起了这个名字。尚峰到尚龙龙集团上班后，尚龙龙集团人事部的经理告诉苏向北，与尚峰同时来求职的还有宁紫霞。

苏向北这才意识到让美女难以下咽的不是豆腐，而是自己。

苏向北像个饿汉似的香喷喷吃着，掂量宁紫霞此番陪餐到底什么意图。她系着一条路易威登丝巾，耳钉也闪着钻石的光彩，妆化得十分精致，眼神闪烁，嘴巴偏薄，透着得理不饶人的硬气。

吃完饭，苏向北刚要离开，宁紫霞才命令道："喂，坐下！"

苏向北好奇地坐下："美女，莫非想让我陪餐？道德可不是我的强项。"

"我想让尚峰陪餐，你把他挤走了！"

"我陪你不好吗？"

宁紫霞瞥了一眼苏向北，随后端详着另一块豆腐："我要的是博士。你，不行。"

"原来'博士'这名头也成了调味品了。"

苏向北非常惋惜，端起空空如也的杯子，做了个仰头喝干的动作，把杯子往桌子上一蹾："就凭你把豆腐吃出牛排的感觉，你一定会得到尚博士的，相信我！"

"我和他从精神到肉体都十分般配，你们这些举止粗俗的人无法理解。所以，你得帮我！"

"好，我有很多陈词滥调可以帮你。"苏向北答应宁紫霞时，不由幻想着在白色的海滩上，尚峰和这位美女温柔地并肩前行，也不失为一道好风景。

说来也巧，莫瑞来电话了，苏向北让宁紫霞看了看来电的姓名，悄声说："尚峰的现女友，我接一下……"

宁紫霞瞪着大眼听着，仿佛她的眼睛有听觉功能。

"莫瑞，什么事？"苏向北声调里透着得意和轻狂，仿佛世界是酒做的，他刚才吃的不是米饭而是大碗喝的酒。他接电话的当儿，就有了逗弄这两个美女的念头。

莫瑞便把博容容和季立功感谢他的话表达过了。

"莫瑞，我正和一位美女吃饭呢，待会儿再打给你……非常漂亮的美女，我们公司的，你猜我们在聊谁？你肯定能猜中，我们在聊尚博士……哈，我们继续聊了！"

宁紫霞简直把苏向北当成了外星人，黑色眼睛敏锐地观察着周围的一切事物，而脸上依旧是平静的表情，特工般不露心迹。

"我无形中帮了你一把，你不谢我？"

宁紫霞平静地点了点头，苏向北拿餐巾纸抹了抹嘴："尚峰，必须是你的！"

说完起身离开了，这美女，要么大爱无疆，要么蠢物一个。

明明没能帮助维卫集团，莫瑞怎么说季立功夫妇要感谢我呢？苏向北打电话给莫瑞，了解相关情况。原来污水处理厂派专家带着设备，帮助维卫集团建了污水处理系统，而背后支持的正是尚龙龙集团。季立功表示赢利后第一个目标就是偿还尚龙龙垫付的资金。

这举动，老爹只字未提，或许就是想让儿子有这番感慨——帮人，并不只是给钱，有时给希望比给钱更重要。

"你刚才是不是跟宁紫霞一起吃饭了？"

莫瑞这么问，倒真让苏向北吃了一惊。之前的莫瑞可不是这样的，苏向北在大街上多看一眼美女，莫瑞都得用帽子盖住他的眼睛。

苏向北越来越相信，某些人就像磁铁，虽无意中涉及，自己就会被吸引进去，简直出乎意料。

"我知道那女孩，乒乓球打得特别好，得过某省的冠军。她喜欢尚峰，要不你追追她，成全我和尚峰？"

"我追过了，她没同意，嫌我的学历太低。要不我追你，成全成全他们，反正闲着也是闲着。"在商人们的眼中，任何东西都可以买卖，在情人心里，任何时候都可以把情话漏出来。

"我看行。"

事先没有一点预兆，苏向北心底便涌起一片蓝色的海浪，虽是玩笑话，却如此兴奋，实属意外。莫瑞莫瑞莫瑞……原来这名字一直未走远。脚下的路就是爱情的家，这种自由和简单的美好实在让人难以平静。

四十三

苏向北在海外公司极其尴尬，表面上他对倪总很尊重，谁都知道他是倪总抢来的人才，可背地里，他能躲多远就躲多远。倪总也同样避免与他单独见面，但任何场合，只要彼此存在，演戏就成了第一要务。

同事们也发现，倪总几乎不给苏向北任何工作，也没给他指派任何团队。苏向北就像好看的花瓶，被闲养在海外公司。

下属的福利来自上司对他的认可，不管下属是否理解，上司都懂得运用无形的威力——孤立、打击或冷冻不喜欢的人。在斗争的双方，要么是铁锤，要么是铁锤敲打的砧板，没有中间地带。

同事们都觉得苏向北和倪总有问题，可谁也猜不出是什么问题。办公室政治充满辛酸，将生命消耗在人际关系里，本身便很痛苦。但同事们发现，苏向北似乎有着铁锤的快乐。

倪总带着团队去池国收购铝厂了，走之前依然没给苏向北任何工作。

苏向北闲极无聊，开启了追求莫瑞的程序。莫瑞或许不会当真，但苏向北实在太闲，太闲的人就得搞点事，不然怎么对得起这大好时光。

莫瑞生日，苏向北让快递给莫瑞送去了九十九朵红玫瑰，但没署名。

苏向北打了个赌，如果尚峰给莫瑞过生日，那莫瑞自然知道这玫瑰是苏向北送的。如果尚峰没给莫瑞过生日，那莫瑞或许猜测是尚峰送的。恶搞一下也不错。

尚峰正在加班，莫瑞打电话给他："你送的花？"

"我为什么送花？"

尚峰是不会开玩笑的。莫瑞挂断了尚峰的电话，盯着手机，掂量是不是给苏向北回话，苏向北却发来了信息："来陪我喝一杯，你知道在哪里能找到我。"

这就是苏向北的风格，永远自信得要死。莫瑞开车去了"第五元素"，那是之前他们常去的地方。

苏向北望着门口，估量着莫瑞会用多长时间赶来。可无论多久，进进出出的根本不是莫瑞。

难道她真的喜欢尚峰？不可能啊！

苏向北有足够的耐心，第六感告诉他，他会等到心仪的人。他像猫似的悄悄透过岁月的花玻璃，对着莫瑞窥视。他以为用九十九朵意义模糊的玫瑰就能填满了他决然离别留下的几年的空缺。他失望地看着玻璃杯，为自己的第六感而羞愧，像是在和杯子低语。

此时，那位约不到的恋人一半是恶魔，一半是天使。

莫瑞早就到了，只是坐在车里，她在选择，是苏向北还是尚峰。人生不是儿戏。当年苏向北执意丢下她回国，让正在求学的她非常伤心。而今，她已承受不起那样的伤心了，毕竟现在也已不是求学时的自己了。人生有多奇怪啊，从前急欲摆脱的，正是现在想努力追求的。或许最小的一点压力就足以使天堂的门敞开——但他真的是自己的天堂吗？莫瑞犹豫了，不知该怎样衡量一个人的品行，该怎样索取爱情的甜蜜。

下雨了，雨幕遮住了风挡玻璃，莫瑞几乎难以看清"第五元素"的招牌。

尚峰的电话一遍遍打来，她没接。尚峰一直觉得自己与众不同并带着强烈的优越感，决不会发信息道歉。他总是轻蔑地看待人世，脸上总挂着嘲讽的不屑，把所有的错归罪于别人。尚峰的冷漠与年龄不符，他时常出现那种阴郁而没有餍足的表情，仿佛腰缠万贯，对什么都可以轻慢，都可以傲然。享乐、贪婪、事事争先，毫不掩饰对财富、对富人的膜拜，痛恨自己没有好的机遇和舞台，整日生活在沉重和焦虑中。这种执着或许会有好的前程，也或许会掉进自掘的陷阱。

和尚峰在一起，莫瑞觉得自己被卖掉了或者被抵押给了魔鬼。或者尚峰有尼禄式的人格，喜欢把有想法、有主见的人踩在脚下，从中获得恶魔式的快乐。

在响第一声惊雷时，莫瑞开车离开了，她有些乱，还不想选择。

苏向北没有等到莫瑞，第六感欺骗了他。

第二天在餐厅，他却意外遇到了宁紫霞。宁紫霞悄悄告诉他，她昨晚和尚峰去看歌剧了。

苏向北的大脑立刻调频到莫瑞那里，难道莫瑞没和尚峰在一起？

宁紫霞以为苏向北不相信，于是调出手机里歌剧的照片。

苏向北真诚地祝贺她，他已好久没有这么真诚祝福过一个人了。

他后悔自己昨晚应该去找莫瑞，而不是让莫瑞来"第五元素"。

倪总带队在池国考察了十五天，没回北京，却拐道去了白鹭铝业。

倪总在白鹭铝业考察，还参加了他们的季度工作会，并在会上做了重要讲话。不但表扬了白鹭铝业氧化铝产量再创新高，在新疆建的电解铝胜利投产，还重点表扬了反腐成绩，说他们纯洁了干部队伍，净化了公司的空气，为比干集团树立了好榜样。

这消息让苏向北消化不了。倪志安到底什么路数，是招降了呢，还是在玩新的花样，毕竟一位资深的政治玩手，可不会一两招就暴露目的的。一个人如果突然忏悔，那可能是想为自己辩解，辩解词必定早就准备好了的。好吧，那就等着瞧。

倪总回到北京，依然与苏向北保持着相当远的距离，布置给苏向北的工作也都是很小很简单的，完成或完不成都无伤大雅的那种。苏向北权当来休闲的，把大学玩过的游戏集中玩了一遍，还结交了不少游戏高手。定时上班，定时下班，定时吃免费午餐，任谁都觉得小苏处长的传奇名声可能是吹嘘出来的。

苏向北只看到了影子般的倪总，世人或许也只看到徒有其表的倪总。到底哪个是真实的倪总？

苏向北已让这个男人的灵魂落入了俄罗斯套娃，层层包裹，真实的自己已然隐身成花生米那般大。

苏向北蓦然与倪总在走廊相遇，他注意到倪总极不自在，甚至有些许的害怕，就像一个被推向绞刑架的人，随时都有可能跌倒。

这让苏向北很惭愧，很想再和倪总深谈一次。苏向北模糊地预感到这种不正常的关系即将终结，但不知以何种方式、什么时候终结。他可不想永远与倪总绑在一起。

二十多年前，国有企业干部年轻化，倪总是第一批受益者。刚刚当上白鹭铝厂的厂长，便发生了"5·24"惨案。钱伟伟和高磊闯到他家里，双双跪在他面前。钱伟伟说自己失误，误炸了三人！倪总吓得腿止不住地哆嗦。钱伟伟说得好，如果当成刑事案，会连累许多人的前程，如果当成英模表彰，则会一片欢腾。倪志安惊恐地看着他们，心似乎停止了跳动。儿子吃着他们带来的糖果，半惊讶半欣喜地看着动画片《黑猫警长》。他靠着桌子，以便支撑着因愤怒而滑落下去的粗壮身体。高光的青年时代是被大肆吹嘘的时代，是过分膨胀又无定型的时代，是既十分脆弱又容易消逝的时代。是的，倪志安屈服了，原来屈服是那么容易。自那以后，他时常在黑夜听到某些声音轻轻抱怨，抱怨身体炸得好疼……他突然顿悟，那决定实在荒唐——他把人生当成了游戏，游戏刚开始就输掉了。但他已没有了退路，高磊和钱伟伟时常以此事暗示他、逼迫他，拉拢他入伙。无论淄重公司或其他利好，他已不敢不收。调到比干集团后，他以为终于摆脱了他们，其实，他们早就成了一体，他为他们撑的保护伞更大了。他成了他们最有价值的棋子，而他的心、他真实的本性，却一直在逃离。他分裂着，他真实的自我麻木着，飘飘然于遥远的地方，无形无影。有时他会感到恐惧，也希望自己过着世俗生活并享受乐趣，但这是不可能的。与他人的真诚、乐观和勇猛相比，他感觉到自己卑微、优柔寡断，像只宠物狗，心里充满了羡慕和嫉妒。有时他心中暗想，政治是有风险的，不少倒霉蛋会触礁，而自己，会触着哪一块暗礁呢？因此，他圆滑得像油，不得罪人，也不站队，更不在两派立场分明时表态。在他眼里，事情没有正邪之分，有分量的东西可能正是那些没被写进历史书里的。同时他也明白，时间的流逝只是给不幸增添一份眩晕，能不能功德圆满，时也命也运也，一项也不能缺。钱伟伟和高磊同时倒台，他就感到属于自己的地震也不远了，他内心找不到一处宁静的圣地，无处退避。渐渐地，一方面，就像已然垂死的枯枝，他的灵魂变得沉重而怠倦；在另一方面，他又必须惊醒，必须挣扎，以获得侥幸生存的权力，所以，他才把苏向北控制在手里。

这些天，倪总试图用微笑抑制涌起的激愤，但他根本笑不起来。

倪总走到苏向北的办公室，把厚厚的一沓文件往桌子上一拍。"这是收购的全部资料，你好好看看，有什么漏洞！"

苏向北正玩着游戏，立马按了黑屏。苏向北倒很想听倪总解释在白鹭铝业发生的事，可倪总一言没发，就走了。

那可是一百多亿的收购工程，就压在了苏向北的肩上。一时间，苏向北拿不准倪总是重用他还是游戏他。

自苏向北把倪总臭扁了一顿后，倪总从未如此清晰地意识到自己和苏向北密不可分。从心底涌起一阵阵对自己的厌恶，像酸腐的酒，使自己感到恶心；又像饮酒过多的醉汉，在呕吐之后会轻松些——倪总也渴望来一次骇人听闻的呕吐，彻底弃绝所有的罪恶。他不能像钱伟伟进入钢铁的监狱，也不能像高磊进入重病的监狱，他要平安退休，安享晚年！他感觉自己必须学会倾听，学会评判。其实，苏向北说的每句话都是对的，他是来救他的。

这是两个人的内心战，倪总在冷落自己抢来的人才。这种冷落却有着某种亲密的姿态，几乎像一种爱恋，刀锋和伤口相互渴求，用尼采的话说：窥视深渊者，必为深渊所窥视。

苏向北泡了杯浓茶，整理干净桌面，洗了手，从第一页开始看起。他头一次清楚地意识到，要把如此乏味、空虚、不自然的办公室生活变得有意义，就要不断挑战有价值、有风险的工作。

池国的特伟铝厂是由梅尔森、贾特兄弟的父亲建造。父亲去世后，由兄弟俩经营。近几年，因国际金融危机，工厂严重亏损。兄弟经营理念不同，责权利的纠纷越闹越大。梅尔森主张卖掉工厂，转手经营其他业务，而贾特却不同意卖掉，希望哥哥让位，由他来经营。兄弟俩闹了两年，工厂彻底停摆，设备落满了灰尘。他们一个不容许别人挡住自己的阳光，另一个不许自己看到别人的背影。都因继承了相同的骄傲、硬气和冷漠，才不愿看到工厂落在对方手里。

根据矛盾的普遍表现，无论贫困的和富裕的人群，都同样渴望求新求变——而这兄弟俩不能忍受的是一成不变地衰败。

比干集团之所以收购这铝厂不仅因为周围就是露天矿、设备先进、人工便宜，更重要的是，它有一条特殊生产线，技术之先进属世界顶尖。再加上矿石质量特殊，所产的X铝专供航天飞机、火箭使用。

这天正是苏向北的生日，他答应老娘早早回家，可看起资料就忘记下班时间。莫瑞发信息祝他生日快乐。他立马给莫瑞打电话，要她尽快到比干集团大楼，帮助看份资料。

让她帮忙是真诚的，因为她曾接待过池国的客人，了解两国企业合作的事项。记忆的遗失和对未来的渴望一样在所难免，他莫名地预感有大事发生。今晚，他就想把她绑在自己身边。

莫瑞理解苏向北，如果他说忙就是真忙，如果他说需要帮忙，也不会是假话。莫瑞进来时，苏向北的办公桌上、茶几上、沙发上甚至地板上，都摆满了文件。

莫瑞站在那里，欣赏着办公室，夸张地说："苏处长的办公室真豪华啊，比干集团还要人吗？我也来。"

"来吧，在那给你安张桌子，哪儿也不能去，只能看我。"

莫瑞撇了撇嘴，把包放在写字台上，突然看到了电脑屏保的照片，竟然是他们俩人的合影，一张一张自动翻涌着。莫瑞突然内心潮湿了，仿佛过往的甜蜜一股脑地回来了。她似乎懂得了幸福的意义，变得更柔美可亲，也更明朗大度了，浑身洋溢着飘飘然的欢乐。

世界有时就这么简单，几张图画在有缘人面前露了露脸，心灵的地球就改变了旋转的方向。

"别偷懒啊，这是我们公司收购池国企业的资料，帮我看看是否规矩，有没有陷阱？这可是我们领导考察十五天的成绩。"

"十五天就完成了考察、审计？也太快了吧！"莫瑞感叹着，"买辆车还得看看发动机的质量呢？"

莫瑞的话提醒了苏向北，不必顺着工作流程察看，应该关注核心项目……

他们俩仿佛又回到了学生时代，心心相印，心无旁骛，又甜蜜又芬芳。她察看文件的一举一动都在苏向北最隐秘、最敏感的心弦上拨弹着。他努力压抑着心性，坐得远远的，生怕那种抽筋的疯狂、荒谬可笑的激动，会使自己像从前那样拥抱她亲吻她。

当苏向北还有权吻莫瑞时，世界曾那么美好——夜晚的月轮和星辰，公园的森林和岩石，蝴蝶和花儿都美得像爱情。没有爱情做调料，风景又哪会刻骨铭心。那时，他们只专注于爱情，毫无担忧世界的纷争。爱情是太阳底下最重要的事，图书馆凉爽宜人，食堂的南瓜和白菜也别有味道，日子变得短促易逝……那时光像破船烂在海里，再也不能回来。

我要她的未来！

四十四

苏向北的座机响了，是老娘的电话。

"坏了坏了，忘了告诉老娘了。"苏向北自责地拿起电话，"老娘，您这电话打的，搅了我和你儿媳的好事了，我还忙着呢。莫瑞来帮我了，生日宴准备好了吗？让人给我们送来吧，今晚得通宵加班……什么？不信啊，不信让莫瑞接电话……快，你婆婆让你接电话！"

刹那间，莫瑞美丽的脸上闪出了热情的火花，这种火花已好久没闪耀过了。苏向北硬是把电话塞给了焦灼的莫瑞。莫瑞客气地和老太太聊了几句，两人温温和和、儒儒雅雅，和谐得不像地球人了。

而埋头于文件的苏向北觉得伏案一天之后却更神清气爽了，好像洗过冷水澡。

莫瑞气得狠狠地捶了苏向北，苏向北等这一刻等得太心焦了，他反身吻着莫瑞，并声称从今天起，莫瑞就是他的了。

这不是盲目的决定，因为他听见了自己内心的声音——必须留住莫瑞，这是上天的恩赐。人们本应该从鸳鸯那里学到很多东西，但有些人总是通过乞求、收买、交换等手段，找到爱情或貌似爱情，但情爱是永远不能强求的。要成为天下最幸福的人，还是成为天下最不幸的人，必由今晚决定。

老娘打包好生日餐派人送到苏向北的办公室，敲门时，俩人还在文件上翻滚着、激情着……不得不惊慌收场。

佣人从开得不大的门缝里递进餐盒，瞥到了地上狼藉的文件，空气里有种油墨和汗津混合的味道，不由感慨："看文件也累得大汗淋漓，小苏公子真辛苦啊！"

吃饭时，苏向北突然说："我爸爸只给我一年时间，明年的这个时候……"

"这么快，我还没准备好！"

莫瑞理解成结婚了，苏向北不由笑了起来。莫瑞那副过分认真的样子，仿佛处在异常事态中，这使苏向北感到一股奇异的力量，立马燃起了结婚的热情。

"你想多了，我说的是在比干集团工作一年。"

莫瑞顿时羞红了脸，恼怒地扭苏向北的胳膊。原来一个人只要能忘我地爱上别人，就能心安理得，快乐康宁。

"结婚，只给我半年时间，你有半年时间准备。我可是在求婚噢！"

莫瑞哭了，幸福立刻无所不在，情绪终于崩溃了。眼泪是爱情必不可少的润滑剂，有了它，所有心弦都能和谐演奏了。这让苏向北又感动又心疼。

苏向北告诉莫瑞他去美国时曾找过她。莫瑞说知道，正是那个坏女孩说她搬去和男人同居了，其实，莫瑞就住在对面。

"她为什么要说谎？"

"她的男朋友曾追求我，她让我搬走。我怕你来找我，所以住进了对面。我曾和自己打赌：你回国不出一个月就会回来找我的……"

苏向北怜惜地抚摸着莫瑞的脸，不知该怎么安慰心痛的过去。两人的心都有伤痕。

"那时非常无助……"

毕竟爱情就像猩红热，害过一次才能终生免疫。分手的痛，他们都不敢尝试了。

苏向北和莫瑞周五忙了大半宿。周末，莫瑞又请了国资委有海外收购经验的两位同事帮忙梳理。四人反复对比数据，分析每一种可能，完成了关于池国的特伟铝厂分析报告，提出了四项疑点，建议工作组进一步调查澄清。

苏向北拿着报告去找倪总，当告诉倪总收购方案有四项疑惑时，倪总却说自己已申请退休了，让他等王副总出差回来，把报告交给王副总。

倪总又和蔼又亲切，温暖得像没脾气的兔子。

苏向北很诧异，一百多亿的项目，难道倪总都不想听听有什么问题吗？他和莫瑞一项项核对，一条条清算，整个周末都在乘除加减……苏向北就像迷失在苍茫的大海上，绝望中看到了一座灯塔，驶近后却发现一无所有……

倪总根本没发现苏向北的迷茫，站了起来，指着老板椅说："小苏处长，我被它捆绑了一辈子，被钱伟伟和高磊捆绑了一辈子，天天过着走钢丝的生活，又风光又惊险，随时怕落地摔死。自从你对我说了那些话后，我一直在反思，这人啊，欲望过多，思想就会滑坡。我是欲望过多，但被别人捆绑在身上的欲望更多。他们依附着我，赞美我，崇拜我，因为我的权力可以让他们有利可图。尽管我风风光光，但我知道，钱伟伟和高磊仍是我的致命弱点，每一步都走得不踏实。

现在好了，我终于落地了。还是你救了我，我应该感谢你。其实，我一直怕，很怕，越怕对别人越苛刻。很长时间以来，我一面自责，一面又原谅了自己。麻木是最好的安慰剂，我让自己生硬到不再有感觉，不再有同情心、对灾难不再有同理心。总而言之，当我不再是我时，我才活得自在。所以，我不想回忆过去，不想回忆'5·24'惨案，也不想回忆你母亲。我已学会选择性遗忘。二十多年来，我从不去电影院，也从没看过一部电影，因为任何道德的感染都会让我麻木的心苏醒，那太难受了。像我这种人，到死都不被人了解是件非常幸福的事，我盼着这样进入坟墓，死很简单……"倪总拉开抽屉，拿出了一把手枪、一把匕首，当他熟练地把玩着这些凶器时，苏向北吓得汗都冒出来了。

"但我根本没有自杀的勇气，我根本就不想死。这枪是钱伟伟给我的，这匕首是高磊送我的。他们说这上面的宝石是无价之宝。这世上，除了感情，哪有什么无价的东西。其实……他们无非是让我危机时自决……可危机却从他们那里发生了，他们也不敢自决。我把重担挺举了太久，这是一种没有希望的努力……把人生一切甜蜜的东西都推到晚年，推到退休以后去做，仿佛我能平安退休似的……我老了，仿佛每个像我这样的人都能得到想象中的幸福平和，但是平和是不存在的，胜利，可能也是不存在的。钱伟伟案发时，我无法入眠，全身抽搐，除非有人抓住我的手或吃很多安眠药才能入睡。我怕有牢狱之灾，是你点醒了我，给我指出了一条退路。我真得谢谢你，你是我的贵人。"

是啊，战场上能逃的都是没受伤的兵。苏向北依然不明白倪总葫芦里卖的什么药，不明白倪总为何像换了个人。苏向北云里雾里，显然这呆若木鸡似的反应是最好的反应，他既不能忘记这情景，也不可视而不见，毕竟每个人都有自己最贴切的结局。

倪总也曾躺在床上凝神静思，把自己想象成一个游泳者，以一种健美的姿势游过这波澜不惊的时代。他笑了，因为他终于做到了。他喜欢苏向北不说废话，谈到那些复杂事情，也像铁锤和砧板，又清晰又有力量。

不论在什么场合，装腔作势也许能欺骗大众，但即使掩饰得再巧妙，也仍然骗不过一个天真的孩子。苏向北虽不是天真的孩子，但也发现，倪总不像演戏。

"我羡慕你，小苏处长，不是羡慕你年轻，而是羡慕你勇敢和磊落……你让我们许多人羞愧！"

苏向北感觉自己该说点什么，至少该客气一下，但他静静看着倪总，实在想不出发生了什么。

"把报告给王副总，你会把工作干好的，我相信你！"

苏向北感觉自己肯定错过了什么，或许自己孤岛似的存在闭塞了什么消息。

苏向北根本没意识到周围的人在躲避他，即便迎面相遇也只是微微点点头而已。人是一团尚未形成的蜡，需要塑造，需要培育灵魂，磨炼意志。最近的几次会议，他发现尽管自己有副处长的头衔，却比不上小科员的权威，这让他第一次对世故人情产生了钦佩之情。

有人传言纪委已对倪总立案了，倪总一倒，小苏处长肯定也一起玩完了。谁愿意和一个没有前途的人靠近呢？毕竟小苏处长太顺了。身处机关，永远不缺嫉妒的目光。

苏向北仿佛穿过无穷无尽的寂寥，意外尝到了生活的特别味道。

中午，苏向北取了餐，宁紫霞向他使了个眼色，于是他们便选了个空位置。宁紫霞想打听他和莫瑞的事。

"你们倒说说，我错过精彩的故事了吗？"高诗诗端着餐盘，坐在了宁紫霞的旁边，她热情地在苏向北和宁紫霞身上扫来扫去，像发现了大秘密，惊讶地捂住了嘴。

高诗诗已调到比干集团的电视中心了，成了比干集团第一美人。

"别误会啊，我是来跟苏处长打听点事的。"宁紫霞声明着，对高诗诗冷眼相待，显然不喜欢高诗诗打扰他们聊天了。

高诗诗却用筷子指着苏向北说："他是我前男友，我把他甩了。"

"甩得我头破血流！"

宁紫霞又惊讶又好奇。"高诗诗，你要嫁给比尔·盖茨的儿子吗？"

"晚了，他早结婚了。不过，从楼顶能望到尚龙龙集团大厦，听说尚龙龙集团的公子很年轻，我决定追他了。"

苏向北没忍住，口里的饭喷了出来，呛咳不止，又尴尬又难堪。

高诗诗厌恶地端着餐盘离开了。她原本要臭透苏向北，却听说正是爸爸谋害了苏向北的爸爸，不由心虚气短。既然在傲岸中得不到安慰，就只好到男女关系中寻找尖刺了。

宁紫霞盯着高诗诗凹凸有致的身材，简直能让一头山羊流鼻血。"你是近视眼还是散光眼，竟和这种女人相处？"

"我瞎了。"

那段丢人现眼的恋爱像喷泻而出的洪水，卷走了一切尊严，留下了难以愈合的后遗症，每每想到高诗诗，他就惭愧得想给自己两巴掌。人的个性里有许多沉淀物，不知什么时候就会病态地张扬炫耀，以为很有魅力，其实只是疾病的外在表现。

高诗诗和初见金和平分手了。原来初见金并不像自己吹嘘的那么大富大贵，除了人是真的，车是租的，而衣饰全是山寨的"名牌"。当时，初见金只因高诗诗的爸爸是白鹭铝业的副总，才靠近高诗诗的。既然高副总的几千万存款充公了，那高诗诗便也没什么价值了。对彼此的失望和厌烦油然而生，分手成了双方相当正确的选择。

苏向北的手机响了，是白鹭铝业的沈乐纪委副书记打来的。苏向北丢下宁紫霞和没吃完的饭就走了。沈乐的电话一般不能让第三人旁听。

"苏处长，纪委那个公开的账号突然收到了三千多万元的汇款，你能猜到是谁汇的吧？"

如果说昨天问他，他肯定不知道，此时他突然明白了。"倪？"

"是！"

苏向北四处看了看，阳台上无人，但不远的走廊里人来人往。

"倪发生了什么，你应该知道吧？"

"我想，"苏向北掂量着，回忆着倪总微笑的样子，那股得意劲，还有那苍老的脸在阳光下的坦然与率直，"我想他是为了平安退休吧，他可能怕像钱伟伟一样进监狱。"

作为比干集团的副总，可不是说退就退的，至少也得过审计考核这一关。沈乐猜测，既然倪总向组织提出退休申请，这三千多万汇款，至少一把手应该知道了。

倪总把这一生犯下的罪，珍珠般列在纪委面前，这是精神上的湿疹，向体制自我揭露了过往的疼痛。

人成就什么或不能成就什么，都是时也命也运也。倪总还真有运气，在他向白鹭铝业纪委账号汇款的三天后，比干集团纪委的同事便到白鹭铝业了解情况。汇款在立案之前，从时间上推理，倪总属于主动坦白，所以最终免除了牢狱之灾。

倪总从心里对苏向北感恩戴德，这实在出乎苏向北的意料。苏向北此来本是要惩罚这个男人的，却意外拯救了他。这让苏向北莫名其妙，又产生了罕见的均衡，他不由相信，有些人总是好运连连，恰似上天的宠儿。就像自己被爹娘宠养着，倪总也被命运宠养着。救他的不是自己，而是他的好运，或者他残存的那一点点良知。

夜晚，办公楼人去楼空。倪总收拾东西，粉碎无用的文件。台灯将他的身影拍打在窗帘上，虚无的影子随风动窗帘高低起伏，随波逐浪般慢慢沉入黑暗的海洋。

一周后，组织终于同意倪总退休了。

离开公司那天，倪总异常快乐，握着苏向北的手一再感激。同事们终也不知道这位资深老总，为何感激一个小青年。作为比干集团重要的领导人，他一生的功绩和权势，都败在这最后的举动上——人们轻易地抹杀了他作为公司副总、海外公司老总的威势。

苏向北心里像打翻了辣椒酱，又冒火又尴尬。他觉得自己承担不起把倪总挤走的罪责。这场轰轰烈烈开始的战争，还没上场就散场了，他不知道留在比干集团还有什么意义？

四十五

王源副总被提拔为海外公司老总，看了苏向北的报告，他非常赞同提出的四个问题。苏向北没敢说曾请国资委的专家帮过忙，毕竟太过暴露自己的人脉，也会惹麻烦。

王总于是将苏向北吸收为特伟铝厂收购工作组成员。工作组召开第一次会议，由耿部长介绍上次随倪总考察、审计的过程，讲解收购铝厂的各个细节。听起来似乎天衣无缝，合情合理，既有图文，又有说明，还有技术介绍，价格也在中方的可控范围内。

耿部长讲完之后，王总又让苏向北讲解他的分析成果。为了清晰易懂，苏向北把耿部长报告里的生产线分 A、B 两组，他发现 A 流程里的 1、3、5、8 设备，和 B 流程里的 2、4、6、7 本是同一系统，却拆成两条生产线。在 A、B 两条生产线里，又混入了不同型号的代替品，以抬高出售价格。

苏向北望着会场，突然体会到一种特别的感悟，人们有时为了相互了解而努力，但无论怎么努力，有些人彼此间却完全无法沟通，仿佛人类注定是悲哀的生物。苏向北提出了四项漏洞，希望大家出于公心，认真评判。

虽然他的方案只是推理的结果，是合情的猜测，但足以让耿部长颜面尽失。耿部长本想在王总面前露一手，却无情地被苏向北打压了下去。

耿部长的矿石部比海外公司低半级，挂靠在海外公司门下。耿部长也想借这次池国的收购能再上一级。显然出师不利。

自上次矿石务虚会，耿部长就不喜欢苏向北。对苏向北的厌烦还因耿部长是钱伟伟的好朋友，加上此番展示，对苏向北更是恨之又恨。在他眼里，苏向北无非是白鹭铝业政治斗争的幸运儿，无非两派相争，他是被利用的枪子。这样的人可以一步登天，但也可以让他一步入地狱。

耿部长虽觉得苏向北说得有理，但他受不了苏向北的硬气，更受不了他的口才，其实，归根结底是受不了这么一个小屁孩对自己的工作指手画脚。

苏向北的卓越是耿部长的智商无法洞悉的。尽管他们之间隔着几步的距离，他们却彼此对望着。苏向北以为耿部长和他心有灵犀，显然苏向北太多情了——这是年轻病。

耿部长无法容忍超越自己能量的未知，他喜欢把人有把握地掌控在手心里。这个小苏处长，确实难以把握。既然苏向北胆敢提出漏洞之所在，那他只能滚出工作组。

耿部长通知苏向北到他办公室。

在去耿部长办公室的路上，苏向北就一直犯嘀咕。上次见耿部长时已有了心理阴影，今天又当着工作组所有成员的面，提出了问题，耿部长的脸像葱一样绿。其实，苏向北之所以敢提，是因为之前曾和耿部长私下交流过，表达了自己的观点，当时耿部长赞同地连连点头——现在看来他根本就没听明白。

当得知苏向北要在会上发言，耿部长便暗示苏向北要少说多听。苏向北之所以有勇气发言，自然出于公心，这是他开口的底气。

太阳正明晃晃地照在窗户上，穿过灰尘，留下一片片耀眼的亮圈。热浪通过玻璃传导进来，空调喷着滚滚冷气，试图抹去太阳的功绩。

耿部长以为凭自己副厅的官级和丹田气，就能吓倒苏向北。可苏向北像钢球，砸不烂、炒不熟、煮不开。

耿部长不是靠和谐，而是靠正确站队，踩着一个个对手上位的。他认为人类是罪恶的后代——从恶方面思考是他的常用方式。

"小苏处长，你还真敢讲啊，你以为我们工作组都是吃白饭的，你以为每个字都是随便写的，你以为你从基层出来就真的懂生产线了？告诉你，我的年纪是你的两倍，我爬的台阶比你走过的路都多。谁给你的权力敢满嘴放炮？让你发发声，你还真把自己当百灵鸟了？让你多听少说，你却表演起单口相声了！你以为就你爱集团，就你关心集团，你以为集团离不开你？告诉你，倪总退了，你的后台倒了。比干集团可不是白鹭铝业，任你胡作非为。你以为凭猜测就能诊病，凭狂妄就能升官发财，你以为我们都是傻瓜？滚出去，永远不要再让我看到你，门在那里，滚吧，远远的！"

"耿部长，个别生产线可能是伪装的，如果真收购了，会出事的！"

"你可真像只乌鸦！靠指责别人上位是你的强项，但这是我的地盘，可不是白鹭铝业。我不是高磊，也不是钱伟伟，你最好知趣点，要么闭嘴，要么闭眼，要么塞住耳朵。"这些话在耿部长身体里膨胀，又从嘴里喷涌而出，反反复复，最终，汇成一股携枪夹棒的洪流。

"耿部长，相信我，我没有私心……"

"我早听说小苏处长厉害了，不然怎么入职三年多就爬到现在这位置呢？你以为你是新星，在白鹭铝业是，在这里，你就是个小丑。请！"耿部长拉开门，做了个让苏向北滚蛋的动作。

懂得愤怒的人，应该也知道悲伤。耿部长显然把年龄的悲伤变成了愤怒，倚老卖老了。苏向北站在走廊里，心想，自己五十岁时会不会也这样顽固不化、嫉妒成性、偏执猖狂呢？岁月真可怕，竟然把一个求知青年打磨成如此顽固的化石。

只有懂得痛苦的人才能与他人为善。苏向北笑了笑，转身走了。没经我允许，谁也不能让我难过。

苏向北不生任何人的气，曾经的激情消退成了雾气，伤口虽在，但是奈何不得他。他本不是活给他们看的，这番冷落，他谁都不恨。

其实耿部长也并非那么石化，把苏向北赶出办公室后，立刻去找王总——表示非常赞同苏向北的提议，建议王总带工作组再赴池国考察，针对苏向北提出的问题，逐一核对。

耿部长提议不让苏向北参与，因为他是倪总的人，在白鹭铝业就有上蹿下跳的毛病，怕他有不可控的举动。

王总已隐约觉察到耿部长对苏向北的反感或嫉妒，即使苏向北是倪总的人，也不会有什么不良举动。再说了，王总也是倪总举荐的，王总这点认识还是有的。只是王总刚升上来，需要耿部长这类人的捧场，他还不至于为了维护小苏处长而抹了耿部长的面子。

工作组第二次去池国考察，竟然就真的把苏向北留下了。

被孤立一定有着独特的乐趣，否则不可能还有这么多人甘于被孤立。苏向北享受着被人忽略的感觉，甚至那淡淡的冷落也给他独特的体验，自由如风，清淡如水。

苏向北拿不准是留在比干集团还是离开。信任是金钱的唯一后盾，真诚是做人的基本前提，他的真诚受到了质疑。

比干集团的老总已多次在集团会议上强调收购池国的企业对集团未来发展的重要性，甚至决定着集团在国际上的地位和品牌。但苏向北隐约预见到这次收购不会像预期的那么好，总感觉有个陷阱埋在什么地方。

这或许是他迟迟不离开比干集团的原因。

他要看看收购的结局。人类创造出社会的不同秩序，发明了文字、法律，以弥补人类基因中的不足。诚信是人的信仰，金钱是交易的信仰，法律是社会的信仰。在这场收购案里，苏向北只想看看是否像预测的那样，被陷阱败光所有的努力。

莫瑞生日那天，尚峰约了宁紫霞看歌剧，莫瑞没生尚峰的气——没生气是因为发现自己根本就不爱他。

但尚峰却觉得莫瑞依然是他的首选，而宁紫霞才是备胎。

"我和宁紫霞只是普通朋友，我在比干集团时，她帮过我。再说了，你应该提醒我昨天是你生日。"尚峰强势责备莫瑞，仿佛莫瑞选错了出生的日期。

"你已问过了，如果没记住只能说那个日子无足轻重。这很好，至少让我们明白内心真正在乎什么。"莫瑞说完扣了电话，她觉得尚峰应该正视宁紫霞的存在，他若不正视，就是违心。因为好几个关键日子，他都被宁紫霞捆绑着。

尚峰约莫瑞在尚美西餐厅见面。电话里分手了许多次，尚峰依然不死心。他是那种不亲耳听到、亲眼看到，就不相信自己被甩掉的博士。

莫瑞赶到时，尚峰还没来。莫瑞望着高高的尚龙龙集团大厦，尚峰应该在某间办公室里。

高耸的尚龙龙集团大厦，怎么说呢，让莫瑞的眼睛流光溢彩，脸上挂着如梦的微笑，好像正吃巧克力。她忙低下了头，怕别人看见她火辣辣的脸。

尚峰这个人曾经让她感觉不错，现在已不这么认为了。在美国时因陌生而产生的神秘感，过多地美化了他的形象——那是带点孩子气的幻想。现在她已隐隐滋生了对过去记忆的厌恶。

尚峰以为自己是王，女孩们应该王妃似的迷恋在他周围。他名校博士的头衔和世人的吹捧让他忘记了华尔街的失败。虚荣就像海水，越喝越渴，在选择性健忘方面，他可真达到了顶峰。

尚峰得意扬扬地赶来，脖子上挂着出入证。这证比奥运奖牌都骄傲，所以即使出来见客人，他也舍不得摘下来。

尚峰问莫瑞想吃什么，他请客。莫瑞说她已和苏向北约好了，并且告诉尚峰，他和宁紫霞也不必躲着藏着了。

"就因为我去了尚龙龙集团，你就选了苏向北？"

"不全是。"

"其实你从来就没放下他，我不过是你的口香糖。为什么对尚龙龙集团这么恨？"

"因为尚龙龙集团曾拒绝过我。"

尚峰根本不信，但又不得不试图相信。所有的傻瓜都是哲学家，她在把我当成傻瓜吗？

莫瑞走了，尚峰还没回过味来，人就不见了。

经过毫无现实感的几分钟，尚峰的身体仿佛渐渐解冻。尚峰总感觉哪里不对，却又不知什么地方不对，心里不是滋味，眼白瞪得很大，嘴唇也噘了起来。他希望莫瑞至少该抹着泪离开，但他发现莫瑞健康快活得像上蹿下跳的猴子。

几乎所有正确答案，都是在无法回头的那一刻才意识到。他突然顿悟——自己错过了比宁紫霞好很多的女人。

四十六

王总带着工作组在池国考察了二十三天，回来后相继召开了几次研讨会，苏向北被排除在机密会议之外。听工作组的人说，苏向北之前提出的四项疑惑均落实了。比如 A、B 生产线，他们亲自到车间排查，发现机型全部统一了，也就是说，对方进行了系统的纠正。

这似乎更改得太完美了，太完美也让人起疑。总之，苏向北隐隐不踏实，但这份不踏实也只能压在心底，毕竟不能拿自己不踏实的第六感向王总建议。

耿部长极力散布苏向北的小道消息，说他在白鹭铝业又狡猾、又刁钻、又心狠手辣……并扬言说，今年的年终考评，苏向北必定会因差评而降级……人们将信将疑。但耿部长的权势足以给苏向北建立一座隐形的监狱——无人愿接近他，更无人敢同情他。

正因为耿部长知晓苏向北的厉害，所以才要把他踩到泥土里，不然苏向北会迅速升上去，说不定哪一天反骑到自己脖子上，那岂不死无葬身之地。

苏向北从不加入发牢骚的队伍，那是一种美德；不过，有时候跟随大众发发牢骚，也是一种美德。再没有比一个孤立的年轻处长更容易被误解的了，孤独地往来和就餐，都容易被理解成傲慢或装腔作势。

苏向北递交了辞呈，这出乎王总意料。苏向北早已从那种冷冷落落的情景中挣扎出来，甘愿当一名逃亡者。

王总一再挽留，夸赞苏向北的机智和热情，希望他收回申请。

这些安慰的调味品王总自己留着品尝吧。没时间陪你们玩伪善了！

离开的方式有很多种，出乎苏向北意料——竟如此灰溜溜的，如此没落和沉重。如果说倪总的离开是胜利回归，那他的离开就是落败而逃。苏向北不需要什么华丽而虚伪的挽留，他从来都没觉得自己是个好人，复仇就有损伤，竞争就有碰撞。说他卑鄙无耻也好，粗俗恶劣也罢，都无所谓，他只做自己，良心的自己！他没糊涂到正义邪恶不分、善良无耻不辨。毕竟，世上有多少人，就有多少王道！

宁紫霞取了餐，发现苏向北吃得正香，于是走到苏向北身边坐下，叉起一只虾仁放进嘴里，笑眯眯着，摆出一副名媛的模样。爱情是一场热病，宁紫霞正病得不轻，这让她有足够的同情心赠送给苏向北。

"听说你递了辞呈？收购项目就不管了？"

"变天了，这里没我的份。"

"尚龙龙集团也要变天了，他们的公子要掌舵了！"

"消息真灵通啊，都是没影的事！"

"那公子神龙见首不见尾，听说是个狠角色！尚峰很担心！"

"尚峰，没问题，我敢担保！"

"你担保顶鸟用，至少我能担保他床上不缺女人！"

"那倒是，我可没这能耐！"

"你什么时候离开？"

"这是最后的午餐，下午收拾东西就走了。"

"我去帮帮你吧？"

"不用，从电脑里删除我的材料，然后不带走一粒尘埃。不过，谢谢你！"

碗勺的碰撞声，给人一种重温某个时代的错觉，而那个时代已随同它所产生的感情一起消逝了。苏向北有些许留恋，这种混在人群里的自在感觉，很不错。

宁紫霞走到窗前想拉动窗帘，以便挡住阳光，却意外地把整个世纪的尘埃抖落下来了，招来许多人的冷眼。苏向北笑得眼泪都出来了，却觉得和着眼泪下饭，别有味道。

苏向北逃离比干集团，苏昆仑的确感到意外。但退一步细想，儿子太顺了，坎坷自有坎坷的好处。有时孜孜以求、呕心沥血地想干出一番高尚的事业，却事与愿违。生活中荒唐的事屡见不鲜，普遍的危机却到处都是，诈骗、偷盗、凶杀时常占据新闻头条。说老实话，在比干集团碰一鼻子灰倒是不错的待遇。

　　"败给谁了，儿子？"

　　"败给我自己，或者说，败给了一种方式……我想用我的方式去接近核心，我还是觉得池国的收购有问题，我想进一步观察。"

　　"为什么？你和比干集团已没任何关系了。"

　　"是的，老爹，但这不仅仅是比干集团的事，可能涉及得更深，比如被国际狡猾的商家戏弄。"

　　奇怪的是，和老爹聊天的当儿，苏向北感觉自己对那项目产生了保护欲，仿佛在那里工作很长时间了，对那间办公室的感情比意识到的更强烈。

　　"老爹，光说漂亮话，机器是不会运转的。既然对那项目有所怀疑，我就不能放手不管。"

　　"比干集团会给你奖金吗？"

　　"不会。"

　　"会给你荣誉吗？"

　　"不会。"

　　"比干集团有你的恩人，需要你帮着摆平吗？"

　　"没有。"

　　"有仇人？"

　　苏向北咧了咧嘴，"也没有"。

　　父子俩静静对视着，内心都在思考着同一件事，但都不想挑破。

　　"世界就在那里，去干吧，儿子。"

　　人都有干荒唐事的可能，适时的放任或许也是一种方法。奇怪的是，若是苏向北没被冷落、被惩罚似的逃离，就不会有更多的反思，也不会痛惜自己所失去的工作权力。人们总喜欢被表扬，被推崇，可其实不然，必要的坎坷和适时的惩罚会造就双重效果，从中顿悟很多书本上学不来的东西，以便了解人性中的盲点和弱点。天地间，生而为人，有来处，也有归途，既然无法把握来处，何不走一条好样的归途。

为了不暴露身份，苏向北成立了尚龙龙集团第三海外组，将闲置的别墅改为办公地点。从尚龙龙集团挖来有海外业务经验的助理魏苛，另外他又把林海洋拉来了。

当得知苏向北是尚龙龙集团的公子，林海洋惊得嘴巴能吞进一只烤鸡。他一向把苏向北当成榜样，而今成了高攀不起的榜样。不过，苏向北把他当成了自己的小兄弟，虽然与魏苛相比，林海洋嫩得像青苗，但苏向北有信心把他历练成大树。

他……却能在车间里吃残羹剩饭，和工人们一起挥汗如雨。林海洋感动得每个汗毛孔都往外喷热气。

林海洋竟然眼睛红红的，若把持不住泪水就会变成小溪。

苏向北踢了他一脚，带他看看林海洋的办公室。这幢别墅里有园丁、厨师、清洁工、司机等二十位工作人员和五条哈士奇。

林海洋几乎是带着快感抚摸那几条哈士奇，摸它们的心在肋下急速跳动。那些狗甚至能分得清所有人的脚步声。林海洋不由暗想，在动物眼里，这个世界是否也充满了奇迹。

林海洋历经思辨，用了很长时间，才从苏向北那些善良的或异想天开的想法里，认识到不可言喻的智慧，从而感悟到——善良是有能量的，微笑也是有能量的。而有些人永远住在恩怨的过去，就像蚕住在茧里，被恩怨的醋腌制成了酸楚的人。

苏向北带着魏苛和林海洋飞往池国考察特伟铝厂，并且努力与梅尔森、贾特兄弟接触，了解他们出手铝厂的真实目的。

他们在外围调查，可得到的消息并不比在比干集团了解的多。也就是说，特伟铝厂已统一了口径——兄弟不和，才将铝厂出手。

苏向北非常痛苦，就像看到一只羊羔被一群土狼围住，却束手无策。

苏向北转到港口，这里有苏向北的熟人。有一天，朋友带苏向北在港口参观，一艘远洋货轮载满铝土矿正缓缓离开。

"瞧，那是 M 国的，他们也要在池国建厂了，他们很看好我们的矿石。"

苏向北一激灵，似乎意识到了什么。"在哪里建？"

"听说正在选地方。瞧……他们来了……"

几辆越野车卷着尘土滚滚而来，车辆一字排开，下来一群人。显然，这阵势，仿佛要决战似的。他们跳上一艘豪华游艇，驶向深海。他们窃窃私语的激动样子，仿佛陷阱已布好，就等着收获了。

苏向北有方向了。建厂、建厂、建厂、建厂……他重复着这个词，试图与这个词和解——思想的探索，在一圈圈地进行。现在，他只知道一件事，即竞争已然来临，对手或已出现。

老娘打电话说院子里的槐树又发出新芽了。苏向北仿佛看到那棵已枯死了的槐树再次郁郁葱葱，这让他体会到一种再生的欢乐。每年春天，那棵老槐树都香飘整条大街，是蜜蜂的粮仓、蝴蝶的舞台，前年却遭了天火，烧死了。老娘的电话像一道光，让苏向北有了灵感。

回到宾馆，他让朋友打听 M 国那几大铝厂的动态。网络时代，只要有所行动，没有打听不到的信息。当 M 国的朋友反馈信息时，魏苟托人打探的信息也到了，大体相似：M 国的澳达鲁铝厂正在海外扩张，首选的就是高精的 X 铝。

X 铝的竞争，是未来的竞争，显然，没有等闲的对手，也没有等闲的陷阱。

了解澳达鲁铝厂在池国的什么地方建厂，就成了目标之一。苏向北擅长打潜伏战和外围战，喜欢在外围慢慢掌握情况。苏向北让两个助手深入池国的娱乐场所，结交那些出钱就愿意为他们跑腿的朋友，专门盯防某些人的行动，结交了谁，说了什么，下一步会怎么行动。

为胜利而耍阴谋是兵家之策，斗争从不是快乐的，而暗黑地罗织消息也充满了忧虑和惊险。苏向北经受着心灵和肉体上的双重鞭挞，但这是他心甘情愿的远足，成了他此生独自把握事业的开端。

苏向北利用老爹的人脉，丰富了与池国企业界千丝万缕的关系。苏向北刚刚亮出自己的身份，池国许多企业家便申请拜访。苏向北可不是谁想见就见的，自然那些身份尊贵、公司体量大或权势重的，苏向北才适时和他们会见。很快，苏向北在池国的关系网又厚实，又热络。不过，在这种趋利的疯狂竞争之外，存在着源于人的本性的觉醒。池国的民众到了不愿再为政治派别拼命的时代，追求财富和自由成了他们的新目标。

人们一直不明白大名鼎鼎的小苏公子来池国干啥？他们盼着尚龙龙集团能在池国开厂，可至此苏向北只说还没选好项目。

池国的企业协会主席推荐了好几项业务，甚至许多企业白给苏向北送干股，苏向北依然不感兴趣。经验是积累起来的，步子是锻炼出来的，曾在苦难中跋涉又在蜜罐里浸泡的人，不可能欣赏恭维的脸面，不可能赞叹啃噬穷人面包的老鼠。话语的喧嚣、欲望的搏击、兵器的碰撞，都会发出金币的脆响，而这是苏向北最讨厌的声音。有人陶醉在金币的响声里，从而淡漠亲情的呐喊。人总要掉进什么陷阱的，掉进这个陷阱或别的陷阱里，也差不多。苏向北既不挖陷阱，也不落陷阱，而是专心致志地寻找陷阱。

苏公子在池国企业界掀起了一股社交风，正在池国处理收购业务的耿部长自然也听说了。如果在国内，他没机会结交尚龙龙集团的接班人，而在他乡，在万里之外的池国，或许有结交的可能。于是他递上了拜会的名片。

"苏经理，比干集团的耿杰部长求见。"

"耿部长？"苏向北正在电脑里打着游戏，"算了，别让他老人家难堪了。就说我不在。"

有了上上下下的关系网，苏向北很快得知 M 国想收购的正是特伟铝厂。在池国度过的每一个夜晚，和今夜毫无障碍地衔接起来了，就好像夕阳和夜晚的短暂连接只为找到这谜底。

"特伟铝厂，一厂两卖？"苏向北似乎明白了当初他们为什么把同一条生产线拆分成 A、B 两条，而得知中方起疑后，又立刻补充完整。

但这补充完整的生产线有生产能力吗？

M 国买的是哪部分？

难道特伟铝厂还有不被中方知道的分厂？

中方想买的精尖技术在不在收购范围内？

中方谁走漏了消息？不过，这已不重要了。

怎样挤走 M 国？

谁是 M 国的帮手？

吉德林法则说把难题清清楚楚地写出来，就已经解决了一半。苏向北把可能存在的问题列出来，他盯着这一串问题，仿佛它们是由密码组成的。

在苏向北架构池国企业界的关系网时，魏苛和林海洋在池国朋友的帮助下，以金钱铺路，极力渗透特伟铝厂的围墙。在某个地下酒吧，特伟铝厂的账务员告诉林海洋，M 国正在收购特伟铝厂最核心的 X 铝厂和专用矿山，这 X 铝适用于航天飞机、火箭和宇宙探测器等，而出售给中国的是普通工艺的氧化铝生产线。

这仿佛在苏向北胸口捣了一拳，原来在整个计划中偏偏漏掉了矿山。那 X 铝需要的特殊矿石也将被 M 国控制，即使中国有生产技术，也是无米之炊。

比干集团被算计了，在这场轰轰烈烈的收购中，只收获了场玩笑，还笑得很开心。

企业和人一样，要想在世界商业大潮中应付自如，发展壮大，不该以骄傲光艳的征服者的姿态去猎取，而应以谦逊的、海纳百川的智慧去获得。任何交易，必须双赢，或至少双赢，能惠多方就惠多方，毕竟地球只有一个，和谐是长远的，而人或企业都是微不足道的一分子。

苏向北立马写了个纸条，让人快速送到耿部长手里。

"特伟铝厂核心技术 X 铝厂和专用矿山即将出售 M 国，比干集团收购的只是普通氧化铝生产线！尽快中止收购，重启谈判——小苏公子！"

四十七

生活并非游戏，梅尔森、贾特兄弟或许并没有意识到阴谋会被识破。或者，他们设了赌局，自以为是最安全的赌注。但是，往往不到最后一刻，谁也不知道，那个被甩到轮盘上的骰子会摇摇晃晃地转到哪里？

耿部长带团队来池国接手铝厂的诸多工作，熟悉工厂的各个生产环节，进一步核实相关数据。而池国的梅尔森先生已飞抵北京，双方待确认无误后签订合同。

接到小苏公子的消息，耿部长哪敢怠慢，立刻给王总打电话。王总正在签订会现场，组织启总与梅尔森签订合同。耿部长大声呼喊到："快，一定阻止签字！"

可双方已握手相庆了。

一切成了既定事实。花重金收购的国际顶尖技术的铝厂，而那顶尖技术早已被偷偷分离出去了，以弟弟的名义注册了新公司，就叫 X 铝厂，并且正在与 M 国暗中洽谈。

中方根本没发现一篮子鸡蛋里，那枚金蛋被调换了。

远在池国的耿部长把自己封闭在阒寂的房间里，似乎与世隔绝。之前的种种细节在他脑海浮现——那个苏向北，那么桀骜不驯的青年，现在想来，都有了不同的意义。原本要买大米的，却只带回了糠秕。

细心的人就会发现，比干集团收购之前大肆宣传、造势，提振市场的勇气，股票随即一路攀升，但签订合同后并不见只字报道。仿佛收购不过是买了一斤青菜那般简单而平凡。

事情发展到这个地步，涉及的不只是收购失败的问题，而是行动本身的问题，罪过不单在于某个人，也有企业本身的痼疾。每个人都应自责，每个人都应寻找错在何处！怕的是，人们根本认识不到自己的失责。

这是一次"合理"的商业诈骗。

在二十世纪末或二十一世纪初，中国企业走在国际的路途上，遇到了许多这样那样的陷阱，交过很多学费，受过很多不公。但这次似乎更特殊、更狡猾，也更明目张胆。

尚龙龙集团当初也是一再被理所当然地盘剥，光明正大地抢夺，吃一堑长一智，收获了一系列经验教训后，才不得不聘请了专业的律师团队，防患于未然。

苏向北自小听老爹讲这些失败的或胜利的惊险故事，耳濡目染、熏陶教化，对国际业务的禁忌和通达有所了解。

苏向北把自己关在房间里，虽然面前打开了一本工业书，却什么也看不进去。他拉下窗帘，遮蔽了耀眼的阳光，好让房间里只有书和安静，还有深思的感觉。有时，生活乱成麻、无法平静时，他就这样靠书和冥想获得灵感。

贾特刚从工厂出来，苏向北一行人就堵在他面前。人们经过诱惑、恐吓以及美好的体验后，会变成什么样，是无法预知的。贾特突然意识到，末日到了。

贾特还没认出苏向北是谁，就看到了他身后跟着的池国企业协会的人，还有公安系统的官员。当然，他们都是苏向北的朋友，没有恶意，只让他们陪着见个"客人"。一行人进了苏向北所在的酒店。其他人避开，苏向北单独和贾特会谈。

贾特望着苏向北，不知他要干什么。苏向北沉默了足有半个世纪那么久。

贾特嘴里泛着苦味，好像旅程到了终点。显然，世人已知道了他们兄弟俩的讹诈，等待的就是惩罚或牢狱……他止不住地颤抖，恶心想吐。在这窒息的房间里，倍感凄凉，像站在祖父的墓地上，又焦灼又悲伤。

贾特的细汗都冒了出来，苏向北才开口说话。

"你们兄弟俩诈骗，是俩人一起在监狱待到老呢，还是只让你哥哥待一辈子，给你留点自由……"

刚才在路上，贾特已知晓了小苏公子的背景，不由暗自纳罕，大名鼎鼎的尚龙龙集团与比干集团有什么关系？

"M国给你多少钱，购买你的X铝厂和矿山？"

"一千万美元。请您不要起诉，我们会想办法的。"

"说说看，有什么办法？"

苏向北给他时间，盯着他。他眼睛快速眨着，额头的汗油亮亮地冒出来，腋下和前胸的衬衫慢慢浸湿了。声响、气味、压抑的感觉，一并在空气里翻滚、碰撞，贾特晕头转向，似乎忘记了一切，忘记怎么来这个房间的，更不知道将怎么离开。爸爸的朋友现在还在监狱里蹲着，十一年了，相同的诈骗……

苏向北端坐在宽大的沙发里，国王般君临天下。

"我给你个建议吧，听说你们兄弟想转产金属镓。我保证，无论你们兄弟做什么，我都帮你们打开中国市场，并且不起诉你们兄弟俩诈骗的事，条件是：七百万美元，把你的厂子和矿山卖给我。这比你们一揽子卖给比干集团，还净赚三百万美元。"

贾特惊讶地瞪大眼睛，这简直是惊天逆转，不但免除了诈骗案，还与尚龙龙集团有了业务联系。贾特高兴得双手捂住脸，压抑住涌出的泪水。他真以为要在监狱里待好多年呢。

"我还有个条件，你们兄弟要保证比干集团在这里的工作顺利进行。"苏向北走到窗前，仿佛对着玻璃说话。

"一定保证！"贾特颤抖的声音冲击着苏向北的后脑勺，苏向北转过身来。"什么时候签合同？"

"现在，可以吗？"贾特的神经松弛下来了，凡经过大灾大难，生死攸关，不再为厄运牵肠挂肚时才会这样。他终于踏实了，兄弟的性命也踏实了，确实比当初卖给比干集团多得了三百万美元。当然搭进了一座矿山！他深深呼了口气，为刚才的失态而倍感羞愧。

苏向北让魏苟拿出早已准备好的合同，当即就签了。时不我待，一旦M国插手，说什么都晚了。

这一切来得太快，连郑重的签订仪式都免了。贾特做梦似的惊讶，以至于微微一笑，觉得自己面红耳赤。苏向北的眼神像紧绷的弦，颤音直抵贾特内心深处。这使他想起了与哥哥的争论，哥哥极力推崇一厂两卖。哥哥说中国的国企根本不太在乎胜利或失败，国企的领导人只在乎能趁机在全世界走走逛逛，享受奢华的出国旅游，挣点礼品和外快。他甚至建议：做个M国收购在先的假证据，堵住比干集团的嘴就可以了。

现在看来，哥哥错得离谱了。堵住比干集团的嘴容易，但遮住小苏公子的眼睛就难了。

四十多岁的贾特在苏向北面前立刻变成了小迷弟，跟随着苏向北细声细气地说话。他捉摸不定的疼痛虽平复了，但心里还是做梦似的忐忑，像从冬天突然过渡到了夏天，有些蒙圈。他试图表达点什么，以展示自己的赤诚。

"我喜欢中国，我祖爷爷曾是英军的一员，拜访过你们的皇宫，祖爷爷在军中发了大财后便来到了池国，在这里买土地、建种植园……直到现在。今后好了，我们联合发展。"

"也就是说，这工厂本来就有中国血统，所以，不卖给M国就对了。"

"可是，我不明白，你又不是比干集团的人，为什么帮他们？"

苏向北笑了，问道："你是哪里人？"

"池国人啊，祖籍是爱尔兰。"

"我是哪里人？"

贾特突然感觉苏向北在逗他，困惑地盯着苏向北。难道仅仅因为你是中国人吗？

遥远的地平线已布满红光，城内的高楼反射着夕阳的异彩，仿佛神话里的宫殿。苏向北从窗口转过身来，对疑惑的贾特说："我们中国人被抢怕了，先八国联军抢，后来十一国抢，光《辛丑条约》，我们就赔款9.8亿两白银，被抢走的财富更是不计其数，你懂了吗？"

贾特根本没懂，但假装点了点头。

"头不是拨浪鼓，就别点了。"苏向北拍了拍他肩膀，然后把胳膊搭在贾特的肩膀上，好朋友似的走了出去。

刚到大厅就遇到了 M 国的收购团队。贾特耸了耸肩膀："对不起，我已和中方签了合同。"

"为什么？"

苏向北感觉自己有替贾特分辩的理由。"因为他爷爷曾是八国联军的一兵，抢了我们的皇宫，用那钱建了种植园后……才有了这工厂。"

他们疑惑地盯着贾特。

贾特胆怯地点点头，担心这解释会换来一顿拳脚，但又一想，苏向北的随从这么多，不会让自己吃亏的。瞬间，他又长了底气，腰杆也更直了。

M 国铝厂的代表们在绝望中想抓住最后的机会，但迟了。当初他们同梅尔森、贾特兄弟设计这个陷阱时，就投入了精确的金钱和假冒的诚信。他们与其说是为了拿到铝厂，不如说他们更想证明自己种族的优越、智商的发达、对世界的不可一世和对胜利的绝对占有。

人啊，你意欲何为？

比干集团的启总为失败的收购而气急败坏地训斥下属时，得知尚龙龙集团的苏昆仑来访——事关池国收购的事。

启总立刻组织接待，班子其他成员也不想放过结识苏总的机会，一行人齐刷刷地到楼下迎接。尽管北京很大，名人很多，但真正主动给比干集团送来利益的极少。

启总多次与苏总在国家某些重要会议上见面，只是没机会深聊。这次苏总能亲自登门，启总也倍感尊崇。毕竟苏总是尚龙龙集团的掌门人，说到底，谁也不蠢，为公为私，启总都要很好地利用这个机会。

好运跟贼似的，说不定哪天就破门而入。苏总带来的好消息，让比干集团的人兴奋不已。比干集团失败的战争，终于被同胞赢得了胜利，人人快活得像风中的杨柳。

苏总和大家一一握手，众星捧月般进了会议室。寒暄过后，大家退出，留下启总与苏总细聊。苏总便把儿子从 M 国手里抢到 X 铝厂和矿山的事全讲了。启总像听评书连载般入神。

尚龙龙集团替比干集团报了一剑之仇，启总悬着的心终于踏实了。

"启总，我儿子说，这 X 铝厂和矿山，是为比干集团争取的，他要我转交给您。"

启总惊喜得站了起来，激动地握住了苏总的手。

"比干集团只有得到 X 铝厂和矿山，生产系统才完善，是吗？"

"是的，真不知怎么感激贵公子。"

"他曾是您的兵，在你们公司干过三四年。你们培育了他，我也得谢谢您！"

"他是？"

"您不会认识他，他从白鹭铝业的矿山干起的，竟然还混到了副处长的位置。"

"苏向北！对不对？我早就听说过这个名字。"启总突然记起，曾调这小伙子来给自己当秘书，可他不干。

儿子的名字竟然被老总记得，苏总不知儿子是恶得出名，还是才华出名，或许是混搭吧。

启总尴笑着，感觉自己活像一个笨蛋。尚龙龙集团的继承人竟然在这里工作过，还是被气走的……真让人无法相信。

苏总只是在陈述事实，但启总却不那么淡定了，应答时，目光偶尔茫然，好像人已不在那里，思想开了小差……不过这种状况也没持续太久。苏总重新开口时，启总又回到了现实。

身处池国的耿部长接到总部的命令，尚龙龙集团已帮他们拿下了 X 铝厂和矿山，要他与尚龙龙集团的小苏公子联系，办理接手 X 铝厂和矿山的相关事宜。

耿部长又激动又感激，真是柳暗花明，绝处逢生。他收拾妥当，这次不会再吃闭门羹了。和一头驴交朋友难，和一个声势显赫的年轻人交朋友，他还是有自信的。

耿部长内心的奢望，野藤乱草般滋长着。

魏苛和林海洋在酒店门口迎接耿部长，带耿部长进了电梯，推开了洽谈室的门，耿部长走了进去。

椭圆形会议桌的对面静静坐着的是苏向北。

耿部长愣了，眨了眨眼睛，但这就是池国的酒店，这就是小苏公子。

"耿部长好！"

苏向北伸出了手，耿部长痛苦地迟疑着握住了小苏公子的手。

这房间原本充斥着善意，可是耿部长却把疑惑和尴尬带了进来。耿部长能在任何复杂的社交场合周旋，却从没想到有一天自己会这么失态，这么不成熟。

"耿部长，是我没轻没重，伤了您，都过去了，我们开始吧。"

"嗯……小苏处长……我，我有点蒙……原来……你就是尚龙龙集团的公子……对不起……先让我出去静静……"

耿部长说完就走了出去，忐忑地找到洗手间，用凉水洗了脸，看着镜子里的自己，深呼吸。试图回忆当初自己怎么对待苏向北的，可大脑一片空白。算了，不想了！他又往脸上淋了一遍水，擦干，深呼吸，再深呼吸，然后硬着头皮向洽谈室走去。

走廊里，秘书、保安足有十多个人。这阵仗符合想象中的小苏公子。在耿部长的认知里，尚龙龙集团的公子就应该众星捧月，出行也轰轰烈烈、耀武扬威才成。

耿部长上了年纪，总那么严肃，当官久了，给人以冷漠的感觉，沉默厚重如同活了一百二十岁。其实，在苏向北看来，他太看重自己，太把自己的职权当回事了。

苏向北最佩服的是老爹，虽然创下了如此大的事业，却从没装腔作势过，也从不以权势或身份压人。看来，只有内心虚弱的人，才需要外在的包装。

回来后的耿部长理智多了，先道歉，再道歉，又道歉。

小苏公子可不是来听道歉的。

"耿部长，过去的都不提了，池国收购的事，后续工作就交给您了。待会儿，我带您见梅尔森、贾特兄弟，然后再见见企业协会和其他行业的朋友。若有任何阻碍，都可以找他们，若实在解决不了，您有我的电话。关于我的身份，还请耿部长为我保密。"

耿部长千恩万谢，认领了所有工作。当发现小苏公子果然不计前嫌，才偷偷松了口气。他突然觉得自己卑微得成了乞丐，这是不应该的，于是又直起了腰，挺直了脖子。他把眼前的好运看作上天的安排，于是淡然了很多，渐渐平静下来。

小苏公子交代完工作，便命人把梅尔森、贾特兄弟，企业协会和其他行业的朋友们招呼进来。苏向北隆重介绍比干集团的耿部长，希望大家以后全力以赴支持他。

人们热情地和耿部长交流。耿部长挣足了风光，越发对自己过往的成见无比悔恨，当然也对小苏公子博大的胸怀和成大事的气度无比钦佩。从此，他教育儿孙们有了新榜样，他时常抚摸着孙子们的额头，就像给发烧的孩子探热，他想把内心的热度都倾倒给孩子们。孩子们却觉得他汗津津的手像不太卫生的糖水，黏黏的，可又不敢推开。

池国也得益于这次收购，两年后，当新冠病毒全球大流行时，池国口罩、防护服、呼吸机等医疗物质告急。苏向北亲自用飞机押送医疗物资到池国，为池国迅速而高效地战胜疫情，做出了极为重要的贡献。

或许自从猿猴变成人，人类就有了贫富之差。这是人的本性决定的，并且不以意志为转移。美女们总想过着一步登天的生活，制造着与富翁艳遇的机会。有在飞机头等舱搭讪成功的，有在学校巧遇成戏的……总之，那些美女由普通女孩摇身成为亿万富婆，给许多美女开启了直达金山的美梦。

高诗诗甩掉伪富二代后，以为来到京城会遍地机遇。大街上走动的人、咖啡厅里的暖男或五星酒店错身而过的帅哥，说不定就是身家过亿的钻石王子。美不缺乏，而是缺乏发现美的眼睛，钻石王子不缺乏，而是缺乏相识的机遇。

尚龙龙集团将 X 铝厂和矿山原价转让给比干集团的签订手续，于上午十点在比干集团的会议室进行。谢绝任何采访、报道。

高诗诗坚定地认为这是接近尚龙龙集团公子的机会，这机会千载难逢，错过就是罪过。高诗诗于是扛着摄影机、骗过秘书、闪过工作人员，凭着如花的美貌，堂堂正正地闯了进去。

会场里，苏向北神态自若，眼有光泽。启总已从他身上看到那个小苏处长的影子。

启总对苏向北好一番感谢，可苏向北又谦逊又热情。他深知胜不可傲，恩不可骄，毕竟谦逊的重量就是尊严的重量。

高诗诗愣住了，和启总坐在一起的是苏向北。摄影机哐当掉在地上。

说好的不采访，却突然闯进了记者，启总立刻严肃起来。苏向北却抬手和高诗诗打了个招呼，高诗诗呆萌地被工作人员扯了出去。

"他是谁？"高诗诗以为眼花了。

"启总啊，不认识了？"

"我是指那一个。"

"小苏公子！"

高诗诗喝醉般倒在地上，片刻的错乱仿佛已坐在彩云之上，正飞往金山银山。

她很想说对不起，就真的拨通了苏向北的电话，是助理魏苟接的。魏苟就站在高诗诗旁边。高诗诗尴尬地挂了电话。

不要再说跌倒或爬起来的废话了，毕竟迷你裙也罩不住记忆的伤痛。魏苟对坐在地上的美女并无怜悯之心。

他怎么能这样……我怎么能这样……高诗诗无法安抚自己的身心，几乎把眼泪酿成陈醋了。

秘书们忙把她架走了。此后的一生她会把自己的故事置于阳光照不到的地方，一再自我憎恨、怨怒，并以叹息为粮，把青春活成梦想的祭品。

高诗诗不再相信命运，但命运会相信每个人，赐予每人相同的时光，不同的只有回忆。

高诗诗不敢回忆，因为有些回忆像子弹一样致命。

比干集团大厅里聚集着许多员工，都想欣赏欣赏帮助比干集团力挽狂澜的小苏公子——可他们都失望了，连影子都没见着。

早在餐厅就餐时，苏向北就发现了餐厅人员的专用电梯。此时，苏向北便从那电梯下到一层。刚出北门，高诗诗就闪了出来，挥手想给苏向北一巴掌，被苏向北握住了举在空中的手。

"这告别仪式可不高级！"

"你为什么骗我？"

"醒醒吧，美女，真实一点不好吗？"

苏向北甩开她的胳膊，向外走去。

"别装了，我知道你有个疯妈妈！"

苏向北转过身来，笑着对高诗诗说："你，真可怜！"

今天离开比干集团却不同于以往，苏向北心里有种上瘾的东西，类似醉酒，莫名地忧郁起来。

老爹曾问他："那么暴利的 X 铝项目，为何不自己留着？"

苏向北没回答，不知为什么，他突然想起了爸爸带他参观氧化铝车间的那个迷人的下午，手上沾着雪白的氧化铝粉，感觉特高级……

收音机里突然播放中国加入 rcep 的消息，大博弈即将开局。时间是急速运行的高铁，载着过往，载着忧思和奢望，驶向遥远的他乡。世界沉默如迷，但最好的迷，定是神秘的。曾握过铝土的手，终粘着铝的赤诚。在玄妙的高铁上，苏向北微闭双眼，双手合十，感受着时代的律动，感受铝在内心里沸腾。

图书在版编目（CIP）数据

国土大铝 / 张力著 . -- 北京：作家出版社，2021.6

ISBN 978 – 7 – 5212 – 1297 – 6

Ⅰ. ①国… Ⅱ. ①张… Ⅲ. ①长篇小说 – 中国 – 当代

Ⅳ. ①I247.5

中国版本图书馆 CIP 数据核字（2021）第 099229 号

国土大铝

作　　者：张　力

责任编辑：田小爽

装帧设计：留白文化

出版发行：作家出版社有限公司

社　　址：北京农展馆南里 10 号　　邮　　编：100125

电话传真：86 – 10 – 65067186（发行中心及邮购部）

　　　　　86 – 10 – 65004079（总编室）

E – mail: zuojia@zuojia. net. cn

http: // www. zuojiachubanshe. com

印　　刷：中煤（北京）印务有限公司

成品尺寸：152 × 230

字　　数：287 千

印　　张：21

版　　次：2021 年 7 月第 1 版

印　　次：2021 年 7 月第 1 次印刷

ISBN 978 – 7 – 5212 – 1297 – 6

定　　价：48.00 元